'이제 궁궐 문이 열렸으니 가보거라.

목숨을 귀히 여기거든 이 일을 아무에게도 발설하지 말고. 피바람이 불 것이다.

너희가 피를 흘리지 않기를 바랄 뿐이다.'

이토록 냉정하게,
이토록 신속하게
인간의 목숨을 빼앗는
광경은 처음 보았다.
그제야 깨달음이 들었다.
혜민서 사건 수사는
나를 죽음의 덫에
빠뜨릴 수도 있었다.

"복수는 복수를 부를 뿐이야.
분노는 꺼뜨릴 수가 없는
감정이거든. 우리가 벌하려는
괴물처럼 변하는 거지."

"제발, 그냥 살아만 있어요.
나를 두고 떠나지 마요."

붉은 궁

붉은 궁

초판 1쇄 발행일 2023년 10월 25일
초판 5쇄 발행일 2024년 11월 30일

지은이 허주은
옮긴이 유혜인

발행인 조윤성
편집 문주선, 고나리 **디자인** 김영중 **마케팅** 이지희
발행처 ㈜SIGONGSA **주소** 서울시 성동구 광나루로 172 린하우스 4층 (우편번호 04791)
대표전화 02-3486-6877 **팩스(주문)** 02-585-1247
홈페이지 www.sigongsa.com / www.sigongjunior.com

ISBN 979-11-7125-136-0 43840

붉은 궁

허주은 지음

SIGONGSA

바쁘다 바빠, 의녀 백현. 열심히 갈고 닦은 의술 베풀랴, 스승님 누명 벗기고 살인 사건 범인 추적하랴, 종사관 총각하고 사랑의 줄다리기 하랴. 이 모든 걸 살뜰히 해내는 슬기로운 주인공 현처럼 이 소설도 일당백의 몫을 능히 해낸다. 조선 고유의 의예술을 섬세한 고증으로 되살린 메디컬 드라마, 혈당 수치를 걱정해야 할 만큼 달콤한 로맨스, 읽는 이의 허를 찌르는 날카로운 미스터리, 모두가 이 책 한 권에 빈틈없이 담겨 있는 것이다. 신분과 성별의 지엄한 장벽 앞에 서얼 출신 의녀 현이 얼마나 좌절하는지, 그러나 어찌 도약하는지도 눈길을 끈다. 도입부에서 깊은 밤 세자의 처소에 불려가 고개를 조아리고 있던 어린 의녀가 밝아오는 동녘을 바라보는 마지막 장면에 이르기까지, 그 숨 가쁜 여정에 동행하다 보면 어느덧 주인공 현과 떼 놓을 수 없이 공명하는 자신을 발견하게 될 것이다. — 박서련(소설가)

참으로 유연한 소설이구나. 부드럽고도 예리한 문장, 현과 아버지-세자와 전하로 정교히 겹쳐지는 갈등, '도성 살인'이라는 가상의 사건을 구축하면서도 역사 고증을 놓치지 않는 몰입의 흔적. 장르를 유연히 넘나드는 서사는 또 어떤가. 추리물이라는 외피를 지녔으나 《붉은 궁》의 기저에는 범죄 스릴러 뿐 아니라 드라마와 로맨스까지도 탄탄히 깔려 있다. 경계를 짓지 않고 오히려 그것을 조금씩 무너트리며 나아가는 소설. 그 탈피된 '구별 짓기'는 서얼이자 의녀인 '현'의 캐릭터와도 맞닿는다. 마음이 향한 곳으로 굳건히 방향을 틀고, 사랑에 몸을 맡기며 계급과 성별의 벽을 넘어서는 '현'. 이 책을 펼친 누구든 '현'의 여정에 기꺼이 동행할 것이라, 그 끝에서 큰 용기를 얻으리라 믿는다.　　　　　　　　　　　　　　　　　　　　　　　　－ 성해나(소설가)

긴장감 넘치는 정치 스릴러, 아름다운 로맨스에 성장소설을 엮어 유일무이한 작품을 탄생시켰다.　　－⟨스쿨 라이브러리 저널School Library Journal⟩

허주은은 신분제와 엄격한 가부장제, 궁중 정치를 절묘하게 이야기에 녹여 작품의 세계를 확장하고 문화적 요소를 더욱 풍성하게 만든다. 세세한 부분까지 역사와 문화가 배어든 아름다운 이야기다.　　－⟨북리스트Booklist⟩

역사적 사실이 섬세하게 녹아 있는 허주은의 궁중 스릴러는 왕실의 권력 남용을 통렬하게 비판하는 한편, 빠른 속도감을 유지하며 흡입력 강한 살인 미스터리를 선보인다.　　　　　　　－⟨퍼블리셔스 위클리Publishers Weekly⟩

흥미진진하고 전개가 빠른 특별한 추리소설로, 독자들은 주인공의 지혜와 야망, 강한 의지에 틀림없이 공감하게 될 것이다.　－⟨혼 북The Horn Book⟩

감탄할 만한 정치 스릴러, 치밀한 배경 구축, 순식간에 몰입하게 만드는 스토리텔링은 독자들을 완전히 사로잡는다.　－⟨뉴욕타임스New York Times⟩

한국 독자들에게

《붉은 궁》이 여러분의 손에 이르기까지의 과정을 돌이켜보면 벅찬 감동을 느낍니다. 제 글을 다시금 한국 독자들에게 선보일 수 있게 되었다니 왠지 부끄러우면서도 가슴이 떨리네요. 이 책에 담긴 이야기는, 한국 역사를 배우며 한국인으로서 제 뿌리를 더 깊이 탐구하려는 제 열렬한 취미이자 개인적인 여정의 결실입니다.

사도세자를 처음 알았을 때 저는 섬뜩한 그의 이야기에 매료되었습니다. 2016년에 몇 번이나 사도세자의 관점으로 이야기를 써보려 했을 정도로요. 다른 왕족의 시점도 시도해보았지만 이거다 하는 느낌이 들지 않았습니다. 결국 포기한 저는 2020년에 아이디어를 번뜩 떠올립니다. 내 의녀, 그러니까 열쇠 구멍으로 역사를 엿볼 수밖에 없는 외부인의 시점에서 이야기를 다시 쓰기로 한 거죠. 이 관점은 한국계 교포 작가로서 제가 자주 느끼는 감정과도 흡사합니다. 같은 민족이라는 연결감이 있지만, 먼 곳에서 한국 역사를 바라보는 듯한 약간의 거리감도 그 안에 존재하기 때문이죠. 저는 이런 경험을 바탕으로 사도세자의 이야기를 다시 쓰기로 했습니다.

그러나 《붉은 궁》의 본질은 '충분'해지기를 소망하는 한 소녀의 이야기입니다. 아버지의 인정을 갈망하는 현은 모든 것을 잘해내려 합니다. 아무리 많은 것을 이루었어도 아버지와 사회가 자신을 '무존재'로 본다고 느끼죠. 이는 10대 시절 저를 괴롭힌 감정이기도 합니다. 그런 의미에서 이 책은 어린 시절의 제게 보내는 편지이기도 합니다.

성공하지 못해도 괜찮아. 관심 받지 못하는 것 같아도, 부모님의 기대에 부응하지 못해도 상관없어. 그래도 너는 가치 있는 사람이야. 의미 있는 사람이야. 네 존재만으로 충분해.

《붉은 궁》을 쓰는 동안 참 행복했습니다. 특히 이 책의 중심에 있는 미스터리를 쓰면서 얼마나 즐거웠는지 모릅니다. 에드거상 후보에 올라 시상식에 참석하기 위해 뉴욕으로 향할 때 수상에 대한 기대는 없었습니다. 상을 타지 못할 것이라 확신해 수상 소감도 준비하지 않았어요. 저는 생각했습니다. 한국의 역사, 한국의 비극을 다루고 한국인 여성 탐정이 주인공인 책이 미국의 권위 있는 미스터리상을 탈 리가 없잖아? 그래서 수상자로 호명되었을 때 눈물을 흘리고 말았습니다. 서양 역사와 서양 문화 소재가 아니라고 외면받지 않고, 한국의 이야기가 이토록 큰 관심을 받을 수 있는 시대에 산다는 것이 정말 자랑스럽습니다.

이제 저는 한국의 비극적인 역사를 외국어로 다시 쓴 제 책이 한국 독자들의 환영을 받는 영광스러운 기회를 누리게 되었습니다. 이 책을 쓸 때만 해도 한국어로 번역되리라고는 예상하지 못했기에 진심으로 감사한 마음입니다. 무한한 기쁨을 느낍니다. 다시 한 번 감사 인사를 전하며, 부디 여러분이 재미있게 읽어주기를 바랍니다.

허주은

남편 보스코에게

우정이란 상대에게
"뭐! 너도? 나만 그런 줄 알았는데."
라고 말하는 순간 탄생한다.

- C. S. 루이스

1

1758년 2월.

"따라오거라. 질문은 일절 하지 말고."

난신 의원이 속삭였다.

떨어지는 눈송이처럼 고요한 달빛이 전각 지붕을, 그리고 곡선의 처마에 늘어선 어처구니들을 비추었다. 바닥의 등불은 새하얀 안뜰, 미로처럼 늘어선 문과 창문에 금빛을 뿌렸다. 침묵이 온 세상을 지배했다. 멀리서 울려 퍼지는 대종 소리가 이곳 한양의 창덕궁을 뒤흔들 뿐, 그 외에는 아무 소리도 없었다. 종이 스물여덟 번 울리면, 궁의 모든 출입문에 빗장이 걸릴 것이다.

어의인 난신 의원이 다시 등을 돌리자, 지은과 나는 놀라서 눈을 크게 뜨고 눈빛을 주고받았다.

우리 근무 시간 끝나지 않았어? 집에 가도 된다고 해야 하는 거 아니야?

지은이 입 모양으로 말했다.

난신 의원을 불안하게 힐끔거리며, 나도 입 모양으로 대답했다.

너무 이상해.

하지만 무엇이 이상하고 평소 같지 않은지 우리가 어떻게 알겠는가? 둘 다 궁에서 일하는 내의녀로 선발되었지만, 이제 막 들어온 신참이었다.

"꾸물거릴 시간 없다."

난신 의원은 통 넓은 소매 안에 양손을 모은 채 숨 가쁘게 걸음을 재촉했다. 그의 파란 비단옷이 폭풍우 치는 바다의 파도처럼 휘날렸다. 긴 앞치마는 성난 바다 위에 끓는 새하얀 거품 같았다.

"서둘러야 해."

지은과 나도 난신 의원을 따라 걸음을 서둘렀다. 쟁반을 든 지은과 등불을 든 내 그림자가 길게 뻗어 나갔다. 평소라면 배가 고파 배에서 소리가 난다고, 종일 일해서 팔다리가 쑤신다고 투덜댔겠지만 지금은 침묵을 지켰다. 궁은 달랐다. 그 누구도 어린애처럼 굴지 않았다. 어린 왕족들조차 근엄하고 걱정 많은 어른처럼 행동했다.

우리는 보폭을 넓혀 빠르게 걸으며 창덕궁 동쪽 구석에 있는 내의원을 나와 여러 개의 안뜰을 지났다. 일렬로 걸어가는 우리 뒤로 대종 소리가 울려 퍼졌다. 종 치는 소리는 천천히 반복되었다. 스물여섯 번, 스물일곱 번, 마지막으로 스물여덟 번. 궁궐 문들이 덜컹거리며 닫히는 소리가 들리는 듯했다. 이제는 궁을 떠날 수 없었다. 불안감이 뼛속까지 스며들었고, 그동안 들은 경고들이 머릿속에 메아리쳤다.

궁에 들어가는 이들 앞에는 피로 얼룩진 길이 놓여 있다. 피바람이 불 것이야. 너희가 피를 흘리지 않기를 바랄 뿐이다.

우리에게 의술을 가르쳐준 스승들은 그렇게 속삭였었다.

남쪽으로 갈수록 사방은 더욱 적막해졌다. 우리는 대부분의 왕족이 기거하는 곳에서 족히 4리는 떨어진 곳까지 와 있었다. 걸음으로 최소 반 시간 거리였다.

빈 전각들을 뒤덮은 어둠이 점점 깊어졌다. 눈밭에 푹푹 파여 있던 푸른색 발자국도 이곳에서는 사라졌다. 드디어 우리는 보초가 지키는 문을 지나 등불로 환한 안뜰에 들어섰다. 안뜰 중앙에는 네모난 연못이 있었는데, 그 얼어붙은 수면은 환하게 빛나는 둥근 달과 수호산의 검은 능선을 반사했다.

처음 와보는 곳이었다.

앞에 웅장한 전각이 서 있었다. 창호지를 바른 창문들이 건물을 길게 둘렀고, 우뚝 솟은 기둥들이 줄줄이 서서 검은 기와지붕을 받쳤다. 처마 아래 나무 현판에는 "저승전"이라고 쓰여 있었다.

세자 저하의 처소, 동궁이었다.

얼굴을 본 적은 없지만, 세자를 둘러싼 음울한 소문들은 익히 들어 알고 있었다. 세자가 태어나던 날, 감정을 드러내지 않기로 유명한 왕이 서둘러 아들을 안아보려다 곤룡포를 밟고 넘어질 뻔했다는 이야기도 있었다. 눈에 넣어도 아프지 않을 아들이자 유일하게 살아남은 후계자였으니. 서둘러 세자로 정식 책봉할 만큼 왕의 아들 사랑은 지극했다고 한다. 그러나 세자라는 자리에는 대가가 따랐다. 생후 100일밖에 안 된 어린 왕자는 강제로 어머니 품을 떠나 저승전으로 거처를 옮겼다. 외딴 동궁에 고립되어 낯선 이들의 손에 자란 것이다. 부모님과 멀리 떨어져 있다 보니 나중에는 고작 1년에 한 번씩만 보았다. 그렇게 방치되어 자란 왕자에 대해, 최근 들어 충격적인 소문이 돌고 있었다.

머지않았어. 세자 저하가 노론 손에든 자기 아버지 손에든 죽임을 당하는 날이 올 거야.

얼마 전 한 의녀가 이렇게 말하는 것을 우연히 들은 적이 있었다. 같이 수군거리던 의녀들은 나와 지은을 보더니 입을 합죽 다물었더랬다. 우리는 궁에 새로 들어온 신참이기 때문이었다.

"오거라."

난신 의원의 말에, 나는 눈을 깜박이며 다시 그에게로 관심을 돌렸다. 그는 더 빨리 걸으라는 듯 손짓하고 있었다. 우리는 시키는 대로 걸음을 빨리하며, 석상처럼 꿈쩍도 않고 줄지어 서 있는 궁녀들 옆을 지났다. 그중 한 명이 우리를 흘깃했는데, 눈이 마주치자 황급히 시선을 떨어뜨렸다. 그렇지만 천 개의 눈이 우리를 지켜보는 느낌은 사라지지 않았다.

나는 빠르게 뛰는 맥박을 느끼며 들고 있던 등불을 내려놓았다. 우리는 툇마루로 이어진 계단을 올라 전각 건물에 들어섰다. 그림자처럼 조용히 움직이는 궁녀들 손에 여러 겹의 나무 문이 하나씩 스르르 열렸다. 그들은 우리를 점점 더 깊은 곳으로 이끌었고, 마침내 제일 안쪽 방이 나왔다. 창백한 얼굴에 근심이 한가득인 내관이 우리를 맞이했다.

"근무가 끝난 것을 압니다, 의원님. 하지만 급한 일입니다. 저하께서 도움이 필요하십니다.”

내관이 난신 의원에게 속삭였다.

나는 고개를 숙이고 있어 놀라 휘둥그레진 눈을 감출 수 있었다.
궁에 들어온 이후로 공주, 후궁, 궁녀 같은 여인들만 치료했다. 남자
왕족 치료를 보조한 경험은 한 번도 없었다.

“따라오십시오.”

내관은 등을 구부리며 우리와 함께 캄캄한 방으로 들어갔다. 바닥
에 놓인 등불과 촛불의 가장자리에 그림자가 일렁거렸다. 사방이 아
무렇게나 밀어뜨린 책 더미 천지였다. 대나무를 섬세하게 엮은 대발
앞에서 궁녀 두 명이 파들파들 몸을 떨었다. 천장에 매달린 그 대발은
뒤에 있는 사람을 가려주었다. 우리를 보고는 궁녀들이 대발을 들어
올리자, 흰 옷을 입고 이부자리에 누워 있는 사람 형체가 보였다.

“너희 둘은 나가보거라.”

위엄 있는 여자 목소리가 들렸다.

궁녀들이 나가는 사이, 나는 벽 근처에 앉아 있는 여인을 슬쩍 쳐
다보았다. 세자의 아내인 세자빈이었다. 아홉 살 나이에 부부의 연을
맺은 두 사람은 이제 스물세 살이 되었다. 세자빈은 언제나처럼 완벽
한 모습이었다. 비단 옷에는 금실에 주렁주렁 매달린 용 모양 장신구
가 걸려 있었고, 매끄러운 머리카락은 촛불에 반짝거렸다. 목 뒤로 완
벽하게 말아 올린 풍성한 머리는 금비녀에 고정되어 있었다. 전에 집
복헌(창경궁에 있던 후궁들의 생활공간으로, 사도세자가 태어난 곳 – 옮긴이) 앞에서
몇 번 본 적이 있는데, 남편보다는 시어머니(영조의 후궁 영빈 이씨 – 옮긴
이)와 주로 시간을 보내는 듯했다.

"이틀 전부터 저하께서 몸이 편치 않으신데, 증상이 점점 악화되고 있네."

세자빈은 우리가 아니라, 밖에 서 있는 사람들에게 들리도록 말하는 듯했다.

"세자 저하께서 오늘 복용하신 약이 있습니까?"

난신 의원이 물었다.

"아니. 오늘 아침에는 훨씬 가뿐해지신 듯하였네. 그런데 늦은 오후부터 쓰러져 시름시름 앓고 계시지 뭔가."

의원이 고개를 조아리며 말했다.

"저하를 진찰하겠사옵니다."

의원은 젊은 남자 앞에 무릎을 꿇었고, 지은과 나는 의원 뒤에 무릎을 꿇고 앉았다. 이불이 바스락거렸다. 세자 저하가 내관의 부축을 받으며 일어나 앉는 소리였다.

세자빈이 물었다.

"말해보게. 저하의 문제가 무엇인가? 종일 힘을 못 쓰고 피곤해하신다네."

나는 계속 눈을 내리깔고 있기가 힘들었다. 지금껏 세자 저하는 먼 발치에서도 본 적이 없었다. 주로 비밀 정원에서 검과 활로 무술을 닦으며 하루를 보내셨기 때문이다. 나는 조심스럽게 시선을 위로 움직였다. 세자 저하의 잠옷에서 의원에게 내민 손목으로, 가느다란 목으로…… 그리고 겁먹은 주름진 얼굴로.

나는 눈을 깜박였다.

그러고는 질끈 감았다가 다시 떴다. 그대로였다. 환각이 아니었다.

이 사람은 세자가 아니었다. 세자 저하의 잠옷을 입고, 세자 저하의 이부자리에 앉아 있는 사람은 늙은 내관이었다. 순간 머리가 어지러웠다. 그런데도 난신 의원은 재빨리 자신의 손가락을 그의 손목에 가져다 댔다. 이 사람이 진짜 왕위 계승자인 양.

"저하께서 힘이 없으신 것은 기가 허해지셨기 때문입니다."

의원이 고개를 돌리자, 관자놀이에서 땀이 흐르는 옆얼굴이 보였다.

"지은 의녀, 인삼탕을 가져오게."

지은은 얼어붙은 채 앞에 있는 가짜 세자만 빤히 보다가, 속삭였다.

"이, 임 내관님?"

의원이 창백한 얼굴로 지은을 노려봤다.

"조용."

그렇게 작은 소리로 꾸짖고는, 나를 보며 말했다.

"현 의녀, 탕약을 가져오게."

나는 당장 지은의 쟁반을 챙겨 자리에서 일어났다. 경악스럽게도 수전증이 일어났다. 쟁반이 부들부들 떨렸고, 사람들의 시선이 내게 꽂혔다.

"얼굴이 상기되었군, 현 의녀. 영 침착하지 못하고."

세자빈의 낮은 목소리가 들렸다.

손에 힘을 주어도 쟁반의 떨림은 멈추지 않았다.

"용서하여 주십시오, 마마."

"본래 이름은 백현이라고 들었네만."

"예, 마마. 그것이 제 이름입니다."

나는 숨 막힌 소리를 냈다.

"보통은 사내아이에게 붙여주는 이름이지."

이마의 땀을 닦고 싶었다. 왕족이 가까이서 내 얼굴을 살펴보다니, 처음 있는 일이었다.

"제가 태어나자 어머니가 크게 상심해서서, 아들 이름을 붙였다고 합니다."

세자빈이 나를 유심히 관찰하자, 주변 공기가 고통스러울 만큼 답답해졌다. 조금만 움직여도 피부가 쓰라렸다. 잠시 후 세자빈이 속삭였다.

"저하께서 가장 아끼던 여동생 화협옹주와 쌍둥이처럼 닮았구나. 여섯 해 전에 세상을 떠났지."

내 몸은 여전히 움직이지 않았다. 내가 세자의 동생과 닮아 좋다는 걸까, 나쁘다는 걸까. 세자빈이 내게서 고개를 돌리고 나니 어깨의 긴장이 풀렸다. 근육이 아플 정도로 뭉쳐 있었음을 이제야 깨달았다.

"너는 지은이겠고. 신임 종사관과 친가 쪽으로 사촌지간이라지."

세자빈의 목소리는 여전히 낮았다.

"예, 예, 예. 그, 그러하옵니다."

지은이 말을 더듬었다.

나는 시끄러운 소리를 내는 쟁반을 내려놓고, 난신 의원 뒤로 돌아와 무릎을 꿇고 땀범벅이 된 손을 치마에 묻었다. 옆에 앉은 지은을 보고 싶었지만 겁이 나서 움직일 수가 없었다.

"두 사람을 특별히 따로 부른 이유가 있다."

세자빈이 말을 멈추었다. 바깥에서 삐걱거리는, 바닥 밟는 소리가 났기 때문이다. 창살문 너머로, 궁녀 한 명의 그림자가 나타났다 사라졌다.

"두 사람에게 한 가지 공통점이 있어서야."

나는 이제야 지은을 쳐다보았다. 우리는 갓 열여덟 살이 된 동갑내기였다. 둘 다 첩 소생으로 더러운 피가 흐르는 얼녀(양반과 천민 사이에서 태어난 딸 – 옮긴이), 바닥 중의 바닥 신분인 천민에 속했다. 다만 지은의 아버지는 지은을 딸로 인정했다. 우리 아버지는 나를 무시하고 집에서 일하는 하인과 같은 취급을 했다.

세자빈이 말을 이었다.

"둘 다 이번에 의녀로 선발되었다지. 혜민서에 있을 때는 정수 의녀가 아끼는 제자들이었고. 그 여인이라면 믿을 수 있어."

나는 치마를 꽉 움켜쥐었다. 지은도 나처럼 혼란스러우리라.

"정수 의녀와는 가족끼리 아는 사이다. 어의인 난신 의원의 가족도 내 가족과 연이 있고. 지은 의녀와 현 의녀도 내가 믿을 수 있는 사람이면 좋겠구나. 믿어도 좋다고 너희 스승은 장담했다만."

그러더니 어두워진 목소리로 덧붙였다.

"다른 이가 먼저 첩자로 들인 게 아니면 좋겠는데."

"아니, 절대 아니옵니다, 마마! 저희가 어떻게 감히……."

갑작스러운 지은의 말에, 세자빈이 입술에 손가락을 댔다.

"궁에서는 공적인 발언을 할 때만 목소리를 높이는 것이다. 내밀한 말은 속삭여야 하는 법. 궁에서는 모든 이가 귀를 기울이고 있음을 명심하거라. 모두가 누군가의 첩자 노릇을 하고 있어."

그러고는 우리에게서 시선을 거두고 가짜 세자를 쳐다보았다.

"내가 너희를 믿어도 되겠느냐?"

"예."

지은과 내가 동시에 대답했다.

"그리하면 계속 세자 저하를 치료하고, 전하께서 저하를 부르실 경우 몸져누워 계신다 고하도록 하거라."

우리에게 거짓말을 하라는 건가? 전하께?

그랬다가는 죽을 수도 있었다.

숨을 쉬기 힘들었지만 나는 고개를 숙였고, 지은도 나처럼 했다. 복종은 우리의 의무였다. 나는 바닥에 시선을 고정하고 크게 쿵쾅대는 내 심장 소리를 들었다. 난신 의원이 가짜 세자를 치료하는 동안, 비단 스치는 소리가 났다. 두 사람은 소리 없는 관객들을 위해 연기를 하는 중이었다.

궁녀들. 내관들. 첩자들.

나는 창호지 문에 펼쳐지는 그림자 연극이, 그들 눈에 어떻게 보일지 대강 짐작이 갔다. 어둠 속에서 의원 한 명과 의녀 두 명이 세자 주위를 움직이는 모양새가 촛불에 비쳐 일렁일 것이다.

이 연기를 얼마나 더 해야 하는 걸까. 긴장감으로 가득한 시간은 느리게도 흘렀다. 본의 아니게 죽음의 소용돌이에 휘말렸다는 날카로운 공포는 약한 두통으로 잠잠해졌다. 시간이 계속 흐르자 숨 막히는 침묵 속에 두통마저 사라지고, 하나의 질문만 남았다.

진짜 세자 저하는 어디로 사라졌을까?

그 질문이 머릿속에서 춤을 추었고, 나는 천천히 방 안을 살펴보았다. 반짝이는 도자기 화병을 스치고 옻칠한 자개장을 지난 내 시선이 근처에 흐트러져 있는 책들에 닿았다. 소문대로라면 주술서였다. 세자 저하는 도교 경전, 주술, 귀신과 혼령을 다루는 법에 푹 빠져 있었다.

색다른 취미가 있는 왕자에게 궁궐의 삶이 너무 지루해졌나. 금지된 행동임을 알면서도 밖을 돌아다녔던 걸까. 그 어떤 왕족도 왕의 허락 없이는 함부로 궁을 벗어날 수 없었다.

나는 책과 가구를 둘러보며 생각을 집중할 대상을 찾았다. 그렇게라도 깨어 있어야 했다. 시간이 무한의 고리에 빨려든 듯 정체된 상태로 고요히 흘렀다. 난신 의원은 돌처럼 자리를 지켰고, 지은은 노리개 침통에 든 침의 개수를 세며 시간을 보냈다. 우리 의녀들은 정교한 매듭과 술로 장식된 작은 은색 침통을, 항상 의녀복 허리띠에 묶어 소지하고 다녔다. 가짜 세자를 연기하는 임 내관은 하품을 참았다. 나는 살을 세게 꼬집었지만, 감각은 점점 더 마비되었다. 두려움이라는 감정이 오늘처럼 지겨웠던 적은 없었다. 너무 피곤했다. 몇 시간이나 흘렀는지 이제는 감도 잡히지 않았다.

내 몸을 또 세게 꼬집었다. 정신 차려.

고삐 풀린 생각이 동궁 밖, 궁궐 밖으로 흘러 나가 인근에 있는 의료원 혜민서에 닿았다. 지은과 내가 열한 살 때부터 의녀를 목표로 공부했던 곳이다. 우리는 그곳에서 지내며 일반 백성들을 치료했고, 그러지 않을 때는 일등을 하겠다는 일념으로 의학 공부에 매진했다. 매년 최우수 수련생 두 명이 궁에서 일하는 의녀로 선발되었다. 이 꿈을 위해 나는 잠을 적게 자고도 생존하는 법을 터득했다. 초학의(의녀로 뽑혀 3년 동안 공부하는 과정 – 옮긴이) 시절에는 열 살에서 열다섯 살인 내

또래 영리한 천민 소녀들을 따라잡으려 밤늦게까지 공부를 계속했다. 우리는 단정하게 땋은 머리에 분홍색 저고리와 파란색 치마 차림으로 종일 책을 들여다보거나 엄한 스승들의 강의를 들었다. 한번은 수업 중에 조는 바람에 한 스승님께 꾸중을 들은 적이 있다. 그날 이후로 나는 살갗이 벗겨질 정도로 몸을 세게 꼬집어 잠을 물리치는 법을 배웠다.

코피. 친구들은 나를 그렇게 불렀다. 세 시간밖에 못 잔 날에도 몸을 꼬집으며 깨어 있다 보니 늘 과로로 코피가 터졌기 때문이다. 보다 못한 정수 의녀는 작은 천 조각들을 건네며, 주머니에 넣고 다니다가 피가 흐르면 콧구멍에 끼우라고 했다. 어쨌든 나는 잠을 쫓는 데 명수였다. 하지만 지금은 생전 처음 느끼는 잠의 유혹을 거부하기 어려웠다.

어느 순간에 잠이 든 걸까. 낮게 울려 퍼지는 대종 소리에 퍼뜩 눈을 떴다. 머릿속이 뿌옇고 어지러웠다. 통행금지 해제를 알리는 종소리라는 사실을 한참 만에 깨달았다. 이제 묘시 정각(오전 5시)이었다.

눈을 비비고 주위를 둘러보았다.

방은 아직도 캄캄했다. 어둠 속에서 세자빈은 살짝 등을 구부린 자세로 깨어 있었다. 넓은 이마에 땀이 번들거렸고, 혹시라도 왕의 발소리가 들릴까 귀를 쫑긋 세우고 기다리는 중이었다. 곧 궁궐 전체가 잠에서 깨어나, 세자의 실종을 알아차릴 것이다. 세자빈에게 유쾌한 상황일 수 없었다.

우리 다 마찬가지겠지만.

뒤편의 문이 열렸다. 갑작스러운 움직임에 나는 뒤를 휙 돌아보았다. 젊은 내관이 검은 모자를 바로 세우며 숨을 헐떡이고 서 있었다.

"최 내관, 세자 저하께서는 어디 계신가? 저하를 찾기 전까지는 돌아오지 말라고 일렀거늘."

세자빈이 날카롭게 말했다.

"저⋯⋯."

최 내관이 숨을 몰아쉬며 이마의 땀을 닦았다.

"문이 열리자마자 입궁하였사옵니다, 마마. 저하께서는 지금 이곳으로 행차하고 계십니다."

세자빈은 잠시 눈을 감고 고개를 뒤로 젖혔다. 안도감으로 눈썹 가장자리에 주름이 잡혔다.

"가서 궁녀들 눈에 띄지 않도록 뒤쪽 창문을 통해 방으로 들어오시라 전하게. 내가 열어두었으니."

세자빈은 최 내관이 지시를 따르기를 기다렸지만, 그는 두 손만 꼭 움켜쥐고 자리를 뜨지 않았다.

"서두르지 않고 뭐 하는가?"

세자빈의 말에, 최 내관이 깍지 낀 두 손을 비틀며 말했다.

"도성에 큰 화가 닥쳤습니다, 마마. 사, 사, 살인, 살인 사건이 벌어졌습니다."

소름 끼치는 그 말에 나는 숨을 참았다.

"그게 무슨 뜻인가?"

"저하를 모시고 돌아오는 길에 저하께서 말씀하시기를, 조금 전 아주 참혹한 광경을 목격하셨다 합니다. 저하께서는 심히 놀라셨고, 그래서⋯⋯."

최 내관은 문을 힐끗 보더니 세자빈 옆으로 재빨리 다가갔다.

"마음이 불안정하신 상태입니다. 속히 이곳에서 나가시는 것이 좋을 듯합니다, 마마. 처소로 돌아가시지요."

내가 얼굴을 찌푸렸다. 세자빈이 위험한 상황인가?

나를 감지한 듯 세자빈의 시선이 휙 내 쪽으로 향했다. 아직 이 방에서 우리가 무릎을 꿇고 있다는 데 놀란 눈치였다.

"이제 궁궐 문이 열렸으니 가보거라. 목숨을 귀히 여기거든 이 일을 아무에게도 발설하지 말고."

우리는 절을 하고 발소리도 없이 물러났다. 빨리 지은과 대화하고 싶어 애가 탔다. 지은의 집은 북부에 있었고 나는 성문 근처에 살았는데, 우리는 집으로 돌아가는 길에 언제나 궁 안의 비화를 이야기하곤 했다.

우리가 나가고 문이 닫히자마자 최 내관의 목소리가 흘러나왔다.

"마마, 여인 넷이 살해를 당했사옵니다. 혜민서에서요."

그 한마디에 내 심장이 굳었다. 혜민서. 많은 사람들에게 그곳은 의료 기관이겠지만, 내게는 진정한 의미의 첫 번째 집이었다. 의녀가 되어 내 신분을 초월하겠다는 꿈, 서녀이며 천민인 현이라는 존재에 머물지 않겠다는 꿈을 키운 곳이기도 했다.

잘못 들었기를 바랐지만, 옆을 보니 지은도 겁에 질린 눈으로 입을 다물지 못하고 있었다. 나는 궁녀들이 줄지어 선 돌계단 아래로 굴러떨어질 뻔했다. 심호흡을 하려 했지만, 얼음 조각을 삼킨 듯 숨이 목구멍으로 넘어가지 않았다.

혜민서 의녀들…… 죽었다니…… 살해를 당했다니?

정신을 차리고 보니 나는 비틀거리며 서둘러 걷고 있었다.

"현 의녀."

난신 의원이 불렀다.

"궁에서는 뛰지 말아야……."

"의원님, 저는 가야 합니다."

그 말만 남기고 나는 안뜰로 달려 나갔다. 돌계단을 층층이 뛰어 내려가고, 단단히 굳은 눈밭을 미끄러지듯 가로질렀다. 어느새 지은 도 내 뒤를 따르고 있었다. 우리의 심장은 하나의 간곡한 애원으로 고 동쳤다.

제발 내관님이 잘못 알았기를. 제발. 제발. 제발.

눈가루를 뒤집어쓴 큰길 위에 푸른 안개가 떠다녔다. 돈화문로였 다. 문 닫은 시장의 가판대들을 바삐 지나는 우리의 귀와 볼을 차디찬 안개가 할퀴었다. 아직 해가 뜨기 전이라 사방 구석에 깊은 어둠이 도 사리고 있었다. 추위로 이가 딱딱 부딪칠 즈음, 우리는 혜민서에 도착 했다. 담장이 청사와 너른 마당으로 이루어진 넓은 공간을 에워싸고 있었다.

"잠깐."

지은이 내 팔꿈치를 잡았다. 횃불 때문에 얼굴이 주홍색으로 변한 포졸 하나가 정문을 지키고 섰고, 그 앞에 사람들이 몇 명 모여 있었 다.

"인영 의녀님 아니야?"

"인영 의녀님? 그분이 여기 있을 리가……?"

내 시선이 사람들 틈에 서 있는 낯익은 얼굴에 이르렀다. 정말로 인영 의녀였다. 짚으로 된 도롱이를 걸친 채 창백한 얼굴로 앞을 주시하고 있었다. 바람이 세차게 불자, 인영 의녀는 소매를 아래로 당기고 몸을 부르르 떨며 도롱이를 단단히 여몄다. 나보다 몇 살 많다는 것 외에는 그 의녀에 대해 딱히 아는 바가 없었다.

"무슨 일인지 알려주지 않을까?"

내가 속삭였다.

우리는 속닥거리고 있는 구경꾼들을 헤치며 재빨리 인영 의녀 쪽으로 나아갔다. 도롱이를 두른 인영 의녀의 어깨를 두드리려 했지만, 그는 고개를 숙이고는 군중 속으로 사라져버렸다. 잠시 후 인영 의녀가 골목으로 빠져나가는 모습이 보였다. 나는 의문을 해소하지 못한 채 덩그러니 서 있었다.

누가 죽었지?

나는 몸을 틀고 정문을 지키는 포졸 너머로 고개를 쭉 뺐다. 포졸의 창끝이 횃불에 번쩍였고, 네 개의 들것들이 보였다. 그 위에 멍석으로 덮은 시신이 하나씩 미동도 없이 누워 있었다. 공포가 밀려들어 내 몸을 팔로 꼭 껴안았다.

몇 발짝만 더 가면 정문이었기에, 나는 조금 더 가까이 가보았다.

지은이 내 소매를 붙잡으며 말했다.

"어디 가?"

"누가 죽었는지 봐야겠어."

내가 속삭였다.

"하지만 범죄 현장이야, 현아!"

"우리가 도움이 될 수도 있어. 얼마 전만 해도 혜민서 의녀였잖아."

한 걸음 더 다가가자, 포졸이 즉각 창을 내리고 내 앞을 가로막으며 외쳤다.

"물러나시오!"

지은은 곧바로 물러났지만, 나는 움직이지 않았다. 마당을 들여다보고 있으니 두려움에 혈관이 좁아지는 느낌이었다.

"뒤로 물러나래도."

보초를 서는 포졸이 다시 경고했다.

내 입에서 말들이 흘러나왔다.

"허나 저는 의녀입니다. 시신을 살펴봤으면 합니다."

보초가 나를 훑어보았다. 그의 눈에 어떻게 보일지 알았다. 하늘색 비단 저고리와 남색 치마, 긴 흰색 앞치마 차림의 젊은 여자. 동그랗게 말아 새빨간 댕기로 고정시킨 머리카락과, 검은 비단으로 만든 왕관 같은 가리마(조선 시대에 기녀나 의녀 등 특수층 여자가 얹은머리 위에 쓰던 쓰개 - 옮긴이)도 보일 터였다.

"혜민서 의녀요?"

그가 물었다.

"아니요. 내의녀입니다."

나는 궁에 출입할 수 있는 특별한 신분패를 내밀었다.

보초는 이마를 찌푸리고 고개를 갸웃했다. 사실 이곳에 의녀가 필요하지는 않았다. 시신을 조사하는 전문 노비인 포도청 다모로 충분했다. (성적이 좋지 않은 의녀들이 시험에서 떨어진 벌로 포도청 다모가 되었다.) 하지만 보초는 창을 치우고 내게 물었다.

"누가 보내서 온 거요?"

나는 일말의 망설임도 없이 거짓말을 했다.

"네, 그렇습니다."

"들어가보시구려. 저 광경을 보고도 견딜 수 있다면 말이야. 대체 어떤 놈이 저런 짓을 했지?"

마지막 말은 질문이 아니라 의견이었다.

침착하게 숨을 가다듬고 마당으로 들어서자마자, 내 심장은 차갑게 식었다. 전에도 죽은 사람을 대한 적이 있지만 이런 경우는 처음이었다. 멍석이 네 구의 시신을 덮고 있었지만 깔끔하게 빗은 정수리의 머리카락과 움직이지 않는 손가락, 그리고 의복 자락이 가장자리로 삐져나와 있었다.

갑작스러운 움직임에 나는 움찔했다. 군관들이 청사 내부를 조사하는지, 창호지 바른 창문 뒤로 동그란 불빛이 움직였다. 창호지에 흩뿌려진 핏자국을 비추던 불빛이 마당으로 쏟아지자, 멍석의 지푸라기가 금빛으로 물들었다.

나는 긴장감에 심호흡을 하고는, 네 구의 시신 앞에 쪼그려 앉았다. 떨리는 손으로 첫 번째 멍석 끝을 잡아당겼다. 끈적이는 피가 쩍 떨어지는 소리를 들으니 피부에 닭살이 돋았다. 죽은 사람의 몸에 싸인 두껍고 미끌거리는 막을 한 겹 벗기는 느낌이었다. 한 번 더 당기자 긴 이마, 좁은 얼굴, 부릅뜬 눈이 드러났다. 입은 무언의 비명을 지르는 듯 벌어져 있었다.

열아홉 살 의녀 수련생 빛나였다. 빛나의 목소리가 내 귀를 간지럽혔다. 현아! 《인재직지맥》 수업 필기한 것 빌릴 수 있을까?

어지러운 마음은 쉽게 가라앉지 않았다. 한참 만에 평정을 되찾은 나는, 멍석을 아래로 더 끌어 내리다 피가 낭자한 두 개의 상처를 발견하고 동작을 멈췄다. 목을 벤 상처 하나, 가슴을 길게 벤 상처 하나. 손톱 끝도 붉게 물들어 있었다. 치열한 몸싸움의 흔적이었다.

눈을 감을 수밖에 없었다. 섬뜩한 공포감에 맞서 정신을 가다듬고 맥박이 진정되기를, 호흡이 평소의 깊이로 돌아오기를 기다렸다. 그러고는 다음 시신 두 구를 살펴보았다.

먼저, 스물한 살 은채였다. 나와 혜민서에서 같이 일했던 의녀 수련생. 다음 달 혼인이 예정되어 있었다. 머리카락을 한 움큼 뜯은, 주먹 쥔 손이 보였다. 피부 아래 피가 고여 있었고, 코에는 보라색 멍이 보였다. 은채는 배를 찔렸다. 빛나처럼 목도 길게 그어져 있었다.

다음은, 둘보다 나이가 있는 수의녀 희진이었다. 성적이 떨어지는 의녀들을 위해 시간을 쪼개 공부를 가르쳐주던 몇 안 되는 선배 중 하나였다. 최근에 조카가 태어났는데, 품에 안았을 때 얼마나 기뻤는지 내게 들려주기도 했다. 다시는 그 아이를 안아보지 못하리라. 희진은 등을 길게 베였다. 달아나려고 뒤로 돌았을 때 당했을까. 목에도 베인 상처가 있었다. 다른 두 사람과 마찬가지로.

마지막 멍석에 이르렀을 때, 차가운 땀이 흘러내려 눈을 깜박였다. 더는 몸을 가눌 수가 없어 땅바닥에 주저앉았다. 터져 나오려는 흐느낌을 참으려 깊은 숨을 여러 번 들이마셨다. 아직 얼굴이 덮여 있는데도, 네 번째 피해자가 누구인지 알 수 있었다. 정수 의녀가 분명했다.

나보다 열 살 많은, 언니와도 같은 존재. 정수 의녀도 이른 아침에 수련생들을 가르치는 날이 많았다.

떨리는 숨을 들이마신 후 멍석을 벗겼다.

순간 어리둥절해져 쳐다보기만 했다. 정수 의녀가 아니었다. 남색 무수리 옷을 입고 있었다.

머리를 한 대 맞은 기분이었고, 왼쪽 눈이 날카롭게 욱신거렸다. 누구인지 알았다. 안비였다. 전하의 후궁 문 소원(후궁에게 내리던 정사품 내명부의 품계 - 옮긴이)을 모시는 궁녀로, 전에 한번 본 적이 있었다. 나이는 나와 비슷했다. 그런데 궁녀가 무수리 옷을 입고 이곳에서 뭘 하고 있었던 거지? 어쩌다 궁 밖에서 죽음을 맞았을까? 궁녀는 '왕의 여인'으로, 혼인을 할 수도 궁궐 담장을 넘을 수도 없었다. 이렇게 무분별한 행동을 한 궁녀는 엄한 벌을 받았고, 대개 죽임을 당했다.

젖은 머리카락 한 가닥이 얼굴로 흘러내렸다. 나는 머리카락을 귀 뒤로 넘기고, 안비를 더 가까이 살펴보았다. 내 관찰에 따르면, 안비는 가슴을 찔렸다. 무기 크기가 작아 다른 피해자들에 비해 출혈량은 적었다. 숨통을 끊은 건 목을 찌른 한 방이었다. 몸싸움을 벌인 흔적은 없었다. 재빨리 살펴본 바로는 그랬다.

"그렇다면 아무것도 못 보았다는 말이냐?"

진료소 앞으로 깊고 쩌렁쩌렁한 목소리가 울려 퍼졌다. 나는 얼른 위를 쳐다보았다. 창호지 문을 비춘 동그란 불빛 안에, 체구가 건장한 사람의 검은 윤곽이 드러났다.

"확실한가?"

나는 대문을 지키는 포졸의 눈을 피해 서둘러 건물 뒤편으로 향했다. 그러고는 내 그림자가 창호지에 나타나지 않도록 격자문 옆에 바짝 붙었다.

"깜박 잠이 들었던 모양입니다, 영감마님."

내가 얼굴을 찌푸렸다. 정수 의녀님?

"잠?"

포도대장이 대꾸했다.

"수의녀 희진이 수련생들을 지도하는 동안, 저는 다른 방에서 쉬었습니다. 어제 두 건의 출산을 보조했던 터라 몹시도 피로하였습니다."

"출산이라."

송 대장이 사나운 투로 말을 이었다.

"너 따위를 믿는 어미가 있다니 놀랍구나. 다른 생명을 함부로 여기는……."

"영감마님."

정수 의녀가 다시 해명을 시작했다.

"제가 왜 다른 의녀들을 해치겠습니까? 모두와 돈독하게 지냈습니다. 늦은 밤이나 이른 아침에 자주 보충 수업도 해주었습니다. 부디 고정하시고, 차분히 생각해주시기 바랍니다. 저 또한 죽은 제자들을 위해 범인의 처벌을 원합니다."

"나는 흥분하지 않았다."

송 대장이 불쾌한 소리를 냈다.

"그리고, 네가 숨기는 비밀을 다 찾아내고 말 것이다. 무언가를 숨기고 있는 게 분명하다."

위협적으로 한 걸음 다가가는 송 대장의 그림자가 보였다.

"12년 전에도 내게 비밀을 숨겼었지. 또 그러지 않을 리가 있나."

나는 창호지 문을 열어젖히고, 송 대장에게 시간 낭비하고 있다고 말하고 싶었다. 조선의 수도 한양에 사는 어느 누구에게 물어도, 정수의녀는 자애롭고 다정한 사람이라 장담할 것이라고. 아까 세자빈도 그분을 칭찬하지 않았던가. 진짜 살인범은 아직 밖에…….

일순 생각이 정지되었다. 누가 보고 있다는 느낌에 등이 따끔거렸다. 천천히 뒤를 돌아보았다. 하늘뿐이겠지. 검은 풍경 위로 청회색 하늘밖에 보이지 않을 거야.

그러나 내 시선은 짚신 한 켤레, 먼지 묻은 흰 바지, 덕지덕지 기운 저고리로 차례차례 올라갔다. 그림자와 진흙으로 빚은 듯한 고요한 얼굴을 바라보고 있으니, 맥박이 세차게 뛰었다. 검게 그을린 피부, 사선으로 치솟은 뻣뻣한 눈썹, 상투 튼 머리, 키가 크고 호리호리한 몸. 뺨이 홀쭉한 것으로 보아 배를 많이 곯은 모양이었다. 혜민서에 치료를 받으러 온 농부일까.

"무슨 일로?"

내가 속삭였다.

"이곳은 범죄 현장이야."

나를 쳐다보는 시선에도, 이 말을 하는 목소리에도 떨림은 없었다.

포도청에서 일하나 보네. 하인인가.

그는 당장이라도 뒷마당에 수상한 사람이 숨어 있다고 외칠 수 있었다.

"나는 의녀야. 보초병 허락을 받고 들어왔어. 궁금하면 물어보든가."

나는 그의 눈을 똑바로 마주하며 말했다.

"혜민서 의녀라고?"

"내 의녀."

내가 정정해주었다.

"하지만 전에는 이곳 수련생이었어."

남자의 미간에 주름이 잡혔다.

"저 방에 있는 용의자를 알아?"

나는 용의자라는 말에 움찔했다.

"내 스승님이셔."

"스승……."

그가 내 뒤를 쳐다보았다. 나와 송 대장 사이에는 얇은 미닫이문밖에 없었다.

"용의자의 제자가 대화를 엿듣고 있다는 걸 알면, 대장님께서 좋아하지 않으실 텐데."

"엿듣다니."

내가 쏘아붙였다.

"안 그래도 떠나려던 참이야. 목소리가 어디서 들리나 궁금했을 뿐이지. 그리고 보초병이 들어오라고 허락했다니까. 직접 물어보면……."

"포박하라. 그리고 옥에 가두어라. 오전에 심문을 진행할 것이다."

안에서 터져 나오는 송 대장의 목소리에, 나는 불안에 휩싸였다.

곧이어 그의 그림자가 정수 의녀에게 돌아섰다.

"네가 협조하면 심문이 금방 끝날 것이고, 며칠 내로 혜민서에 복귀할 수도 있을 것이다. 전부 네 협조에 달렸다는 말이다."

옷자락 스치는 소리가 났지만, 저항의 소리는 들리지 않았다. 정수 의녀는 순순히 체포되고 있었다. 삐걱삐걱 바닥을 밟는 발소리가 멀어지더니, 또 다른 곳에서 송 대장의 목소리가 크게 울려 퍼졌다.

"권 부장은 목격자들에게 질문을 하라. 나머지는 계속 살인 무기를 찾는다."

나는 포도청 하인의 눈치를 살피고는 말했다.

"나는 그만 가볼게."

"앞마당까지 나와 같이 가야 할 것 같은데."

"그건 아닌 것 같은데."

나는 이렇게 말하며 자리를 뜨려 했지만, 그가 별안간 가슴팍으로 내 시야를 가렸다. 내 코가 그의 더러운 옷에 닿을락 말락 했다.

"보내줘. 나는 궁에 소속된 의녀야."

"어떤 식으로든 범죄 현장과 관련된 사람은 심문을 받아야 해."

"내가 왜 범죄 현장과 관련이 있다는 거야. 나는 지금 막 도착했다고."

"뭐, 대장님께 알아서 설명하……."

"잠깐."

나는 앞치마 주머니에서 엽전을 꺼내 내밀었다.

"여기, 받아."

그는 눈을 내리깔고 반짝이는 엽전을 바라봤다.

"뇌물 수수는 교수형에 처하는 죄야."

나는 터져 나오려는 욕을 삼키고, 천천히 숨을 내쉬었다.

"그럼 원하는 게 뭐야? 원하는 게 있을 거 아냐."

"증거. 그거면 돼."

그가 딱 잘라 말했다.

고지식한 하인이란 말이지. 그렇다면 포도대장에게 충성을 다할 것이다.

"내가 사건에 관한 중요한 단서를 말해주면 보내줄래? 대장님께는 네가 직접 생각해냈다고 고하면 되잖아."

"네가 한다는 말이 그리 중요할⋯⋯."

내 가리마가 펄럭이자, 그의 시선이 내 머리 위에서 춤을 추는 그 검은 비단을 따라 움직였다. 그는 생각이 바뀌었는지 뒷짐을 졌다.

"좋아. 아는 걸 말해줘."

나는 엽전을 주머니에 넣고는, 마음을 가다듬으며 그동안 내가 읽고 외운 모든 의료 기록을 머릿속으로 되짚어보았다. 그런 다음 포도대장이나 다른 군관들이 오지는 않는지, 옆을 살피며 말했다.

"칼에 찔린 상처는 절대 깔끔하지 않아. 대부분 주위에 긁히고 베인 자국이 있지. 하지만 남색 무수리 옷을 입은 네 번째 피해자를 보니, 뭐가 빠졌더라고. 방어흔. 그게 없었어. 범인이 단번에 끝내버린 거지. 아주 능숙했어. 몸에서 정확히 어느 부위를 공격해야 치명적인지 알았던 거야. 나는 그게 굉장한 단서라고 생각해. 또 그 상처를 낸 무기는, 다른 피해자를 죽인 무기보다 크기가 작아."

나는 꼬리에 꼬리를 물고 이어지는 생각들을 말하다가 멈췄다. 포도청 하인은 한마디도 하지 않았다. 새까만 눈으로 나를 강렬하게 응시하며 눈 한 번 깜박이지 않았다. 나도 시선을 피하지 않고 똑바로 마주했다.

"그런 걸 어떻게 다 알아?"

그가 조용히 물었다.

"의녀니까."

"그래, 의녀지. 수사관이 아니라."

"의녀들도 사람 몸 조사하고……."

그때 근처에서 저벅저벅 눈 밟는 소리가 들렸다.

"뭐라?"

송 대장의 목소리가 쌀쌀한 새벽 공기에 메아리쳤다.

"범죄 현장에 계집을 들여보냈다고? 지금 어디에 있느냐?"

나는 갑자기 빨라지는 심장박동을 느끼며 포도청 하인을 힐끗 보았다. 마음만 먹으면 한마디로 나를 포도대장에게 넘길 수 있는.

"이제 가봐."

그가 속삭였다.

그 즉시 혜민서 기와 담장을 향해 뛰어가려 했지만, 내가 기어오르기엔 너무 높았다. 나는 뒤돌아 포도청 하인을 보며 머쓱한 표정을 지었다.

"부탁인데, 담장 위로 나 올려줄 수 있어?"

그가 긴장했다.

"어떻게?"

"등 좀 빌려줘."

"내 등을…… 밟으려고?"

"빨리. 이쪽으로 오고 있어!"

내 속삭임에도 그는 꼼짝하지 않았다.

나는 흥 콧방귀를 뀌고는 중얼거렸다.

"그래, 뭐, 혼자 하면 되지."

나는 손바닥에 끈적이는 땀을 닦아내고는, 달려가서 풀쩍 뛰어 얼음처럼 차가운 담장 꼭대기에 두 손을 걸었다. 그러고는 무릎을 쓸리면서 젖 먹던 힘을 다해 몸을 끌어 올렸다. 하지만 손가락이 미끄러지는 바람에 나는 땅으로 떨어졌다.

"궁에서 나온 의녀라고? 어떻게 생겼더냐?"

송 대장의 목소리가 더 가까워졌다.

이곳에서 나가야 했다. 당장.

정신을 차리고 다시 한 번 껑충 뛰었다. 담장 꼭대기를 붙잡고 몸을 끌어 올려 바깥을 얼핏 보는 데까지는 성공했다. 이마가 땀으로 촉촉해졌다. 나는 더 많은 힘을 그러모았다. 팔이 후들거리고 손가락이 쑤셨다. 갑자기 한 쌍의 손이 나타나, 내 허리를 잡고 위로 쑥 올려주었다. 이 정도 높이면 담장에 다리 하나를 걸 수 있었다. 나는 기와에 매달린 채 뒤돌아 그의 진지한 얼굴을 마주했다. 내 시선이 그의 혼란스러운 시선과 얽혔다.

"가능하면 멀리 떨어져 있어."

경고 같기도 하고, 도전 같기도 한 목소리였다.

"신세 망치고 싶지 않다면 말이야. 다시는 범죄 현장 주변에 얼쩡거리는 모습 안 봤으면 좋겠다."

나는 눈썹을 찡그렸다. 대체 무슨 뜻으로 하는 말일까.

"당연하지. 우리가 다시 만날 리 없잖아."

송 대장의 전립(조선 시대 무관이 쓰던 모자 - 옮긴이)이 언뜻 보였다. 나는 담장을 넘어가 착지한 후, 벽에 등을 바짝 붙였다. 내 심장 뛰는 소리가 귓가를 때렸다. 송 대장과 하인이 뭐라고 대화하는 소리가 들리더니, 멀어지는 두 사람의 발소리가 이어졌다. 이제 안전했다. 하지만 침묵이 깔리자, 무거운 현실이 다시 나를 짓눌렀다.

네 여인이 살해당했다.

머리카락을 뜯어 움켜쥔 손, 손톱 끝에 피가 맺힌 또 다른 피해자의 손. 살아야 한다는 필사적인 의지의 증거였다. 그럼에도 죽음을 피하지 못했다.

누가 그토록 잔혹할 수 있을까? 사람이 그렇게 악할 수가 있나?

손으로 얼굴을 쓸어내리고는, 주위를 둘러보았다. 모든 것이 전과 똑같았다. 바다처럼 펼쳐진 눈 덮인 초가집들, 한양을 이리저리 꿰뚫는 흙길들, 우리를 품에 감싸 안은 검은 능선의 산들. 하지만, 나는 담장을 넘어 악몽 속으로 떨어진 기분이었다. 긴장된 공기에선 공포의 냄새가 났다. 죽은 이들의 얼굴이 내 눈으로 흘러들어, 하늘을 불그스름한 푸른색으로 물들였다.

이제 어떡하지? 내 마음은 정수 의녀 생각으로 가득했다. 어떻게 할 거야?

나는 비틀거리며 걸었다. 발을 내디딜 때마다 무릎이 휘청거렸다. 아무리 찾아도 지은이 보이지 않자, 집 방향인 동대문으로 향했다. 온 세상이 질서를 잃은 듯 이상했다. 너무 날카로웠다. 푸줏간 주인이 짐승의 살덩이에 칼을 내리치는 장면을 목격했을 땐, 몸이 움찔하며 나도 모르게 눈에 눈물이 그렁그렁해졌다.

누가 그 여인들을 죽였을까? 범인은 대체 어떤 이유로 그들을 살해하게 됐을까? 뿌예진 눈으로 나는 지저분하고 딱딱한 얼굴의 행인들을 바라봤다. 남자들, 여자들, 아이들. 그들도 내 쪽을 힐끔거렸다.

나는 끔찍한 비밀이 숨겨진 세계에 발을 들이고 말았다.

2

　초의 심지가 다 탔다. 막 동이 튼 참이라, 방에서 나가 새 초를 찾는다고 온 집 안을 휘젓고 다니고 싶지는 않았다. 다섯 살짜리 남동생 대현이는 곤히 잠들어 있을 테고, 어머니는…… 어머니는 늘 피하고 싶은 상대였다. 긴장한 부동자세로 아버지를 기다리는 모습을 보고 싶지 않았다. 아버지가 우리 집을 찾는 날은 드물었다. 본처와 새 애첩에게 쓸 시간도 부족했으니까. 어머니는 아버지에게 중요한 사람이 아니었다.

　나는 얼른 책상을 창가로 옮기며 혼잣말로 되뇌었다.

　"나는 절대 어머니처럼 살지 않을 거야."

　나는 사랑에 빠지지 않을 것이다. 나를 가장 먼저, 제일 사랑해주는 사람이 있다면 모를까.

　누군가의 1순위가 될 수 없다면, 차라리 아무것도 아닌 사람이 될 것이다.

어머니처럼 자신을 스치는 세상을 외면한 채, 가만히 앉아 인생을 낭비하지는 않을 것이다. 나는 목소리를 내어 생각을 전할 각오가 되어 있었다. 그래서 송 대장에게 보낼 편지를 계속 써나갔다. 작고 단정한 글씨를 쓰는 동안, 달빛을 받은 종이 위에 검은 먹이 미끄러지듯 움직였다. 나는 얼룩이 묻지 않게 통 넓은 소매를 말아 올렸다.

어느새 네 장째, 정수 의녀의 다정한 성품과 절대 살인할 수 없는 성격에 대해 쓰고 있었다. 그러다 보니 과거로 빠져들었다. 다시 여덟 살이 되어, 어머니가 나를 버리고 간 기방 앞에서 오들오들 떨고 있었다. 어머니는 기생이 되는 것 말고는 내게 미래가 없다고 믿었고, 행수가 마음을 바꿔 나를 받아줄 때까지 기다리라 말했다. 그러나 기방 문은 굳게 닫혀 있었고, 아무도 나를 데리러 나오지 않았다. 그때 정수 의녀가 나타났다. 내 앞에 쪼그리고 앉아, 얼어붙은 내 뺨을 감싸 주었다.

"나는 의녀란다."

이것이 정수 의녀의 첫마디였다.

"이제 넌 혼자가 아니야."

그러고는 혜민서까지 나를 업고 갔다.

그때 정수 의녀의 나이, 겨우 열여덟이었다.

지금 내 나이와 같았다.

글을 쓰다 몇 번 손가락에 쥐가 나 손을 문질러야 했다. 이제야 창문을 보니 그새 하늘이 환해져 있었다. 궁에서 근무하는 의녀들은 대개 격일로 근무하며, 오늘 나는 쉬는 날이다. 증언들이 아직 생생할 때인 오늘로 예정된 포도청 심문을 지켜볼 수 있을 것이다.

보리차를 한 모금 마시고, 송 대장에게 보내는 긴 편지의 마지막 줄을 썼다.

대장님께서도 저처럼 정수 의녀를 아신다면, 결백을 확신하
시리라 믿습니다.

먹이 마르기를 기다렸다가 편지를 접었다. 재빨리 세수를 하고 계속 입고 있던 의녀복에서 평복으로 갈아입은 후, 씩씩한 걸음으로 출발했다. 반 시간도 되지 않아 성문 앞에 도착했다.

보초가 내 신분패를 뜯어보는 사이, 나는 위를 올려다보았다. 높은 성벽 난간 위에서 붉은 옷을 입은 병사가 순찰을 하고 있었다. 저 위에서는 무엇이 보일까. 피비린내 나는 밤이 지난 후, 이 나라는 전과 다른 모습이 되었을까.

보초가 내 신분패를 돌려주며 말했다.

"지나가시오."

그의 입김이 차가운 대기로 구름처럼 피어올랐다.

성큼성큼 성문을 통과하는 내 감각은 날카롭고 예민해졌다. 이 성 어딘가에 아직 살인범이 숨어 있었다. 양쪽으로 끝없이 늘어선 초가집들에선, 흰 옷 입은 사람들이 피곤하고 굶주린 얼굴로 담배를 뻑뻑 피워댔다. 아이들이 나를 밀치고 달려 나갔다. 아기를 업고 짚단 담은 바구니를 머리에 인 여자들도 내 옆을 지나쳤다. 개중에는 큰 자녀를 뒤에 달고 가는 이들도 있었다.

"물렀거라! 대감마님 행차시다!"

하인들이 외쳤다.

양반이 지나갈 때는 관례에 따라 땅에 엎드려 머리를 조아려야 했다. 그래서 나는 피맛골로 빠졌다. 절을 하다 치마에 흙을 묻히기 싫은 나 같은 사람들은 이 좁은 골목을 이용했다. 포도청에 거의 다 왔을 때야 다시 큰길로 나온 나는, 제자리에 멈춰 섰다.

벽 앞에 사람들이 모여 있었다. 그들이 속삭이며 손가락으로 벽을 가리키고 있어, 거기 방(榜)이 붙었음을 모를 수가 없었다. 익명의 방인 괘서(掛書)였다. 이는 억압받는 이가 목소리를 내고 싶다는 뜻이었다. 공개적으로 발언하면 처형당할 위험이 있을 때 사용할 수 있는 유일한 수단이었다.

"뭐래?"

한 농부가 물었다.

"나도 몰라. 글을 읽을 수가 있어야지."

다른 농부가 답했다.

"우리야 다 까막눈이지! 뭐라고 하는 걸까?"

나는 몰려든 사람들 틈을 비집고 들어갔다. 괘서는 양반과 권력층만 사용하는 글자인 한자로 적혀 있었다. 하지만 나는 한자를 읽는 법을 알았다. 그래서 몇 걸음 더 다가갔다가 얼어붙고 말았다.

세자에게 죽임을 당한—

군중이 갑자기 갈라졌다. 검은 모자와 검은 옷을 입은 사람들이 순식간에 밀고 들어오며 곤봉을 휘둘렀다. 곳곳에서 비명과 신음이 터져 나왔다. 포도군사들이 도착한 것이다. 한 명이 나를 옆으로 세게 떠미는 바람에, 벽에 부딪히며 윗니와 아랫니가 딱 소리 나게 맞물렸다. 하지만 방금 읽은 글 때문에 고통을 느낄 수가 없었다. 방을 찢는 군관들의 두려운 눈빛을 보자, 내 모든 감각이 사라졌다.

다리가 후들거려 벽에 등을 기대고 주저앉았다. 세자의 캄캄한 방, 세자의 부재를 속삭이던 그 방이 머릿속에 떠올랐다. 세자 저하는 비밀리에 궁을 떠났고, 살인의 목격자가 되어 돌아왔다.

세자에게 죽임을 당한— 누구를? 세자가 누구를 죽였단 말인가?

✽

포도청으로 달려 들어가자 건물 앞에 빈 심문 의자가 놓여 있었다. 높은 나무 단상 중앙에는 송 대장이 앉아 있었다. 성긴 흰 수염을 기른 포도대장은 아주 괴팍하게 생긴 노인이었다. 의자 팔걸이에 팔꿈치를 얹고 손가락으로 자기 뺨을 톡톡 두드렸다. 기다리는 자세였다. 심문 의자를 에워싼 구경꾼들도 다 기다리고 있었다.

"낯빛이 좋지 않네."

이 말에 화들짝 놀라 주위를 둘러보다가, 퀭하고 쌍꺼풀 진 눈과 마주쳤다. 범죄 현장에서 봤던 내의녀 인영이었다. 키가 크고 날씬한 20대 처녀로, 평소보다 분을 좀 두껍게 발랐는지 얼굴이 달빛 아래 꽃잎처럼 새하얬다. 겉모습은 여려도, 지나가는 포졸과 부딪히지 않게 나를 잡아당기는 손아귀 힘은 억셌다.

"언제부터 계셨어요?"

내가 물었다.

"심문이 시작될 때부터."

"벌써 시작된 거예요?"

"목격자 증언은 끝났어. 용의자 가족의 증언도."

말투로 보아, 인영도 정수 의녀가 유죄가 아니라고 믿는 듯했다.

"의녀님도 제 스승님이 결백하다고 생각하세요?"

내가 조심스럽게 물었다.

"네 스승?"

인영은 한숨을 내쉬더니 고개를 저었다.

"나는 현장을 목격했어. 신고한 사람이 나야."

내가 놀라서 눈을 동그랗게 떴다.

"어떻게 된 일이에요?"

"얘기하자면 길어. 통금이 해제되기 전에, 주정뱅이 아버지가 집에 없다는 걸 알고 단골 노름방에서 데려오려고 나갔지. 가뜩이나 없는 돈을 노름에 탕진하면 안 되잖아. 그 양반 습관이긴 하지만, 요즘처럼 기근이 계속되는⋯⋯."

인영이 고개를 내젓고는 말을 이었다.

"어쨌든 노름방에 갔더니, 아버지는 화를 내며 혼자 가버렸어. 그때 길에서 뛰어가는 안비를 본 거야. 겁에 질린 얼굴로 계속 뒤를 돌아보며 뛰어갔어. 순라꾼(야간에 순찰을 돌던 조선 시대 군졸인 '순라'를 이른다 - 옮긴이)에게 도와달라고도 하지 않고."

"그러다 죽었다."

나는 혼잣말처럼 말하고는, 인영에게 물었다.

"무수리가 아니라 나인이라는 사실은 포도청에서도 알겠지요?"

"그래, 내가 말했으니⋯⋯."

인영이 말을 흐렸다. 동이 트기 전의 상황을 회상하는지 눈의 초점도 흐려졌다.

"안비 뒤를 쫓아가봤어. 궁녀는 궁 밖을 돌아다니면 안 되는데 이상해서. 그러다 놓쳤고, 잠깐 찾다가 집으로 돌아가기로 했어. 그때 여자 비명 소리를 들었어."

인영이 떨리는 숨을 내뱉었다.

"내가 도착했을 때는 고요했어. 대문이 열려 있어 안을 들여다봤는데, 그때 그 모습은……."

인영은 기절할 듯한 표정으로 손등으로 입을 가렸다.

"내 평생 그렇게 참혹한 광경은 처음이었어."

그때였다. 모여 있던 사람들이 흥분해서 수군거리기 시작했다. 그들의 시선을 따라가자 정수 의녀가 보였다. 의녀복이 아닌 소복 차림으로 끌려 들어오고 있었다. 날리는 눈송이들이 정수 의녀의 발밑으로 조용히 내려앉았고, 시간이 천천히 흐르는 듯했다. 사실, 알아보기 힘든 모습이었다. 정말 이 사람이 내 인생의 절반을 이끌어준 여인, 내가 우러러보았던 여인이 맞나? 어린 시절 나는 정수 의녀를 보고 하늘에서 내려온 선녀인 줄 알았다. 얼굴은 달처럼 환하게 빛나고, 두 눈은 구름 한 점 없는 하늘에 떠 있는 별처럼 초롱초롱했다. 하지만 오늘은 시들고 꺾인 모습이었다.

공기 중에 긴장감이 가득했고, 모두 숨을 죽이고 기다리는 듯했다. 심문 의자에 묶인 정수 의녀 양옆에는 격수 두 명이 두꺼운 곤장을 들고 서 있었다.

눈을 감고 싶었다. 포도청의 고문은 가혹하기로 유명했다. 왕이 직접 나서 포도청의 무모한 매질을 금지하라고 할 정도로 악명이 높았다. 왕은 곤장을 치는 장형을 최대 30대로 제한하고, 고문을 재개하더라도 최소 사흘을 기다리라 명했다. 그러나 우리 천민들은 잘 알았다. 포도청이 왕명을 거역하고 용의자를 때려죽이는 일이 드물지 않다는 것을.

제발, 정수 의녀님을 지켜주세요. 나는 하늘에 기도했다.

송 대장의 목소리가 높은 단상에서 천둥처럼 크게 울렸다.

"통금 해제가 얼마 남지 않은 새벽, 혜민서에서 비명이 들렸다는 목격자들이 있다. 피해자 두 명의 어미들은, 자기 딸이 이른 시각에 집을 나섰다고 한다. 이번에 함께 살해당한 수의녀의 보충 수업을 듣기 위해."

그러고는 정수 의녀 쪽으로 몸을 틀었다.

"너 또한 수련생들의 공부를 돕기 위해 혜민서로 갔다고?"

"예. 그렇습니다."

정수 의녀가 대답했다. 목소리가 긴장으로 팽팽했다.

"몇 시에?"

"저희는 보통 통금이 해제되기 한 시간 전에 수련생 의녀들을 위해 문을 열어놓습니다."

"그렇다면 인시 반각(오전 4시)이렸다?"

"예."

"그런데 왜 네가 자정에 집을 나선 후 귀가하지 않았다고 말하는 이웃이 셋이나 있는 것이냐? 어디 있었지?"

정수 의녀는 창백한 얼굴로 머뭇거렸다.

"여인이 밤늦게 외출했다 해서 범죄는 아니지 않습니까."

사실이었다. 통행금지 시간에도 여자들은 거리를 돌아다닐 수 있었다. 통금은 밤사이 도성에서 위험한 행동을 할 수 있는 남자들에게만 해당되었다. 정수 의녀에게는 아무 잘못이 없었다.

"질문을 계속하겠다. 자정부터 네가 혜민서로 갔다고 주장하는 인시 반각 사이에 어디 있었느냐?"

송 대장이 또박또박 말했다.

정수 의녀는 또 머뭇거렸다. 이번에는 머뭇거리는 시간이 너무 길었다.

"저…… 저는 산책을 했습니다."

"꼬박 네 시간을?"

"걱정거리가 너무 많았습니다, 영감마님."

포도대장은 여전히 의자 팔걸이에 팔꿈치를 대고 손가락으로 자기 뺨을 톡톡 두드렸다.

"네 시간 동안 살인을 계획했을지도 모르지. 살인을 도와줄 공범과 만났을 수도 있고."

"그렇게 생각하신다니 상상력도 참 풍부하십니다, 영감마님."

목소리가 떨렸지만, 분노와 공포 중 어느 감정인지는 알 수 없었다.

"허나 제게는 동기가 없고……."

"우리가 발견했을 때 너는 피를 뒤집어쓰고 있었다. 손이 빨간 피로 물들어 있었어. 정녕 결백하다면 말해보거라. 자정에서 인시 반각 사이에 네가 했다는 행동을 증명할 방법이 있느냐?"

정수 의녀는 가장자리가 붉어진 눈으로 땅바닥만 하염없이 쳐다보왔다.

"없습니다."

정수 의녀님, 제발 스스로를 변호하세요! 나는 스승에게 무언의 애원을 했다.

"저는 수련생들을 죽일 이유가 없었습니다."

그렇게 말하는 목소리가 갈라졌다.

"수의녀와도 좋은 친구 사이였습니다. 죽은 나인은 생전 본 적도 없는 사람입니다."

"거짓말의 귀재로군."

송 대장이 이를 갈았다.

"너는 포도청에 비밀을 숨기고 있다. 사건 발생 시 잠들어 있었다고 주장하지만, 온 도성의 목격자들이 비명을 들었다는데 어찌 잠에서 깨지 않을 수 있단 말인가?"

내 주위 사람들 사이에서, 저 말이 맞다고 속삭이는 소리가 퍼져 나갔다.

"군관들이 현장에서 증거를 수집했고, 그중에 약작두가 있었다."

송 대장이 손짓을 하자 앞으로 나온 서원이, 나무 손잡이가 달린 긴 직선 형태의 칼을 내밀었다. 도마가 떨어져 나간 약초 절단기는 피로 물들어 있었다.

"네가 그 여인들을 혼자 죽일 수는 없었겠지. 열여덟 살 나인도 누군가 궁 밖으로 유혹했을 것이고."

송 대장이 말을 이었다.

"누구였느냐? 누구의 도움을 받았어?"

정수 의녀가 이를 악물자 턱 근육이 움찔거렸다.

"저는 그런……."

정수 의녀의 목소리가 갈라졌고, 내 심장도 찢어졌다.

"저는 아무도 해치지 않았습니다."

송 대장은 어린 소녀를 내려다보듯 무릎을 손으로 짚고 몸을 앞으로 기울였다.

"계속 협조하지 않으면 며칠 내로 곤장을 칠 것이다. 다시는 걸을 수 없을 때까지, 뼈가 조각조각 부서질 때까지 매질을 지시할 것이야."

그러고는 부드러운 말투로 덧붙였다.

"그때는 말을 하겠지. 내 앞에 끌려 나온 죄인들은 입을 열게 되어 있다. 하지만 진실을 말하는 방법은 네게 달렸다. 네 의지로 말할 테냐? 아니면 기어이 고문을 당해야겠냐?"

"말하는 의미가 있을까요?"

정수 의녀가 드디어 턱을 들고 싸늘하게 말했다. 눈빛은 칼날처럼 날카로웠다. 이 사람은 내 스승이 맞았다.

"어차피 저를 오래 살려두지 않을 작정이시지 않습니까."

두려움으로 눈빛이 흔들리고 목소리가 떨렸지만, 의자 뒤에 묶인 손은 결연히 주먹을 쥐었다.

"무언가로 기억되어야 한다면 이렇게 기억되고 싶습니다. 이렇게 말입니다."

정수 의녀는 숨 막힌 목소리로 같은 말을 반복했다.

무슨 뜻이지? 묻고 싶은 것이 너무도 많았지만, 송 대장은 격한 손짓을 하며 이렇게 명령했다.

"저년을 내 앞에서 치워라!"

❋

심문이 끝난 후, 나는 하인들이 사용하는 안마당으로 몰래 들어가 아는 얼굴을 찾았다. 송 대장에게 내 편지를 배달하는 임무를 맡길 수 있는 믿을 만한 사람을. 그런데 "눈썹을 찡그리고 농부 차림을 한 젊은 남자"라고 설명하며 그 포도청 하인이 어디 있냐고 물어볼 때마다 묘한 시선만 받았다. 나는 마음을 바꿔 부엌에서 나오는 다모를 쳐다보았다. 슬비라고, 혜민서에서 나와 함께 공부한 아이였다. 다른 다모들처럼 슬비도 시험에서 세 번 떨어져서 이곳에서 일하게 되었다.

"슬비야."

슬비가 뒤를 돌아보자, 유령처럼 창백한 얼굴에 머리카락이 한 가닥 흘러내렸다.

"의녀님."

슬비는 멍한 얼굴로 나를 보며 눈을 깜박였다.

"정수 의녀님을 옥에 가두다니, 믿을 수가 없어요. 다른 사람도 아니고 정수 의녀님을."

나는 고통으로 뜨겁게 타들어가는 가슴으로 말했다.

"너도 정수 의녀님이 결백하다고 생각하는 거지?"

"그럼요. 어떤 분인지 아는걸요. 그런 짓을 하셨을 리 없어요."

슬비가 속삭였다.

"내 말이 그 말······."

"그런데 걱정이에요, 의녀님. 대장님께서 의녀님에게 개인적인 원한이 있어서."

가슴이 철렁 내려앉았다.

"무슨 소리야?"

"오래전 일인데, 정수 의녀님이 대장님 부인의 출산을 돕다가 그분과 아들 모두 살리지 못하셨답니다. 대장님은 아직까지 그 일을 용서하지 못하신 듯해요. 경험이 많지 않았는데 아기를 받으려 했다는 것 자체를 용서하지 못하셨대요."

"우리 다 경험이 부족했던 시절이 있잖아."

내가 말했다.

슬비는 아랫입술을 깨물더니 고개를 저었다.

"정수 의녀님이 대장님께 거짓말을 했대요. 경험이 많은 것처럼요. 다른 의녀들에게 실력을 증명해 보이고 싶었던 거겠죠."

"하지만 이번 일은 살인이야."

내가 나직이 말을 이었다.

"설마 개인적인 감정에 휘둘리겠어? 진짜 살인범이 돌아다니는 건 대장님도 원치 않으실 거 아니야."

"또 모르죠."

나는 이맛살을 찌푸리며 물었다.

"그럴 이유가 있어?"

슬비가 이마의 땀을 닦고 주위를 살폈다.

"제게 들었다고 하지 마세요. 약속하실 수 있죠? 의녀님이라면 믿어요. 예전부터 의녀님과 친해지고 싶었어요. 다…… 모든 게 완벽하시잖아요."

나는 슬비의 말에 괜히 어색해져 자세를 고쳤다.

"절대 실수를 안 하시죠."

절대로 실수를 범해서는 안 된다. 그것은 내 삶의 목표였다. 내 인생은 실수에서 비롯되었다. 딸로 태어났고, 또 혼외자로 태어났기 때문이다. 더 이상의 실수를 용납할 여지는 없었다.

"한양 전체에 괘서가 붙었어요."

슬비의 말에, 퍼뜩 괘서 앞에 몰려든 사람들과 포도군사들이 떠올라 눈썹을 추켜세웠다.

"세자 저하께서 혜민서 여인들을 죽였다고요."

나는 터져 나오려는 숨을 참고 간신히 표정을 관리했다.

"물론 진실이 아니겠죠. 궁 밖에 사는 사람들은 세자 저하 얼굴도 모르는데 어떻게 알아볼 수 있었겠어요?"

하지만 궁녀인 안비도 혜민서에서 죽었지. 안비의 죽음을 조사하면, 어떻게든 궁으로 핏자국이 이어질 것이다.

"누군가 음모를 꾸미려는 게 분명해요. 한양에서는 다들 그러잖아요. 서로가 서로를 무너뜨리려고 해요. 노론 쪽 정적이 벌인 짓일지도 몰라요. 그리고 세자 저하께서 혼자 궁을 나설 리가 없잖아요. 그럴 수 없는 거 아니에요?"

슬비가 확신에 차서 물었다.

나는 내가 아는 사실을, 그 대학살의 밤에 세자는 궁에 없었다는 사실을 숨기려고 눈을 내리깔며 답했다.

"그렇지."

나는 점점 커져가는 불길한 예감을 잠재우기 위해 손가락으로 눈을 누르고 조용히 한숨을 쉬었다. 이제 혜민서 살인 사건은 왕실의 끔찍한 추문이라는 역한 냄새를 풍기기 시작했다. 정수 의녀를 죽음으로 몰아넣을 수도 있었다. 나는 불안감을 떨쳐버리고 슬비에게 편지를 건넸다.

"부탁이야. 송 대장님께 이걸 전해……."

"백현."

뒤에서 소름 끼치게 익숙하고 차가운 목소리가 들렸다.

"무엇을 전한다는 게냐?"

나와 마찬가지로 겁에 질려 눈이 동그래진 슬비가 허리 굽혀 절을 하고는 냉큼 자리를 떴다. 나도 슬비를 따라가고 싶었다. 내 위로 드리워진 그림자의 주인이 누구인지 굳이 눈으로 확인할 필요는 없었다. 아버지였다. 실제로는 '아버지'라고 부르지 못하는 사람. 이 나라에서 혼외자는 어머니 가문에 속할 뿐 아버지인 남자의 가문에는 속하지 못했다.

"대감마님."

나는 천천히 몸을 돌리며 속삭였다.

아버지는 진홍색 비단옷을 입고, 머리에는 삼층 정자관을 쓰고 있었다. 이곳에서 아버지를 봤다 해서 놀랄 일은 아니었다. 아버지는 형조판서였다. 법이 제대로 집행되고 있는지 확인하는 것은 그의 의무였다.

나는 고개를 숙인 채로 얼어붙었다.

"어디를 몰래 가기에 따라왔지."

아버지의 차디찬 목소리가 내게로 흘러내렸다. 목소리에는 약간의 호기심도 배어 있었다.

"다른 이들과 멀리 떨어져 여기서 혼자 무얼 하는 게냐?"

"저는……."

나는 제대로 된 답을 하려고 머리를 바쁘게 굴렸다.

"송 대장님께 편지를 전해줄 하인을 찾고 있었습니다. 정수 의녀를 돕고 싶어서요."

나는 충직한 제자의 모습으로 보이기를 바라며 말을 이었다.

"정수 의녀는 결백합니다, 대감마님. 제가 압니다. 대장님도 정수 의녀의 성품을 진실로 알게 되신다면 절대……."

내 시야에 아버지의 뻗은 손이 나타났다.

"이리 내라."

아버지가 나직이 말했다. 시키는 대로 편지를 내밀자 내 시야에서 아버지의 손과 편지가 사라졌다. 내 심장은 쿵쾅거리고 있었다.

아버지가 내 편지를 읽는 동안 싸늘한 아침 공기가 뼈에 스며들었다. 감히 움직일 수 없었다. 두려워 눈도 깜박이지 못했다. 나는 아버지가 범보다도 무서웠다. 범은 나를 잡아먹으면 끝이지만, 아버지는 내 영혼을 짓밟을 수 있었다.

5년 만에 처음 하는 대화였다.

그동안 그의 모습을 한양 도처에서 얼핏 보기는 했었다. 늘 말이나 가마를 타고 있었고, 하인들은 신 대감이 행차하시니 물러나라고 외쳤다. 그러면 나 같은 피지배층은 길을 가다가도 엎드려야 했고, 아버지는 내게 진흙을 튀기며 지나갔다. 이 나라를 지배하는 것은 아버지가 속한 계급이었다. 아버지 같은 사람들이 누가 가치 있는 자인지를 결정했다.

마침내 아버지가 편지를 돌려주었다. 나는 숨을 참으며 기다렸다. 내 편지를 인정한 것일까?

"이것은 증거가 아니다."

아버지의 말이 나를 찔렀다.

"포도대장을 설득할 수단은 증거뿐이야. 헌데 네 글에는 온통 조악하고 어리석은 감정뿐이지 않느냐."

나는 손에 꽉 쥔 편지를 갈기갈기 찢고 싶었다. 아버지 눈앞에서 치워버리고 싶었다.

"더 중요한 일들에 집중해야 하지 않겠느냐. 내의녀가 되었다고 들었다."

나는 상처 받은 티를 감추며 겨우 말했다.

"예, 대감마님."

"내 이번 한 번만 아비 노릇을 해야겠다. 네게 조언 하나 하마."

바람이 불어와 아버지의 가죽 신발 주위로 붉은 비단 자락이 펄럭였다.

"정수 의녀의 운명은 이제 신경 쓰지 말거라. 네 어미가 아니지 않느냐. 네 형제도 아니고. 네가 그 여인의 목숨을 책임질 이유는 없다."

나는 땅바닥만 보고 있었다. 아버지의 말들이 심장에 멍을 남기고 배 속을 마구 헤집었다.

"너는 천한 신분임에도 내의녀가 되었다. 황금 같은 기회가 아니겠느냐. 천 분지 일의 기회다. 다른 생각은 하지 말거라. 포도청이 하는 일에 참견하지 말라는 이야기다. 그런 행동은 네 미래를 위태롭게 할 것이야."

"예."

내가 속삭였다.

아버지가 떠나려고 돌아서다가 멈칫했다. 뒷짐을 지고 얼굴을 찌푸리며 나를 내려다보는 시선을 보지 않고도 느낄 수 있었다.

"얌전히 지내고 포도대장의 일을 방해하지 말거라. 너 같은 계집아이가 무슨 수로 그를 도울 수 있다고."

나는 아버지가 떠날 때까지 허리를 굽히고 있었다. 더 이상 아버지가 보이지 않자, 나는 편지를 찢어 그 조각들을 땅으로 날렸다.

아버지 앞에서는 흠결 하나 보이고 싶지 않았다. 그 간절한 열망으로 나는 젊은 양반들을 경쟁자로 여기게 되었다. 필수 학문서라면 전부 공부한 것도 그래서였다. 아들로 태어났다면 나는 거뜬히 과거에 급제할 수도 있었다. 《대학》, 《중용》, 《논어》, 《맹자》. 지금도 시간이 남으면 이 경전들을 암기하려고 한다. 남자들이 머리에 채우는 지식을 내 머리에도 채우고 싶어서, 최대한 그들처럼 되고 싶어서.

아버지의 관심을 받을 만한 딸이 되고 싶었다.

하지만 오늘 나는 아버지에게 부족함만 보였다. 이것은 증거가 아니다. 아버지는 이렇게 말했었다.

그렇다면 무엇이 증거란 말인가?

살인자를 찾을 생각은 없었다. 송 대장이 내 스승에게서 분노를 거둘 증거면 충분했다. 그리고 아버지에게 내 능력을 보여야 했다. 사랑과 인정이 저절로 찾아와 나를 감싸 안기를 마냥 기다릴 수는 없었다. 내 손으로 찾아내고, 피와 땀으로 얻어내야 했다.

나는 문 옆에 손을 올리고 정수 의녀가 끌려간 감옥이 어디 있을지 주위를 둘러보았다. 정수 의녀는 무언가를 알고 있었다. 확실히 알고 있었다. 하지만 죽을 각오를 하고 진실을 감추려 하고 있었다. 어쩌면 내게도 말하지 않을 것이다.

3

다음 날 궁으로 가는 길에 혜민서에 들렀다.

모든 사람이 불안해 보였다. 이른 아침 공기에 죽음의 냄새가 아직도 생생했고, 땅에 쌓인 눈에도 핏자국이 남아 있었다. 은밀히 연락을 받은 무당이 이곳으로 와 악귀 쫓는 굿을 치렀다.

이런 혼란 속에 간신히 의녀 옥선을 따로 불러낼 수 있었다. 열한 살 때부터 같이 공부한 사이라 나는 옥선이 얼마나 영리한지 알았다. 심각한 상황에서도 늘 평정을 유지하는 아이였다.

"시간 있을 때……,"

나는 봇짐에서 쪽지를 꺼내 옥선에게 건네며 말했다.

"어젯밤 자정에 정수 의녀님이 어디 계셨는지 주위에 물어볼 수 있어? 자세한 내용은 내가 다 적어놨어."

"보통 통금 중에는 길에 아무도 안 다니잖아. 아는 사람이 있겠니?"

옥선이 내 쪽지를 내려다보며 말했다.

자신이 없어졌지만, 분명 옥선도 나만큼이나 정수 의녀를 존경했다.

"부탁할게. 그냥 물어보기라도 해줘. 정보가 아예 없는 것보다는 뭐라도 있는 게 나아."

"현아…… 너 수사를 하는 거니?"

옥선이 나를 힐끗 올려다보며 물었다.

"아니야, 그럴 리가. 몇 가지 증거만 구하고 있어. 정수 의녀님의 결백을 입증할 증거면 돼. 그것만 찾으면 손 뗄 거야."

옥선은 내 말을 믿지 못하겠다는 듯 의심스럽게 나를 보았다.

"내가 현이 너를 모르니? 너무 잘 알지. 일 하나 하겠다고 작정하면 끝장을 보는 애가."

망설이던 옥선이 작은 소리로 중얼거렸다.

"하지만 우리는 친구니까, 아는 사람들에게 물어는 볼게. 몰래."

"고마워."

혜민서에서 나오니, 시장 가판대 상인들이 막 장사를 시작하고 있었다. 귀한 중국 비단들이 펼쳐져 부자들을 유혹하고, 유기들이 겨울 아침 햇살을 받아 반짝였다. 짚으로 만든 모자들과 바구니들은 층층이 쌓인 채 불어오는 산바람에 몸을 떨었다. 새로운 하루가 시작되었고, 그와 함께 나타난 위기가 내 어깨를 무겁게 짓눌렀다.

드디어 창덕궁에 도착한 나는 신분패를 보이고 통화문을 통과했다. 보초들이 나를 끌고 가서 심문 의자에 묶을 수도 있다고 예상했다. 그러면 살인이 일어난 날 밤 세자의 행적을 자백해야 하리라. 하지만 보초들은 평소보다 더 내게 관심이 없었다.

아버지의 경고가 나를 침착하게 만들었다. 얌전히 지내고 포도대장의 일을 방해하지 말거라.

나는 봇짐을 품에 꼭 안고 내의원으로 들어갔다. 넓은 안뜰에 전각 여러 채가 위풍당당하게 서 있었다. 검은 지붕이 산등성이처럼 굽이치고, 화려한 색의 처마가 위로 솟구쳐 있었다. 벽과 기둥은 붉은색, 창문의 격자무늬는 옥색이었다. 반면 제일 뒤쪽에 숨어 있는 내 목적지인 건물은 칙칙하기 짝이 없었다. 넓은 방으로 들어가니 의녀 세 명이 재빨리 옷을 갈아입는 중이었다. 검은 눈이 날카롭고 입술에 연지를 바른 이 여자들은 나를 좋아하지 않았다. 본인들이 나보다 우월하다고 생각했기 때문이다.

나는 눈을 내리깔고 고개 숙여 인사를 한 후, 구석으로 가서 의녀복으로 갈아입었다. 겉으로는 다른 생각에 빠져 있는 척했지만 그들의 속삭이는 소리에 귀를 기울였다.

"들었어? 혜민서 살인."

한 의녀가 작은 꿀단지에서 꿀을 찍어 머리카락에 바르며 말했다. 잔머리를 가라앉히고 머릿결을 조금 더 반짝이게 하는 방법이었다.

두 번째 의녀는 어깨를 움직여 앞치마를 입으며 말했다.

"현장을 처음 발견한 게 인영 의녀였다잖아."

세 번째 의녀는 푸른색 치마의 주름을 펴고 있었다. 손이 비단을 스칠 때마다 사각사각 소리가 났다.

"몇 년을 다모로 있었다며. 작년인가 겨우 내의녀가 됐고, 스물다섯 살이래! 그 정도면 할머니지."

세 사람은 계속 험담을 하며 방을 나섰다. 나는 조금 더 뜸을 들이

다가 밖으로 나와 진료소로 향했다. 방금 들은 말들이 머릿속을 떠다녔다.

나는 인영 의녀를 잘 모르지만, 내의녀들이 전직 다모를 배척한다는 것은 알았다. 다모 출신은 내의녀의 품격을 떨어뜨린다고 여겼기 때문이다. 다모는 포도청에 소속되어 주로 죽은 여성의 시신을 살피거나 폭력적인 여성 범죄자를 다루는 일을 했다. 남성인 군관이 친족이 아닌 여성을 만지는 것은 법도에 위배되기 때문이었다. 의녀는 시험에 세 번만 떨어져도 다모가 되었다. 누구에게나 일어날 수 있는 일이라는 말이다. 나도 정수 의녀가 시간을 내서 가르쳐주지 않았다면 다모가 되었을지 모른다.

정수 의녀 같은 사람이, 모든 사람의 인생에 존재하는 것은 아니다.

마침내 내가 일하는 위풍당당한 전각 앞에 도착했다. 안에서 남자 목소리가 울려 퍼졌다. 난신 의원이 오늘 할 일을 의녀들에게 배정하는 소리 같았다.

서둘러 돌계단을 올라 안으로 들어갔다. 궁의 모든 의원과 의녀가 고개를 숙이고 두 손을 소매에 넣은 자세로 대청에 모여 있었다. 줄에 서서, 커다란 서랍장에 들어 있거나 하얀 종이에 싸여 천장에 매달려 있는 약초 냄새를 들이마셨다. 평소라면 이 냄새에 마음이 편안해졌을 것이다. 7년 동안 이 냄새를 맡으며 공부를 하고, 환자들을 돌보고, 친구들과 웃고 수다를 떨었으니까.

하지만 오늘은 이 익숙함 뒤에 어떤 공포가 숨어 있을지 궁금했다.

"이틀 전 밤에 일어난 사건은 모두 들어서 알 것이다."

난신 의원의 목소리에 나는 퍼뜩 정신을 차렸다.

"떠도는 위험한 소문도 들었겠지. 하지만 침묵을 지키도록 해라. 그 소문에 가담하는 이가 있다면 목숨으로 답해야 할 것이야."

나는 아랫입술을 깨물었다. 꽤서 이야기였다. 세자 저하를 고발하는 익명의 방. 나는 고개를 저었다. 그 문제는 생각도 하고 싶지 않았다.

"자! 오늘 하루는 할 일이 많다."

새로운 책장을 넘기듯, 난신 의원의 목소리가 밝아졌다.

그러고는 일을 마저 분배했다. 의녀는 전문 분야에 따라 셋으로 나뉘었다. 진맥, 제약, 침술. 나 같은 진맥 의녀는 몸과 마음의 균형이 얼마나 잘 잡혀 있는지 평가하고 측정했다. 그러기 위해 환자를 진찰하고, 환자에게 질문을 하고, 내의원 규정에 따라 맥박을 확인했다. 제약 의녀는 환자의 증상을 의원에게 보고하고, 가능한 진단이 무엇일지 의원과 함께 의논했다. 치료 방법이 결정된 후에는 정성껏 약을 준비해 투여했다. 우리 중 가장 존경받는 부류는 침술 의녀였다. 아주 유능해서, 신체의 압점을 이용해 질병과 통증을 해소하는 법을 알았다. 몸에 흐르는 기의 복잡한 배치를 이해했고, 침을 정확히 어디에 얼마나 깊이 찔러야 하는지도 알았다.

"마지막 임무다."

다른 모든 임무의 배정을 마친 난신 의원이, 내키지 않는다는 듯 헛기침을 하며 덧붙였다.

"문 소원 마마와 아기씨의 건강을 살필 진맥 의녀와 침술 의녀가 한 명씩 필요하다."

나는 옆에 있는 의녀들을 힐끔 쳐다보았다. 아무도 자원하지 않았다. 열여덟 살에 보잘것없는 수라간 나인에서 왕의 후궁이 되어 교만을 부리는 문 소원을 좋아하는 사람은 아무도 없었다. 다른 사람은 몰라도 나는 문 소원을 잘 알았다. 어릴 때부터 거만한 성격이었다.

아주 오래전, 우리 둘 다 열한 살 적에는 친구 비슷한 사이였다. 어머니 친구의 딸이었으니까. 처음 만난 날, 자기 이름은 문소현이지만 문 낭자라 부르라고 명령했다. 그 애는 그런 식으로 자기 성을 과시했다. 천민이 성을 가진다는 것은 아무나 누릴 수 없는 영광이었다. 어떻게 얻었든, 어떻게 지키든 중요하지 않았다. 그래서 아버지 성을 받지 못한 나는 속으로 질투하면서도 시키는 대로 문 낭자라 불렀고, 함께 놀러 다니고 장난을 치는 동안에도 그 애는 나를 시종처럼 부렸다. 제멋대로였지만 친구는 친구였다.

"제가 가겠습니다."

갑자기 누군가의 목소리가 들렸다. 인영 의녀였다.

"좋아. 진맥 의녀도 필요한데."

난신 의원이 다시 헛기침을 했다.

오늘은 지은이 약을 달이는 일을 도울 계획이었다. 돌볼 환자가 없을 때 종종 지은을 돕곤 했다. 하지만 인영 의녀를 보자 대화하고 싶다는 마음이 점점 커졌다.

"제가 가겠습니다."

나는 결연한 목소리로 분명히 말했다. 다른 의녀들은 못마땅하게 입을 삐죽이며 나를 쳐다보았다. 인영도 놀라서 내 쪽으로 고개를 돌렸다. 나는 흔들림 없는 목소리로 말했다.

"제가 돕겠습니다, 의원님."

＊

　유교의 법도 아래 남자와 여자는 친족이 아니면 서로의 몸을 만질 수 없었고, 양반들은 이 관례를 엄격히 강요하고 실행했다. 우리 의녀들도 그래서 탄생했다. 여성 왕족들이 남성 의원의 손길을 거부하는 바람에, 쉽게 피할 수 있었던 죽음을 맞은 불행이 연이어 닥쳤기 때문이다. 많은 사람의 눈에 의녀는 어의의 조수나 다름없었다. 우리 스스로는 아무 결정도 내리지 못했다.

　지금도 우리를 감독할 젊은 의원이 길을 이끌었다. 선두에서 걷는 의원 뒤를 나와 인영 의녀가 따랐다. 붉은 옷을 입은 순라대와 전갈을 전하러 서둘러 가는 내관들이 우리 옆을 지났다. 안뜰 사이의 눈 덮인 길에 우리 셋만 남았을 때, 젊은 의원이 뒤를 돌아보았다. 턱수염을 길렀지만 앳된 얼굴이었다.

　"난신 의원의 말씀이 무슨 뜻이오? 소문이라니?"

　질문하는 그의 입에서 하얀 입김이 새어 나왔다.

　나는 침묵하라는 난신 의원의 경고를 떠올리며 아무 말도 하지 않았다.

　하지만 놀랍게도 인영 의녀는 대답했다.

　"한양 곳곳에서 괘서가 발견되었습니다. 세자 저하께서 혜민서 살인 사건의 범인이라고 주장하는 내용입니다. 물론 저는 그런 소문을 믿지 않습니다만."

　의원은 얼굴이 새파랗게 질려서 말했다.

"그럼, 그럼."

그러고는 자기가 한 질문의 답에서 벗어나듯 빠르게 걸어 나갔고, 인영 의녀와 나만 덩그러니 남았다. 나는 분을 칠한 인영의 얼굴을 힐끗 보았다. 다른 의녀들이 자신을 두고 무슨 말을 하는지 알까?

"계속 쳐다보네."

인영의 말에 나는 황급히 시선을 피했다.

"할 말 있어?"

나는 말을 해도 되나 잠시 망설였다.

"사람들 말이…… 오랫동안 다모로 일하셨다면서요?"

인영은 여전히 감정 없는 표정이었다.

"사람들이라면, 다른 의녀들 말이지?"

입꼬리를 올린 입에 웃음기는 없었다.

"내게 말을 걸기 전에 생각을 하지 그랬어. 다른 내의녀들과 잘 지내고 싶다면, 나와 대화하는 모습을 다시는 보이지 말아야 할 거야."

적대적인 상대가 처음은 아니었다. 아버지와 본처 자식들의 박대를 받으며 자란 내게 적개심은 익숙한 감정이었다. 나를 싫어하는 사람을 대하는 법은 어려서부터 터득했다.

"의녀님, 저는 친구를 사귀기 위해서가 아니라 제 가치를 증명하기 위해 궁에 들어왔습니다."

인영이 나보다 연상이기에 깍듯이 말했다.

인영은 생각에 빠진 듯 한참이나 나를 쳐다보았다. 전에 놓쳤던 무언가를 내게서 새삼 발견한 표정이었다.

"알다시피 나는 범죄 현장을 목격했을 뿐이야. 자연히 원치 않는 관심을 받게 됐지. 그 내의녀들은 기회만 있으면 내 과거를 언급하려 해. 어떻게든 내 기를 죽이려고."

경비병이 옆을 지나자 인영이 입을 다물었다. 그러다 다시 우리만 남았을 때 이렇게 덧붙였다.

"어린 나이에 내의녀가 된 의녀들이 그래. 자기가 다른 사람보다 뛰어나다고 생각하지. 특히 나 같은 사람보다. 천한 다모가 뒤늦게 내 의녀가 됐다는 거지."

잠깐 머뭇거리다 내가 물었다.

"다모로 얼마나 계셨어요, 의녀님?"

"아홉 해."

놀라서 인영의 얼굴을 다시 살폈다. 9년이라면 의녀라는 직함을 되찾는 시험에 매월 낙방했다는 뜻이었다. 9년을 실패했으면서 어떻게 갑자기 내의녀가 되었을까?

내 생각을 읽기라도 한 듯 인영이 말했다.

"나는 일부러 시험에 떨어졌어."

이것도 깜짝 놀랄 말이었다.

"일부러요?"

"광주 포도청에서 계속 일하고 싶어서. 정수 의녀가 네 스승이듯 그곳 대장님이 내 스승이었거든. 그분이 수사 중이던 살인 사건이 있었는데 그것 때문에 정신이 없었어. 몇 년을 함께 조사했지. 참 불공평한 사건이었어. 잔인하기도 이루 말할 수가 없었고. 하룻밤 사이에 일가족이 몰살당했고 어린 소녀만 살아남았거든. 아이는 궤짝에 숨어 자기 엄마가 산 채로 난도질당하는 소리를 들어야 했지."

피부의 털들이 쭈뼛 솟았다.

"범인은 잡혔나요?"

인영이 턱 근육을 움찔거리며 거친 목소리로 대답했다.

"응. 하지만 목격자 하나가 거짓 증언을 했다는 사실이 얼마 안 가 밝혀졌어. 대장님이 지시한 고문을 못 견디고 죽은 사람이었어. 그 수사가 종결된 후, 다 잊고 새 출발을 하고 싶었어."

"고문해 죽이다니……."

내가 작은 소리로 말했다. 인영의 스승이라는 사람은 정수 의녀와 조금도 비슷하지 않았다.

"내 인생에 또 한 차례 비극이 닥쳤을 때, 이제는 다른 삶을 살아야겠다고 결심했어. 우리 어머니가 돌아가셨는데, 내가 내의녀가 되는 것이 어머니 평생 소원이었거든. 매월 시험을 봐서 통과했고 연말 즈음 가장 높은 총점을 달성했지. 어머니를 위해 궁에 들어가고 싶었어."

인영이 고개를 가로저으며 중얼거렸다.

"돈도 필요했고. 내의녀는 돈을 많이 받잖아."

전날 인영이 했던 말이 떠올랐다.

"의녀님 아버님이 노름을 한다고……."

"그 사람 때문에 머리가 일찍부터 하얗게 셀 지경이야. 하지만 탓할 수 있나. 살면서 고생을 좀 많이 했어야지."

진심 어린 감정에 인영의 목소리가 맺고, 얼굴이 설핏 어두워졌다.

"가족이라는 사람들 중 한 명은 꼭 우리를 미치게 만드는 것 같아."

내 아버지 같네. 나는 씁쓸하게 생각했다. 어머니도.

내가 뭐라고 대꾸하려는데, 젊은 의원이 목을 가다듬는 소리가 들렸다. 그와 우리의 거리가 가까워진 것이다. 어느새 우리는 문 소원의 처소에 도착해 있었다. 나와 인영은 입을 다물고, 전각으로 걸어 들어갔다.

✾

우리가 들어서자, 문 소원이 얼굴을 환히 밝히며 우쭐한 표정을 지었다. 나만 따라오는 그의 시선이 꼭 이렇게 묻는 듯했다. 지금도 내가 부럽니, 현아?

고개를 숙이고 눈을 깔았지만, 쳐다보지 않을 수가 없었다. 그래.

피부는 이슬처럼 촉촉했고, 입술은 분홍 장미가 핀 모양새였으며, 눈은 석양처럼 빛났다. 문 소원은 많고 많은 후궁 중 하나가 아니었다. 내명부 정4품으로 왕의 아내에 준하는 특권을 누리는 후궁이었다.

젊은 의원이 쭈뼛쭈뼛 앞으로 나갔다.

"마마, 마마의 건강 상태를 살피러 왔사옵니다."

문 소원이 손가락 하나를 들었다.

"하게."

나는 모든 감정을 억누르고 예의 바른 표정을 짓고서 문 소원 앞에 무릎을 꿇고 앉아, 진찰을 위한 질문을 하고 맥을 짚었다.

"기력을 회복하셔야 합니다."

젊은 의원에게 진찰로 알게 된 사실들을 전하며 결론을 말했다. 의원이 동의한다는 듯 고개를 끄덕였다.

이어 인영이 앞으로 나와, 문 소원에게 침을 놓았다. 나는 주의를 돌리고 싶어 유모에게 건네받은 아기에게 집중했다.

"아기씨께서는 태어난 지 얼마나 되셨습니까?"

나는 어린 공주를 존칭으로 부르며 물었다.

유모가 콧대를 높으며 말했다.

"2주."

"오늘 젖을 몇 번 드셨습니까?"

"한 번."

"장 활동은 있었습니까?"

"한 번."

"알겠습니다."

이 정보들은 나중에 따로 적힐 것이다. 산모와 아기의 건강 상태가 어떻게 변화하는지 기록하는 의녀들이 몇 시간마다 오기 때문이다. 지금은 일단 아기를 다시 내려다보았다. 문 소원이 느꼈을 실망감의 무게를 팔로 느낄 수 있었다. 문 소원은 간절히 아들을 원했었다. 삼신할머니, 북두칠성, 산신령, 부처는 물론이고 신성하다고 여겨지는 돌과 나무에도 기도하고 제물을 바쳤다고 들었다. 아들을 낳는다는 음식도 다 먹었다. 그런데도 하늘은 딸을 내려주었다.

가슴의 통증을 가라앉히려 천천히 숨을 내쉬었다. 언젠가는 네 어머니도 너를 사랑하기를 바라. 나보다는 더 사랑받아야 해. 아기에게 이렇게 속삭이고 싶었다.

내가 태어났을 때, 어머니는 내가 땅바닥에서 흙을 가지고 놀아도 내버려두었다. 하지만 남동생이 태어나자 늘 등에 업고 다녔다. 나는 조금 컸다고 하인 손에 크게 했다. 동생이 더 자라자, 개인 교사와 약과를 가져다 바쳤다.

이런 차별은 내 안에서 곪았고, 분노가 작은 불길로 터져 나올 것만 같았다. 나는 나를 서출로 낳은 어머니를 원망하며, 어머니가 아끼는 옥반지를 커다란 서랍장 아래 감췄다. 동생의 공책들은 퍼붓는 비에 던져버렸다. 이복 언니가 아버지에게 선물 받은 귀중품도 훔쳐서 개울에 버렸다. 나는 그런 식으로 상처를 달래려 했다.

이런 분노가 완전히 사라지지는 않았지만, 정수 의녀 덕분에 나는 분노에 잡아먹히지 않았다.

"아기씨의 모습은 천지(天地)와도 같습니다."

나는 정수 의녀에게 선물 받은 책에서 본 손사막(중국 당나라 시절의 의학자 - 옮긴이)의 말을 인용하며 아기에게 속삭였다. 전설의 의원 허준이 쓴 《동의보감》을 지금도 나는 매년 정독했다.

"동그란 머리는 하늘을 닮고, 평평한 발은 땅을 닮았지요. 우주에 사계절이 있듯 네 개의 팔다리가 있고, 우주에 태양과 달이 있듯 두 개의 눈이 있는 것입니다."

나는 아기의 침을 닦으며 말을 이었다.

"진정한 자신의 모습을 항상 기억하세요, 아기씨……."

"들었는가?"

문 소원이 말했다. 내게 닿은 시선이 목을 겨누는 단검처럼 날카로웠다.

"도성에 괘서가 돌아다니고 있다던데. 위험한 소문도 들리고. 다들 들었는가? 현 의녀, 너도 그것이 진실이라고 생각하느냐?"

나는 아직 아기를 안은 채로 문 소원을 향해 눈을 깜박거렸다.

"예?"

"들자 하니 그날 밤 너와 다른 의녀가 세자 저하 곁을 지켰다면서. 정녕 저하께서 내내 침소에 계셨느냐?"

시야 가장자리로 인영 의녀와 젊은 의원이 긴장된 시선을 주고받는 모습이 보였다. 왕족에 관한 소문을 왕의 후궁과 이야기하는 것은 단순히 부적절한 행위가 아니었다. 자칫 목이 달아날 수도 있었다.

"응?"

문 소원이 다시 물었다.

이마에 차가운 땀방울이 맺혔다.

"저하께서는 침소에 계셨습니다, 마마. 온종일 몸이 불편하다고 하셔서 저희가 간호하라는 명을 받은 것입니다. 밤사이 건강 상태가 몹시 좋지 않으셨습니다."

"그래? 그런 일을 전담하는 의녀들이 따로 있을 텐데. 너는 야간 근무를 하는 의녀가 아니잖아?"

손가락 끝이 차가워졌다.

"아닙니다, 마마."

"헌데 왜 너를 불렀을까?"

나는 멈칫했다. 거짓말을 지어내야 하는 걸까. 하지만 진실을 말하기로 했다.

"잘 모르겠사옵니다."

문 소원이 손을 내저으며 날카롭게 말했다.

"현 의녀만 남고 다들 나가보거라."

나는 배 속에 똬리를 트는 불안감을 느끼며, 아기를 유모에게 건네고 기다렸다. 우리 둘만 남자 문 소원이 무릎에 팔꿈치를 댔다. 단단히 결심한 듯한 얼굴이 점점 굳어지고 있었다.

"정말 몰라?"

"예. 모릅니다, 마마."

나는 더 분명히 말했다.

한참 침묵이 흘렀다.

"믿어주지. 하지만 이 궁에 내 첩자가 없는 곳은 없어. 네 말이 거짓이라면, 내가 반드시 알아내서 전하께 고할 것이다."

문 소원의 시선이 고개 숙이고 있는 내 정수리를 무겁게 찔렀다.

"내가 전하께 네 이야기를 어떻게든 할 수 있다는 것 알지? 전하께서는 내 말이라면 믿어주실 거야."

등줄기를 타고 땀이 한 방울 흘러내렸다. 나와 동갑인 문 소원은 내가 두려워할 대상이 아니었다. 그런데도 불안해 몸이 따끔거렸다. 저 애는 두렵지 않아도 전하는 확실히 두려웠기 때문이다.

갑자기 문 소원이 가벼운 말투를 썼다.

"있잖아, 하지만 네게는 아무 일도 일어나지 않게 해주려고. 네가 내 눈과 귀가 되어준다면 말이야. 혜민서 사건에 관해 들은 말이 있으면 뭐든 내게 전하도록 해."

그러더니 목소리를 낮추며 덧붙였다.

"특히 세자 저하와 관련된 말이라면."

내 심장이 얼어붙었다.

"노력하겠사옵니다, 마마."

"아니, 노력으로는 안 되지. 꼭 그렇게 해야 해."

"예. 그러겠사옵니다."

나는 이를 악물고 고개를 숙였다.

물론 거짓말이었다. 거짓말은 천민이 권력자에게서 자신을 보호할 수 있는 유일한 수단이었다.

"좋아."

문 소원은 완벽한 자세로 앉아 미소를 지으며 턱을 치켜들었다.

"그렇다면 나가보거라."

더는 같은 공간에 있기 싫어 서둘러 일어나던 내가 동작을 멈췄다. 궁 안에 첩자를 깔아두었다면, 문 소원은 나를 괴롭히는 수많은 질문 중 하나에 답을 줄 수 있을 것이다.

"궁 밖에서 나인이 목숨을 잃었습니다."

내가 천천히 말을 꺼냈다.

"그 나인을 해치고자 한 사람을 알고 계십니까?"

문 소원이 순식간에 미소를 거두고 화를 냈다.

"허락도 없이 먼저 말을 걸다니 무엄하구나."

나는 포기하지 않았다.

"마마, 제가 비록 천한 몸이지만 한때 벗이었지 않습니까. 어린 시절 좋았던 기억이 조금이라도 남아 있다면 답을 알려주실 수 없겠습니까?"

침묵이 길어지자, 나는 눈을 내리깐 채로 시선을 들었다. 두려움이 내려앉으며 문 소원의 얼굴이 새하얗게 변했다. 마음이 심란한 사람의 표정과도 비슷했다. 하지만 곧 그 표정은 사라지고, 숨기지 못하는 흥분의 빛이 드러났다.

"아랫것 하나 말로는, 안비 나인이 죽기 전날 내의원 군씨와 말다툼을 하는 모습을 보았다고 한다. 약초밭을 관리하는 자 말이야. 중간에 사내가 안비의 어깨를 만지기도 했다지."

그러면서 혀를 쯧쯧 찼다.

"참으로 망측하지 않니. 아마 그자가 네가 쫓는 괴물일 거다."

안비 나인, 군 의원, 문 소원…… 그리고 세자.

생각이 깊어질수록 머리가 더 복잡해졌다. 조만간 숨어 있던 진실이 모습을 드러내며 나라 전체에 휘몰아칠 것이라는 두려움을 떨칠수가 없었다. 거센 폭풍이 온 세상을 휩쓸고 지나갈 것이다.

4

"간단한 일일 거야. 그것만 하면 다 끝나."

나는 혼잣말로 속삭이며 빠르게 한양 거리를 걸었다. 달아오른 뺨에서 녹아내리는 눈송이들이 고마웠다.

나는 한 시간 동안 군 의원의 행방을 묻고 다녔고, 또 한 시간은 총각의 집을 왜 찾아가려 하는지 궁금해하는 사람들의 질문과 못마땅한 눈빛에 시달려야 했다.

하지만 내 고집은 나를 막지 못했다. 군 의원은 살인 사건의 진실을 알았다. 정수 의녀를 포도대장의 분노에서 벗어나게 해줄 진실을 아는 사람이 틀림없었다. 정원에서 군 의원과 말다툼을 한 여자가 시체로 발견되지 않았나. 군 의원은 안비 나인의 연인일 수 있었다. 군 의원 열아홉, 안비 열여덟로 두 사람은 나이도 비슷했다.

내가 불현듯 걸음을 멈췄다. 군 의원이 안비를 죽였을지도 모른다는 가능성이 갑자기 내 머리를 내리쳤기 때문이다. 칼로 죽이는 방법은 주로 남자들이 선택했다. 혜민서에서 다친 사람들을 치료할 때 그런 습성을 알게 되었다. 게다가 여자가 남편이나 연인에게 살해당하는 사례도 적지 않았다.

선명하게 보였다. 군 의원이 안비의 손에 슬그머니 쪽지를 쥐여주는 모습이. 궁 밖으로 나오지 않으면 다시는 보지 않겠다고 위협하는 쪽지로 안비를 끌어낸 것이다. 그리고 어둠 속에서 안비의 가슴을 찔렀고, 안비는 간신히 혜민서로 도망쳤다. 아마 그곳까지 따라와 목을 찔러 안비를 해치우지 않았을까. 군 의원은 그러고 나서야 목격자의 존재를 깨달았을 것이다. 공부를 하기 위해 모였던 수련생 의녀 둘과 선생 하나. 그래서 세 사람도 죽였다.

하지만 조금 있으니 머리가 맑아지고 쿵쿵대던 심장박동도 가라앉았다. 군 의원이 범인일 수는 없었다. 사람을 살리는 의원이지 않나. 사람을 죽일 리 없었다.

한 무리 병사들이 옆을 달려가는 바람에, 다른 의원을 통해 받은 군 의원 주소가 적힌 쪽지를 떨어뜨릴 뻔했다.

"놈을 찾아라! 도망치게 두면 안 돼!"

우두머리가 외쳤다.

나는 한참 그들을 바라보다 다시 사람들로 북적이는 길을 걷기 시작했다. 거대한 성문 앞에서 신분패를 내밀자 보초가 지나가라고 손짓했고, 나는 성 밖으로 나왔다. 궁을 나와 집까지 걸어갈 때 가끔 길에서 군 의원을 본 적이 있었다.

그는 자신이 약초 정원에서 기르는 식물들처럼 점잖고 과묵했다. 내가 어떤 사람인지 궁금해 힐끔거려도, 생각에 잠겨 내 시선을 알아차리지 못했다. 검은 눈으로 항상 앞만 바라봤다. 긴 다리로 금방 나를 지나쳤고, 청계천을 넘어 저 멀리 사라져버렸다. 평소 나는 이 길을 따라 어머니 집으로 갔지만, 오늘은 청계천 다리를 지났다.

쪽지에 적힌 대로 길을 찾았다. 두 번 볼 필요는 없었다. 나는 기억력이 아주 좋았다. 대충 한 번 보고도 책 한 쪽을 다 암기할 수 있었다. 마을 외곽을 지나니 숲의 가장자리가 나왔다. 나는 헐벗은 나무와 눈 덮인 바위가 있는 숲길을 지났다. 쉬운 길은 아니었다. 지나치게 길게 뻗은 나뭇가지가 앞을 막고 내 발목을 걸었다.

숲을 다 통과하자 빈터가 나왔다. 그 한가운데에 진흙 벽이 허물어져가는 외딴 초가집이 서 있었다. 창호지를 바른 미닫이문과 집을 에워싼 싸리나무 울타리도 보였다.

나는 걸음을 멈췄다.

군 의원 집은 이렇게 외딴 곳에 뚝 떨어져 있었다. 나는 그의 집이 작은 마을 안에 있을 줄 알았다. 집 앞에 서서 그와 대화를 하는 동안, 지나가며 호기심을 보이는 마을 주민들에게 고개를 끄덕여 인사하는 모습을 상상했었다. 이렇게 고립된 곳에 군 의원과 단둘이 있을 수는 없었다. 아니, 누구라도 마찬가지였다. 떠나려고 돌아서는데, 근처에서 탁 하는 소리가 났다. 나뭇가지가 부러지는 소리였다.

덤불 너머에서 그림자가 움직였다.

뒷목의 머리카락이 쭈뼛 섰다. 나는 꼼짝도 않고 서서, 얕은 숨을 쉴 때마다 숫자를 세었다.

잠시 후 한 남자가 나타났다. 검은 양반 모자를 쓰고 색이 칙칙한 두루마기를 입은 남자였다. 가난한 선비인가? 그림자 안에 계속 서 있는 그는 군 의원의 집을 지켜보는 것 같았다. 남자는 하늘의 구름이 움직이는 동안에도 한참이나 제자리를 지켰다. 빛줄기가 나뭇잎 사이를 통과해 그에게 떨어졌다.

내 눈이 휘둥그레졌다. 빛이 비춘 얼굴이 낯익었기 때문이다. 저번 같은 진흙 얼룩은 하나도 없는, 잘생긴 얼굴이 보였다. 강렬한 검은색 눈. 끝이 날카로운 코. 뚜렷한 윤곽의 턱. 굶주린 듯 홀쭉했지만 따뜻한 밥 몇 끼면 살이 차오를 수 있는 뺨. 그때 그 포도청 하인이었다. 내가 범죄 현장에서 도망치게 도와줬던 진중한 청년.

그런데 지금 선비 복장을 하고 여기서 뭘 하는 거지?

작디작은 눈송이들이 얼굴로 쏟아졌지만, 그는 손끝 하나 움직이지 않았다. 얼마나 꼼짝 않고 서 있는지, 나는 흉내도 낼 수 없었다. 나뭇가지가 내 허벅지 뒤를 찔렀다. 나는 주위를 둘러보며 나뭇가지를 옆으로 치우고 다시 앞을 보았다.

그가 사라졌다.

순간 당황해 허둥거렸다. 그러다 미닫이문이 닫히는 소리를 듣고 앞으로 달려 나갔다. 초가집 벽을 따라 슬금슬금 움직이다, 뒷문을 발견해 문을 아주 살짝 밀어 열었다. 안을 보니 빈방이었다. 집 벽을 따라 계속 이동해, 흔들거리는 창문을 조금만 열어 또 다른 방을 들여다보았다. 이 방도 비어 있었다. 포도청 하인은 어디로 갔을까? 다른 방들도 조사하려고 몸을 틀다가 단단한 무언가에 부딪혔다.

"또 너네."

얼떨떨하다는 기색의 낮은 목소리가 들렸다.

고개를 들자 또렷한 진갈색 눈이 보였다. 짙은 속눈썹에는 눈송이

79

가 매달려 있었다. 내 입이 벌어졌지만 무슨 말을 하려고 했는지 기억이 나지 않았다. 강렬한 시선에 할 말을 잃고 말았다. 빠르게 눈만 깜박이다 아래를 내려다보니 그는 단검을 꺼내 들고 있었다. 그러나 이내 칼을 다시 칼집에 넣었다. 나를 위험하다고 여기지 않는 듯했다. 어쩐지 자존심 상하는데 나도 내 기분을 잘 모르겠다.

"왜 따라와?"

그가 물었다.

"내가 먼저 왔어. 너야말로 왜 군 의원 집에 들어온 거야?"

"집에 사람이 없으니까."

처음에는 무슨 뜻인지 해석하지 못했다. 군 의원의 물건을 뒤지러 왔다는 의미였다. 하지만 무엇을 찾으려고?

"포도청에서 보냈나 보네."

"아니."

"그런데 왜……?"

"내가 다시는 보지 말자고 했던 것 같은데."

그의 말에 내가 대꾸했다.

"내 기억에 따르면, 정확히는 이렇게 말했지. 다시는 범죄 현장 주변에 얼쩡거리는 모습 안 봤으면 좋겠다. 여기가 범죄 현장 맞아?"

그는 내가 괴생명체라도 되는 듯 빤히 쳐다보았다. 지금까지 자기에게 이런 식으로 말한 사람이 없었다는 표정으로 물었다.

침묵이 이어지자 내가 어깨를 으쓱했다.

"그냥 의원님과 대화하려고 왔어. 그것뿐이야."

그는 여전히 어리둥절한 표정으로 물었다.

"왜?"

"아주 흥미로운 이유가 있기는 한데 알고 싶으면……."

나는 잠시 말을 멈추고 빈집을 둘러보았다. 군 의원은 대체 어디에 있을까.

"내 질문에 먼저 대답해. 왜 선비로 변장한 거야?"

"다른 사람들 틈에 섞이려고."

"포도청에서 보내지 않았다면서 왜 여기 있어?"

그는 대답하지 않고 조용히 물었다.

"지금 나 심문해?"

"아니, 이건 대화……."

"미안하지만 나는 이럴 시간 없어."

이렇게 말하며 그는 뒤돌아섰다.

그리고 막을 새도 없이 그는 군 의원의 집 안으로 들어갔다. 집주인이 당장이라도 돌아올 수 있었다.

그냥 나가, 현아. 머릿속 목소리가 경고했다. 엮이고 싶지 않았지만, 저 포도청 하인은 왠지 내 호기심을 자극했다. 정보를 가지고 있다는 본능적인 예감이 들었고, 정보라면 나도 알고 싶었다.

안으로 들어가니 그는 구석구석 누비며 서랍과 궤짝을 열고, 개어 둔 담요 틈과 책의 낱장까지 살피고 있었다. 내 눈은 좀 전에 그가 휘리릭 넘기고 다시 내려놓은 책 한 권에 머물렀다. 병서(兵書)였다.

"이러는 게 어디 있어. 남의 집에 그냥 들이닥쳐 물건을 뒤질 수는 없어."

그는 내 말을 못 들은 척하며 하던 일을 계속했다. 도자기 화병, 서

류함, 촛대 등을 일일이 살펴보고 다시 정확한 위치에 놓았다. 이번엔 작은 단지를 집어 들더니 뚜껑을 열고 안을 보았다. 하얀 가루를 보자 약간의 경계심이 드는 듯했다. 하지만 그는 뚜껑을 닫고 단지를 내려 놓은 후 조사를 이어갔다. 그러고 보니 그는 아직 내 질문에 대답하지 않았다.

"야!"

내가 무례하게 외쳤다. 내 인내심은 한계에 달해 있었다.

"신고당하기 싫으면 대답해. 포도청에서 보낸 것도 아니라면서 여기엔 왜 왔냐니까?"

그는 한숨을 쉬고는 다른 책을 획획 넘기며 말했다.

"나는 수사에 개입할 이유가 있어. 내 말 믿어."

"내가 네 말을 왜 믿어? 네가 누구인지도 모르는데."

"이렇게 숲에 나와 단둘이 있으면 믿는 것 아닌가? 그리고 너도 똑같은 이유로 여기 온 것 같은데. 군 의원이 의심스러워서."

그가 책을 내려놓고 이번에는 작은 상자를 살폈다.

"정말 뭘 알기는 아는구나."

내가 혼잣말로 속삭였다. 그러다 그에게 말했다.

"군 의원에 대한 소문을 들었어. 마지막으로 목격됐을 때, 안비와 말다툼을 하고 있었대."

이 정보를 알려주면 그도 보답할지 모른다고 내심 기대하며 말을 이었다.

"안비의 어깨를 잡고 있었대. 그 얘기를 듣고 혹시 둘이 연인이 아닐까 생각했어. 사실이면 군 의원은 안비에게 무슨 일이 일어났는지 알 거 아냐. 그래서 왔어."

그의 턱 근육이 움찔했다.

"내가 어제 하루 종일 조사해서 알아낸 걸 너는 금방 알아냈구나.
이 집을 찾는 데도 나는 반나절이나 걸렸어."

그러고는 묘한 눈빛으로 나를 보며 덧붙였다.

"하기야, 너는 궁에서 일하니 포도청이 알아내지 못하는 이야기들
도 듣겠네."

"맞아."

"포도청에 말할 거야?"

"내 스승님이 의심을 벗을 정도만. 전부 말할 생각은 없어."

나는 혹시 군 의원이 오는지 확인하러 문 쪽으로 걸어가며 말했다.

"궁에서 일하는 우리끼리 하는 말이 있어. 궁의 비밀은 절대 새어 나
가면 안 된다. 그렇지 않으면 피를 보게 될 것이다."

무슨 반응을 기다렸지만 그는 아무 말이 없었다. 방 안에 흐르는
정적은 나를 외롭게 했다. 뒤를 돌아보니 포도청 하인은 책장 꼭대기
에 손을 뻗고 있었다. 키가 커서 까치발을 하지 않아도 손이 닿았다.
그는 손을 내리고 창가로 걸어가 작은 물건을 빛에 비추어보았다.

"찾았다."

그가 속삭였다.

짜릿한 기대감으로 피부에 닭살이 돋는 것을 느끼며 나는 가만히
기다렸다. 혜민서 살인 사건을 해결할 증거를 찾았을지도 모른다. 그
가 내게 다가오자 몸의 근육이 긴장으로 굳었다. 가까이, 아주 가까이
선 그가 손을 내밀고 보여준 것은 두꺼운 은가락지였다.

"가락지 하나?"

내가 말했다. 대개 이런 반지는 쌍가락지로 만들었다. 결혼한 여인들이 끼는 것으로, 남편과 아내의 조화를 상징했다. 아내는 죽을 때까지 쌍가락지를 끼는 것이 전통이었다.

"왜 이걸 찾았어?"

"안비가 가족에게 쓴 편지에 군 의원을 여러 번 언급했더라고. 다른 남자 얘기는 전혀 없고. 그리고 부검 중에 다모가 목걸이에 걸린 가락지 하나를 발견했어. 매화꽃이 새겨진."

그가 같이 자세히 보자며 가락지를 들어 올렸다. 놀랍게도 거기 매화꽃이 정교하게 새겨져 있었다.

"결혼한 여인은 평생 쌍가락지를 끼지. 하지만 죽으면 가락지 하나는 같이 묻히고, 나머지 하나는 배우자에게 돌려줘. 안비와 군 의원이 몰래 혼인이라도 했다는 말이야?"

내가 이렇게 물으며 고개를 들었더니, 하인의 얼굴과 위험할 정도로 가까웠다. 나는 얼른 한 걸음 물러났다.

그가 내 움직임을 주시하며 말했다.

"바로 그거야."

나는 큰 소리로 목을 가다듬고 다시 가락지에 집중했다. 안비는 궁녀였다. 궁녀가 혼인하는 것은 왕을 배반하는 간음 행위로 여겨졌다.

"아직 이해가 안 돼. 그 궁녀가 둘 다 가지고 있었어야 해. 왜 시신에서 가락지 하나만 나왔을까?"

"나도 그걸 알고 싶어."

그가 돌아서서 문을 내다보았다. 어느새 눈이 그쳐 있었다.

"군 의원이 곧 돌아올 거야."

"어디 갔는지 알아?"

내가 물었다.

"내가 안비의 오라비인 척하고 여관에서 만나자는 편지를 보냈어. 그렇게 하면……,"

그가 나를 보며 입꼬리를 올려 조금 쓸쓸한 미소를 지었다.

"방해받지 않고 수색할 수 있으니까. 지금쯤 편지가 미끼라는 걸 알았을 거야. 가자. 우리 나가야 돼."

포도청 하인을 따라 숲에서 나와 풀이 머리 위까지 자란 갈대밭으로 들어서며, 나는 그 가락지의 의미를 이해하려고 머리를 굴렸다. 군 의원이 두 번째 가락지를 가지고 있었다. 안비 나인이 죽기 전에 가져 왔을까? 아니면 죽은 후? 가락지 두 개에 숨은 진실이 살인 사건과도 관련이 있을까?

"여기서 뭘 하냐고 아까 물었지?"

포도청 하인의 말에, 생각에 빠져 있던 나는 현실로 돌아왔다. 우리 발밑에서 풀이 파스슥 밟히고, 눈이 뽀드득 소리를 냈다.

"나는 일 때문에 한 해를 평안도에서 보냈어. 그곳에서도 비슷한 살인 사건으로 세 명이 죽었는데…… 그중 한 명이 내 가족이었어. 혜 민서 사건이 벌어졌을 때 혹시나 두 사건이 관련 있지 않을까 궁금해 졌어."

"두 사건이 어떻게 비슷해?"

내가 이렇게 물은 후 덧붙였다.

"지나친 추측 아닐까? 부패한 수령이나 양반, 혹은 군인이 여러 명을 죽이는 사건은 늘 있었어."

그의 표정이 잠깐 돌처럼 굳었다.

"이유가 있어."

나는 이마로 흘러내린 머리카락을 쓸어 넘기고 한 걸음 뒤로 물러나, 포도청 하인의 등을 물끄러미 바라보았다. 어깨가 넓고, 큰 키가 산봉우리처럼 우뚝했다.

"그나저나 네 이름은 뭐야?"

내가 물었다.

그는 앞만 보고 있었다. 단 한 번도 나를 돌아보지 않았다.

"서어진."

내 이름을 물어주기를 기다렸지만 반응이 없었다.

"나는 백현이야. 하지만 현이라고만 불러줘."

어진의 보폭이 너무 넓어 더 뒤처지지 않으려면 거의 뛰어야 했다.

"그 반지는 이제 어떻게 할 거야?"

"일단 보관하려고."

속에서 짜증이 솟구쳤다. 송 대장에게는 법을 바르게 집행할 증거가 바로 지금 필요했다. 내가 말했다.

"대장님께 말해야지."

"아직은 아니야."

"왜 아니야?"

"군 의원에게 해명의 기회를 줘야지. 고문받기 전에."

"어진아."

나는 불신을 숨길 수 없었다.

"너는 일개 하인이야. 이 문제를 혼자 결정할 수 없어."

어진이 갑자기 걸음을 멈췄다. 부딪히지 않으려고 나도 모르게 두 손을 어진의 등에 댔다. 등은 넓고 탄탄했다. 나는 재빨리 손을 떼고 뒤로 물러났고, 어진은 뒤를 돌아 내 눈을 바라보았다.

"하인?"

그가 내 말을 따라 했다.

"응. 너 포도청 하인이잖아. 네 마음대로 할 권한이 없어. 증거를 찾았으면 대장님께 바쳐야……."

어진은 고개를 젓고는 허리띠에 찬 복주머니에 반지를 넣었다. 증거가 내 눈앞에서 사라지자 뺨이 달아올랐다. 포도대장은 당장이라도 정수 의녀의 자백을 끌어내는 방법으로 고문을 택할 수 있었다. 내 머릿속에 붉은 아지랑이가 피어올랐다. 터진 살, 부러진 뼈, 옷을 적시고 땅으로 흘러내리는 붉은 피가 떠올랐다. 그런 일이 생긴다면, 나는 잔혹한 고문을 막을 수도 있었다는 죄책감을 평생 안고 살아야 할 것이다. 포도대장에게 저 반지를 바쳐야 했다.

내 손이 멋대로 움직이며 복주머니를 노렸다. 손가락에 천이 스쳤지만 끈을 붙잡기 직전에, 어진이 내 양쪽 손목을 붙들었다. 그도 나처럼 놀란 얼굴이었다.

"뭐 하는 거야?"

"너는 증거를 바치지 않겠다며? 내가 하려고."

나는 긴장한 목소리로 말했다.

어진은 손에 힘을 풀었지만, 내 팔목을 놓지는 않았다. 검게 그을린 손가락들이 내 하얀 손목을 감싸고 있었다.

"잘 들어."

그가 목소리를 깔고 말했다.

"나는 대장님이 어떤 사람인지 알아. 일단 자기가 진실을 안다고 생각하면, 절대 마음을 바꾸지 않는 사람이야. 네 스승을 구하는 데 도움이 될 사람은 포도대장이 아니야. 그럴 수 있는 사람은, 한 명뿐이야."

내 머릿속 붉은 아지랑이가 서서히 걷혔다. 처음에는 말이 나오지 않았지만 이내 목소리를 되찾고 속삭일 수 있었다.

"누구?"

"진범. 그가 모든 범행을 자백하면, 송 대장님도 생각을 바꿀 수밖에 없겠지."

그는 부드럽게 내 손목을 놓아주며 덧붙였다.

"아니면 네 번째 의녀나. 아직 살아 있다면, 그 의녀의 증언이 사건 해결의 열쇠가 될 거야."

나는 놀라서 어진을 쳐다보았다.

"네 번째 의녀라니?"

"어떤 여인이 포도청으로 찾아왔어. 자기 딸이 의녀 수련생인데, 살인 사건이 일어난 날 새벽 혜민서에 간다고 나가서 지금까지 안 돌아왔대."

"이름이 뭐야?"

"민지. 겨우 열두 살이라던데. 혹시 알아?"

심장이 쿵쿵 뛰고 머리가 어지럽게 돌아갔다.

"아니…… 그런 것 같지는 않아."

내가 아는 어린 의녀는 많지 않았다. 열두 살이면, 의녀 공부를 막 시작한 초학의일 것이다.

"민지라는 아이는 어떻게 됐을 거라 생각……."

"잠깐."

어진이 한 손을 들어 나를 제지했다. 깃털 같은 갈대들이 내 얼굴을 스치며 흔들렸다. 어진은 눈을 크게 뜨고 내 뒤편을 응시했다.

"무슨 소리를 들었어."

나는 고개를 돌리고 귀를 쫑긋 세웠다. 처음에는 쌀쌀한 겨울 공기의 고요함만 느껴졌다.

그러다 빠르게 움직이는 발소리와 쌕쌕 숨을 들이마시는 소리가 희미하게 포착되었다.

어진은 즉시 갈대를 헤치며 길가로 나갔고, 나도 어진을 따랐다. 겁에 질린 농부가 우리를 향해 뛰어오고 있었다. 옷은 피투성이에, 피부에는 푸릇푸릇한 멍이 들어 있었다. 한 손으로는 상처 난 옆구리를 움켜쥐고, 다른 손에는 종이 두루마리를 쥐고 있었다. 달려오는 농부가 우리 옆을 막 지나쳤을 때, 어진이 그의 어깨를 붙잡았다. 그는 곧바로 울음을 터뜨리며 땅바닥에 주저앉았다.

"무슨 일이오?"

대답이 없었다. 어진은 떨고 있는 남자 앞에 쭈그리고 앉아 부드러운 말투로 다시 물었다.

"누가 이런 짓을 한 건가?"

"저는…… 저는."

남자는 입을 꾹 다물었다. 무슨 말인가 하려고 했지만 번번이 내뱉지 못했다. 마침내 그가 더듬거리며 말했다.

"저…… 저는 무, 무엇을 잘못했는지 모르겠습니다."

"말해보게. 내가 도와줄 테니."

어진이 말했다.

나는 상처를 더 자세히 보려고 어진 옆을 지나 그의 곁에 섰다.

"저는 의녀입니다. 피를 멈출 수 있는지 한번 보겠습니다."

나를 보고 안도했는지, 올려다보는 그의 눈에 눈물이 고였다.

"오늘 한양에 이걸 붙이기로 하고 돈을 받았습니다. 가능하면 모, 모, 몰래 하라고 했어요. 저는 글도 읽을 줄 모릅니다."

농부가 말을 더듬었다. 하지만 내가 앞에 무릎을 꿇고 앉자 어느 정도 진정된 듯 설명을 이었다.

"애들 밥을 먹여야 해서 하겠다고 했지요. 이걸 붙이다가 군인의 공격을 받고 성 밖으로 도망친 겁니다."

어진이 남자에게서 종이 두루마리를 받아 들고 펼쳤다. 글을 읽는 동안 표정이 어두워졌다.

"뭐야?"

내가 지혈을 하며 물었다. 갈비뼈까지 살이 깨끗하게 갈라져 있었다. 날카로운 칼에 베인 상처였다.

"저번 괘서와 같은 거야. 세자 저하의 살인을 고발하는 내용."

어진이 심각하게 말했다.

내 피가 차갑게 식었다. 농부는 충격으로 눈을 크게 떴다.

"이걸 붙이라고 한 사람이 누구입니까?"

내가 물었다.

"모릅니다!"

그가 새된 목소리로 말했다.

"어떻게 생겼던가? 성별은? 키나 다른 특징은? 어떤 설명이라도 해보게."

어진이 집요하게 물었다.

농부는 뒤편의 텅 빈 길을 쳐다보았다.

"왜 나를 죽이려는지 이, 이제 알겠네요. 나는 몰랐습니다. 이렇게 큰 죄를 저질렀는지 몰랐어요. 아이고야, 말할 시간이 없습니다."

그가 후들거리는 다리로 겨우 일어났다.

"도망쳐야······."

발밑의 땅이 뒤흔들렸다. 어진이 우리 둘을 붙잡고 갈대밭 깊숙한 곳으로 이끌었다. 목을 길게 빼니, 호랑이 귀처럼 뾰족한 깃털 두 개가 달린 붉은색 모자를 쓴 남자들이 보였다. 그들은 말을 타고 있었다.

"금군이야."

내가 속삭였다.

어진이 나를 아래로 끌어당겨 내 몸을 감쌌다. 농부에게도 쉿 소리로 몸을 숙이라고 경고했다. 하지만 농부의 얼굴은 더 창백해지고 두 눈은 점점 더 커졌다. 앞을 빤히 보는 눈이 꼭 두 개의 무덤 구멍 같았다.

"하늘이시여."

농부가 흐느꼈고, 어진이 붙잡으려 했지만 그는 뒤로 물러났다.

"저는 가야겠습니다."

돌아선 농부가 비틀거리며 달아나기 시작했다. 헤엄치듯 갈대를 헤치고 뒤를 힐끔거리며 달려가더니, 시야에서 사라졌다. 하지만 아직도 그의 몸이 갈대를 스치는 소리가 들렸다. 그 순간엔, 그가 탈출할 수 있다는 희망이 보였다.

그때 말발굽 소리가 지축을 흔들었다.

몸을 겹친 나와 어진 주위에서 갈대들이 몸부림쳤고, 기병들이 요란한 소리를 내며 빠르게 지나가자 말 냄새가 훅 끼쳤다. 이윽고 말발굽 소리가 멀어졌고, 깃털 같은 갈대들도 잠잠해졌다.

고개를 살짝 돌리자 코앞에 어진의 얼굴이 보였다. 검은 눈썹 아래의 눈이 날카로웠다. 우리는 불안한 시선을 주고받았다. 그때 어진의 시선이 위로 향했다.

화살촉이 휙 소리를 내며 허공을 갈랐다.

화살이 단단한 살에 꽂히는 소리에 이어 비명이 들리자, 내 온몸이 떨렸다. 농부였다. 들짐승처럼 화살에 맞아 쓰러진 것이다. 비명을 지르며 살려달라 애원하는 그에게, 누가 강한 어조로 으름장 놓는 소리가 들렸다.

"감히 이 나라의 세자 저하를 비방하다니? 세자 저하를 음해하는 것은 사형으로 다스리는 대역죄거늘."

"제, 제, 제발요! 저는 몰랐……."

날카로운 쇳소리와 함께 피가 흩뿌려졌다.

공포에 찬 비명이 나오려 하는 내 입을 어진이 틀어막았다. 내 등으로 쿵쿵 뛰는 어진의 심장박동이 느껴졌다. 그도 나만큼 두려워하고 있었다.

군인이 명령했다.

"시체를 끌고 가 산에 묻어라! 너, 너는 역적의 가족을 찾아 체포하라. 죄인들은 진하께서 알아서 처리하실 것이다. 나머지는 남은 방을 계속 뜯도록 하라. 해가 지기 전까지 한 장도 남아서는 안 된다."

나는 숨조차 쉴 수 없었다. 이토록 냉정하게, 이토록 신속하게 인간의 목숨을 빼앗는 광경은 처음 보았다. 그제야 깨달음이 들었다. 혜민서 사건 수사는 나를 죽음의 덫에 빠뜨릴 수도 있었다.

그럼 도망쳐. 머릿속 목소리가 경고했다. 정수 의녀님은 네 가족도 아니잖아. 도망쳐. 네 목숨을 지키라고.

흔들리는 갈대를 바라보고 있으니, 속에서 공포감이 솟구쳤다. 인생을 망치기에는 내 나이가 너무 아까웠다. 내 미래에는 무궁무진한 가능성이 있었다. 내가 정수 의녀의 고통을 외면한다고 나를 탓할 사람은 없었다. 단 한 명도 없었다.

하지만 안 돼. 다짐이라기보다는, 나 자신에게 애원하는 말이었다. 부당한 상황을 외면해버리면, 내 양심이 다시 나를 의녀라고 부를 수 있겠는가. 뭐라도 해야 해.

5

우리는 하늘이 진홍색으로 물들 때까지 갈대숲에서 웅크리고 있었다. 우리 말고는 아무도 없다는 확신이 들었을 때, 어진이 천천히 일어났다. 나는 감각이 사라져 찌릿한 팔과 다리로 어진을 따라 나섰다. 어디로 가는지 묻지도 않고, 절뚝이며 걸었다. 어디든 상관없었다. 이곳에서 벗어나기만 한다면.

"얘기하고 싶으면……."

어진이 내 쪽을 힐끗 보며 말했다.

나는 한마디도 할 수 없었다. 둘이 말없이 걷는 동안 화살이 허공을 가르던 소리, 화살촉이 살에 박히던 끔찍한 소리가 내 귀를 떠나지 않았다. 그 소리들이 머리뼈 안에서 부딪히고 튕겨 나갔다. 이러다 정신이 나가버릴 것만 같았다.

그러나 어진은 빠르게 평정을 되찾고는 패서를 펼쳐 들고 집중해서 읽었다.

"집에 가고 싶어."

한참 만에 내가 말했다. 지금은 패서, 군 의원, 그 무엇도 신경 쓰고 싶지 않았다.

"지금 갈래."

"정말 지금 가고 싶어?"

어진이 나를 내려다보며 덧붙였다.

"아직은 집에 가고 싶지 않을 텐데."

어진의 시선을 따라가니, 피에 물든 내 손가락이 보였다. 옷소매도 빨갛고, 몸통에는 더 많은 피가 묻어 있었다. 아까 남자를 지혈하다가 묻은 것이었다. 아찔한 현기증이 밀려들었다.

"집에 가기 전에 씻기부터 하자."

어진이 흰색 두루마기를 벗어 내 몸에 둘러주었다. 그의 온기가 남은 옷을 걸치니 묘하게 마음이 편안해졌다.

"이렇게 하면 별로 주목받지 않을 거야."

"어디로 가게?"

내가 물었다.

"나그네들이 따뜻한 밥을 먹으러 가는 곳."

✳

우리는 성 밖 주막에 도착했다. 웃음소리가 담장 너머까지 흘러나왔다. 주막 안은 시끄럽게 떠드는 사람들로 가득했다. 남자들이 평상이나 차가운 땅바닥에 삼삼오오 모여 앉아 술을 마시고 있었다. 여자들은 술을 가득 담은 술병과 김이 모락모락 나는 식사를 쟁반 가득 담아 날랐다. 북적이는 풍경 너머로, 부엌에서 나는 연기가 보였다. 사방에 바다 향과 산나물 향이 가득했다.

여기 오기를 잘했다는 생각이 들었다. 이 강렬한 냄새와 시끄러운 소리가, 허공을 가르던 화살을 잊게 해주었다.

"너 옷 갈아입게 방을 잡고 얘기하자."

그러면서 어진은 괘서를 접어 옷 속에 넣더니, 몸을 돌려 외쳤다.

"주모!"

입에 흉터가 난 여자가 쟁반을 옆구리에 끼고 다가왔다. 여자는 어진에게서 내게로, 다시 어진에게로 눈을 빠르게 움직이더니 깨진 이빨을 드러내며 활짝 웃었다.

"아이고, 정말 선남선녀네. 신혼이에요?"

어진이 얼굴을 붉히며 헛기침을 했다.

우리 같은 미혼이 늦은 시간에 함께 외출했다고 하면 지탄받기 십상이었다. 이러쿵저러쿵 씹어대기 좋아하는 사람들의 관심을 끌면 안 된다는 생각에, 내가 황급히 말했다.

"예, 오늘 막 혼인식을 올렸습니다."

어진의 귀 끝이 더 빨갛게 변했다.

"방 한 칸과 따뜻한 식사를 내주시오."

평소 무뚝뚝하던 말투는 어디 가고, 당황스러운 듯 중얼거렸다.

"아무렴요. 따라오세요."

여자가 의미심장하게 눈썹 한쪽을 세웠다.

평상을 지나고 바닥에 앉은 술꾼들의 팔다리를 넘으며 몇 번 걸려 넘어질 뻔했지만, 우리는 작은 방 앞에 도착했다.

"혹시 대야에 물을 받아 가져다주실 수 있을까요?"

나는 두루마기를 단단히 여미고, 손가락에 묻은 피를 숨기려 소매 안에 손을 넣었다.

"그게…… 씻고 싶어서요."

"냉장 대령하지요, 아씨!"

주모는 창호지 문을 열고 방 안의 초에 불을 밝혔다. 날이 점점 어두워지고 있어서였다. 잠시 후, 주모는 물을 담은 대야를 가져왔다.

"금방 밥 차려서 내오겠습니다."

어진은 주모에게 돈을 치렀다. 그런 다음 단둘이 남자, 낮은 탁자 앞에 앉아 그 패서를 다시 꺼냈다.

나는 어진을 등지고 나무 대야를 내려다보았다. 빨리 씻을수록, 살인 장면도 기억에서 빨리 지워질 것이다. 나는 넓은 소매를 말아 올리고, 손을 물에 담가 손가락을 박박 문질러 닦았다. 손가락 주름 사이에도 피가 배어 있었다.

다 씻은 후, 고름을 풀고 더러워진 앞치마를 벗어 구석에 두었다. 내 몸을 다시 한 번 점검했다. 옷 여기저기 미세한 빨간 얼룩이 남아 있었지만, 이 정도면 괜찮았다.

흘러내린 머리카락을 귀 뒤에 꽂고 치마의 주름을 편 다음 바닥에 앉았다. 우리 사이에는 흔들리는 나무 탁자가 있었다.

"패서를 보고 싶다 했지? 아직도 보고 싶어?"

어진이 낮은 목소리로 말했다.

숨지 마. 달아나지 마. 나는 고개를 끄덕였다.

"응."

그가 구겨진 종이를 건넸다. 종이는 온통 피로 얼룩져 있었다. 화살이 공기를 가르는 소리, 죽음을 알리는 픽 소리가 다시 떠올라 등줄기에 전율이 흘렀다. 나는 마음이 가라앉을 때까지 잠시 눈을 감았다. 다시 눈을 떴을 때, 내 앞에 세로로 쓰인 한자들이 있었다.

나는 세자에게 죽임을 당한 사람이다.
세자는 네 명의 여인을 죽였다.
세자는 또다시 살인을 할 것이다.

나는 두 손을 꼭 모았다. 세자의 비밀을 은폐하다 결국에는 내가 죽게 될 거라는 예감이 내 가슴을 무겁게 짓눌렀다. 이 괘서 내용이 거짓이라는 것만이 내게 유일한 희망이었다. 사람들은 늘 왕족에 관해 거짓말을 하니까.

"대장이 사건을 빨리 종결하라는 압력을 받고 있어."

어진이 말을 이었다.

"왜 그런가 했는데, 이제 알겠네. 궁에서 세자를 둘러싼 소문을 진화하려는 거야."

"왜…… 왕실이 왜?"

내 목소리가 갈라졌다.

어진은 생각에 잠겨 가만히 있다가 작은 소리로 말했다.

"세자가 범인일 수 있지. 범인이라는 누명을 쓴 것일 수도 있고. 아무튼 궁에서는 왕실 내부의 문제라고 생각할 거야. 포도청이 개입할 문제가 아니라는 거지."

간단한 일일 거야. 그것만 하면 다 끝나. 바로 오늘 아침 나 자신과 이런 약속을 한 기억이 났다. 하지만 진실은 그렇게 간단하지 않았다.

내가 괘서를 앞에 내려놓자, 어진이 그 위로 몸을 기울였다.

"부자연스러운 방법으로 쓴 것 같아. 수사에 혼선을 빚으려고 그랬을지도 모르지."

나는 당황해서 어진을 쳐다보며 물었다.

"네가 그런 걸 어떻게 다 알아?"

너는 그냥 포도청 하인이잖아.

갑자기 문이 드르륵 열리는 소리가 났다. 입술에 흉터가 있는 주모가 음식과 술을 들고 야단스럽게 들어왔다. 어진은 탁자에서 피 묻은 괘서를 슥 치웠고, 주모가 그 위에 상을 차렸다. 김이 모락모락 나는 국밥 두 그릇과 밑반찬, 흰 술병, 술잔이 놓였다.

"우리 신랑 각시를 위해 특별한 걸 가져왔습니다."

주모가 웃으며 소주 냄새가 나는 병을 두드렸다.

"작은 선물이에요."

이 나라에서 독주는 금지 대상이지만, 다들 몰래 마셨다. 나도 청진 동 뒷골목에서 소주를 팔고 마시는 평민들을 자주 봤다. 마셔본 경험은 없지만, 오늘은 자꾸 술병에 시선이 갔다. 한 모금 마시면 피의 기억이 지워질까 궁금했지만, 실제로 마실 생각은 없었다. 수상하고 낯선 남자와 같이 있는데 그럴 수야 없지.

"아이고! 두 사람 참으로 잘 어울리는구먼."

주모는 우리에게 눈을 찡긋하며 '젊은 시절 연애의 아픔'에 대해

주절거렸지만, 우리 귀에 들어오지 않았다. 어진과 나는 탁자만 바라보았다. 주모가 나가자마자 나는 다시 물었다.

"필체가 부자연스럽다는 걸 어떻게 알아?"

어진이 밥과 술을 치우고 괘서를 다시 평평하게 펼쳤다.

"걸어오는 동안 글자들을 관찰했어. 먹글씨지만, 자세히 보면 희미한 숯 자국이 눈에 띌 거야. 숯으로 미리 그어놓은 대로 글자를 쓴 듯해. 붓이 어색하게 들린 자국도 있어. 제대로 베끼고 있나 확인하려고 계속 쓰다 말다 했나 봐. 그래서 글씨가 고른 부분이 없어. 필압도 이상하고, 손을 떤 흔적도 있어. 위조 같다는 말이야. 다른 사람 필체를 흉내 내려고 애쓴 느낌이 나."

그러더니 그는 괘서를 반으로 찢었다. 종이가 쩍 찢어질 때도 놀랐지만, 내게 반을 건넸을 때는 더 놀랐다.

"너 궁궐 사람들과 함께 일하지? 정수 의녀를 살리고 싶으면, 사람들 필체를 조사해봐. 세자의 진실까지 알아내진 못더라도, 고발자가 누구 글씨를 흉내 내려 했는지를 알면 일부라도 답이 나올 거야."

"너…… 나보고 개인적인 수사를 같이하자고 부탁하는 거야?"

내 입에서 숨 가쁜 소리가 나왔다.

"그래, 맞아."

나는 찢긴 종이를 응시하며 내 가슴에서 천 가지 변명이 떠오르기를 기다렸다. 조금 전 농부가 금군에게 살해당하는 모습을 보았다. 세자가 혜민서 살인 사건에 연루되었을 가능성이 컸다.

하지만 나는 수년 만에 처음으로 눈을 뜬 기분이었다. 공부, 신분상승, 아버지의 인정…… 이런 걱정이 전부 사라졌다. 순수한 눈과 소나무의 향기가 더해져 상쾌하고 쌀쌀한 밤공기 때문일까. 뭔가 새로웠다. 그의 제안을 거부할 수 없는 기운이 감돌았다.

"왜 나야?"

그럼에도 아직 내 안에는 싫다고 할 이유를 열심히 찾는 마음이 있었다.

"궁금한 게 있어."

어진이 내 눈을 바라보며 나직이 말했다. 검은 눈 안에서 촛불이 일렁였다.

"안비 몸에 방어흔이 없다는 게 굉장한 단서라고 했을 때…… 무슨 뜻이었어?"

나는 망설이다 대답했다.

"피해자가 범인과 아주 가까이 있었다는 말이야."

"그걸 어떻게 알아?"

"인간은 아주 끈질긴 생명체야. 죽기를 원하지 않지. 우리 안에는 맞서 싸우고 생존하려는 아주 강한 본능이 있어. 그래서 칼에 찔린 피해자의 몸에는 항상 방어흔이 있어. 피해자가 방어할 필요가 없는 상황이었다면 몰라도."

"그러니까 안비가 자기를 죽인 사람을 신뢰했다는 말이구나. 안전한 사람이라 생각해서 가까이 와도 가만히 있었고, 그래서 방어할 틈도 없이 두 번이나 찔린 거로군."

"바로 그거야."

"다모들이 검시를 했어. 폐와 목을 한 번씩 찔렸다고 했고, 멍이나 긁힌 상처는 없다고 했어."

그의 말에 나는 얼굴을 찌푸렸다. 역시 몸싸움의 흔적이 없었구나.

"그 밖의 특징은 언급하지 않았어. 다모들은 자신들이 찾은 것으로 너와 같은 결론을 도출하지 못했어. 그래서 네게 부탁하는 거야. 너는 다른 사람들 눈에 보이지 않는 것을 보니까. 나도 보지 못하는 것을."

그의 무뚝뚝한 얼굴에 진심이 드러났다. 썰물에 길이 나타나 바다 저편의 섬과 육지가 연결되는 듯한 기분이었다.

"나 혼자서는 진실을 찾을 수 없어."

그는 감정을 다 드러낸 표정과 목소리로 덧붙였다.

"네 쪽에서도 제안할 게 있지 않을까 하는데."

두려움과 기대감으로 맥박이 뛰었다. 정수 의녀에게 의녀가 되고 싶으냐는 질문을 받았을 때의 느낌과 똑같았다. 그때 정수 의녀는 자신의 욕구보다 다른 사람의 생명을 우선시하는 사명을 따를 의지가 있느냐고 했었다. 그리고 이번에는, 나라는 존재를 초월하는 더 위대하고 위험한 모험에 초대받은 기분이었다.

우리의 대화가 잠시 끊겼다. 내가 정수 의녀를 구할 수 있다니! 이런 흥분에 도취되었지만, 망설여지는 감정도 컸다. 정수 의녀의 목에서 풀어진 올가미가 내 목을 조이지 않으리라는 법은 없었다. 그걸 모를 만큼 순진하지는 않았다.

나는 거절할 이유를 다시 찾기로 했다.

"너도 포도대장을 신뢰할 수 없다고 했지? 하지만 진실을 보도록 설득할 수는 있잖아. 그분도 너만큼이나 진범을 찾고 싶을 거야. 수사관이잖아."

어진이 굳은 얼굴로 고개를 저었다.

"왕실과 관련됐다면 반드시 이 사건을 묻으려 할 거야."

"어떻게 장담해?"

그는 한마디로 대답했다.

"전력이 있으니까."

무슨 뜻인지 설명해주기를 기다리고 있으니, 등줄기를 타고 긴장감이 올라왔다.

"우리는 과거를 경고의 의미로 기억해야 해."

어진은 반으로 찢은 괘서를 따스한 불빛에 이리저리 돌려보며 말했다.

"약 스무 해 전에 임해군이 기녀들을 죽였지만, 처벌받지 않았어. 포도청에는 정해진 질서를 거스르면 안 된다는 무언의 규칙이 있어. 천민 여자 몇 명이 죽은 일이라면 더더욱 그 규칙에 따르겠지. 왕족을 수사하는 건, 단순히 어려운 정도가 아니라 불가능해. 세자의 살인 여부는 중요하지 않아. 어쨌든 연루된 걸로 보이니, 포도청은 수단과 방법을 가리지 않고 사건을 당장 종결하려고 할 거야."

나는 어진을 바라보았다. 먼지 낀 검은 모자와 소매에 피가 묻은 흰 옷……. 농부의 핏자국이었다. 그가 살해당하는 모습을 함께 목격한 이 청년이, 같이 진실을 찾자며 내게 부탁하고 있었다.

"이제는 말해야겠네."

어진이 찢긴 괘서를 내려놓고 내 뒤쪽을 멍하니 응시했다.

"전에는 때를 놓치는 바람에…… 내가 누구인지 말하지 못했어."

"네가 누구인데?"

내가 얼굴을 찌푸리며 물었다.

"포도청에 신임 종사관이 부임했지."

그는 시간을 알려주는 것처럼 대수롭지 않은 투로 말했다.

"내가 그 종사관이야."

얼음처럼 차가운 충격이 나를 덮쳤다. 내 입에서 속삭임이 새어 나왔다.

"거짓말."

그는 내 말을 듣지 못한 듯 가만히 있었다.

"거짓말. 왜 거짓말을 해?"

나는 진지하게 말했다.

어진이 옷 안에서 황동 패를 꺼내 탁자 위로 밀어 보냈다. 그것의 정체는 마패였다. 포도청 고위직이나 암행어사가 소지하고 다니는 징표. 임무를 수행하는 중에 이것을 내보이면 나라의 말들을 빌릴 수 있었다. 앞면에는 말 다섯 필이 새겨져 있고, 뒷면에는 이렇게 쓰여 있었다. 상서원인(尙瑞院印). (마패를 발급하는 기관이 상서원이다 - 옮긴이)

"너는 나와 다르지 않다고 생각했는데……."

내가 속삭였다. 이 특별한 모험을 함께할 상대가 나와 같은 사람이라고 생각했었다. 그러니까 천민이라고, 천대받는 가난한 사람이라고.

하지만 어진은 나와 달랐다. 나보다 잘난 사람이었다.

그때 번쩍 기억이 떠올랐다. 서 종사관. 나는 그의 이름을 알고, 그를 잘 알았다. 지은의 사촌이었다. 얼마 전 아버지가 어머니에게 하는 말을 우연히 들은 적이 있다. 신임 종사관이 어린 나이에 과거에 급제한 사람이라고, 너무 어려 왕이 2년이나 직책을 내리지 못했다고. 아버지는 그 영특한 청년이 자신의 아들이면 좋겠다는 말까지 했다. 그 말을 듣고 내 가슴엔 깊은 구멍이 났다. 만난 적도 없는 청년에게 질투를 느꼈고, 그처럼 되고 싶었다.

"그러니까, 내게서 궁의 기밀을 빼내려고 변장을 한 거네."

하지만 정말로 하고 싶은 말은 따로 있었다. 어떻게 나를 이토록 초라하게 만들 수 있어?

"그럴 의도는 아니었어…… 처음에는."

내 앞에 있는 사람이 양반이라니. 나는 평소 양반에게 느끼던 두려움이 뼛속까지 스며들기를 기다렸다. 하지만 지금 내가 느끼는 감정은 분노였다. 다시 봐도 어진은 여전히 포도청 하인으로 보였다. 멍든 얼굴, 홀쭉한 뺨. 아버지가 나 대신 원한 청년이 이런 애라니 잔인한 장난 같았다.

"종사관이랬지? 하지만 너는 스무 살도 안 되어 보여."

"스무 살에 종사관직을 얻는 경우가 드물지는 않아. 꽤 많이 있어."

어진이 잠시 뜸을 들이다 덧붙였다.

"하지만 나는 아직 열아홉도 안 되긴 했지."

가슴이 아까보다 더 내려앉았다.

"너나 나나 이제 겨우 성인이야."

나는 이렇게 말하며 반으로 찢긴 패서와 마패를 어진의 손에 내려놓았다. 부풀었던 마음과 결연한 목표도 함께 내려놓았다. 차가운 현실이 나를 짓눌렀다. 그는 위험한 공식 수사를 이야기하고 있었고, 나는 아직 열여덟 살밖에 되지 않았다. 지금까지는 내가 얼마나 어린지 실감하지 못하고 살았다.

"틀림없이 혼자 힘으로 해결하실 수 있을 겁니다, 나리. 포도청의
지원도 있지 않습니까."

나는 관습에 따라 어진에게 존칭을 쓰며 말했다.

"오늘 아침에 송 대장이 뭐라고 했는지 알아? 고작 여자 넷이 죽었
다고 했어. 왕실에 맞설 이유로는 부족하다 그거지. 내 평판, 내 가족
을 생각하라더라. 수사를 계속할 경우 내가 잃을 것들을 생각하래."

어진의 목소리는 간절했다.

"그래야 마땅하지 않을까요. 평판과 가족을 생각하셔야지요. 제가
만난 양반 나리들은 다 그걸 최우선으로 생각하시던데요."

이렇게 말은 했지만, 실은 내 말을 주워 담고 싶었다.

어진은 내 말에 움찔도 하지 않았다.

"내가 살인범을 찾고 싶은 개인적인 이유가 있다고 했잖아."

그는 이렇게 말하고는 잠시 망설이는 기색이었다. 이 순간에도 나
는 자리를 뜰 수 있었다. 하지만 알고 싶었다.

"지난해 평안도의 한 마을에서…… 홍철이라는 사람이 살해된 채
발견됐어. 목격자들 말로는, 말을 탄 자가 칼과 여인의 잘린 머리를
들고 떠났다고 했어. 나중에 내가 숲에서 그 머리를 발견했을 때……
그 옆에 우리 아버지가 계셨어. 칼에 찔려 죽은 채로."

내 안에 있던 가시가 힘을 잃었고, 그 앞에서 내 얼굴은 점점 창백
해졌다.

"너도 죄책감을 느껴 수사에 동참하게 만들려고 이 얘기를 들려준
건 아니야. 이 얘기를 하는 이유는, 내 전부를 잃는다 해도 나는 두렵
지 않다는 사실을 알려주고 싶어서야. 일이 잘못되면 모든 책임은 내

가 져."

어진이 반으로 찢긴 괘서를 다시 내 손에 쥐여주었다.

"나보다는 네가 잃을 것이 많으니, 직접 선택해. 하지만 빨리 결정해야 할 거야. 정수 의녀를 구할 시간이 많지 않으니까."

6

어진은 말없이 나를 집까지 데려다주었다. 그날 밤, 나는 이불 속에 깊이 몸을 뉘었다. 잠에 빠지려 할 때마다 식은땀을 흘리며 일어나 내가 내려야 할 결정을 기억했다. 위험한 수사, 위태로운 정수 의녀의 목숨.

아침이 밝자, 내 괴로움이 피부에 드러났다. 피부 여기저기에 두드러기가 번져 있었다.

나는 종일 방에 틀어박혀 내가 당면한 문제를 전부 적어보았다.

궁의 법도는 엄격하다.

세자가 용의자다.

농부가 죽었다.

의녀 자격을 잃을 수도 있다.

끝없이 이어지는 목록 끝에 나는 이렇게 썼다.

멸시.

내 시선이 그 단어에 머물렀다.

내가 가장 두려워하는 것은 세자를 위한 모략이나 내 죽음이 아니었다. 그보다 고요한 무언가였다. 아버지의 멸시, 그리고 아버지처럼 존경받는 권력자들의 멸시를 받을까 겁이 났다. 나는 아버지가 내 가치를 인정해주기만 한다면, 이 세상에 그 인정을 훈장처럼 내보일 수 있다는 믿음을 품고 있었다.

이런 욕망 때문일까, 아버지는 내 머릿속에 출몰해 사방을 휘젓고 다니는 유령이 되었다. 5년 전 아버지가 혜민서를 찾아온 그날부터였다. 스승들 사이에서 네 칭찬이 자자하더구나. 언젠가는 의녀 중에서도 가장 높은 어의녀가 될 수도 있다던데. 임금님도 신뢰하고 존중하는 여인 말이다. 그리 믿음이 가는 이야기는 아니다만 또 모르지. 네가 나를 놀라게 할지도.

그렇게 말하며 웃으며 눈을 반짝이던 아버지의 표정을, 나는 절대 잊을 수가 없었다. 그 눈빛을 다시 받고 싶다는 갈망이 나를 따라다니며 괴롭히다가, 급기야 다시는 아버지의 따뜻한 인정을 받지 못할 것이라는 두려움으로 변했다. 두려움은 때때로 분노가 되었다.

나는 들고 있던 종이를 구겨 쥐었다. 정수 의녀의 목숨이 위태로운데 아버지의 인정이나 걱정하다니. 뻔하고 이기적인 생각이었다. 다른 사람 눈에 어떻게 보일지 걱정하느라 옳은 일을 하지 못하는 겁쟁

이가 되고 싶지는 않았다.

나는 무엇이 옳은 일인지 알았다. 하늘의 태양처럼 선명하게 알아
보았다.

다음 날 아침, 나는 깨끗한 의녀복으로 갈아입었다. 보통은 바닥의
흙을 치마에 묻히기 싫어 궁에 들어가서 갈아입었지만, 오늘은 두드
러기로 가득한 피부를 노출하고 싶지 않았다. 소매를 끌어 내리고 엉
망이 된 뺨에 분을 발라 두드러기를 가린 다음, 동생을 깨우지 않으려
고 조용히 집에서 빠져나왔다. 하얀 안개가 풍경을 희뿌옇게 뒤덮었
고, 새싹이 돋아나는 나무 냄새가 코를 찔렀다. 겨울이 끝나가고 있었
다.

들뜬 마음을 떨치려 치맛자락을 들고 길을 내달리기 시작했다. 폐
가 뜨거워지고 이마가 땀방울로 젖을 때까지 달렸다. 금세 성문에 도
착했고, 궁까지 절반쯤 남았을 때 어깨를 푹 숙인 채로 봇짐을 안고
걸어가는 지은을 발견했다.

"지은아!"

내 외침에 지은이 움찔하며 봇짐을 떨어뜨렸다. 고개를 홱 돌리는
지은의 얼굴에 핏기가 하나도 없었다.

"아, 너구나! 깜짝 놀랐네."

지은이 안도의 한숨을 내쉬며 가슴에 손을 얹었다.

의녀복이 들어 있을 봇짐을 주워 지은에게 건네며 물었다.

"무슨 일이야?"

"잠을 잘 못 잤어."

그러더니 내 쪽을 힐끗 보며 말을 이었다.

"이틀 전 궁에서는 얘기할 기회가 없었지. 잘 견디고 있는지 묻고 싶었어. 살인 사건 말이야. 사촌 오라버니 말로는 끔찍하다더라. 그 여자들이 당한 일이."

지은을 보고 느꼈던 온기가 갑자기 차갑게 식으면서, 내가 내려야 할 결정과 함께 어진이 떠올랐다. 지은이 몇 년째 이야기하던 청년과 이렇게 엮이게 되었다니 믿기 힘들었다. 지은은 서출이었기에, 그를 이름으로 부른 적은 없었다. 한양에서 공부하려고 자신의 아버지 댁에 머물게 된 그를 언제나 '사촌 오라버니'나 '도련님', 혹은 '서 종사관'이라 칭했다.

"왜 그래?"

지은이 물었다.

내가 멍하니 쳐다봤나 보다.

"네 사촌이 서어진이야? 걸출한 영재라고 했던 사람 말이야."

아직은 완전히 믿지 못하는 마음이 있었다.

발걸음을 옮기며 지은은 고개를 끄덕였다.

"만났어? 그날 혜민서에서 봤을 수도 있겠구나. 오래 여행을 갔다 막 돌아왔어."

그리고는 고개를 절레절레 저었다.

"지방에서 무슨 수사를 한 건지 거렁뱅이 차림으로 왔더라니까."

"하지만…… 종사관이 되기엔 너무 어리잖아."

아직도 어진의 나이를 받아들일 수가 없었고, 조금 질투도 났다.

"전임 종사관도 겨우 스물한 살이었어."

지은이 어깨를 으쓱하며 말을 이었다.

"종사관은 어린 사람들도 많아. 나이는 아무도 신경 안 쓸걸. 좋은 가문 출신이기만 하면."

나는 말없이 미간을 찌푸리며 이해해보려 했다. 어떻게 열여덟 살짜리가 범죄 수사를 이끌 수 있지? 성문에 도착한 우리는 신분패를 내밀고 통과했다.

"나 일 끝나고 책방 갈 거야. 같이 갈래?"

지은의 뺨에 엷은 혈색이 돌아와 아까보다는 덜 귀신처럼 보였다.

지은과 혜민서에서 일할 때, 우리는 주로 장씨 아저씨 책방에서 휴식 시간을 보냈다. 책방은 해만 졌다 하면 지은이 사라지는 곳이기도 했다.

"드디어……《운영전》을 빌릴 수 있을 것 같아."

지은이 주위를 살피며 속삭였다.

나는 입꼬리를 올려 희미하게 웃었다.《운영전》은 궁녀와 젊은 선비의 금지된 사랑을 다룬 소설이었다. 궁에 들어온 후로 지은은 틈만 나면 그 책을 구하려고 애썼다.

"하지만 다시 생각해보니…… 지금은《운영전》을 읽기 좋은 때가 아닐지도 모르겠다. 죽은 궁녀가 떠오를 것 같아. 이름이 뭐였지? 안비?"

지은이 갑자기 말을 멈추더니 당황하며 위를 올려다보았다.

그제야 나는 우리를 지켜보는 시선을 느꼈다.

얼굴을 가볍게 찌푸린 난신 의원이 우리 앞에 서 있었다. 두 손을 소매 안에 모은 그의 옷자락이 쌀쌀한 바람에 휘날렸다. 순간 겁이 났다. 혹시 우리를 꾸짖지는 않을까? 불온한 책이나 혜민서 사건 이야기를 했다고. 하지만 화난 표정보다는 곤란한 표정에 가까웠다.

"현 의녀."

난신이 불길한 목소리로 내 이름을 무겁게 불렀다. 즉각 내 어깨가 긴장으로 굳었다.

"세자빈께서 너와 대화를 하고 싶다고 부르신다."

왜요? 나는 이렇게 묻고 싶었지만, 궁에서는 입을 꾹 다물고 명령에 복종해야 한다고 배웠다. 어떤 경우에도 질문은 금지였다.

나는 손을 꽉 쥐고 고개를 깊이 숙였다.

"예, 의원님."

"허나 기다리는 것이 좋겠다. 아직은 가지 말고 있어."

고개를 숙인 내 위로 그의 걱정스러운 시선이 무겁게 내려앉았다.

"세자 저하께서 그곳에 계시니 그분과 만나지 않는 게 현명할 게다."

그러고는 작은 소리로 덧붙였다.

"네가 돌아가신 화협옹주와 너무 닮았으니 말이다. 보면…… 노하실 거야."

❀

처음 듣는 말은 아니었다. 이틀 전 세자빈도 내가 세자의 죽은 여동생과 닮았다고 했으니까.

나는 지은이 의녀복으로 갈아입기를 기다리며 눈이 녹아 생긴 물웅덩이를 바라보았다. 수면에 내 모습이 물결쳤다. 화협옹주가 이렇게 생겼다고? 이목구비가 오목조목한 새하얀 얼굴에 검은 속눈썹으로 둘러싸인 눈이 도드라졌다. 머리카락은 달이 뜨지 않은 밤처럼 새까맸다.

하지만 내가 화협옹주를 닮았다고 해서 뭐? 내가 왜 세자 저하를 두려워해야 하는 거지? 세자는 일곱째 여동생을 유독 아꼈다. 그러니 좋은 의미 아닌가? 화협옹주가 세자에게 하나뿐인 진정한 친구였다는 말을 들은 적이 있다. 왕에게 가장 미움받는 자녀였던 두 사람은, 똑같은 아픔으로 동지애를 느꼈을 것이다.

나는 잠시 망설이다가, 기다리라는 의원의 조언을 무시하고 근처 창고에서 빈 쟁반을 집어 들었다. 목적 없이 돌아다니는 티를 내지 않기 위해서였다. 지금이 아니면 언제 세자를 보겠는가. 꼭 내 눈으로 직접 보고 싶었다.

모든 사람이 수군덕거리는 그 왕자는 대체 누구일까?

살인자일까? 아니면 누명을 쓴 결백한 청년일까?

나는 서둘러 내의원을 나와 세자빈궁으로 향했다. 저 멀리 우뚝 선 수호산은, 이 담장 안의 비밀을 고요히 관찰하고 있었다. 나는 안뜰로 조용히 들어가 기둥 옆에 멈춰 섰다. 시간이 얼마나 흘렀을까. 드디어 번쩍이는 파란 비단이 얼핏 보였다. 은색 용이 옷에서 빛을 뿜어냈다.

세자 저하였다.

나는 돌처럼 가만히 그를 지켜보았다. 눈을 깜박일 수도, 숨을 쉴 수도 없었다. 피부가 하얗고 옆선이 강렬한 미남이었다. 감정 없는 검은 눈은 텅 빈 궁의 모습을 빨아들였다. 사슴처럼 우아하게 움직였지만, 체격은 장군과도 같았다. 그가 검을 들고 혜민서 여인들을 베는 모습을 그려보려 했다. 하지만 그보다는 신과 영생의 존재, 태초부터 전해 내려오는 이야기들만 머릿속에 떠올랐다.

송 대장이 수사를 하지 못하는 이유, 감히 세자 서하를 건드리지 않으려는 이유를 이해할 것 같았다. 뒤에 수행원을 거느리고 내 옆을 성큼성큼 걷는 모습을 보고 있으니, 이 나라 자체인 남자를 보는 느낌이었다. 키, 체격, 덩치가 누구와도 비교가 되지 않았다. 그는 우리의 미래였다.

갑자기 세자빈 처소에서 강아지 한 마리가 튀어나왔다. 그 작은 털뭉치는 진창을 굴러 흙바닥으로 미끄러지더니 깽 하며 세자의 옷자락으로 떨어졌다.

수행원들이 얼어붙었다. 세자가 쭈그리고 앉아 손을 뻗자, 내 등은 긴장으로 뻣뻣해졌다. 옷을 더럽혔다고 강아지에게 폭력을 쓸까 봐. 하지만 세자의 감정 없는 검은 눈은 따스한 눈으로 변하며 강아지를 들어 올렸다. 축축하게 입을 핥아도 혼을 내지 않았다.

"밖은 춥다, 건아."

온화한 저음이 샘물처럼 흘렀다.

"안으로 들어가야지, 녀석. 어미에게 데려다주거라."

세자가 서 있는 궁녀를 불러 강아지를 건넸다.

그는 일어나 문 밖으로 사라졌다. 나는 강렬한 호기심에 그를 따라나섰다. 동물에게 관대하다면 인간에게도 관대하다는 뜻인데······.

나는 몇 걸음 거리를 두고 창덕궁 중앙으로 향하는 세자와 수행원의 행렬을 따랐다. 커다란 전각 출입문 앞에 도착하자, 보초들이 의심 없이 나를 들여보낼 수 있게 행렬의 맨 뒤에 슬그머니 붙었다.

안으로 들어온 후에야 고개를 들고 주위를 둘러보았다. 기다란 건물이 네모난 안뜰을 에워싸고 있었다. 일렬로 늘어선 붉은 기둥과 옥색 창문, 배가 녹색인 검은 용처럼 물결치는 지붕이 눈에 띄었다. 담장 안에는 엄숙한 정적이 흘렀다. 그러다 처마 아래 걸린 현판을 보았다. 피가 차갑게 식었다.

희정당. 임금님의 집무실이었다.

여기 있으면 안 돼. 내 머릿속 목소리가 작게 경고했다.

뒤를 힐끔 보자 나를 지켜보는 보초들이 보였다. 더 관심을 끌기 전에 당장 나가야 했지만, 내 발은 땅에서 떨어질 줄 몰랐다. 나는 안뜰로 나를 더 깊숙이 이끌어줄 기회를 찾고 있었다. 편전 안에서 어떤 속삭임이 들리는지 진심으로 알고 싶었다. 그곳이 모든 비밀의 중심에 있지 않을까? 궁과 궁 안의 사람들을 정말로 조사해야 하는지 확인할 수 있을 것이다.

나는 심호흡을 하고 태연한 표정을 지었다.

그리고 목적지도 없이 신호에 귀를 기울이며 천천히 걸었다.

나팔 모양의 처마에서 까마귀 두 마리가 까악까악 울어댔다. 소나무는 바람에 흔들려 삐걱거렸다. 그때 사람들 목소리가 들렸다. 소리를 따라 뒷마당으로 가니, 벽을 따라 열 개도 넘는 창문이 있었다. 나는 그중 하나에서 작은 구멍을 발견했다. 첩자가 뚫은 걸까? 일단 안을 들여다보았다.

안에서는 비단옷을 입은 문신들이 무릎을 꿇고 고개를 조아리고 있었다. 그들 사이에 무릎을 꿇은 세자도 보였다. 방 저편에는 흰 수염을 기른 왕이 붉은 곤룡포에 검은 관을 쓴 채 옥좌를 차지하고 있었다. 그렇게 혼자 뚝 떨어져 있는 왕의 뒤에, 태양과 달과 산봉우리가 그려져 있었다. 그를 상징하는 그림이었다. 그가 바로 태양이요, 달이요, 산이었다.

"나는 이 책을 어릴 때 읽었고 지금도 암송할 수 있다."

왕이 서책을 들어 올렸다.

"그런데 너는 단 한 줄도 외우지 못하는구나. 그러니 해석이 되지 않지. 이해하고 싶으면 암기를 해야 해."

"아바마마께서 원하시는 아들이 되지 못해 죄송합니다."

세자의 목소리는 차분했다. 말에 감정이라는 것이 없었고, 얼굴도 무표정이었다.

"근래에 몸이 좋지 않아 공부를 하지 못했습니다, 아바마마."

왕은 짜증 섞인 한숨을 쉬며 앞에 있는 문신들을 힐끗 쳐다보았다.

"입만 열면 거짓말. 너는 공부에 애정이 없는 것이다."

전하의 말들은 가시처럼 날카로웠다. 실망으로 가득한 목소리가 내 아버지의 목소리와 너무도 비슷해, 가슴이 답답하게 조이고 등이 후끈 달아올랐다.

"후원에서 군대놀이를 할 때는 건강이 나쁘지 않은 것 같던데. 남은 시간에는 어린애처럼 그림이나 그리고 말이야."

왕은 '그림'이라는 단어를 내뱉듯 말하더니, 손짓을 했다.

"이리 가져오너라!"

내관이 종이 한 장이 올려진 쟁반을 들고 황급히 왕에게 다가갔다.

"네가 병으로 강의를 듣지 않고, 그 시간에 그림을 그린다는 얘기가 내 귀에 들어왔다. 너…… 고통에 시달리는 백성들에게 더 현명한 아버지가 되어줘야 하는 장래의 통치자가……."

왕은 목이 막혀 말을 잇지 못했고, 심란한 얼굴로 미간을 찌푸렸다.

"그 시간에 개나 그리고 있어?"

그러고는 종이를 낚아채 쫙쫙 찢기 시작했다. 그 소리에 내 피부에 소름이 돋았다. 그림은 조각조각 찢어진 쓰레기로 변했다. 세자는 여전히 무릎을 꿇은 자세였지만, 등이 뻣뻣해지고 귀 끝은 새빨개졌다.

"내 앞에서 치워라."

왕이 호령했다.

내관이 종잇조각을 모아 창밖으로 던졌다. 몇 개가 바람에 내 쪽으로 날아왔다. 나는 쟁반을 내려놓고 한 줌을 주워 조심스레 조각을 맞춰보았다. 그러는 동안에도 전하의 목소리가 내 귓가에 울려 퍼졌다.

"너는 내 아들인데도 나와 닮은 구석이 없구나. 나는 이 자리에 걸맞은 왕이 되려고 피나는 노력을 했다. 백성들에게 성군이 되려고 얼마나 노력했는지 모른다. 그런데 너는 참으로 속 편하게 살고 있구나. 그저 개처럼 제멋대로. 언제나 공부를 물리치고. 네 아들을 봐라. 그 아이는 새벽에 일어나 늦게까지 내 옆에서 공부를 한다. 바보처럼 말 더듬는 일도 없고, 배운 것을 암송도 해. 너는 어찌 여섯 살짜리보다 무능한 게냐? 너보다는 그 아이가 더 훌륭한 왕이 되겠다."

세자는 침묵을 지켰다. 눈 가장자리는 불꽃처럼 새빨개졌지만, 입에서는 한마디 변명도 나오지 않았다.

왕이 날카롭게 혀를 찼다. 완벽한 경멸의 소리였다.

"유교를 배우면 덕을 쌓고 인간으로서 선한 마음을 기를 수 있다."

체념한 듯 왕의 얼굴이 어두워졌다.

"그런데 너는 유교를 공부하지 않으니 덕을 쌓지 못하지. 네가 덕을 쌓고 있지 않기 때문에 하늘이 천벌을 내려 백성들이 계속되는 기근으로……."

"오늘은 제 생일이옵니다, 아바마마."

세자가 속삭였다.

대신들 모두가 긴장했다. 그들의 휘둥그레진 눈, 창백해진 얼굴, 치솟은 맥박을 고스란히 느낄 수 있었다. 그들의 두려움이 내 가슴을 쿵쿵 두드렸다.

"매년 똑같습니다."

세자가 떨리는 목소리로 말을 이었다.

"제가 태어난 날만 되면 아바마마께서는 저를 이곳으로 불러 신하들 앞에서 꾸중을 하시지요. 소자는 생일을 평온하게 보낸 적이 없습니다. 저는 전하의 아들인데, 그, 그런데……."

세자가 말을 끊고 감정을 추슬렀다.

"그런데 제가 무엇을 해도 전하께서는 부족하다고 생각하시지요. 어떻게 아버지가 하나뿐인 아들을 이토록 증오할 수 있단 말입니까?"

왕의 흰 수염이 부들거리며 분노로 얼굴이 일그러졌다. 내 아버지가 떠올라, 나는 얼른 쟁반을 집어 들고 도망쳐 나왔다. 찢긴 그림 조각들은 그대로 두고. 거기엔 관심을 달라고 애원하는 강아지 두 마리에게서 등을 돌린 아비 개가 그려져 있었다.

편전에서 나와 중문을 지키고 선 보초들과 멀리 떨어졌을 때에야, 나는 떨리는 숨을 내쉬며 눈을 감았다.

아버지들은 무시무시한 존재였다.

나는 죽음을 맞거나 비명을 지르는 환자들 앞에서도 심장을 차분하게 가라앉히는 법을 터득했다. 하지만 아버지의 날카로운 말 한마디면 연약한 아이로 변해버렸다. 아버지 앞에서 울음을 그치는 법은 알지 못했다. 나는 쓰러진 채로 몸을 들썩이고 말을 하려 숨을 몰아쉬며 울곤 했다. 아버지가 그 모습을 아무리 질색해도 어쩔 수 없었다.

나는 진심으로 아버지의 인정을 바랐다.

동시에 그런 바람을 증오했다. 그런 마음이 사라지기를 원했다.

✽

마침내 나는 세자빈 침소의 창살문 앞에 도착했다. 머리가 살짝 헝클어지고, 의녀복은 땀으로 축축했다. 궁녀 두 명이 나를 위해 문을 열어주었다.

시간을 너무 지체했다는 사실을 알아차리지 못했기를 바라며, 세자빈 앞에 무릎을 꿇었다. 세자빈은 늘 그랬듯 완벽한 차림새로 묵직한 비단 치마를 퍼뜨린 채 방석에 앉아 있었다. 얼굴은 수척하고 피곤한 기색이었지만, 표정은 무덤덤했다.

"네가 맥을 기가 막히게 읽는다고 들었다."

나는 세자빈 말의 속뜻을 파악하려고 머리를 굴렸다. 왜 사람을 보내 나를 불렀는지 이해하고 싶었다. 내가 겨우 답했다.

"그…… 그렇다고 해주시니 영광입니다."

"직접 한번 보자꾸나."

세자빈이 팔을 들자 옅은 푸른색 핏줄이 실처럼 퍼진 손목이 드러났다.

나는 소리 없이 숨을 몇 번 들이마시며 당황스러운 마음을 가라앉혔다. 가까이 다가가 세자빈의 손목에 세 손가락을 얹고 맥을 짚었다. 촌(寸), 관(關), 척(尺). 이 세 개의 점은 각기 다른 줄기로 하나의 이야기를 들려주었다. 맥 자체가 하나의 언어였다.

나는 아무 말 없이 세자빈 손목 위로 머리를 숙이고, 민감한 손끝으로 맥이 하는 이야기를 들었다. 때때로 미끌거리고, 불규칙하고, 주춤거렸다. 진맥은 비밀을 듣고 해독하는 과정과 비슷했다. 오래 귀를 기울일수록 상대를 더 이해할 수 있었다. 세자빈은 겉으로 내보이는 모습과는 다른 사람이었다. 모두에게 거짓말을 해도 맥은 그럴 수 없었다. 이제 스물세 해를 산 여인이라기엔 맥이 너무 긴장으로 팽팽했다. 비탄과 걱정에 사로잡혀 하루하루 생각의 파도에 휩쓸리고 생각의 무게에 짓눌리는 쉰 살의 맥이나 다름없었다.

나는 천천히 손을 거두고는, 내게서 떠나지 않는 시선을 느끼며 용기 내어 진실을 말했다.

"마마께서는 나날이 속이 걱정으로 가득하십니다."

왕과 세자의 대화를 엿듣고 온 터였기에, 그 이유를 짐작할 수 있었다. 세자빈이 남편을 볼 때마다 얼마나 큰 공포를 느낄지, 감히 상상도 할 수 없었다. 세자가 분노와 비난을 쏟아내는 대상은 당연히 세자빈일 것이다.

"사방이 꽉 막힌 듯한 답답함을 자주 느끼십니다."

세자빈의 눈가가 촉촉해지더니 뺨으로 눈물이 흘렀다. 내가 아픈 부위를 건드렸기 때문이리라. 세자빈은 재빨리 눈물을 닦아내고는, 표정을 감추며 물었다.

"그날 밤 저하께서 처소에 안 계셨다고 누구에게 말한 적이 있느냐?"

강한 충격이 온몸을 관통했다.

"절대 그런 일 없사옵니다, 마마."

세자빈은 한참 동안 나를 지켜보았다.

"지은 의녀가 그랬을까?"

나는 세차게 고개를 저었다.

"아닙니다, 마마. 죽음이 두려운데 어찌 그 얘기를 밝히겠습니까."

"너를 믿는다."

세자빈은 입술에서 핏기가 사라진 채로 가만히 앉아 있었다.

"얼마 전 내 밑의 나인 하나가 저하를 염탐하던 첩자를 잡았다. 의녀 아람이라던데, 누구인지 아느냐?"

"모르옵니다, 마마. 제가 궁에 없을 때 근무하는 의녀인가 봅니다."

"그렇구나."

나는 차가운 손을 비틀며 다음 말을 기다렸다.

"그리하여 첩자를 심문했다. 종아리에 회초리를 쳐서. 그랬더니 살인이 일어난 날 저하의 행적에 관해 문 소원이 정보를 구하고 있다고 자백하더구나. 문녀가 어쩌다 저하의 행적을 의심하게 되었는지는 모르겠다."

나는 아랫입술을 깨물고 있다가 용기를 모아 말했다.

"송구하옵니다만, 마마께서는 그분이 그렇게 자신 있게 의심하는 이유를 무엇이라 생각하십니까?"

세자빈이 피곤한 한숨을 내쉬었다.

"저하를 비방하고 부자 사이를 갈라놓으려고 단단히 작정을 한 여인이니 그렇지. 후궁 주제에 전하를 독차지하려는 탐욕으로 가득해. 궁 전체에 첩자를 심어두었다고 해. 안비 나인도 문 소원의 첩자였다."

나는 숨을 헉 들이마셨다.

세자빈은 관자놀이를 문지르고는 우수에 찬 눈으로 나를 보았다.

"스승 일로 심정이 말이 아니겠구나."

방금 들은 정보들로 내 머릿속은 아직도 핑핑 돌았다. 안비가 첩자였다고? 나는 애써 흥분을 가라앉히고 대답했다.

"예, 마마. 저는 스승이 결백하다는 사실을 압니다."

"당연하고말고. 정수 의녀는 내 가족의 소중한 벗이다. 어머니 없이 자란 막내 여동생이 기가 약하고 병치레가 잦았거든. 그런 동생에게 어려서부터 글 읽는 법을 배울 것을 권한 이가 정수 의녀였다. 정신이 건강하면 신체도 건강해진다면서. 정말 그러했고, 그 일로 나는 정수 의녀를 무척이나 존경하게 되었지."

나는 무슨 말을 할지 몰라 고개만 숙였다.

"그래서, 제자 둘이 궁에 들어오게 되었다는 소식에 정수 의녀를 불러 너와 지은에 대해 물었지. 둘 다 아주 좋게 평가하더구나. 특히 너 현 의녀를. 늑대 사이의 학과도 같다고 했어."

세자빈이 격자창으로 시선을 돌리더니 무언가 결심한 듯 이마를 찌푸렸다.

"네가 영리하고 의지도 굳세다고 하더구나. 정수 의녀를 무척이나 따르고 좋아했겠지. 네가 살인 사건을 조사하고 있다는 것을 나도 안다."

심장이 쿵 내려앉았다. 보호 장비 없이 추락하는 느낌에 머리가 아찔해졌다.

"마마, 제가 어찌 감히……."

"이 역시 문 소원의 첩자에게 들었다. 소원이 개인적으로 조사를 지시했다고."

나는 고개를 젓고 황급히 말했다.

"그러겠다고 하였지만, 제가 이미 답을 찾고 있었기 때문이옵니다. 중요한 정보를 전달할 생각은 없……."

"늑대 사이의 학이라."

세자빈이 나직이 말했다.

"네 말이 거짓이 아니라는 것 안다. 내게 불충할 마음은 없을 거야. 네가 세자 저하께도 똑같이 충성을 바치기를 바랄 뿐이다."

나는 손바닥에 손톱이 박히도록 손을 꼭 쥐었다.

"당연한 말씀입니다, 마마."

진심이었다. 그러나 한 가지 질문이 떠올랐다. 하지만 세자가 살인자라면?

내 생각을 읽기라도 한 듯 세자빈이 말했다.

"소문을 들었다. 괘서가 돌고 있다지. 세자 저하께서 살인을 저질렀으니 죄를 물어야 한다고……."

잠깐 침묵이 흘렀다. 기다리는 동안 두려움으로 몸이 따끔거렸다.

"하지만 아느냐, 현 의녀? 그 패서를 쓴 자는 자신이 무엇을 요구하고 있는지 몰라. 일국의 왕자에게 유죄를 선고하는 것은 왕실 전체를 죄인으로 만드는 행위이거늘. 우리 원손, 주상 전하의 하나뿐인 손자까지 말이야. 범죄자도, 범죄자의 자식도 왕위를 물려받을 수 없어. 그러니 후계자가 없어지지. 미래가 사라지는 게야. 유죄 판결은 이 왕조를 뒤흔들 일이야."

세자빈이 손을 뻗어 내 손을 잡았다. 북받치는 감정에 가슴이 터질 것 같았다.

"하지만 너를 막지는 않을 것이다."

"예?"

내 입에서 숨 막힌 소리가 났다. 세자빈은 왕실의 일원이었다. 절벽에서 뛰어내리라 명령해도 나는 시키는 대로 해야 했다.

세자빈이 말을 이었다.

"우리는 여인들이지. 죽음 외에는 우리가 하고자 하는 행동을 막을 수 없어. 우리 삶을 구속하는 법과 제약이 무엇을 낳았더냐. 결단력과 계략 아니겠느냐. 너와 같은 이들은 내 말에 복종하지 않을 것이다. 바위처럼 가만히 있을 작정이라고 말한다 해도, 물고기처럼 날쌔게 그림자 사이를 이동할 테지."

세자빈이 목소리를 낮춰 속삭였다.

"자, 나를 보아라. 그리고 잘 듣거라."

명령에 따라 시선을 들자 한 쌍의 진실된 눈이 보였다. 세자빈이 이제 하려는 말은 절대적인 진실이 분명했다.

"그날 밤 저하께서 궁으로 돌아오셨을 때 의복은 더럽혀지지 않은 상태였다. 핏자국이나 긁힌 흠집 하나 보지 못했어. 내 말을 믿어주기 바란다. 저하께서는 결백해, 현 의녀."

나도 모르게 안도의 한숨을 뱉을 뻔했다. 세자에게는 핏자국이 없었다. 세자가 진범이라면 불가능한 일이었다. 나는 엉망으로 찢긴 상처, 한 피해자의 손톱에 박힌 살점, 다른 피해자가 움켜쥔 머리카락을 똑똑히 보았다. 범인에게는 명확한 폭력의 흔적이 남아 있어야 했다. 세자는 정말로 결백했다.

"이야기할 것이 있으면 언제든 나를 찾아와도 좋다, 현 의녀. 그리고 정수 의녀를 구할 수 있다면 할 수 있는 무엇이든 해. 정수는 좋은 여인이고, 좋은 벗의 도움을 필요로 하고 있으니. 다만 400년 역사, 그것 하나만은 깨뜨리지 말아주기를 바란다."

7

세자빈의 처소에서 나온 후 묘한 떨림이 내 속을 채웠다. 새장에서 밖으로 날아가는 새가 이런 기분일까. 그동안 나는 궁궐의 법도를 생각하느라 억지로 침묵하고 있었다. 그래서 어진을 돕겠다고 선뜻 나서지 못했다. 하지만 세자빈은 왕족이었다. 궁의 일원이 진실을 찾아도 좋다고 허락했다. 400년 역사는, 솔직히 걱정되지 않았다. 무슨 수로 내가 그 정도의 혼란을 일으킬 수 있겠는가? 어떻게 나 같은 천민 계집이 우주를 뒤흔드는 상상을 할 수 있겠나?

내의원으로 서둘러 돌아가는데 웃음이 마구 터져 나왔다. 나를 둘러싼 인생을 무너뜨리지 않고도 어진을 도와 진실을 추적할 수 있었다. 은밀히 수사를 한다면 아버지에게도 들키지 않을 수 있을 것이다.

나는 가벼운 마음으로 남은 하루를 보냈다. 오늘은 조용하게 흘렀다. 나는 아픈 왕족과 후궁 몇 명의 치료를 위해 약초를 자르고 말리는 일을 보조하라는 지시를 받았다. 약초의 양은 아주 많았다. 약초

정원에서 온 바구니들은 무성한 잎과 영양분이 풍부한 뿌리로 넘쳐났다. 근무가 끝날 즈음에는 손목이 쑤셨다. 약초들을 썰고 매달아 건조시키기까지 몇 시간이 걸렸기 때문이다. 일하는 동안에는 수사에 관해 생각하느라 통증을 느낄 새가 없었다. 나는 이제 더 이상 수사하는 것이 두렵지 않았기에, 내의원을 드나드는 의녀들과 의원들에게 군의원의 행방을 물었다. 그러나 그를 봤다는 사람은 아무도 없었다. 군의원은 오늘 출근하지 않은 것이다.

근무가 끝나고 지은과 궁에서 책방까지 걸어가는 동안에도 나는 군 의원을 생각하고 있었다. 나는 어진에게 그가 아는 것을 묻고 싶었고, 내 대답도 들려줄 필요가 있었다. 하지만 아무도 모르게 그의 수사를 도우려면 은밀한 소통 방식이 필요했다. 혹시 성 밖에서 만날 수 있을까. 하지만 그러려면 전갈을 보내야 하는데…… 마침 그의 사촌이 내 앞에 있었다.

어진 애기를 꺼내려니 왠지 두 뺨이 달아올랐다.

"지은아……."

"응?"

나는 목을 가다듬었다.

"나…… 네 사촌과 할 말이 있어."

"내 사촌? 둘이 아는 사이야?"

지은은 당황한 듯 입꼬리를 반쯤 올려 웃었다.

나는 가만히 있기 민망해 손목을 문질렀다.

"응."

우리는 함께 책방으로 들어갔지만, 지은은 서책이 쌓여 있는 책장들을 둘러보기만 할 뿐 아무 말이 없었다. 하지만 자신이 모르는 상황을 추측하려고 머리를 바쁘게 돌리는 것을 느낄 수 있었다. 나는 어색하게 헛기침을 하고 책 몇 권을 넘겨봤지만 전부 책장에 다시 꽂았다. 무엇도 내 관심에 들어오지 않았다. 다른 문제에 정신이 팔려 있었기에.

"둘이 서로 좋아해?"

지은이 별안간 물었다.

"아니, 아니, 아니야."

내가 질겁하며 말을 이었다.

"혜민서에서 우연히 만났어. 그…… 살인 사건 관련한 일로…… 대화를 좀 하고 싶어. 몰래. 아버지에게 들키고 싶지는 않아."

나는 열려 있는 문을 통해 아직 환한 하늘을 쳐다보았다.

"해 지기 전에 볼 수 있냐고 물어봐줄래?"

"가능하지. 어디서 만날지 전해줄게."

지은이 책 한 권을 품에 안고 장난기 어린 미소를 지었다.

"그러고 보니 오라버니는 한 번도 사랑에 빠진 적이 없어. 짝을 아직 못 만난 거지. 그런데 오라버니가…… 만일 너와 혼인하면 네가 내 사촌 새언니가 되는 건가?"

놀라서 숨이 막힐 뻔했지만, 사실 놀랄 일도 아니었다. 지은은 낭만주의자니까. 공부를 하지 않을 때는 중매쟁이 노릇을 하고 다녔다.

"그런 일은 없어. 장담해."

그러고는 얼른 덧붙였다.

"너도 와. 같이 진실을 찾으면 되겠네."

이 생각을 하니 갑자기 기분이 좋아졌다.

"그래, 당연히 너도 같이해야지! 주막에서 만나자. 우리 셋이. 의논
끝나면 너랑 나랑 밥도 같이 먹고. 내가 낼게. 그러고 나서 우리 집에
가. 곧 있을 시험공부……."

나는 말을 흐렸다. 지은의 무거운 침묵이 어쩐지 불편했다.

"나는 안 해. 같이하자고 하지 말아줘."

지은이 속삭였다.

나는 눈을 깜박였다.

"왜? 그 사람 네 사촌이잖아. 정수 의녀는 네 스승이기도 하고. 너
도 그분 좋아하지 않아?"

지은은 침묵을 지켰다. 책을 품은 팔도 풀지 않았다. 하지만 이제는
그 자세가 자기 몸을 감싸 안는 동작으로 보였다. 주변 공기가 갑자기
차가워졌다는 듯.

"나는 이 수사와 조금도 엮이고 싶지 않아."

지은의 눈에 서린 감정은 틀림없이 공포였다.

"무슨 일 있었어?"

내가 부드럽게 물었다.

"나 거짓말했어."

지은이 갈라진 목소리로 말하며 내 시선을 피했다.

"그때 혜민서 밖에서 기다렸던 거 아니야. 그날 어떤 집에 도둑이
든 모양인데, 순라꾼들이 드디어 범인을 찾았다며 달려가더라고. 보
초가 그쪽에 정신이 팔려 있길래, 너를 데리러 안으로 들어갔어. 그
러다 멍석으로 덮어놓은 시신들을 봤어. 그대로 뒀어야 하는데, 그런

데…… 봐버렸어."

지은의 얼굴이 새하얗게 질렸다. 오늘 아침에 봤을 때보다 더 창백했다. 지은이 왜 그렇게 겁먹은 표정이었는지 이제 이해가 갔다.

"누군지 모르지만 그 사람들을 죽인 범인은…… 아직 돌아다니고 있고, 우리가 자기를 찾는 걸 알면…… 그때는 우리가 멍석 아래 누워 있을 거야."

"지은아."

눈을 맞추려 했지만 지은은 내 시선을 피했다.

"나도 그래서 정말 은밀하게 할 생각이야. 아무한테도 들키지 않을 거야. 우리가……."

지은이 고개를 저였다.

"나는 이번 일에 상관하고 싶지 않아. 실망했다면 미안해."

나는 내 친구, 내 유일한 친구를 가만히 바라봤다. 수년 동안 지은의 동그란 얼굴과 앙증맞은 턱, 초롱초롱한 눈, 항상 미소를 머금은 입술을 보며 지냈다. 우리는 무엇이든 함께했다. 그러나 다시금 깨달았다. 이 수사는 놀이가 아니었다. 아무리 조심해도 우리의 안전은 보장되지 않았다.

"실망을 왜 해? 절대 아니야."

나는 손을 뻗어 지은의 손을 잡았다. 얼음장처럼 차가운 손가락을 만지자마자 애초에 부탁하지 말 걸 그랬다는 후회가 밀려들었다.

"더는 강요하지 않을게. 약속해."

"고마워."

지은이 속삭였다. 그러다 마침내 나와 눈을 맞추고 덧붙였다.

"그래도 오라버니에게 네 말은 전할 테니 얘기해. 오늘 북악산에 간다고 들었어. 그곳에 사는 민지 친척들을 만나서 질문하려나 봐."

사라진 네 번째 의녀 말이지. 나는 생각했다.

"그 근처에서 너랑 만나라고 할까?"

나는 지은의 손을 놓지 않은 채 고개를 끄덕이며 말했다.

"이건 수사와 아무 관련 없는 전갈인 거야."

지은도 고개를 끄덕였다.

"그러면 그냥……."

그러더니 말을 끊고 품에 안은 책을 내려다보았다. 지은이 책장에서 고른 건 《춘향전》이었다. 천한 기생의 딸과 젊은 양반의 사랑 이야기. 지은의 입술에 엷은 미소가 스쳤다.

"내가 두 사람의 밀회를 주선하는 척할게. 달밤의 만남에 제일 잘 어울리는 옷을 입으라고 해야겠다."

내 얼굴이 다시 달아올라 홍조가 목과 가슴까지 번졌다. 하지만 지은의 미소를 보니 반가웠다.

"그럼 오늘 밤 달빛 아래에서 만나야겠네. 세검정 어때?"

"세검정. 그렇게 전할게."

속삭이는 지은의 눈에 초롱초롱한 빛이 돌아와 있었다.

"아니야, 그 말은 그냥 농담으로……."

지은은 책을 내려놓고 단호한 걸음으로 사라졌다. 연애소설을 사려고 가진 돈을 다 쓰는 애의 머리에, 내가 황당무계한 생각을 심어놓고 말았다.

"그냥 농담이라니까."

나는 다시 말하며 얼른 지은을 따라 나갔다.

❋

크고 납작한 돌이 물보다 더 많은 홍제원천 위에 곡선을 그리는 작은 다리가 있었다. 그 다리를 건너자 곧바로 북악산 발치에 자리한 검은 지붕의 정자 세검정이 나왔다. 군사들이 개울에서 검을 씻기 위해 이곳에서 쉬어 갔다는 이야기 속 장소였다. 산과 개구리 말고는 보는 눈이 없어 연인들의 만남이 이루어지는 장소이기도 했다. 그런 곳에서 젊은 종사관과 만나는 건 어리석은 짓이었다. 하지만 지은은 그렇게 전해버렸고, 그리하여 해 질 무렵 이곳에서 그와 만나게 되었다.

나는 무거운 한숨을 내쉬었다. 이미 엎질러진 물이었다. 바꾸지 못할 일을 걱정해봤자 소용없었다.

정자에 올라 고개를 뒤로 젖혔다. 나를 둘러싼 갈색 기둥들이 처마를 받치고 있었다. 정교한 나팔 형태의 옥색 처마는 원색 무늬로 장식되어 있었다. 나는 심호흡을 하며 만 그루의 나무가 뿜어내는 향기를 폐에 채웠다.

직접 와보니 내가 읽은 시와 산문에 왜 세검정이 자주 등장하는지 알 것 같았다. 숲이 울창한 산 아래에 자리했고, 옆으로는 석양에 반짝이는 시냇물이 졸졸 흘렀다. 이런 풍경은, 이 나라가 아무 문제 없이 잘 돌아가고 있다고 사람의 마음에 마법을 걸었다. 기근이 없다고, 공포도, 고통도, 비탄도 없다고. 이곳에는 오직 물과 땅, 숲만 존재했다.

하지만 이런 마법 같은 느낌은 즉시 사라졌다.

낮은 격자 울타리에 기대고 있으니, 전혀 괜찮지 않았다. 진실은 아직 손 닿지 않는 곳에 있었다. 나는 이곳으로 오는 길에 혹시 정보가 있을까 싶어 혜민서에 들러 옥선 의녀와 대화를 해보았다. 옥선은 고개를 저으며, 알 만한 사람에게 다 물어봤지만 혜민서 살인 사건이 일어나기 몇 시간 전인 자정에 정수 의녀가 어디 있었는지 아무도 모른다고 했다.

나는 깊이 생각에 잠겨 시간의 흐름도 잊었다. 그러다 멀리서 쿵쿵 울리는 말발굽 소리를 들었다. 뒤를 힐끗 돌아보았다. 반쯤 저문 태양이 눈으로 젖은 땅과 하늘을 금빛으로 물들이고 있었다. 말을 타고 빠르게 다가오는 이는 어진이었다.

두려움이 배 속에 내려앉았지만, 나는 애써 외면하고 허리를 곧게 편 후 두 손을 앞에 포갰다. 나는 결정을 내렸고, 그 결정을 고수할 것이다.

말에서 내린 어진이 다리에 말을 묶고 내 쪽으로 건너왔다. 넓은 보폭으로 몇 번 만에 내 앞에 이르자 안개와 소나무 향이 따라왔다. 약간의 땀 냄새도. 종사관 복장을 하고 있으니 꼭 송 대장의 젊은 시절을 보는 느낌이었다. 검은 전립에 달린 구슬들이 고리 모양으로 얼굴을 감싸고 있었다. 푸른 비단옷 소매에는 은색 징이 박혀 있었고, 허리에는 위풍당당하게 검을 차고 있었다.

나는 싸늘한 불만을 느끼며 눈을 내리깔았다.

"이렇게 먼 곳까지 오시게 해 죄송합니다, 나리."

나는 어색한 담소가 이어지기를 기다렸다. 내가 선택한 장소를 두고 낯부끄러운 말을 하지 않을까 싶기도 했다. 하지만 어진은 이렇게만 물었다.

"결심했어?"

"감히 용기 내어 여쭙……."

"너는 용기 있는 사람이야. 그러니 같이 용기를 내자."

어진은 놀라울 만큼 단호한 목소리로 말을 이었다.

"예의도 그렇게 갖출 필요 없어."

나는 어진의 요청을 따져보고 작게 말했다.

"살인 사건에 예의는 어울리지 않겠지요."

"내 말이."

어진의 목소리에 웃음기가 묻어났다.

대담해진 나는 시선을 조금 더 높이 들었다.

"그렇다면 말씀해주세요, 나리. 이 사건에 관해 아는 걸 전부 말씀해주시면 저도 아는 대로 말하겠습니다."

어진은 격자 울타리에 몸을 기대고 작은 일지를 꺼내 펼쳤다.

"우리는 그날 밤 혜민서 근처에 있었던 목격자를 전부 찾아 조사했어."

나는 의녀복 옷깃을 매만지다 쭈뼛쭈뼛 그에게로 다가가 그가 가리키는 부분을 내려다보았다. 한자로 깔끔하게 이름들이 나열되어 있었다. 첫 번째 이름은 의녀 인영이었다.

"과거 포도청 다모였던 내의녀 인영이 첫 번째 목격자였어. 궁궐 법도를 어기고 궁 밖으로 나간 안비에게 주의를 주기 위해 쫓아가다가 놓쳤다고 해. 비명을 듣고 범죄 현장에 오게 되었다더군."

기억이 떠오르자 등줄기에 오싹한 전율이 흘렀다.

"시신들이 발견된 장소는요?"

"안비는 대문 근처에 쓰러져 있었어."

안비의 모습은 차가운 붉은색으로 내 머리에 뚝 떨어졌다. 폐와 목이 깨끗하게 찔린 흔적.

"수의녀 희진은 건물 앞 계단 아래에서 발견되었고."

등, 이어 목이 길게 베였다.

"수련생 둘은 건물 안에서 발견됐어. 은채는 문가에 대자로 누워 있었고, 빛나는 벽 쪽에 웅크리고 있었어."

빛나, 손톱 끝이 피로 물들었다. 목과 가슴에 상처. 은채, 코뼈가 부러지고 머리카락을 한 움큼 쥐었다. 배가 찔린 후 목이 베여 사망.

"피해자들에게는 한 가지 공통점이 있어요. 목에 난 상처요."

어진이 내 말에 고개를 끄덕이며 말했다.

"두 번째 검시에서 다모가 안비의 폐와 목에 있는 자상을 측정했어. 그 길이로 보건대 무기의 길이는 4촌(약 12센티미터)이고 폭은 2푼(약 6밀리미터)이야."

내가 얼굴을 찌푸렸다.

"송 대장님은 약초 절단기가 살인 무기라고 생각하시잖아요. 그 크기면 약작두라고 하기엔 폭이 너무 좁지 않나요? 그보다는…… 더 길고 아주 가는 칼이라는 생각이 들어요."

"내 생각도 그래. 하지만 안비를 제외한 피해자들의 상처는 약초 절단기와 일치해."

나는 팔짱을 끼고 정자를 서성이며 시신들을 머리에 떠올리려 노력했다. 현장에서 잠깐 본 자상과 절상을 더 자세히 관찰하고 싶었다.

"제가 시신을 살펴볼 수 있을까요?"

"이제 없어."

"예? 나흘밖에 되지 않았는데요."

"송 대장 말로는 부패가 너무 빨랐대. 더 보관하라고 설득도 해봤지만 셋째 날 네 명을 다 매장했어."

그 말은 더 놀라웠다. 살인 피해자의 시신은 죽은 사람을 대변하는 경우가 많다. 상처는 아주 상세한 이야기를 들려줄 수 있다. 그런 증거가 고작 나흘 만에 매장되었다고?

나는 어진과 다모가 본 시신의 모습에 의존해야 했다.

"안비는 폐를 찔렸다고 하셨죠. 폐는 늑골이 위에서 보호를……."

나는 이 부분을 곰곰이 생각하며 죽은 사람이 말하려 하는 또 다른 이야기를 찾으려 했다. 나는 얼굴을 찌푸리며 어진을 올려다보았다.

"사람 폐를 칼로 찌르기가 쉬울까요?"

"쉽지 않지. 인체에 관해 아무것도 모른다면. 칼을 늑골 사이에 찔러야 하잖아. 그것 말고는 폐에 쉽게 들어가는 방법이 없어."

어진이 미간에 주름을 잡으며 물었다.

"폐를 찔리면 의학적으로 어떤 반응이 나타나지?"

바람이 점점 강해졌다. 수시로 귀 뒤로 찔러 넣어도 머리카락이 자꾸만 흘러내렸다.

"다량의 출혈, 호흡 곤란요. 하지만 보통 즉사하지는 않고……."

나는 또 한 가닥의 머리카락을 옆으로 넘기다 이제는 그것이 얼굴로 날아들든 말든 신경 쓰지 않기로 했다.

"그런 상처로 사망하려면 폐에 피가 차기까지 몇 시간이 걸려요."

"그래서 범인이 안비를 쫓아와 다시 공격한 게 아닐까? 빨리 죽지 않을 것을 알고 말이야. 안비는 이미 피를 너무 흘린 상태라 방어하지 못했고, 그래서 네 말처럼 목이 깨끗하게 베인 거야."

"다모들은 그 상처에 대해 뭐라고 해요?"

"사망할 정도로 깊은 상처라고 확인해줬어. 칼이 목의 커다란 혈관을 잘랐다더군."

이 말을 들으니 상처를 처음 봤을 때 왜 불편했는지 알겠다. 범인은 큰 혈관의 정확한 위치를 알았던 걸까?

"둘 중 하나네요. 하나는 즉사하는 지점을 범인이 우연히 찾은 거예요. 다시 공격하지 않은 걸 보면 한 번으로 성공한 걸 알았고요. 두 번째 경우는, 범인이 오랜 기간 군사 훈련이나 의학 교육을 받았다는 거예요."

군 의원, 인영 의녀, 세자가 떠올랐다. 앞의 두 사람은 평생 인체를 공부했고, 세자는 무술 실력이 뛰어나기로 유명했다.

"용의자가 누구누구예요?"

어진이 한숨을 내쉬었다.

"지금은 너무 많아서 추려야 해."

"예를 들어서요?"

"군 의원이 가장 명백한 용의자지."

"오늘 출근하지 않았어요."

불현듯 그를 떠올리며 말을 이었다.

"아무도 못 봤대요. 그를 본 적이 있어요?"

"최근에 대화하러 갔었어. 집에 틀어박혀 있더라. 슬픔에 빠져 이불 밖으로도 못 나오는 상태였어."

더 설명해주기를 기다리자 어진이 말을 이었다.

"안비 나인과의 관계를 물었더니 전부 부정했어. 가락지도 자기 것이 아니래. 하지만 확실히 안비에 대해 많이 아는 것 같았어. 자기가 아니라 문 소원을 찾아가 질문해야 한다고 하더라고."

나는 이마를 찌푸렸다.

"문 소원요?"

"군 의원 말로는 문 소원 때문에 안비가 불행해졌대. 자세한 내용까지는 말하지 않았지만, 문 소원이 지저분한 짓을 대신해줄 암살범을 고용했을 수도 있다고 했어. 그렇게 안비를 죽였을지도 모른다고."

어진이 일지를 보았다.

"그래서 문 소원도 용의자야. 그 사람이 궁녀를 노린 이유는 모르겠지만."

불안하게 들썩이는 감각에 내 몸이 굳었다. 알 듯 말 듯한 감각. 나는 분명 답을 알고 있었다.

드디어 불쑥 떠올랐다.

"안비가 문 소원의 첩자였기 때문이에요."

어진이 놀란 얼굴로 고개를 들었다.

"네가 어떻게 알아?"

"세자빈 마마께서 말씀……."

"세자빈? 왜 왕족이 아랫사람인 네게 그런 얘기를 해?"

내가 괜한 말을 했다는 생각이 들었다. 어진이 나를 유심히 쳐다보는 가운데, 그날 밤의 기억이 잠에서 깨어났다. 그가 나를 더 자세히 들여다보면 그의 눈에도 보일까 두려웠다. 목이 달아날 수도 있는 궁의 비밀이. 그 목이 내 목일 수도 있었다.

"내가 알아야 할 사실이 있어?"

어진이 조용히 물었다.

"제가 의녀잖아요. 환자들이 치료를 받으며 가끔 비밀 이야기도 하는 거죠."

내가 해명하며 얼른 화제를 돌렸다.

"문 소원이 궁녀를 시켜 세자 저하를 염탐한 건 확실해요. 전하께서 아드님을 적으로 돌리게끔 애쓰고 있다고 들었어요. 전하를 고립시켜 자기가 독차지하려고요."

어진은 계속 나를 관찰했다. 내 얼굴이 불안감에 달아오르는 걸 알아차렸는지도 모른다. 그러다 무언가를 깨달은 듯 미간을 찌푸렸고, 그 모습에 내 안으로 두려움이 엄습했다. 나는 어진의 관심을 돌리려고 수사 일지를 내려다보며 이름을 가리켰다.

"민지는요? 현장에서 탈출했던 아이죠? 찾으셨나요?"

"아직 용의자 명단을 완성하지는 않았어."

어진이 걱정스럽게 덧붙였다.

"세자 저하도 용의자야."

나는 어진을 제외한 주변을 둘러보며 말했다.

"점점 어두워지네요. 밤이 되기 전에 저는 이만 가볼게요. 집까지 두 시간은 걸릴 거예요."

하늘에서 빛이 흘러내려 지평선에 붉그스름한 보랏빛이 고이자,

풍경과 어진의 얼굴 반쪽에 어둠이 드리웠다.

"아직 질문이 남았어. 집까지 데려다줄게."

내가 거절할 새도 없이 어진은 말을 향해 걸었고, 나는 질문을 피할 방법을 궁리하며 뒤를 따랐다. 어진이 검은 말 앞에 멈춰 섰을 때, 당연히 내게 걸어가라 할 줄 알았다. 어쨌거나 진흙탕을 밟고 가도록 태어난 천민이니까. 그나마 오늘은 날씨가 좋아 다행이었다.

어진이 안장을 조절하고 나를 쳐다보았다.

"네가 말을 타."

내가 당황해서 반응도 못 하고 입을 떡 벌리자, 어진은 불안한 듯 목을 문지르며 물었다.

"혹시…… 말 무서워해?"

"아니요, 그럴 리가요."

놀란 감정을 밀어내고 내가 말했다.

나는 말에 다가가 등자에 발을 걸기 위해 낑낑댔다. 몇 번을 실패하고 다시 시도하는 중에 심장이 쿵 내려앉았다. 어진이 내 허리를 붙잡고 나를 가뿐히 들어 안장에 앉혔기 때문이다. 손은 금세 떨어졌지만, 그의 온기는 내 몸에 머물렀다. 어진은 양반이었다. 나를 만질 수 없었다. 유교의 법도가 그랬다. 어진이 속한 계급은 올바르고 도덕적이라는 평판을 지키려고 타인의 눈을 지나치게 의식했다.

말에 걸터앉은 나는 당황해서 움직이지도 못했고, 어진은 말을 끌고 길가로 나갔다. 저녁 바람을 맞으며 한참 말을 타다 보니 얼굴의 열이 가라앉았다. 아까 나눈 대화도 까맣게 잊고 있었다. 하지만 어진이 다시 나를 현실로 돌려놓았다.

"세자빈은 남편을 굉장히 보호한다고 들었어."

어진이 조심스러운 투로 말했다.

"이유 없이 그런 민감한 정보를 네게 고백하지는 않았을 거야. 네가 비밀을 엄수할 수밖에 없는 상황이 아니라면."

세자의 침소에 깔렸던 어둠이 다시 머리로 흘러들었다.

"왜 제게 고백했는지 정말 몰라요."

나는 거짓말을 할 수밖에 없었다.

"하지만 장담하는데, 저하께서는 결백하십니다. 세자빈께서 그러셨어요. 돌아오셨을 때 옷에 피가 없었다고요."

어진의 걸음이 느려졌다.

"돌아오셨을 때?"

숨을 쉴 수 없었다. 이렇게 큰 말실수를 해버리다니.

"제 말은…… 저하께서는 종일 궁 안에 계셨어요. 어떻게 범인일 수 있겠어요?"

어진이 걸음을 멈추자 말도 서서히 정지했다. 모자 챙 아래에서 나를 깊이 응시하는 그의 시선을 차마 피할 수 없었다.

"나는 알아야겠어. 진실을 말한다고 네가 다치는 일은 없을 거야."

나는 여전히 입술을 꾹 다물었다. 맥박이 쿵쿵 뛰었다.

"나를 믿어줘."

어진이 천천히, 차분하게 말했다.

"이 사건을 수사하는 사람은 우리 둘뿐이야. 너를 믿을 수 있는지 알아야 해. 거짓말 하나면 전부 수포로 돌아갈 거야."

나는 안장을 더 꽉 쥐었다. 갈팡질팡하는 마음이 가슴을 무겁게 짓눌렀다. 그러다 어진이 나를 믿고 민감한 정보를 주었다는 사실이 떠올랐다. 읽어보라며 수사 일지를 펼치지 않았던가. 나도 진실을 말해야 공평하겠지…….

나는 한참 침묵을 지키다 속삭였다.

"살인이 일어난 날 밤에 세자 저하께서는 침소에 안 계셨어요."

깜짝 놀란 듯 어진의 얼굴이 어두워지며 공포의 빛이 스쳤다.

"절대 아무에게도 얘기하지 않는다고 약속해주세요."

할 말을 잃은 듯한 어진에게 내가 재촉했다.

"다른 사람에게 말하면 제게 끔찍한 일이 벌어진다는 걸 아셔야 해요."

어진은 걱정스럽게 얼굴을 찌푸리며 나와 눈을 맞췄다.

"약속할게. 네가 피해를 입지 않게 하겠다고 아버지 무덤을 걸고 약속해."

순간 묘한 느낌을 받았다.

나는 어진을 믿었다.

8

살인 수사는 장기와 같았다. 누가 팔각형의 말을 집어 든 순간, 시간은 정지하고 세상에는 전략, 작전, 질문만 남는다. 어진과 다음 행보에 관해 이야기하다 보니 그런 마력에 사로잡히는 듯했다.

하지만 어진이 말을 세우고 다음과 같이 묻자 마법은 깨졌다.

"저기가 너희 집이야?"

살인 수사를 하든 하지 않든, 나는 언제나 이 집으로 돌아와야 한다. 지저분하고 금이 간 벽이 나를 응시했다. 깨진 지붕을 보자 자다가 얼굴에 비가 떨어져 깨어났던 일이 떠올랐다. 스멀스멀 번지고 있는 곰팡이 자국과 함께. 아버지가 어머니에게, 또 우리 형제에게 관심을 잃으며 집에도 눈에 띄는 상처가 남았다.

"왜 그래?"

어진의 조용한 저음이 들렸다.

안장을 쥔 손에 힘이 들어갔었나 보다.

"아무것도 아니야."

나는 고쳐 말했다.

"아무것도 아닙니다, 나리."

그가 도와주겠다고 나서기 전에 말에서 내렸다.

"이제 가보셔야지요. 곧 있으면 밤이라 성문이 닫힙니다."

어진은 잠시 망설이다 말에 올라탔다. 나는 다른 양반들에게 하듯 허리를 굽혀 안녕히 가시라 인사했다. 나의 초라함과 보잘것없음을 상기하면서.

"우리 동갑이잖아."

어진이 말의 머리를 돌리며 작게 말했다. 부드러운 검은 갈기 아래로 말의 근육이 꿈틀거렸다.

"그렇게 예를 갖출 필요는 없어."

나는 그 말을 못 들은 척했다. 우리 집이 내 어깨를 무겁게 짓눌렀다. 어진이 떠난 후에야 나는 허리를 펴고 집으로 다가갔다. 활짝 열린 대문 안에선 하인 목금이 성의 없이 비질을 하고 있었다. 목금은 나를 보자마자 빗자루를 놓고 우물쭈물 다가왔다.

"방금 그 잘생긴 청년은 누구예요, 아가씨? 정인이에요?"

목금이 눈을 반짝이며 물었다.

"아줌마가 생각하는 그런 사이 아니에요."

목금이 흐뭇하게 웃으며 말했다.

"사랑은 다 그렇게 시작합니다. 아, 봐요! 얼굴도 더 좋아 보이네. 아침에 났던 두드러기도 사라졌고."

두드러기를 아예 잊고 있었다. 나는 무의식적으로 얼굴을 만지며 무거운 한숨을 쉬고 마당으로 들어갔다.

목금은 내 한숨의 의미를 착각하고 걱정스러운 눈으로 나를 보았다.

"마님은 도련님 재우시고 그때부터 쭉 대감마님을 기다리고 계세요."

그러고는 아랫입술을 잘근거리며 물었다.

"오늘은 대감마님께서 들르실까요, 아가씨?"

"아닐 거예요. 첩을 새로 들였다잖아요."

나는 목금에게 엷은 웃음만 지어 보이고 집 안으로 들어섰다. 어머니의 슬픔으로 가득한 침묵과 어둠이 나를 에워쌌다. 그것은 내가 꿰맬 수 없는 유일한 상처였다. 나를 무력하게 만드는 그 상처로부터 달아나고 싶었다. 하지만 나는 어머니의 딸이다. 우리는 가족이다.

어머니 방 쪽으로 몸을 돌려 문에 손을 뻗으려는데, 동생 방의 문이 열렸다. 내 발소리를 들었는지, 대현은 코를 훌쩍이고 젖은 눈을 비비며 방에서 나왔다.

"누나. 나 무서운 꿈 꿨어."

대현이 칭얼거렸다.

"또? 이리 와."

나는 동생을 안아 올렸다.

"아이고, 우리 대현이 너무 커버려서 이제 누나가 안을 수도 없겠다."

"아니, 아니야."

동생은 반항하듯 엄지를 입에 물었다.

동생을 다시 방으로 데리고 들어가 이부자리에 눕혔다. 물수건으로 눈물과 콧물을 닦아주고 이불을 덮어주었다.

"마저 자, 대현아."

잠들기를 기다리며 동생의 어깨를 토닥였다. 동생의 눈꺼풀이 파르르 떨리며 감기는 모습이 보였다.

오랫동안 나는 용서받지 못할 정도로 동생을 차갑게 대했다. 얼마나 냉정했는지 한번은 지은이 이렇게 물었다. 너 동생을 증오하니? 조금은 증오했는지도 모른다. 동생이 아들로서 가지고 태어난 특권에 분개했는지도 모른다. 아들인 동생에게는, 내게는 결코 열리지 않는 문이 열렸다. 여자라는 지위가 내 옷을 다 벗겨 벌거숭이로 만든 반면, 남자라는 지위는 동생을 보호해주었다.

하지만 나는 동생을 미워하는 마음을 버렸다.

아무리 밀어내려 해도 대현은 찹쌀떡처럼 내게 달라붙었다. 시간이 지나니 점점 귀엽다는 생각이 들었고, 이제는 쉬는 날이면 동생과 하루를 보낸다. 아작아작 약과를 씹으며 뒹구는 동생 옆에서 공부를 하곤 한다. 하지만 수사를 돕기로 했으니, 앞으로 동생은 약과를 들고 목금에게 가야 할 것이다. 공부는 고사하고 동생과 같이 보낼 시간도 줄어들 것이다.

푹 잠들었는지 동생의 가슴이 일정하게 오르락내리락하자, 나는 조심스럽게 일어났다. 툇마루로 나오니 또다시 눈앞에 어둠이 놓여 있었다. 어머니가 느끼는 슬픔이 외로운 벽에 부딪혀 메아리치고 있었다. 그 안에는 내 슬픔도 있었다. 어머니는 당신이 잠 못 이루는 이유를, 해가 뜨고도 한나절을 이부자리에서 나오지 못하는 이유를, 밥이 넘어가지 않고 소화가 되지 않는 이유를 내가 모른다고 생각했다. 그리고 그런 삶에서 벗어나려 하지 않았다.

오늘 밤은 어머니를 피하고 싶었지만 도리상 인사는 해야 했다. 나는 무거운 한숨을 내쉬며 어머니 방 문을 열었다. 초의 환한 불빛이 시야를 채우자 잠깐이지만 과거의 어머니가 보였다. 절세 미모를 자랑하던 기녀. 두뇌가 아주 명석해 전국의 권력자들이 어머니와 대화하려고 몰려들었다고 한다. 그중 하나가 내 아버지였다. 폭풍 같은 사랑이었지요. 목금이 언젠가 말해주었다. 두 분은 서로가 없이는 단 하루도 살 수 없었답니다.

하지만 촛불 주위의 빛이 흐려지자 이제는 나를 길러준 어머니가 보였다. 한 올도 흐트러뜨리지 않고 묶은 머리와 폭풍이 지나간 하늘처럼 텅 빈 얼굴, 그리고 다 타버린 초의 심지 같은 어둑한 눈.

"진지는 드셨어요, 어머니?"

어머니는 대답 없이 앞에 놓인 탁자만 쳐다보았다.

"집에 오니 대현이가 깨서 다시 재웠어요. 오늘은 궁에서 바빴어요."

내가 설명을 계속했다.

"할 일이 정말 많았거든요. 일 끝나고는 혜민서에도 들렀어요. 그래서 늦었습니다."

어머니는 마치 내가 온 것을 모르는 듯 계속 침묵을 지켰다. 나를 사랑하기는 할까? 어머니가 기녀가 되라며 나를 기방에 팔아넘기려 한 그날 이후로, 이 질문이 내 밤잠을 설치게 했다.

나는 그 일로 어머니를 용서할 수 없었다. 그래도 사랑했다. 어쨌든 나를 낳아준 어머니니까. 언젠가는 그 사실만으로 충분하기를 바랐다. 다시는 어머니가 우리 생계를 걱정하지 않을 만큼 돈을 벌고 싶었다. 나와 어머니가 다른 사람들의 존중을 받을 만큼 높은 자리까지 올라가고 싶었다. 임금님도 신뢰했다던 전설의 의녀 대장금처럼.

"차 좀 가져다드릴까요, 어머니? 지금 만들어드릴 수……."

"앉거라."

어쩐지 두려워지는 말투였다. 나는 망설이다 어머니 앞에 무릎을 꿇고 어머니의 얼굴을 살폈다. 은으로 만든 곰방대에 불을 붙이는 모습을 보니 대화가 길어지겠다는 예감이 들었다.

"말 소리를 들었다. 밖을 내다보니 네가 웬 청년과 있더구나."

못마땅해서 하는 말인가 눈치를 살폈지만 딱히 그런 말투는 아니었다.

"혜민서 살인 사건에 관해 들어보셨지요? 제 스승님이 용의자로 체포되었어요. 서 종사관 나리께서 제게 몇 가지 질문을 하고 싶다고 혜민서로 찾아오셔서 늦게까지 대화를 나눴어요."

이제는 거짓말이 술술 나왔다.

"제 발목이 조금 삐끗해서 말을 태워주셨고요."

"그랬단 말이지?"

어머니가 흔들림 없는 눈빛으로 나를 뜯어보며 말했다.

"너는 수사 때문이었다고 하겠지만, 너 같은 천민 계집에게 대가를 바라지 않고 말을 태워주는 양반은 없어."

"그런 일은 전혀……."

"너를 자기 첩으로 만들려는 거다. 요새 젊은 양반들 사이에서 첩으로 둘 의녀를 찾는 게 유행이라잖니. 정부로도 삼고, 치료도 받을 수 있으니 말이야."

당신은 나를 몰라. 그 말이 내 혀끝을 맴돌았다.

"저는 누군가의 첩이 될 생각은 없어요."

"좋아. 그렇다면 그와 다시는 어울리지 말거라."

어머니의 말에 놀랐지만, 화가 나기도 했다.

"어떤 사람인지 알지도 못하면서……."

"아버지의 요청이시다. 이틀 전 나를 찾아와 너를 감시하라고 하셨어. 그리고 네가 아버지와 한 약속을 상기시키라고 하시더구나."

아버지의 유령이 다시 나타나자 피부에 한기가 퍼져 나갔다. 미간을 찡그리며 상대를 평가하는 눈빛이 내 머리에서 떠나지 않았다.

나는 소리 죽여 말했다.

"어머니, 아버지께는 말씀드리지 말아주세요. 저는 수사를 하는 게 아닙니다. 하지만 아버지께서 오해를 할……."

"네 아버지는 서 종사관이 네게 도움을 청할 것임을 제대로 맞히셨다. 그 청년을 두고 말들이 많단다. 자기가 50년 경력의 포도대장인양 송 대장을 들이받는다고."

어머니의 목소리에 감정은 없었다. 어머니는 곰방대를 입가로 가져가 한 모금 빨았다. 입에서 연기가 피어올랐다.

"네 아버지는 다 똑같다고 생각하시는 모양이더라. 젊은 종사관들 말이야. 세상을 바꾸겠다는 야망을 품고 눈을 빛내며 온단다. 정의의 사도로 죽기를 각오하고. 하지만 얼마 지나지 않아 현실 앞에 무릎을 꿇는다지."

"서 종사관 나리는 단순히 야망으로 이 사건을 수사하는 게 아니에요. 진짜 이유가 있어요."

내 속도 담배처럼 뜨겁게 타들어갔다. 어진이 이런 오해를 받고 있다니 분노가 치밀었다. 그는 잔혹하게 살해당한 아버지 때문에 수사를 시작했다. 누구도 그를, 또 나를 막을 수 없었다.

"정수 의녀님의 목숨이 달렸어요. 송 대장이 전부 망치고 있는데 아버지가 이해를 못 하시는 거예요!"

어머니는 감정 없는 눈으로 무덤덤하게 중얼거렸다.

"그렇다면 아버지 말씀을 듣지 말아라."

충격으로 머리를 한 대 맞은 기분이었다.

"무슨 말씀이세요?"

"네 스승이라는 정수 의녀…… 네게 가족 같은 사람이지."

어머니는 잠시 말을 잇지 못하다가 다시 입을 뗐다.

"네 피붙이보다 나은 사람."

나는 얼어붙었다. 늘 하는 생각이지만, 어머니도 그렇게 여길 줄은 미처 몰랐다.

"늦게까지 밖에 있다가 올곧기로 악명이 높은 젊은 종사관과 같이 들어오지 않았니. 네가 스승을 풀려나게 할 방법을 찾고 있나 보다 생각할 수밖에. 그저 질문에 답을 했다는 네 말은 안 믿는다. 그랬다면 여기까지 걸어서 너를 데려다주지는 않았겠지. 그를 돕고 있는 거지?"

"예."

어머니에게 이 사실을 고백하고 있다니 믿을 수 없었다.

어머니는 말이 없어졌다. 깊이 생각하는 표정이 얼굴에 내려앉았다. 마침내 말을 꺼냈을 때, 주위로 뿌연 연기가 퍼졌다.

"지금부터 내가 하는 말을 어디 가서 전하면 안 된다. 네 아버지가 네가 수사에 개입하는 것을 반대하는 데는 더 깊은 이유가 있어."

나는 싸늘한 두려움을 느끼며 다음 말을 기다렸다. 한편으로는 호기심도 들었다. 이 여인, 내가 어머니라 부르는 이 여인은 대체 누구인가? 몇 년을 한 지붕 아래 살았지만, 처음으로 진정한 모습을 마주하는 기분이었다. 무엇이 달라졌지?

"네 아버지가 사흘 전 나를 찾아오셔서 무슨 말씀을 하셨는지 아니? 세자 저하가 혜민서 살인 사건의 범인이라는 소문에 관해 말씀하시더니, 세자가 아닌 것은 확실하다고 하셨어."

어머니가 말을 멈췄고, 나는 숨을 참으며 기다렸다. 어머니의 반짝이는 눈빛이 나를 쿡쿡 찔렀다. 무언가를 발견하라는 듯. 그때 끔찍한 생각이 떠올랐다.

"혹시…… 아버지께서 연루됐다고 생각하세요?"

"네 아버지는 살인에 가담하지 않았어. 새로 첩으로 들인 여자와 얘기를 해보았는데, 통금이 풀리기 직전까지 같이 있었다고 하더구나. 살인이 일어났을 즈음이지. 네 아버지는 범인이 아니지만, 무언가를 알고 있는 것이 분명해."

내 머릿속에서 질문들이 뒤엉켰다.

"아버지와 대화를 해야겠어요."

어머니가 한쪽 눈썹을 세웠다.

"그랬다가는 노여움을 살 텐데."

"하지만 무언가를 아시잖아요. 뭘…… 제가 뭘 해야 하죠, 그럼?"

내가 주저하며 물었다.

"더 신중하게 굴어야지. 애야, 아버지가 아니라…… 그의 문지기와 대화를 해."

"권씨 아저씨요?"

"하인들은 모든 것을 보고 듣지 않니."

곰방대를 한 모금 더 빨아들인 어머니는 용이 새겨진 탁자를 가만히 내려다보았다. 그러다 나직이 속삭였다.

"만일 네가 수사를 계속한다면 이것만큼은 기억해라. 사람은 모름지기 자신이 걸을 길을 선택해야 하고, 그 선택에는 대가가 따른다는 것을. 후회를 안고 살아가지는 말거라."

나는 어머니를 슬쩍 올려다보았다.

"어떤 대가 말씀인가요?"

어머니는 흔들림 없이 내 시선을 마주했다.

"바르고 훌륭한 일을 하는 대가로 네 아버지의 인정을 잃는다 해도, 그 길을 선택하겠느냐? 올바른 행동을 하면서 주변 사람 비위까지 맞출 수 있는 경우는 많지 않단다. 거의 없지."

"제가 바르고 훌륭하고 정의로운 행동을 하되, 아버지께 절대로 들키지 않는다면요?"

"대가를 생각해. 무지한 채로 미래에 달려들지 말거라. 그걸 기억해야 해, 현아. 네가 자신을 지키려 아무리 노력해도, 삶의 중대한 결정에는 대가가 따르게 되어 있다. 후회가 따를 거야."

"어……."

내가 머뭇거렸다. 하지만 이상하게도 알고 싶었다.

"어머니라면 어떻게 하시겠어요?"

어머니는 잠시 생각했다.

"너는 장차 무엇이 되기를 원하니?"

정수 의녀님처럼 되고 싶어요. 나는 내 진심을 깨달았다.

내 생각을 읽기라도 한 듯 어머니가 회한 섞인 목소리로 속삭였다.

"네게 그렇게 중요한 사람이라면 네 스승을 살리거라. 괴로운 삶이어도 사랑하는 사람들이 있으면 살아갈 의미가 생기지."

조용히 방으로 돌아가는 내내 어머니의 말이 내 안에서 고동쳤다. 무슨 일을 겪고 사람이 달라진 게 분명했다. 아니면 처음부터 내 생각과는 다른 사람이었나?

진실이 무엇이든, 어머니라는 수수께끼는 나중에 풀기로 하자.

9

다음 날은 비의 연무가 지상을 휩쓸었다. 나는 시끄럽게 짹짹거리는 새소리를 들으며, 비에 젖지 않게 머리카락을 감싸고 도성으로 걸음을 서둘렀다. 호흡이 거칠고 조급해졌다. 폭우가 그치기를 한나절이나 기다렸다. 집에서 나왔을 때는 비가 그치며 하늘이 개고 있었다. 하지만 머리 위로 다시 어두운 구름들이 모여들었다.

머리카락은 포기한 채, 치맛자락을 들고 아버지의 집을 향해 빠르게 달렸다. 아버지는 부재중일 것이다. 낮 시간에는 주로 형조에 있기 때문이다. 문지기인 권씨는 자리를 지키고 있을 것이다. 그가 귀중한 정보를 알 수 있을까? 하지만 어머니 말처럼 아버지의 노여움을 사서는 안 됐다. 아버지보다는 주변 사람들에게서 정보를 모으는 편이 나았다.

나는 골목에서 돈화문로로 빠져나왔다. 몇 걸음 가지 않아 포도청이 눈에 들어왔다. 나팔 모양 지붕이 바다처럼 펼쳐진 초가집들 위에 검은 먹구름처럼 솟아 있었다. 포도청 밖에서는 한 무리의 젊은 포졸들이 누군가와 대화를 나누고 있었다. 내 시선은 가장 키가 큰 남자에게 자석처럼 끌렸다. 그가 쓴 검은 전립의 챙에서 빗물이 뚝뚝 떨어지고 있었다. 순간 남자가 고개를 들었고, 익숙한 한 쌍의 눈이 길을 재촉하는 나를 쫓았다. 어진이 아주 가볍게 고개를 까딱였다. 나도 똑같이 끄덕여주었다.

어진을 보자 걸음에 힘이 붙어 더욱 빠르게 북쪽 지역으로 향했다. 부유한 권력층이 사는 그 동네에는 검은 기와집들이 비에 젖어 번쩍이고 있었다. 드디어 아버지 집 앞에 도착했다. 숨이 차고 몸이 무거웠지만, 결심만큼은 확고했다.

주먹으로 대문을 쿵쿵 두드리니 문지기가 문을 열었다. 놀라서 눈을 크게 뜬 그는 단번에 나를 알아보았다. 내가 아버지를 잠시라도 보고 싶어 이 대문 앞에서 까치발을 하고 있었을 때부터 그는 내가 누군지 알고 있었을 것이다.

"아가씨! 이 날씨에 밖에서 무얼 하시는 겁니까?"

나는 얼굴로 흘러내린 머리카락을 쓸어 넘기고 최대한 떨리는 목소리로 안쓰럽게 말했다

"대감마님께 드릴 말씀이 있어서요. 댁에 계시면 제가 뵙기를 청한다고 꼭 좀 전해주세요."

"아가씨."

문지기는 걱정스러운 눈으로 나를 다시 살폈다.

"대감마님께서는 안 계십니다. 아침에 출근하셨어요."

"하지만…… 하지만 여기까지 왔는데……."

나는 어쩔 줄 몰라 당황한 시선으로 문지기를 보았다.

"대감마님께 긴히 여쭙고 싶은 질문이 있는데, 혹시 아저씨가 답을 알까요?"

"예? 질문이라고요?"

망설이는 얼굴이 긴장으로 굳었다.

"말씀하세요."

"나흘 전 일어난 혜민서 사건 들어봤어요? 대감마님께서 그 일에 관해 하신 말씀이 없나요?"

문지기는 재빨리 주위를 둘러보았다. 그러고는 목소리를 낮추고 말했다.

"그 일에 관해서는 함구하라는 명령이 떨어졌습니다."

"왜요?"

"제발요, 아가씨. 저는 그런…… 저는 아무것도 모릅니다!"

이제는 어젯밤 잠자리에 누워 생각한 전략을 사용할 때였다. 나는 속삭이는 목소리로 말했다.

"다른 데서 들었는데, 대감마님을 범인으로 의심한대요. 그래서 그 사건에 관해 말하지 말라는 건가요?"

나는 얼굴을 찌푸리고 고개를 저으며 말을 이었다.

"걱정이에요. 아저씨도 알겠지만, 대감마님께서 연루되었다면 가문 전체가 벌을 받게 되잖아요. 아저씨도 귀양을 가야 하고, 최악의 경우 에는……."

"누, 누가 그런 말을 합니까? 말도 안 됩니다!"

문지기가 흥분한 눈으로 나를 빤히 보았다.

"내 생각도 마찬가지예요. 그래서 왔고요. 너무 걱정돼요, 아저씨. 대체 누가 대감마님을 의심할까요? 혹시 그게 누군지 아저씨는 알아요? 제가 포도청 종사관 나리에게, 그런 소문을 퍼뜨리는 자를 벌해 달라고 설득하는 중이에요."

"대감마님께서 그 일과 관련이 없다는 건 압니다. 포도대장님도 알고요!"

내 어깨가 굳었다. 그 사람이 언급된 것만으로 온몸이 공포로 떨렸다.

"송 대장님이 여기 오셨어요?"

"대감마님과 차 한 잔 하러 오셨지요. 듣자 하니 대감마님께서 통금이 풀리기 직전에 새 작은 마님 댁에서 귀가하시다 살인자가 도망치는 걸 봤답……."

"잠깐. 대감마님께서는 그 사람이 살인자인지 어떻게 아셨대요?"

"포도대장님도 똑같은 질문을 하셨습니다! 범인이 달아나다 대감마님과 부딪히면서 뭘 떨어뜨렸대요. 대감마님은 피가 묻어 있어 그걸 주울 생각은 하지 않았다고 하셨어요. 다음 날 다시 가보니, 없어졌더랍니다. 범인 얼굴도 제대로 보지 못하셨답니다. 그자가 너무 빨리 도망쳤고, 또 해가 뜨기 전이라서요."

문지기는 또다시 초조하게 주위를 둘러보더니 문짝을 붙들었다. 당장이라도 내 면전에서 문을 닫고 빗장을 걸 태세였다.

"저는 이만 들어가보겠습니다, 아가씨."

내 온몸에 기운이 빠져 무릎이 후들거렸다.

"고마워요. 정말 큰 도움이……."

내 작은 목소리는 후두둑 떨어지는 빗소리에 묻혀 잘 들리지도 않았다.

"제가 이런 얘기 했다는 거, 대감마님께는 꼭 비밀로 해주세요!"

"그럼요. 우리 대화는 없었던 일로 하는 게 최선이에요. 제가 책임지고 누가 또 대감마님께 질문하러 오지 못하게 할게요."

내가 이렇게 말하고 돌아서자마자 대문이 쾅 닫혔다. 나는 가면을 벗었다. 방금 알게 된 사실들로 발목이 묶인 채 한참이나 저택 앞에 서 있었다. 아버지는 자신이 범인을 봤다고 믿었고, 그때는 세자가 도성 안을 돌아다니던 즈음이었다. 세자가 아버지와 충돌한 용의자일까? 하지만 아버지는 세자의 결백을 확신하고 있었다. 왜?

한 가지 가능성이 떠올라 내 사고가 정지되었다.

아버지가 세자의 결백을 입증하는 증인일까?

갑자기 비가 그치고, 그림자가 나를 집어삼켰다. 놀라서 현실로 돌아온 나는 뜻밖의 일을 맞았다. 내 옆에서 어진이 내 머리 위에 커다란 우의를 씌워주고 있었다.

"종사관 나리? 여기서 뭐 하세요?"

어진은 앞에 있는 내 아버지의 집만 응시했다. 그러다 내게 씌워준 우의에서 서서히 손을 떼며 물었다.

"이 날씨에 무슨 일로 여기까지 왔어?"

"아버지와 관련해 확인하고 싶은 문제가 있어서요. 어머니 말로는……."

"우선 비 피할 곳부터 찾자."

전립에서 흘러내린 비가 옷을 적시자, 어진이 말을 멈추고 나를 힐꼿 보았다.

"밥은 먹었어?"

나는 눈을 깜박이며 되물었다.

"뭐라고요?"

어진이 우의를 가볍게 잡아당기자, 우의 전체가 내 몸을 집어삼킬 듯 얼굴로 쏟아졌다. 곧바로 우의를 들어 올리는데, 그의 입가에 장난스러운 미소가 나타났다 사라졌다.

"나리는 왜 여기 계신 거예요?"

내가 다시 물었다.

"포도청에 남는 우의들이 있는데, 너한테 하나 필요할 것 같아서. 너 찾느라 오래 걸렸지만."

어진은 집 쪽을 마지막으로 한 번 더 보고는, 뒤돌아 걸어갔다. 나는 어리둥절해 그의 뒷모습만 보고 있었다.

"가자, 현아. 따뜻한 밥 사줄게."

"어째서……."

"물어볼 게 있거든. 할 말도 있고. 그리고 네가 몸져누우면, 이 사건이 해결되지 않을 것 아냐."

❈

나는 인근 주막의 초가지붕 아래에 앉았다. 젊은 종사관과 같이 있는 모습을 다시는 들키지 않겠다고 결심하고 우의를 얼굴까지 덮어썼다. 그 바람에 어진의 옷과 턱 일부밖에 보이지 않았다. 아직도 그의 전립 챙에선 빗물이 뚝뚝 떨어졌다.

"아버지 댁에는 왜 간 거야?"

어진이 물었다.

나는 식사가 나오기를 기다리며, 어진에게만 들리게 목소리를 낮추고 아버지의 문지기에게 입수한 정보를 모두 들려주었다. 누가 옆을 지나가면 말을 멈췄다가 탁자 위로 몸을 기울이고 마저 속삭였다.

"나리도 그렇게 생각하지 않으세요? 제 아버지가 세자 저하의 결백을 입증하는 증인이라고요. 궁금한 점은, 저하께서 이 진실을 왜 공개하지 않느냐는 거죠. 어쨌든 범인일 수가 없어요."

내가 조금은 공격적으로 말했다.

"그 증인을 공개하면, 그날 밤 몰래 궁을 나왔다는 사실을 인정하는 꼴이 되니까. 소문보다는 전하의 진노가 더 두려운가 보지."

긴 침묵이 이어지는 동안 어진의 머릿속 톱니바퀴들이 돌아가는 소리가 들리는 듯했다.

"그리고 네 아버지는…… 노론 쪽에 강력한 연줄이 있어. 노론이 저하의 정적이잖아. 그러니 네 아버지는 저하와 어떤 식으로든 엮이고 싶지 않은 거겠지."

식사가 도착하며 대화는 잠시 끊겼다. 검은 뚝배기에 든 국밥과 밑반찬이 나왔다. 배에서 꼬르륵 소리가 났다. 그러고 보니 이것이 오늘 첫 끼였다. 나는 좋아하는 고기를 먼저 먹고 밥을 한 숟가락 떠먹었다. 또 한 숟가락. 그러다 어진이 음식을 먹지 않는다는 것을 알아차렸다. 어진은 다른 데 정신이 팔린 듯 아무 말도 하지 않다가 중얼거렸다.

"힘들었니? 신 대감의 딸로 자라면서."

내 숟가락질이 멈췄고, 가슴이 불편하게 울렁거렸다.

"진정한 딸은 아닌걸요. 뭐, 딸은 딸인데 서출이잖아요."

"그래도 네 아버지잖아. 너는 그분 딸이고."

내가 텅 빈 웃음을 흘렸다.

"저는 아버지 눈에 그냥 천민 계집이에요."

어진이 말을 잇지 못하자 방금 한 말을 후회했지만, 솔직히 말하면 신경 쓰이지 않았다. 그가 나를 어떻게 생각하든 중요하지 않았다. 우리는 친구가 되기 위해서가 아니라, 범죄 사건을 해결하기 위해 뭉친 사이였다.

"우리 어머니는 늘 '공(公)'을 강조하셨어. 모든 사람이 평등하다고."

어진의 나직한 목소리가 왠지 멀게 느껴졌다. 아주 오래전의 누군가에 대해 말하는 것만 같았다.

"사람은 다 하늘과 땅의 아이로 태어나 모두가 똑같다고 하셨지. 역사도 그걸 증명해. 전쟁 중에 싸운 노비가 벼슬에 오르거나 장군이 되기도 하잖아."

그가 작은 소리로 웃음을 터뜨리며 덧붙였다.

"우리 외할머니는 노비들이 주인을 죽이고 노비 문서를 불태워야 한댔어. 매질에서 벗어나 자유롭게 살아야 한다고."

나는 묘한 가족 이야기에 호기심이 생겨 우의 너머로 어진을 힐끔 올려다보았다. 어진은 어깨를 펴고 똑바로 앉아 있었다. 더없이 차분한 모습이었지만 눈은 내리깔고 있었다.

"어머니가 돌아가시기 전까지는 전혀 몰랐어. 어머니가 천민이었다는 걸. 다른 계급과는 혼인이 금지되었기에 아버지는 어머니와 도망쳐서 살림을 차렸다고 해. 어머니가 돌아가시자 부자 친척들이 와서 욕을 하고 잘 죽었다며 기뻐했어. 아버지는 화가 나서 솥과 장독을 있는 대로 다 깼고……."

어진은 한쪽 손을 뒤집어 손바닥에 흩어져 있는 작은 상처들을 내려다보았다. 그것들을 보니, 어진과 나 사이에 공통점이 있는 것이 아닐까 싶었다.

"기분 상했다면 사과할게. 그런데 나는 처음부터 네 아버지를 별로 좋아하지 않았어."

젓가락을 든 어진이 작은 소리로 말을 이었다.

"청원을 제대로 처리하지 않는 걸 봤거든. 공명정대하지 않고, 상습적으로 뇌물도 챙겼어. 나는 그 사람이 너를 어떻게 생각하든 신경 안 쓸 거야."

나는 가만히 앉아 있었다. 움직이기 두려웠고, 어진의 말이 주는 무게를 느끼기가 두려웠다.

그 말에 동의하기가 두려웠다.

지금껏 아버지를 어진과 같은 관점에서 생각해본 적이 없었다. 바르고 고결한 것과는 거리가 먼 사람.

어진이 아직 입을 대지 않은 자기 국밥에서 맛있는 고기를 젓가락으로 건져 내 그릇에 올렸다. 내게 관심이라도 있는 것처럼. 물론 내게 관심이 있겠지. 나는 그의 정보원이니까. 내가 없으면 어떻게 궁에 관한 정보를 얻겠는가.

어진은 아무렇지 않게 화제를 돌렸다.

"혜민서 사건 관련해 네 아버지에게도 질문을 하고 싶어. 하지만 네가 불편하다면 안 할게."

"하세요……. 저와 연결됐다는 것만 안 들키면 돼요."

내가 다시 정신을 가다듬으며 말했다.

"당연하지. 그날 밤 본 목격자가 있다고 하려고."

"종사관 나리! 서 종사관 나리!"

다급한 외침이 공기 중에 날아와 우리의 대화를 끊었다.

포졸 하나가 비에 젖은 사람들을 헤치며 달려오고 있었다. 한 손으로는 모자 뒤를 움켜쥐고, 다른 손으로는 얼굴의 빗방울을 닦으면서. 내가 누구인지 들키기 전에 우의를 더 끌어 내려 얼굴을 가렸다. 첨벙 첨벙 흙탕물을 밟고 오던 포졸이 우리 앞에 멈춰 서는 소리가 들렸다.

"나리! 다행히 여기 계셨군요!"

포졸이 숨찬 목소리로 외쳤다.

"나리를 찾으려고 포도청이 발칵 뒤집어졌어요!"

"무슨 일인가?"

어진이 날카롭게 물었다.

"대장님과 다른 군관들은 먼저 출발했습니다. 저는 당장 나리를 찾아오라는 명을 받았고요."

말을 멈추고 잠시 숨을 돌린 그가 떨리는 목소리로 말을 이었다.

"한강에서 물고기를 잡던 어부 둘이 시체를 발견했다고 합니다. 또 궁녀예요!"

어진이 탁자에 탁 하고 엽전을 내려놓고는 조용히 말했다.

"너는 따라오지 마. 사람이 많아서 눈에 띌 거야."

어진은 쏟아지는 푸른 빗줄기 속으로 사라졌다.

나는 어진이 시키는 대로 했다. 몇 분간은. 그러다 벌떡 일어나 달려 나갔다. 죽은 여인을 내 눈으로 봐야 했다. 포도대장이 무슨 짓을 할지 어떻게 알겠는가? 또다시 시신이 하는 말을 듣지도 않고 땅에 묻어버릴 수도 있었다.

✱

한강에 깔린 짙은 안개가 강기슭에 모여 있는 초가집들과 강변에 정박한 긴 나무배들을 가리고 있었다. 대나무 돛들은 수백 개의 바늘처럼 하늘을 찌르고 있었다.

나는 어진과 포졸, 그리고 들것을 든 다모의 뒤를 은밀히 밟았다. 발이 발목까지 진흙에 푹 빠졌다 나왔다를 반복하자 허벅지에 불이 붙었다. 벌써 몇 번이나 미끄러졌다. 치맛자락에 질척한 갈색 얼룩이 묻고, 흙탕물이 내 얼굴까지 튀었다. 젖은 머리카락을 닦으려 할 때마다 손바닥에서 진흙이 흘러내렸다.

앞의 어둠 속에 더 많은 사람의 형체가 드러났다. 송 대장은 모습이 보이기 전에 목소리부터 들렸다. 그는 군관들에게 사방으로 흩어져 걷거나 배를 타고 이동하며 증거를 찾으라 지시하고 있었다. 가까이 다가갔을 때도 나는 그의 우람한 체구와 흰 수염밖에 보지 못했다. 송 대장의 뒷모습은 안개의 장막 속으로 사라졌다.

"이쪽입니다, 나리."

포졸이 어진과 다모를 이끌고 세파에 찌든 얼굴을 한 어부의 배로 향했다.

"시체는 반대쪽에 있습니다."

포졸의 말을 듣고 서둘러 그쪽으로 다가가다가, 내 눈이 다모의 커다란 눈과 마주쳤다. 나도 아는 아이였다.

"슬비야!"

"의녀님!"

슬비의 근심 가득했던 얼굴이 환해졌고, 어진이 고개를 획 돌렸다.

"여기서 뭘 하세요?"

슬비의 질문에, 나는 치마를 걷고 다리를 더 힘차게 움직여 슬비 앞에 섰다.

"슬비야, 무슨 일인지 들었어. 도움이 필요하면……."

"누구냐? 이것은 포도청 내부의 일이다!"

포졸이 으르렁거렸다.

"우연히 들었습니다. 궁녀가 살해를 당했다고요."

나는 어진을 외면한 채 포졸에게 흔들림 없는 시선을 고정시켰다. 나를 뚫어져라 쳐다보는 어진의 시선을 느낄 수 있었다.

"내의녀인 제가 도움을 드릴 수 있지 않을까 합니다."

포졸이 코웃음을 쳤다.

"무슨 말도 안 되는……."

"같이 가도 좋소."

어진이 말했다.

"좋…… 좋다고 하셨습니까? 이 여인 말씀입니까?"

포졸이 생선처럼 입을 뻐끔거리며 어진을 쳐다봤다.

"그래, 맞아."

우리는 더 지체하지 않고 배로 움직였다. 배의 바닥을 딛는 순간, 가슴이 터질 것 같았다. 바닥이 너무 허술해 꼭 요동치는 파도에 서 있는 기분이었다. 하지만 나는 용케 균형을 잡고 끝에 있는 슬비 옆에 앉았다. 남자들은 길쭉한 뱃머리에 자리를 잡았다.

"피해자는 누구야?"

내가 속삭였다.

"아직 모르겠어요. 포졸님들도 모르시는 것 같고요. 옷차림으로 궁 녀라는 것만 아나 봐요. 신분패를 수색하지는 않았어요."

"어째서?"

"의녀님도 법도에 대해 아시잖아요. 유교의 법도요. 포도청 군관들 은 용의자든 피해자든 여자 몸은 만질 수 없잖아요."

슬비가 손바닥을 치마에 박박 문질렀다. 그러고는 내 귀에만 들리 게 작은 소리로 말했다.

"죽은 여자들을 만지는 게 이제는 지겨워요. 하지만 매일 여자들이 죽어 나가요."

우리가 탄 배와 먹처럼 검은 파도 위에 침묵과 푸른 안개가 내려앉 았다. 온 세상이 고요했다. 노 주변의 물결 소리 말고는 아무것도 들 리지 않았다.

"어떻게 죽었는지 알아?"

나는 슬비에게 물으며 어진을 힐끗 쳐다봤다. 어깨가 긴장으로 굳 은 어진은 대화를 엿듣는 듯 고개를 우리 쪽으로 살짝 돌리고 있었다.

"혜민서 살인 사건과 연관이 있는 건지는?"

"저는 머리를 강타당해 얼굴이 물에 빠진 채 강기슭에 엎드린 상태로 발견됐다는 것만 알아요."

슬비가 말을 이었다.

"꽤서도 또 나타났어요. 근처에 붙었대요."

어부가 외쳤다.

"저기! 보입니다."

불투명한 장막 같은 안개가 걷히자, 강기슭에 모여 있는 포졸 몇 명이 모습을 드러냈다. 그들에 가려 시신은 보이지 않았다. 내 눈에 보이는 것은 여자의 정수리와 두 발이 전부였다. 한쪽은 신을 신었고, 나머지 한쪽은 맨발이었다.

배가 육지에 닿아 어부가 배를 강변으로 끌어 올리는 동안 내가 균형을 잃고 비틀거리자, 슬비가 내 손을 잡아주었다. 나는 진흙에 발을 딛자마자 고개를 들었다. 인간 벽을 쌓고 있던 포졸들의 간격이 조금 벌어져 청록색 비단 치마가 얼핏 보였다. 너무도 확실한 그 색깔에 가슴이 조이고 숨이 막혔다.

여자는 그냥 궁녀가 아니었다.

내의녀였다.

내 걸음이 빨라졌고, 어진을 위해 포졸들이 뒤로 비켜주자 젊은 여자의 시신이 내 눈에 들어왔다. 여전히 엎드려 진흙에 얼굴을 박은 자세였다. 아무도 몸을 뒤집어주지 않았다. 유교의 법도. 슬비의 말이 귓가에 메아리쳤다.

"돌려 눕히게 도와줘."

내 말에 슬비가 고개를 끄덕였다.

슬비와 함께 여자를 겨우 돌려 눕히니, 진흙이 덮인 푸르스름한 피부가 드러났다. 나는 쪼그리고 앉아 여자의 손목을 만졌다. 온몸에 번쩍 기운이 돌았다.

희미한 맥이 있었다. 내 손가락 아래에서, 정말로 맥박이 뛰었다.

나는 얼른 여자의 턱과 고개를 젖혔다. 그러고는 몸을 굽혀 여자의 입가에 뺨을 대고 가슴을 바라보았다.

"아직 살아 있어."

내가 작게 내뱉었다.

어두운 형체가 내 옆으로 다가와 쪼그려 앉았다. 옷이 내 팔에 스칠 만큼 가까이. 어진이었다.

"살아 있다고?"

어진이 얼굴을 찌푸리며 피해자를 다시 살폈다.

"어떻게 그럴 수 있지? 익사할 때까지 물속으로 눌렀다던데. 목에 손자국 멍도 있고."

"아무튼 안 죽었어요. 범인이 죽었다고 착각한 거겠죠. 의식을 잃었을 뿐인데."

내 말에, 슬비가 어쩔 줄 모르는 얼굴로 물었다.

"어떻게 할까요?"

"누구인지 알아낼 수 있나?"

어진이 물었다.

"예."

슬비가 여자의 반대쪽에 쭈그리고 앉아 떨리는 손으로 흰 앞치마를 더듬더니, 주머니에 손을 넣고 나무로 된 신분패를 꺼냈다.

"내의녀가 맞습니다. 이름은 경희예요."

경희라는 이름은 들어본 적이 없었다. 아마도 나와 근무일이 엇갈리는 듯했다. 빠르게 움직이지 않으면, 여자를 살리지 못할 가능성이 컸다. 그런데 익사할 뻔한 사람에게는 어떤 처치를 하지?

급격히 밀려드는 불안감에 머리가 멍해졌지만, 나는 흩어지려는 주의력을 붙들고 집중했다. 지금까지 배운 책들, 공부하며 암기한 모든 책들을 떠올려보았다.

"호흡을 완전히 되살려야 해. 당장."

마침내 내가 말했다.

슬비가 힘차게 고개를 끄덕였다.

"그건 도와드릴 수 있어요, 의녀님."

슬비는 능숙하게 경희 의녀의 코를 꼬집은 다음, 자신의 입으로 그의 입을 덮어 폐에 숨을 불어넣었다.

나는 경희 의녀의 맥에서 손가락을 떼지 않고 더 자세히 진맥했다. 길고도 고통스러운 시간이 흐른 끝에, 그의 몸이 들썩이며 입에서 숨이 터져 나왔다. 격렬한 기침이 뒤따랐고, 입에서 분홍색 거품이 일었다. 경희 의녀는 고통으로 일그러진 얼굴로 가슴을 움켜쥐며, 아직도 물에 빠진 것처럼 힘겹게 공기를 마구 빨아들였다. 슬비와 나는 옆에 머무르며 그의 눈에 서린 지독한 공포를 진정시키려 했다.

"어, 어떻게 된 일이오? 무, 무, 무슨 일이야?"

경희 의녀가 외쳤다.

"공격을 받았소. 어쩌다 이렇게 되었는지 혹시 기억하오?"

어진이 다정하게 말했다.

한참이나 발작 같은 기침을 하던 경희 의녀는, 어진이 재차 묻자 그제야 대답했다.

"저…… 저는, 아람이를 기다린 것밖에 기억나지 않습니다."

숨을 몰아쉬느라 말이 거칠게 나왔다. 경희 의녀는 가장자리가 빨개진 눈으로 주위를 둘러보았다.

"항상 궁으로 같이 가서요. 그것 말고는 기억나는 것이 없는데…… 그냥 아람이를 기다렸습니다."

아람. 어디서 들어본 이름인데…… 왜지?

"그리하면 아람 의녀는 어디 있습니까?"

내가 물었다.

"모, 모릅니다."

"범인의 공격에서 탈출했을지도 모르지. 아니면 처음부터 집에서 출발하지 않았거나."

어진이 중얼거렸다.

포졸들의 속삭임이 파문처럼 번졌다. 다섯 명이 우리를 둘러싸고 있었다.

어진은 천천히 일어나 허리에 찬 검의 자루에 손을 올리며 말했다.

"다모 슬비는 어떻게든 경희 의녀를 안정시키도록 하라."

그러고는 포졸들을 쳐다보았다.

"자네 둘은 피해자를 지키고, 나머지는 계속 범인을 찾는다. 나는 아람 의녀의 집으로 갈 것이다."

"나리, 괜찮으시다면 제가 아람 의녀의 집으로 안내하겠습니다."

머뭇거리는 목소리가 들렸다. 아까 그 어부였다.

"여기서 멀지 않습니다."

"아람 의녀가 혼자 사는가?"

어진이 물었다.

"예, 대체로요. 아비가 저와 같은 어부인데 언제나 바다에 나가 있죠."

어진이 내게로 시선을 돌려 이렇게 묻는 듯했다. 누군지 알아?

나는 일어나서 진흙에 젖은 치마를 끌어 올린 후 발을 끌며 어진에게 걸어갔다. 그러고는 포졸들이 입술을 읽을 수 없게 고개를 살짝 옆으로 돌리고 조용히 말했다.

"아람 의녀와는 일하는 날이 달라요. 하지만 이름은 들어본 적 있어요. 어디서 들었는지는 모르고요."

"같이 가자, 그럼. 집에 있을지도 모르잖아."

어진이 작은 목소리로 말했다.

"둘 다 아는 아이들입니다. 경희, 아람이."

어부는 우리와 함께 강기슭을 빠르게 걸으며 말을 이었다.

"약속을 했습죠. 이틀에 한 번씩 내 배로 오면 강 반대편까지 태워다 주기로."

"사는 곳이 한양에서 너무 멀지 않은가."

어진의 말에, 내가 대꾸했다.

"특이한 경우는 아닙니다. 도성에 살 정도로 집이 부유한 의녀는 많지 않아요."

"이쪽입니다, 나리."

어부가 강에서 육지로 이어진 오솔길을 가리켰다. 길 끝에는 누런 흙벽으로 지은 초가집이 있었고, 그 뒤로 소나무와 야산이 보였다.

"그래, 이틀마다 두 의녀를 보았다고? 배에 탔을 때 둘이 나누는 대화를 간간이 들을 수 있었을 텐데."

어진의 말에, 걸음을 늦춘 어부가 고민하듯 눈썹을 찌푸렸다.

"이상한 건 말입니다, 나리, 배에서 서로 말을 안 해요. 이렇게 보면 무서워서 얼어붙은 얼굴이더란 말입니다. 제가 도살장으로 데려가는 것도 아닌데 말입죠."

어부는 고개를 절레절레 젓고 다시 걸음을 재촉하며 덧붙였다.

"원래는 안 그랬습니다."

"무슨 뜻이에요?"

내가 물었다.

"제가 기억하기로는 아주 밝고 명랑한 애들이었어요. 둘이 배에 앉아 수다를 떨었지요. 공부 얘기, 시험 얘기, 자기한테 관심을 보인 양반 얘기. 그러다 어느 날 갑자기 조용해졌어요. 바람이 불을 꺼뜨린 것처럼요."

"그게 언제였나?"

어진의 목소리가 갑자기 거칠어졌고, 집중하는 눈매는 날카로웠다.

어부가 미간을 찡그렸다.

"언제더라…… 어디 보자…… 작년이었나? 작년 초였습니다."

"혹시 새해 즈음이었는가?"

"아마도요, 예."

어진은 어부가 심오한 말이라도 한 것처럼 믿을 수 없다는 듯 고개를 저었다. 무슨 생각을 하느냐고 묻고 싶어 애가 탔지만, 어부가 서둘러 앞으로 가더니 말했다.

"도착했습니다, 나리!"

어진과 나는 외딴 집 앞에 섰다. 딱히 이상한 점은 없어 보였다. 진흙 바닥에 남은, 두 사람 것으로 보이는 발자국을 빼면. 둘 다 집으로 들어갔다 다시 나온 것 같았다. 우리는 그 발자국을 따라 창호지 문 앞에 도착했다. 어진이 문틀을 주먹으로 두드렸다.

"아람 의녀, 안에 있소?"

목소리가 단호하고 우렁찼다.

"한성부 포도청 소속 서 종사관이오."

우리는 기다렸다.

아무 반응이 없었다. 움직이는 소리도, 부스럭거리거나 중얼거리는 소리도 들리지 않았다.

"집에 사람이 없는 것 같은데요?"

내가 말했다.

어진이 황동 문고리를 잡고 살짝 당기자, 문이 움직거렸다.

"그런데 문은 잠그지 않았다?"

어진이 이렇게 말하며 문을 드르륵 밀자, 어둠으로 가득 찬 방이 드러났다. 방으로 들어온 회색빛이 탁자에 얼굴을 박고 팔을 양옆으로 늘어뜨린 여자의 뒷모습을 비추었다.

"자는 걸까요?"

우리를 따라 방을 들여다보던 어부가 휘청이며 뒷걸음질 쳤다.

"저 아이…… 저거 잠든 거죠?"

집 안에 숨어 있던 냉랭한 어둠이 내 안으로 한 방울, 두 방울 스며들어 피가 차갑게 식는 듯했다.

"우리 들어가요."

내가 이진에게 속삭였다.

어진은 한 번의 부드러운 동작으로 허리띠에서 검을 뽑아 들었다. 나는 숨을 참고, 살인자가 갑자기 나타나 그에게 달려들기를 기다렸다. 하지만 방 안에는 아무런 움직임이 없었다. 탁자 위로 쓰러져 있는 여자도, 옆에 놓인 불 꺼진 초도, 벽에 걸린 바구니도. 사방에 죽은 듯한 정적만 흘렀다.

어진이 여자 앞에 쭈그려 앉았고, 나도 얼른 나막신을 벗고 안으로 들어갔다.

"나리, 살아 있는……."

나는 얼어붙었다. 무슨 액체가 버선을 축축하게 적셨기 때문이다. 눈을 크게 뜨고 어둠에 적응하자, 그제야 보였다. 여자의 몸 아래에서 흘러나온 검은 액체가 내 발밑에 고여 있었다. 그냥 피야. 쿵쾅대는 심장을 느끼며 나는 스스로에게 말했다. 수천 번 본 거잖아.

"죽었어."

얼굴의 반은 어둠에 가려지고 나머지 반은 청회색 빛을 받고 있는 어진이 속삭였다.

나는 버선을 벗고 맨발로 조심스럽게 더 안쪽으로 들어갔다. 창문을 살짝 열자 새어 들어오는 회색빛이 죽은 여자의 청록색 옷을 비추었다. 여자는 출근하려고 옷을 입었지만, 어떤 일로 집을 나서지 못했다.

어진이 가까이 오라는 손짓을 했다.

"더 자세히 보게 도와줄래?"

그는 여자를 들어 올릴 시도를 하려고 시체 아래에 칼자루를 놓아 둔 상태였다. 이성의 몸에 직접 손을 댈 수는 없기 때문이었다. 하지만 전에 내 몸에는 손을 댔다는 사실이 떠올랐다. 나를 혜민서 담장 너머로 넘겨줬을 때, 그리고 자기 말에 태웠을 때. 나는 얼른 다가가 여자의 이마를 잡고 머리를 들어 올린 다음, 여자의 어깨를 붙잡았다. 피부의 싸늘한 감각에 얼굴이 찡그려졌다. 이미 죽었다. 맥을 짚지 않아도 느낄 수 있었다. 희뿌연 막이 그의 눈을 덮고 있었다.

여자의 목에 칼에 베인 자국이 있었다.

"누가 이런 짓을 할까요? 대체 어떤 괴물이 이런 짓을 하죠?"

혜민서에서 나를 괴롭혔던 질문이 다시 터져 나왔다.

"모르겠어."

나와 시체를 응시하며 어진이 대답했다.

"하지만 한 가지는 확실해. 아람 의녀가 살인범을 알았다는 거. 문을 열어 범인을 들였잖아. 같이 마실 차도 준비해놓았어."

아까는 미처 못 봤던 찻주전자와 찻잔 두 개가 눈에 들어왔다. 잔 두 개에 차가 가득 찬 상태였고, 그중 하나의 바닥에는 하얀색 물질이 가라앉아 있었다.

"이제 시신을 놓아도 될까요, 나리?"

어진은 칼자루를 치우고 고개를 끄덕였다.

나는 시체를 원래 자세로 돌려놓고는, 자유로워진 손으로 노리개 침통을 들어 뚜껑을 열었다. 은침을 꺼낸 후, 이상한 물질이 담긴 찻잔을 들었다. 거기 침을 담그자, 침의 끝에서부터 검은 얼룩이 스멀스멀 퍼졌다.

"독살입니다."

내가 속삭였다.

어진은 계속 시신을 보며 물었다.

"어떻게 알아?"

"혜민서에서 자주 사용하는 방법이에요. 환자가 독을 먹었다는 의심이 들면 입에 은침을 넣어보지요."

그러면서 침을 내밀자, 어진은 그것을 들고 꼼꼼히 뜯어보았다.

"은은 황에 닿으면 변색이 됩니다. 황이 들어간 비상은 한양에서 가장 구하기 쉬운 독이고요."

"독살을 당했다면······ 보고 있지 않을 때 차에 넣었겠군. 그러고 나서 쇠약해지자······."

어진은 완벽하게 빗어 넘긴 아람의 머리카락을 가리켰다. 뒤통수 부분만 살짝 흐트러져 있었다.

"범인은 이쪽 머리카락을 쥐고 머리를 들어 목을 그었어."

"궁에서 일하는 여인이 셋이나 공격을 당했네요."

나는 메스꺼움을 느끼며 말을 이었다.

"그중 둘이 사망했고, 목격자 세 명도 죽었어요. 또 도성 곳곳에는 세자 저하를 고발하는 괘서가 퍼지고 있고."

"그래. 나는 이 사건들이 다 연결되어 있다고 봐."

"하지만 어떻게……."

답은 어두운 장막을 사이에 두고 아주 가까이 있는 듯했다. 그 장막을 찢어버릴 수 있다면 얼마나 좋을까. 답을 알고 싶었다.

나는 피해자의 의녀복 앞치마에 손을 넣어 신분패를 꺼냈다. 역시나 아람이었다.

"왜 이 이름을 어디서 들어본 것 같지?"

내가 중얼거렸다.

답답함에 애가 탔다. 나는 자리에서 일어나 팔짱을 끼고 앞을 멍하니 바라보며 기억을 쥐어짰다. 전에 아람 의녀나 경희 의녀를 본 적은 없었다. 나와 근무일이 격일로 어긋났기 때문이다. 우리는 서로 만날 일이 없었다. 그렇다면 누구에게 그 이름을 들었다는 뜻인데…… 누구지? 깜박거리는 기억이 머리 가장자리를 스쳤다.

기억을 붙잡기도 전에, 문가에서 작은 목소리가 들렸다.

"죽었나요?"

깜짝 놀라 어진과 함께 뒤돌아보니, 경희 의녀가 와 있었다. 몸에서는 아직 물이 뚝뚝 떨어지고 있었고, 검은 머리카락은 미역 줄기처럼 얼굴에 들러붙어 있었다. 피부도 여전히 푸르스름하고, 커다란 두 눈은 갓 파낸 무덤 구멍 같았다. 슬비가 헐떡이며 경희 옆에 나타나 말했다.

"죄송합니다, 종사관 나리! 꼭 와야겠다고 해서요. 비명을 지르는 바람에 포졸들이 나리께 데려다주라 했습니다."

어진이 경희에게 다가갔다. 나는 경희의 손이 떨리고 이어 온몸까지 떨리는 모습을 지켜보았다. 눈은 탁자에 엎드려 있는 시체에 박혀 있었다. 그의 친구였던 시체에.

"왜 죽었는지 알아요."

떨리는 목소리였다. 경희 의녀가 진흙 묻은 손으로 얼굴을 감쌌다.

"제가 죽어야 하는 이유도요."

10

사라지지 않는 죽음의 냄새가 내 뇌리에 깊이 박혔다.

얼마나 끔찍한 분노이기에 여인을 몽둥이로 내리치고 익사할 때까지 물속에 머리를 처박을 수 있을까? 범인은 어찌하여 공기를 들이마시려 물 안에서 발버둥 치는 경희 의녀를 보고도 자비를 베풀지 않았던 것일까?

드디어 진실이 우리 손 가까이 다가왔다고 생각하자 마음이 조급해졌다. 경희 의녀는 답을 알았다. 수사는 곧 끝날 것이다.

창고에 걸려 있는 마른 도롱이를 들고 밖으로 나오자, 경희 의녀를 벽에 밀어붙인 포졸 두 명이 보였다. 그들은 팔짱을 끼고 날카로운 목소리로 다그쳤다.

"그래서? 누가 이랬어?"

"뭐라도 봤을 거 아냐? 남자야, 여자야? 키는?"

나는 품에서 도롱이를 떨어뜨릴 뻔하며 아직 젖어 있는 경희 의녀에게 달려갔다. 그러고는 포졸 두 명 사이로 들어가 고개를 숙이고 예의 바르게 말했다.

"환자의 몸 상태가 좋지 않습니다. 혜민서로 데려가야 해요. 질문은 나중에 해도 되지 않겠습니까."

그들은 망설이더니 투덜거리며 울타리를 지키러 갔다.

"여기요."

나는 떨고 있는 경희 의녀의 몸에 도롱이를 덮어주었다. 비가 그쳤는데도 가슴에서 거칠게 쌕쌕대는 숨소리가 걱정스러웠다. 익사를 모면해도, 이후 합병증으로 사망하는 환자들이 있었다.

"자, 와서 앉으세요."

나는 경희 의녀를 평상으로 이끌었다. 햇살 좋은 날 이곳에서 친구와 밥을 먹었겠지. 다시는 그러지 못할 것이다. 평상에 앉아 흐르는 침묵 속에서 나는 그의 시선을 쫓았다. 그는 마당 너머 초가집을 보고 있었다. 죽은 이의 그림자가 아직도 남아 있는 그곳을.

"준비되기 전까지는 말씀 안 하셔도 돼요."

내가 속삭였다.

경희 의녀는 여전히 반응이 없었다. 집을 응시하던 눈에서 힘이 빠지고 핏기 없는 입술이 살짝 벌어졌다. 숨은 여전히 거칠게 입을 드나들었다. 나는 침묵이 한참 더 이어지리라 예상하고, 허리를 바로 펴고 발목을 꼰 채 기다렸다.

어진은 무슨 일인지 다모 슬비와 집을 나섰다. 하지만 머지않아 다시 길을 걸어오는 모습이 보였다. 그는 팔짱을 끼고 미간을 찌푸리며 마당에 들어왔다.

"나리."

다가오는 어진에게 내가 외치자, 어진은 눈썹을 추켜세우고 내 쪽을 보았다.

"경희 의녀에겐 치료가 필요합니다."

"당연하지. 대장님께 알리라고 다모 슬비를 보냈어. 강 반대쪽에 이동 수단도 준비해야 하고. 포도청 사람들이 도착하는 대로 의녀를 혜민서로 데려갈 거야."

경희 의녀가 안심하기를 바라며 힐끗 보았다. 놀랍게도 그는 어진에게 시선을 고정하고 있었다.

"준비가 됐습니다."

경희 의녀는 거친 목소리로 다시 말했다.

"이야기할 준비가 되었습니다."

나는 어진과 당황한 시선을 주고받았다. 적당한 거리까지 다가온 어진이 뒷짐을 지고 섰다.

"이야기하기 어렵다는 것 아오. 천천히 해도 좋소."

그는 목소리를 낮게 깔고 최대한 정중히 말했다.

경희가 뻣뻣하게 고개를 끄덕였다.

"아까 한 말이 무슨 뜻인지 조금 더 자세히 말해줄 수 있겠소? 아람 의녀가 왜 죽었는지 안다고, 그대도 죽어야 마땅하다고 했는데."

경희는 비밀을 비틀어내듯 깍지 낀 양 손가락을 꼬았다.

"산 어딘가에……,"

경희가 초조한 눈으로 보았다.

"우리 비밀이 있습니다."

"어떤 비밀인지 말씀하셔도 괜찮아요. 그것 때문에 죽을 뻔하셨다면 저희에게 털어놓는 편이 더 안전할 겁니다."

내 말에, 자신의 하얘진 손마디를 내려다보며 경희가 말했다.

"저와 안비와 아람이는…… 저희는 목격자였습니다."

내 등줄기를 타고 오싹한 한기가 흘렀다.

"무엇을 목격했단 말이오?"

어진이 천천히 물었다.

경희는 땅으로 꺼지고 싶다는 듯 등을 구부렸다.

"사…… 살인입니다."

경희의 목소리가 비통함으로 일그러지고 얼굴도 구겨졌다.

"부자간의 일로 광분하신 상태로…… 무고한 의녀에게 화풀이를 하셨어요. 세, 세자 저하는…… 그 의녀의 모, 목을 베고…… 머리를 들고 말을 타고 떠났습니다."

속이 메스껍게 뒤틀렸다. 세자가 그런 짓을 할 리 없었다. 강아지를 더없이 다정하게 품에 안는 모습도 보았는데. 절대로 살인자처럼 보이지 않았다. 세자빈도 세자의 결백을 장담하지 않았던가. 나는 그분을 신뢰했다. 하지만 어진은 더 굳어진 표정으로 완전히 집중하며 눈을 빛냈다. 그는 경희의 말을 믿었다.

"그러고 나서 어떻게 됐소?"

어진이 물었다.

"저희는 도망쳐 숨었습니다. 저하께서 저희 얼굴을 보셨으니까요. 저희가 목격자라는 사실을 아셨습니다."

경희는 떨리는 손으로 눈을 꾹꾹 눌렀다. 눈앞에 떠오르는 모습을 지우려는 것일까.

"안비가 조언을 구하겠다고 떠났습니다. 저희는 뭘 어떻게 해야 할지 몰랐거든요."

경희는 떨리는 숨을 내뱉으며 고개를 저었다.

"아아, 그 말을 듣지 말았어야 하는데."

"안비가 어떻게 하라고 했소?"

"돌아온 안비는 저희에게……."

경희의 목소리가 떨렸다.

"아무것도 못 본 척하라고 했습니다. 그러지 않으면 더 많은 피를 보게 된다고요. 그것도 우리 피를요! 죽고 싶지 않으면 아무 일 없었던 것처럼 만들어야 한다고 했습니다."

머리가 멍해졌다. 내가 무슨 말을 듣고 있는지 받아들일 수가 없었다. 피로 얼룩진 궁에 대한 소문이야 바람에 흩날리는 속삭임으로 들은 적이 있다. 하지만 직접 목격한 사람의 말은 다른 차원의 문제였다. 물론 경희가 진실을 말하고 있다면. 하지만 거짓말을 할 이유가 없지 않은가?

"언제 일어난 일이오?"

"작년입니다. 정월이었습니다."

어진의 얼굴이 갑자기 어두워졌다.

"피해자의 시신은 어떻게 했소?"

경희가 기침을 토해내며 흐느꼈다.

"저…… 저는 모릅니다. 누군가 시신을 어디로 숨겼고…… 제 잘못이 아닙니다! 저희가 어떻게 해야 했겠습니까. 한낱 의녀가. 저희와 같은 위치면 그 누구도 감히 세자 저하께 맞서지 못합니다."

경희가 죄책감 가득한 눈으로 나를 돌아보았다.

"당신도 그랬을 거잖아요. 그분을 막지 못했을 거예요!"

"그럼요."

내가 속삭였다. 나도 그렇게 믿었다.

경희가 말을 이었다.

"저희는 시신을 찾으려고 노력했습니다. 제대로 묻어드리려고요. 아람이와 저는…… 몇 번이나 산을 수색했지만 어디에도 없었습니다."

경희 의녀의 증언이 사방에서 우리를 무겁게 짓눌렀다. 이야기에 담긴 공포감이 고드름처럼 내 연한 피부를 찔렀다.

"그 의녀 이름이 어떻게 되나요? 그……."

나는 차마 뒷말을 꺼낼 수 없었다. 세자 저하께서 죽인, 이라는.

"효옥 의녀님이었습니다."

나는 고개를 저었다. 들어본 적 없는 이름이었다.

"경희 의녀."

어진의 목소리는 조용하고 방어적이었다.

"내게 말하고 싶은 것이 또 있소?"

경희는 자기 손을 내려다보았다.

"저는…… 효옥 의녀님께 제 손수건을 빌려줬던 게 생각났습니다. 혹시라도 수사를 하다 제 이름이 나올까 하여 다시 그곳으로 달려갔습니다. 그러니까 시신이 사라지기 전에요. 주머니를 뒤지다가, 그 안에서 편지를 발견했습니다."

"편지?"

"군 의원에게 보내는 편지였습니다."

충격으로 갈비뼈 아래가 쿡쿡 쑤시는 것을 느끼며 내가 물었다.

"군 의원이라고요?"

경희는 내 쪽을 바라보며 말했다.

"효옥 의녀님은 군 의원의 어머님이세요."

"편지에는 뭐라고 적혀 있었죠?"

"모, 모릅니다. 곧장 태웠어요."

"모를 리 없지. 알 텐데. 읽었을 것 아니오."

어진의 말에 경희는 눈을 이리저리 굴리다 입을 뗐다.

"그냥 평범한 편지였습니다."

"뭐라고 적혀 있었소?"

어진이 추궁했다.

잠시 시간이 걸렸지만, 경희 의녀는 마침내 대답했다. 목소리가 얼마나 작은지 잘 들리지도 않았다.

"이렇게 써 있었습니다. 군무영, 한동안 대화를 나누지 못해서 걱정되는구나. 이 어미와 같이 있는 것이 부끄럽다며 궁에서는 나를 피하고."

먼 곳을 응시하는 경희의 얼굴은 귀신에 홀린 듯했다.

"이제 다 큰 성인이니 어린 아들로 보이고 싶지 않다고 했지. 그래놓고 철부지처럼 술과 여자에 빠진 동무들과 어울리다니. 그런 사람들과 가까이 하지 말라고 경고하지 않았느냐. 이게 다였어요."

이 말들 속에 중요한 단서가 숨어 있다는 예감에 나는 고개를 갸웃했다. 하지만 무엇인지 꼬집어 말할 수는 없었다.

"경희 의녀와 아람 의녀 두 사람 다 군 의원을 알았소?"

어진이 물었다.

"예. 잘 알지는 못했지요. 근무일이 달라 한두 번 본 것이 전부입니다. 하지만 안비가 저희와 같이 있을 때 늘 군 의원 이야기를 했습니다."

"혹시 인영 의녀라고 아세요? 살인을 신고한?"

나는 재빨리 질문 하나를 더 추가했다.

"제 스승인 정수 의녀님은요? 혜민서에서 일하는 분입니다."

경희가 미간을 찡그리더니 말했다.

"모르겠습니다. 둘 다 들어본 적 없는 이름이에요."

우리 셋은 침묵에 빠졌다. 물이 출렁이는 소리가 들려 고개를 돌리니, 배 두 대에 나눠 탄 포도청 군관들의 형체가 보였다.

"왔군."

어진의 말에 경희가 벌떡 일어났다.

"제발, 포도대장님께 저하에 관한 말씀은 하지 말아주세요! 왕족을 비방했다고 죽임을 당한 사람들 이야기를……."

"안 하겠소."

어진이 단호한 목소리로 약속했다. 하지만 경희가 비틀거리며 싸리나무 울타리로 걸어가자 그는 작게 덧붙였다.

"아직은."

내가 힐끗 쳐다보자 어진은 내 눈에 담긴 질문을 읽고는, 내 귀에만 들리게 속삭였다.

"지금 들은 말이 사실이라면, 반드시 세자 저하를 막아야 해."

"하지만 어떻게요?"

속삭이는데도 내 목소리가 너무 크게 느껴졌다.

"전하께서 안 듣는다고 하시면요? 살인을 했든 안 했든 세자 저하는 전하의 아드님이세요. 왕실을 욕보이는 일은 하지 않으실 거예요."

어진의 얼굴이 결심으로 굳어졌다.

"노론, 조정을 지배하는 노론 세력이 저하를 제거하려고 혈안이 되어 있어. 세자는 사상이 너무 개혁적이고, 자기들이 독차지한 권력을 다른 세력에게도 나눠주려 하니까. 그들에게 확실한 증거를 바치면, 그들은 세자를 산 채로 잡아먹으려 할 거야. 전하께서 아들을 버리게 하려면, 전하 주변에 있는 사람들을 움직여야 해."

나는 내키지 않았다. 이 상황이 그냥 악몽이기를 바라며 목덜미를 어루만졌다. 나는 다치지 않고 진실을 찾을 수 있다는 생각에 어진을 돕기 시작했다. 세자빈의 경고가, 내 바로 위 아주 가까운 곳에 매달려 있었다. 왕실을 건드리지 말아달라는 간청이.

그러나 더는 돕고 싶지 않다는 말은, 이 수사가 걷잡을 수 없이 치닫고 있다는 말은 혀끝에 걸려 밖으로 나오지 못했다. 그때 어떤 기억이 수면 위로 떠올랐다.

"맞아! 아람이라는 이름이 왜 익숙한지 알겠어요."

어진이 이마를 찌푸리며 물었다.

"왜야?"

세자빈이 그 이름을 언급했기 때문이었다.

"아람 의녀도 문 소원의 첩자였어요."

심장이 빠르게 뛰었다. 두려웠지만, 이 여인들을 연결하는 반짝이는 실에서 눈을 뗄 수 없었다.

"안비와 아람, 둘 다 문 소원의 첩자였던 거예요."

어진도 나와 같은 생각을 하는 표정이었다. 첩자 하나의 죽음은 우연일 수 있다. 하지만 둘이나 죽었다면?

나는 치맛자락을 들고 경희 의녀에게 달려갔다. 그는 강을 내다보고 있었다. 나는 숨을 몰아쉬며 말했다.

"의녀님, 마지막으로 하나만 더 여쭐게요. 문 소원 마마께서 의녀님도 첩자로 이용하신 건가요?"

경희는 입을 한일자로 다물었다. 눈이 쓸쓸한 빛으로 더욱 짙어졌다.

"첩자 노릇을 해달라고 우리를 협박했어요. 우리가 한 짓을 알아냈거든요. 아니, 우리가 하지 않은 짓이라고 해야 하나."

나는 터져 나오려는 숨소리를 겨우 참았다. 문 소원은 협박에 일가견이 있었다. 왠지 모르지만, 작년에 안비가 조언을 구하러 자기 상전에게 달려갔다는 확신이 들었다. 문 소원은 그 끔찍한 이야기를 듣자마자, 자신에게 유리하게 활용할 방법을 궁리했을 것이다.

❀

"주막에서 기다려."

어진의 속삭임에 그를 힐끗 보았다. 그는 혜민서에 모여든 농부 환자들 너머에 있는, 오른쪽에서 일곱 번째 미닫이문을 주시하는 중이었다. 경희 의녀를 데려다 놓은 방이었다. 현재 그 방은 포졸들이 지키고 있었다.

"대장님께 가서 보고해야 해. 하지만 끝나면 네게 할 말이 있어."

나는 불안한 손으로 치마를 쓸었다. 지난번에 주막에서 대화했을 때, 그는 자신이 나와 같은 신분이 아니라 포도청 종사관이라고 고백했었다. 또 말하지 않은 사실은 무엇일까.

"알겠어요. 주막이 수사본부가 되겠네요."

미소를 짓는 것처럼 어진의 입술이 실룩였다.

"아마도."

어진과 헤어지고 나서, 복잡한 시장에서 벗어나고 싶어 걸음을 재촉했다. 고요한 길로 빠져나온 후에야 숨을 깊이 들이마셨다. 며칠 내내 갈피를 잡을 수 없는 질문들의 자취를 따라다니다 드디어 선명하고 명쾌한 진실의 실마리를 잡았다. 눈에 뿌연 안개가 낀 상태로 며칠을 보내다가 찰나의 순간 눈을 닦고 제대로 앞을 본 기분이었다. 조금 더 확실하게 보고 싶었다.

한 걸음만 더 가면 진실이 나온다.

나는 하늘을 향해 한쪽 팔을 쭉 뻗고 반대쪽 손으로 등의 뭉친 근육을 문질렀다.

그때 곁에 있는 갈대밭에서 바스락거리는 소리가 났다. 몸이 얼어붙었다.

뒤를 슬쩍 보았지만, 높은 갈대에 둘러싸인 그 길에는 아무도 없었다. 안달하는 혼령들처럼 이리저리 흔들리는 안개가 전부였다.

"그냥 바람이야."

나는 팔을 내리며 속삭였다. 이곳에서 죽은 농부가 떠올라 가슴이 세차게 뛰었다.

한 걸음 더 디뎠을 때, 다시 들렸다. 풀이 바스락거리는 소리, 이어 축축한 진흙을 밟는 소리. 누군가 내 뒤의 갈대밭에서 나왔다.

발소리는 점점 더 가까이 내 쪽으로 다가왔다. 온몸이 내게 속삭였다. 미행당하고 있었어. 나는 치맛자락을 들고 걸음을 재촉했다. 보폭을 넓혀 걷다가, 뒤에 있는 사람이 속력을 내는 소리에 달리기 시작했다.

질척한 땅에 발이 미끄러지며 나막신이 벗겨지자, 나는 위험을 무릅쓰고 뒤를 돌아보았다. 흑립(조선 시대 양반들이 즐겨 쓰던 검은색 모자 - 옮긴이)을 눈썹까지 내려 쓴 양반 남자의 모습에 숨을 헉 들이마셨다. 남자의 얼굴은 빨간 복면에 가려져 있었다.

그리고, 빳빳한 흰 도포에는 피가 묻어 있었다.

도망쳐! 나는 속으로 비명을 질렀고, 간신히 돌아서서 앞으로 달려 나갔다.

공포로 감각이 마비되어 얼마나 멀리까지 왔는지 알 수가 없었다. 내가 왜 네 발로 기고 있는지, 언제 길에서 벗어났는지도 몰랐다. 나는 깃털 같은 갈대들을 밀치며 빠르게 갈대밭을 가로질렀다. 이제 아무도 없나 확인하려고 뒤를 돌아본 순간, 손 하나가 불쑥 나와 내 옷깃을 쥐고 나를 집어던졌다. 어깨를 땅바닥에 박은 나는, 돌아눕자마자 아가리를 벌린 뱀의 송곳니처럼 내 위에서 번쩍이는 칼을 보았다.

입에서 흐느낌이 새어 나왔다. 단단한 쇠가 내 몸을 베는 느낌을 예상하며 눈을 질끈 감았다. 하지만 곧 무언가 쓰러지는 둔탁한 소리와 사람의 신음이 들렸다. 눈을 떴을 때는 흔들리는 갈대와 희뿌연 하늘 말고는 아무것도 보이지 않았다.

힘이 풀린 다리를 딛고 얼른 일어나 주위를 둘러보자, 키가 크고 낯익은 사람의 형체가 보였다. 어진이었다. 여기까지 전력 질주를 했는지 가슴이 들썩이고 있었다. 나를 어떻게 찾았을까 궁금해할 시간은 없었다. 검객이 일어났기 때문이다. 땅으로 쓰러졌던 탓에 옷의 옆쪽은 진흙투성이였다.

어진의 허리띠에서 차가운 쇳소리를 내며 칼집이 풀려 나왔다.

"물러나라."

여전히 말이 없는 남자는 물 흐르듯 우아한 동작으로 검을 수평으로 움직여 어진의 심장을 겨누었다.

"숨어."

어진이 속삭였다. 흔들림 없는 눈으로 앞의 범인을 바라보고 있지만, 내게 하는 말이었다.

어진은 한 번의 날쌘 동작으로 검을 뽑아 들고 칼집을 옆으로 던졌다. 양손으로 칼자루를 잡고 놀라운 속도로 갈대밭을 달려 5보(약 6미터)에 달하는 범인과의 간격을 순식간에 좁혔다. 어진이 날을 번쩍이며 칼을 내리쳤지만, 남자가 칼로 그 공격을 막아 쇠와 쇠가 챙 부딪쳤다. 그 선명한 소리가 내 뼛속까지 메아리쳤다. 상황이 너무 급박하게 돌아가 뭐가 뭔지 제대로 파악할 수가 없었다. 나는 숨어야 한다는 생각도 잊고, 전광석화와 같은 움직임을 지켜보았다. 한순간 맞붙은 두 사람은 금세 비틀거리며 뒤로 물러났고, 잠시 후 도포를 펄럭이며 공중으로 날아 다시 칼싸움을 하고 있었다.

별안간 허공에 한 줄기 피가 튀며 고요한 정적이 흘렀다. 누구 피일까? 남자가 비틀거리자, 어진이 앞으로 돌진해 다시 공격했다. 검객의 검이 날아가 물결치는 갈대의 바다로 사라졌다.

"누구냐?"

어진이 다시 칼을 휘두를 자세를 취하며 적에게 다가갔다.

"당장 밝혀라."

남자는 말을 하지 않고 움직이시도 않으며 어진을 응시하는 것 같았다. 어진의 얼굴을 눈에 담아 세세한 부분까지 기억하려는 듯. 그러더니 뒤를 돌아 자기 검이 있는 쪽으로 달려가 그것을 집어 들고 다시 뛰기 시작했다. 그의 어깨가 새빨간 피로 번들거렸다.

남자가 사라지자마자 나는 달려 나갔다. 갈대가 내 얼굴을 때렸고, 어진 앞에 섰을 땐 가쁜 숨을 몰아쉬고 있었다. 어진은 손으로 무릎을 짚은 채 몸을 앞으로 기울였다. 모자 챙 아래에서 땀이 촉촉하게 빛났다.

"잡아야 하지 않을까요?"

내 질문에 어진이 거친 숨을 내쉬며 대답했다.

"너무 위험해. 밭으로 들어가 몸을 숨겼을 수도 있어. 내가 사라지는 즉시 너를 공격하러 올 거야."

"하지만 제가 뒤를 따라……."

내 시선이 어진의 옷에 난 칼자국에 꽂혔다. 범인만 부상을 입었다고 생각했는데, 종아리 쪽 푸른 비단에 짙은 얼룩이 퍼져 있었다. 가슴이 쿵쾅거렸다. 어진이 죽을 수도 있었다고 생각하니 무릎에서 힘이 쭉 빠졌다.

"피…… 피가 나잖아요."

내가 겨우 말했다.

"괜찮아. 살짝 긁혔어."

어진은 이마의 땀을 닦고 몸을 일으켜 세웠다.

"더 눈에 띄는 곳을 공격했어야 하는데. 용의자들 중에서 상처가 있는 사람을 찾게."

어진이 비틀거리며 내 옆을 지났다. 그는 집중하는 표정으로 미간을 찌푸리고 남자가 사라진 갈대밭을 바라보았다.

"한 가지는 확실해. 범인은 무술을 아는 자야."

나는 바람에 휘날리는 옷의 핏자국 말고는 어디에도 집중할 수 없었다.

"군 의원이 칼을 쓰는 법을 배운 적이 있다고 들은 적 있어?"

그가 물었다.

처음에는 질문의 뜻을 곧바로 이해하지 못했다. 나는 어진에게서 눈앞의 숲으로 시선을 옮겼다.

"아니요. 하지만 군 의원 집에 무술에 관한 책들이 있었어요. 독학으로 검사(劍士)가 되었을지도 모르죠."

"실력이 굉장한 검사였어. 가능성이 크지는 않지만, 그자였을 수 있어. 그자에게는 동기가 있으니까. 어머니가 살해됐잖아. 최근 살해당한 여인은 그의 어머니의 죽음을 본 목격자고."

"하지만 목격자일 뿐인데…… 살인을 은폐했지만 악의가 있어서 그랬던 건 아니잖아요."

"아직 우리가 모르는 이야기가 있을 거야. 경희 의녀가 전부 다 말하지는 않았다는 느낌이 들어."

나는 칼에 찢긴 그의 옷을 다시 내려다보고는, 망설이다 물었다.

"제가 상처를 한번 볼까요?"

"점점 어두워지고 있어. 여기서 더 오래 머물지 않는 게 좋겠다."

그러고는 비틀거리며 갈대밭으로 들어가더니, 칼집을 찾아 들고 돌아왔다. 어진은 칼집에 검을 넣고 다시 허리에 매달았다.

"떠나야 해."

나는 부축할 준비를 하고 그에게 바짝 붙어 걸었다. 넓은 밭을 헤치고 나아가다 보니 한 가지 질문이 떠올랐다.

"나를 어떻게 찾은 거예요?"

"네 신을 봤어."

어진은 정말 우리밖에 없는지 확인하려고 계속 주변을 둘러보며 말했다.

"그리고 네 발자국은 갈대밭으로 사라졌고."

"하지만 포도청으로 가셨잖아요."

어진은 조금 망설이다가 이렇게 말했다.

"생각이 바뀌었거든."

그는 나를 내려다보며 나지막이 말을 이었다.

"네가 주막에 안전하게 도착했는지 확인하고 싶었어. 또 살인 사건이 터졌는데 너만 혼자 두고 떠날 만큼 생각 없는 놈은 아니야, 나."

혼란스러움을 느끼며 어진을 따라 길로 나가니, 아직 그 자리에 내 신이 있었다. 다친 몸으로 쭈그려 앉은 그는, 진흙에 박힌 내 나막신을 빼냈다. 그가 나막신을 발에 신겨주는 동안, 나는 균형을 잡으려 조심스럽게 그의 어깨에 손을 올렸다.

"앞으로는 더 조심해야 해."

어진이 일어나며 말했다. 그는 검객이 탈출한 뒤편 갈대밭을 다시 한 번 돌아보았다.

"누구인지 몰라도 검을 다룰 줄 알고, 네가 개입한 것도 알고 있어. 너를 노리는 건 이번이 마지막이 아닐 거야."

"마찬가지죠. 나리도 저만큼 위험해요."

마침내 우리의 눈이 마주쳤고, 어진이 속삭였다.

"그러게."

"하지만 두려워하지 마세요. 다음에는 제 차례니까."

"네 차례?"

"다음에는 제가 지켜봐드릴게요."

생각 없이 가볍게 한 말이었다. 하지만 어진은 웃어넘기지 않았다. 아니, 내 제안을 진지하게 검토하는 것 같았다.

"약속한 거다?"

나는 눈을 깜박이며 잠시 망설이다 대답했다.

"네."

어진이 손을 내밀었다. 누구와 서약을 해본 경험이 없어 나는 그의 손을 빤히 보기만 했다. 악수는 전장의 병사들이 전우가 되자는 약속을 하는 행동이었다. 그럼에도 나는 손을 내밀었다.

어진의 따뜻한 손가락들이 내 손을 감쌌고, 흉터 난 손바닥이 내 손바닥과 맞닿았다. 그렇게 우리는 악수를 했다.

어진은 나와 눈을 맞추며 조용히 말했다.

"그때가 되면, 나를 지켜봐줘. 나도 항상 너를 지켜봐줄 테니까."

＊

비가 주막의 창호지 문을 세차게 때렸다. 우리는 때마침 방으로 들어와 비를 피할 수 있었다.

나는 방에 앉으며 말했다.

"그래서, 혜민서 앞에서 하려던 말씀이 뭐예요?"

어진이 내 앞에 앉자 그의 전립에 매달린 구슬들이 흔들렸다. 그는 다리를 움직이다 살짝 얼굴을 찡그렸다. 보기보다 상처가 아픈 것이 분명했다.

"1년 반 전에 나는 암행어사의 조수로 일했어."

내가 미간을 찌푸리며 속삭였다.

"암행어사라…… 그래서 우리가 처음 봤을 때 하인 차림이었던 거예요? 위장하려고?"

"아니. 암행어사와 일하면서 배운 것이 하나 있다면, 변장했을 때 정보를 모으기 쉽다는 거야. 평민들은 관리 앞에서는 말을 편하게 못해. 그래서 사건에 관한 정보를 수집하려고 변장을 했던 거야. 그 정보를 지금부터 네게 들려줄 거고."

어진이 뜸을 들이는 사이 나는 가만히 기다렸다. 그의 눈에서는 여러 가지 감정들이 출렁거리고 있었다.

"내 아버지는 암행어사였어. 병자년(1756년)에 임명을 받으셨는데, 나도 데리고 지방으로 내려가셨어. 같이 가는 건 위험했지만, 아버지는 내가 걱정스러웠던 거지. 어린 나이에 과거에 급제하고 너무 교만

해져서 돈 많고 방탕한 자들과 어울리게 되었거든. 아버지는 나 때문에 두려웠대. 당신처럼 정의를 사랑하고, 사람들을 사랑하기를 원하셨거든. 그래서 나를 데리고 간 거야. 아버지가 맡은 임무는 간단했어. 평안도 관찰사의 동태를 살피는 것."

그의 눈이 먼 곳을 응시하듯 게슴츠레해졌다. 견디기 힘들 정도로 고통스러운 기억에서 자신을 분리하려 하는 듯했다.

"나는 감영(관찰사가 사무를 보는 관청 – 옮긴이)에 시종으로 들어가는 데 성공했어. 내가 가로채서 본 서찰에는 세자 저하가 비밀리에 궁을 떠나 평안도에 머문다는 주장이 있었지만, 관찰사는 무서워서 보고하지 못하더라고. 자기가 두렵다고 전하께 저하의 행각을 알리지 못한 거야. 그 주에 살해당한 주민의 시체가 나왔고, 나는 숲에서 여인의 머리를 발견했어."

효옥 의녀. 내 머릿속에 단번에 그가 떠올랐다. 세자에게 죽임을 당한······.

"그리고, 칼에 찔려 죽어 있는 내 아버지도."

나는 손바닥에 손톱을 박은 채 어진을 바라볼 수밖에 없었다. 그는 얼음 조각처럼 꼼짝도 않고 앉아 있었다. 눈물도 보이지 않았다. 그저 무표정이었다. 어떻게 이런 끔찍한 이야기를 아무렇지 않은 얼굴로 할 수 있는 걸까.

"머리에 있는 가리마 때문에 그 동네 의녀라고 생각했어. 하지만 여인의 얼굴 그림을 알아보는 의녀가 없었어. 내의녀일 거라더라. 가리마가 비단이라면서."

"그래서 어떻게 됐어요? 아버지께서 살해당하셨잖아요. 관찰사가 수사를 진행했어요?"

어진의 눈빛이 날카로워졌다.

"위에서 사건 전체를 묻으려고 별의별 짓을 다했지. 지역 포도대장
과 목격자들을 매수했고, 전과자 한 명을 희생양으로 이용했어. 그 남
자가 아버지를 죽였다고 한 거야. 전하께서는 보고를 믿었고, 아버지
를 잃은 나는 무력해졌어.

며칠 후 겨우 한양으로 돌아오니 포도청 종사관으로 발령이 났더
라. 그 뒤로는 내의녀만 보이면 질문을 했어. 효옥 의녀 죽음에 관한
진실을 캐면 관찰사의 거짓말을 뒤집을 수 있는 증거를 찾을 수 있지
않을까 해서. 하지만 아무도 입을 열지 않더군."

"지금까지는 말이죠."

내가 속삭이자, 어진이 나만큼 나직한 목소리로 대꾸했다.

"맞아. 경희 의녀의 증언은 내가 찾은 사실들과 일치해. 작년 정월
에 세자가 한 내의녀의 목을 베었다는."

나는 세자의 결백을 바랐다. 그러기를 진심으로 원했다. 세자빈 마
마를 위해, 우리 나라의 미래를 위해. 하지만 그 바람이 얼마나 순진
했는지 이제 알겠다.

"나리는 세자 저하가 정말로 살인을……."

내가 말을 맺기도 전에 문이 드르륵 열리며 입술에 흉터가 있는 주
모가 들어왔다. 내가 부탁한 소금물에 깨끗한 수건과 붕대까지 가져
다주었다. 주모는 전처럼 내게 눈을 찡긋했다. 그러고는 아이를 몇이
나 낳을 계획이냐고 물었다. 우리가 침묵하자, 주모는 어색한 종종걸
음으로 방을 나가 문을 닫았다.

방이 갑자기 좁아지고 공기가 지나치게 뜨거워진 기분이었다.

어진은 당황한 얼굴로 눈썹을 문지르며 시선을 피했다.

나는 헛기침을 하고 지극히 사무적으로 말했다.

"의논을 계속하기 전에 상처부터 치료하겠습니다, 나리."

"내가 할 수······."

"부끄러워하지 마세요. 제 일인걸요."

"부끄러운 게 아니라······."

어진은 중얼거리더니 마지못해 내 뜻대로 하라는 듯 손짓했다.

남자들은 도포 아래 흰 바지를 입었다. 칼에 찔린 다리 부분의 갈라진 천 사이로 피투성이 상처가 얼핏 보였다. 나는 불편한 마음을 가라앉히고, 정신을 가다듬고 어진의 상처를 살폈다.

"겉으로는 심각해 보여도······."

내가 소금물로 피를 닦으며 말했다.

"상처가 깊지 않아서 감염만 없으면 저절로 치유될 거예요. 그래도 나중에 의원에는 가보세요."

상처를 깨끗이 닦은 후, 붕대를 집어 들고 아래쪽 다리를 조심스럽게 감싸며 물었다.

"정말로 세자 저하가 군 의원의 어머니인 효옥 의녀를 죽였다고 생각하세요?"

"그래. 놀랍지도 않아. 세자 저하에게 폭력으로 분노를 표출하는 성향이 있다는 건 조정 내에서도 우리 아버지를 포함해 많은 사람이 눈치채고 있었어. 대리청정을 시작하면서부터 쭉 그랬어."

나도 안다는 뜻으로 고개를 끄덕였다. 전하께선 도움 없이 국정을 운영할 수 있을 만큼 건강한 상태였음에도 세자 섭정을 발표하여 모든 사람을 놀라게 하셨다.

"그렇다면 통치자로 보여야 할 텐데, 궐에서 세자 저하를 그렇게 대접해주는 사람은 아무도 없었어. 조정에서 저하가 결정을 내리면, 전하께서는 거부하셨지. 결정을 못 하고 전하께 조언을 구하면, 어리석게 혼자 결심 하나 제대로 못 한다고 꾸짖으셨고. 그때 이후로 저하의 성격이 비뚤어졌다고 들었어. 곧 분노가 폭발할 거야. 이미 폭발했는지도 모르지."

"그러면 혜민서 사건 뒤에도 세자 저하가 있다고 생각해요?"

"아니."

어진의 말투는 단호했다.

"나도는 괘서를 보면…… 누가 복수를 위해 누명을 씌우고 있다는 느낌이 들어. 효옥 의녀의 죽음이 살인의 계기가 되었다는 걸 알게 된 지금은 더더욱."

"그렇다면 군 의원은 확실히 관련이 있겠네요. 모든 단서가 그를 가리키잖아요?"

"증거가 더 많이 필요해. 송 대장과 전하, 그리고 노론을 설득하려면."

나는 엄지의 오래된 굳은살을 손가락으로 쓸었다. 어진을 가만히 보고 있으니, 그가 아버지의 시신을 발견했을 때의 모습이 생생하게 떠오르는 듯했다. 아버지를 안고 있는 아들의 세상 전체가 피를 흘리고 있었으리라.

"하지만 이제는 아시잖아요. 세자 저하가 아버님을 살해했다는 거……. 이제 어떻게 하실 거예요?"

나는 어진의 침묵을 깨뜨리지 않고 기다렸다. 이렇게 말할 것이 분명했다. 복수해야지. 효는 이 나라를 떠받치는 근본이었다.

"나를 왜 그렇게 봐?"

어진의 말에 나는 눈을 깜박이며 되물었다.

"내가 어떻게 보는데요?"

"불쌍한 강아지 보는 것처럼."

나는 주저하다 말했다.

"어떻게 할지 아니까요. 죽기를 각오하고 세자 저하에게 복수할 거잖아요."

"복수라……. 공자의 《예기》에는 이런 말이 나오지. 자식은 부모를 살해한 사람을 죽일 의무가 있다고. 길 한복판에서라도 죽여야 한다고. 하지만 나는 그럴 생각이 없어."

그러면서 나를 바라보는 눈빛은, 그의 양심만큼이나 맑고 또렷했다.

"아버지를 잃은 후로 나는 소중한 것을 언제든 빼앗길 수 있다는 사실을 깨달았어. 딱 하나만 빼고 말이야. 가르침, 아버지가 내게 준 가르침은 남아 있어."

그는 잠시 말을 멈췄다 다시 이었다.

"아버지는 돌아가시기 전에 복수가 아니라 정의를 쫓으라고 말씀하셨어. 1년 넘게 포도청에서 일하면서 아버지의 이 말씀을 곰곰이 생각해봤어. 그리고 그 둘이 다르다는 것을, 미세한 차이가 있다는 것을 깨달았지."

나도 눈썹을 찌푸리며 두 단어의 의미를 숙고했다.

"복수는 복수를 부를 뿐이야. 분노는 꺼뜨릴 수가 없는 감정이거든. 우리가 벌하려는 괴물처럼 변하는 거지. 하지만 정의는 끝을 가져오고, 그게 내가 원하는 바야. 맑은 정신으로 이성적인 생각을 유지해야만 정의를 실현할 수 있어. 그리고, 마지막에 세자를 벌하는 건 내 몫이 아니야. 전하의 몫이고, 오직 전하께서만 할 수 있어. 나는 진실을 부정할 수 없는 증거만 찾으면 돼."

나는 한숨을 내쉬었다. 수사의 무게가 가슴에 묵직하게 내려앉았다.

"하지만 걱정하지 마."

나를 보던 어진이 시선을 내리며 말했다.

"너는 이제 세자나 다른 용의자들 문제로 신경 쓰지 않아도 돼."

"무슨 뜻이에요?"

"갈대밭에서 일어난 일 말이야……."

그는 여전히 나와 눈을 맞추지 못하고 있었다.

"내가 더 생각을 해봤는데, 이 수사가 점점 더 위험해지는 것 같아. 너는 그만 관여하는 게 좋을 듯해."

나는 얼굴을 찌푸리며 말했다.

"나보고 수사에서 빠지라고요?"

"애초에 너를 끌어들이지 말아야 했어. 이제부터는 몸조심하고 어디든 혼자 다니지 마."

어진이 벽을 붙잡고 힘겹게 몸을 일으켜서 나도 따라 일어났다.

"늦었다. 집까지 데려다줄……."

나는 어진의 앞을 가로막고 그를 올려다보았다. 내가 시선을 피하나 봐라. 나는 강력한 어조로 말했다.

"제 도움이 필요하잖아요. 이 사건의 모든 단서가 궁을 가리키고 있어요. 나 없이는 눈을 가리고 절벽 끝을 걸어가는 거나 마찬가지라고요."

"네가 옳다는 거 알아."

어진은 날카로워진 목소리로 단호하게 덧붙였다.

"하지만 너는 전부를 잃을 수도 있어. 네 목숨까지. 그런 일이 일어나게 둘 수는……."

"하지만 내 인생이에요."

분노와 혼란, 이 두 가지 감정으로 가슴이 따끔거렸다.

"저는 나리를 돕겠다고 했고, 그건 진심이었어요. 나 하나 구하자고 수사 전체를 그르치려는 이유가 뭐예요?"

어진이 얼굴을 찌푸리며 나를 내려다보았다. 내 고집이 믿기지 않는다는 표정이었다.

"오늘 너는 내 앞에서 죽을 뻔했어. 어떤 남자가 네 목에 칼을 겨누는 걸 내가 봤단 말이야."

그의 턱 근육이 움찔거렸고, 얼굴은 잿빛으로 변했다.

"너는 똑똑하고 유능해. 꿈도 있지. 지은이에게 들었어. 그러니 제발, 내 말대로 해. 이 수사가 네 인생을 망치게 두지 마. 내가 최선을 다해 네 스승님을 도울 테니 그냥…… 이제부터는 수사에서 손 떼겠다고 약속해줘."

목구멍이 거칠게 긁힌 듯한 목소리였다.

이렇게 괴로워하는 어진은 처음 보았다. 잠깐은 굴복하고 싶었다. 저 얼굴에 떠오른 걱정을 지우기 위해서라도. 하지만 나는 나 자신을 너무도 잘 알았다. 나라는 사람은, 궁금한 것이 있으면 답을 찾을 때까지 절대 멈추지 않는다.

내가 부드럽게 일깨웠다.

"우리 약속했잖아요. 시로 지켜봐주기로. 아무도 다치지 않을 거예요. 모든 걸 잃지 않아도 된다고요."

"그렇지 않다는 거 알잖아."

어진이 경고했다.

"뭐…… 현실은 둘 중 하나예요. 내 도움을 받거나, 나를 잘라내서 나 혼자 진실을 찾게 만들거나. 어느 쪽이에요, 나리?"

그는 미간에 주름이 잡힌 얼굴로 나를 빤히 쳐다봤다. 그러다 고개를 절레절레 젓고는 중얼거렸다.

"너는 전생에 장군이었을 거야. 그것도 못 말리게 고집 센 장군."

내가 희미한 미소를 지어 보였다.

"몸조심하는 법은 아니까 걱정 마요."

완벽한 패배의 낯빛을 한 어진이 한숨을 쉬며 다시 바닥에 앉았다. 벽에 등을 기대고 긴 다리를 반쯤 뻗고는, 세운 무릎에 팔을 얹었다. 침묵이 흐르는 사이 내게 닿는 그의 시선을 느낄 수 있었다. 한참이나 나를 관찰하는 눈빛에, 내 가슴부터 목까지 홍조가 번졌다.

"우리는 한 남자가 처형당하는 장면을 목격했고, 서로 알고 지내는 동안 살인이 다섯 건이나 더 벌어졌어."

어진이 입꼬리를 올려 음울한 미소를 짓더니 말을 이었다.

"우리 둘 중 하나는 죽을 수도 있는데 둘 다 사건에서 손을 뗄 뜻이 없으니, 이 정도면 친구라고 해도 되나?"

갑자기 깔깔 웃고 싶어졌다. 어쩌다 이렇게 황당한 상황에 빠지게 되었는지 웃음이 다 나왔다. 이런 가장 암담한 시기가 내 삶에 친구를 데려오다니 신기하기 짝이 없었다.

※

우리는 밤이 깊어질 때까지 수사에 관해 의논했다. 의문점들을 곰곰이 생각하고, 아직 남은 답을 찾으려 했다. 내가 팔짱을 끼고 원을 그리며 움직이는 때도 있었고, 내가 앉아 있는 동안 어진이 방 안을 서성이는 때도 있었다.

어진이 옆방 선비에게서 종이와 필기구를 빌려 왔다. 우리는 종이를 앞에 펼쳐놓고 점들을 선으로 이었다. 이곳저곳을 가리키며 더 상세한 정보를 추가했다. 우리의 머리가 닿을락 말락 했다. 이 순간에 몰입하고 집중하느라 그의 시작과 나의 끝을 구분할 수 없었다. 지금 우리는 범인, 그리고 진실을 찾겠다는 하나의 목적을 위해 하나의 정신으로 결합된 것만 같았다.

시간의 흐름은 급류와 같았다. 저녁이 되더니 어느새 하늘이 새까매지고 둥근 달이 떠올랐다. 눈이 피로로 따끔거렸지만 계속 어진과 대화를 하고 싶었다.

"늦었다. 집에 가야 하지 않아? 어머니 걱정하실 텐데."

어진에 말에 나는 어깨를 으쓱하며 대꾸했다.

"저희 가족은 제가 있는지 없는지 잘 몰라요."

어진은 당황한 표정으로 머뭇거렸다.

"아직 끝나지 않았잖아요."

내 고집이 발동했다. 이런 고집으로 나는 시험 기간에 밤을 새서 공부했다. 그날 밤 몫의 공부를 끝내지 않으면 쉴 수가 없었다.

"아직 군 의원 얘기 남았어요."

"내일 출근해야지."

"전에도 밤샌 적 있어요."

결국 어진이 항복했다.

"다시 질문하러 집에 찾아갔는데…… 집에는 물론이고 아무 데도 없었어. 마을 전체를 탐문했지만, 어제 이후로 본 사람이 없다더라."

내가 얼굴을 찌푸렸다.

"가족을 만나러 갔을까요?"

"그럴 수도 있지. 부하들이 이제 막 찾기 시작했어. 발견하면 체포할 거야. 다시는 이런 식으로 사라지게 둘 수 없으니까."

"그러고 나면 대장님이 고문을 하겠죠……."

나는 아랫입술을 깨물며 이렇게 말하고는 물었다.

"수련생 민지는요?"

어진이 한숨을 쉬었다.

"아직 실종 상태야. 부모와 친척들은 어디 있는지 모른다고 계속 우기고 있고."

무겁고 답답한 무력감이 나를 감쌌다. 나는 붓에 먹을 묻히고 우리의 대화 내용을 자세하게 적어 내려갔다. 또 막다른 길에 부딪힌 듯한

이 수사를 어떻게든 진행하고 싶었다.

"정수 의녀님과 얘기할 수만 있다면 좋겠어요. 분명 뭔가 아실 텐데……."

나는 혼잣말처럼 중얼거리다가 어진을 휙 올려다보았다.

"혹시 대화할 수 있는 방법이 있을까요?"

어진은 고개를 저었다.

"대장님은 살인 사건을 수사 중일 때는 외출을 삼가는 편이야. 외출을 해도 불시에 나가기 때문에 내가 너를 부를 시간이 없을 거야. 어차피 나가도 금세 돌아오고."

"몰래 들여보내면 되잖아요! 대장님은 몰라도 돼요."

"네가 포도청 소속이 아니라는 걸 다들 알아챌 거야. 수하들이 곧바로 보고할……."

어진이 잠시 멈추더니 말했다.

"너를 변장시키면 되겠네."

희망을 느끼면서도 어리둥절해 나는 허리를 똑바로 폈다.

"포졸로요?"

"아니, 다모로."

이미 작전을 세우고 있는 어진의 시선은 천 리 밖에 가 있었다.

"내일 밤 대종이 울릴 때, 포도청 쪽문 앞에서 만나. 순찰을 도는 통금 시간이라 사람이 거의 없을 거야. 누가 보더라도 그냥 평범한 다모라고만 생각하겠지."

내일이면 중요한 정보를 더 얻을 수 있다는 희망으로 갑자기 기운이 샘솟았다. 우리는 종이에 펼쳐놓은 용의자들의 이름과 우리가 아는 모든 정보들을 다시 살펴보았다. 이제는 각자의 머리 안에만 담겨 있지 않고 종이에 글씨로 적혀 있었다.

우리는 정신력이 다 타버릴 때까지 대화를 계속했다. 이제는 심지에서 연기밖에 피어오르지 않을 지경이었다. 집중하려 했지만 어진이 꾸벅꾸벅 졸기 시작했을 때는 나도 잠시만 눈을 붙이자 생각했다. 탁자에 머리를 내고 깜박 잠이 들었나 보다. 눈을 뜨니 동트기 전의 어둠이 회색 방에 머물고 있었다. 창호지를 통해 아주 옅은 빛이 쏟아져 들어왔다.

정신을 차리고 보니 탁자에 나 혼자만 있는 것이 아니었다. 나는 어진과 눈썹이 닿은 채로 내 두 팔에 머리를 기대고 있었고, 우리의 코도 거의 닿기 직전이었다.

어진의 눈꺼풀이 움찔하며 꿈을 꾸는지 이리저리 움직였다. 혹시 악몽일까. 하지만 오래가지는 않았다. 내 시선을 느끼기라도 한 듯 어진이 천천히 깜박이며 눈을 떴다. 그와 시선이 얽혔지만 너무 피곤해 당황할 기력도 없었다.

"지금 몇 시일까요, 나리?"

내가 속삭였다.

"계속 그렇게 안 불러도 돼."

어진이 작은 소리로 답했다.

나는 다시 눈을 감았다. 밖에서 한 여인이 하품을 하며 마당을 저벅저벅 밟는 소리가 들렸다. 더 먼 곳에서는 개가 짖었다. 예는 아침에 제대로 갖추면 되겠지.

하지만 이 어정쩡한 시간에는, 해가 뜨고 모든 것이 제자리로 돌아가기 전인 지금은 이렇게 속삭였다.

"알았어…… 어진아."

❀

문이 드르륵 열리는 소리에 잠에서 깼을 때, 어깨에 걸치고 있는지
도 몰랐던 담요가 바닥으로 떨어졌다. 문가에서 쏟아져 들어오는 햇
빛에 눈이 부셔 손등으로 눈을 가렸다. 얼마나 잠들어 있었던 거지?

실망스럽게도 방에 들어온 사람은 어진이 아니었다. 입술에 흉터
가 있는 주모였다.

주모가 들고 있는 쟁반에는 김이 모락모락 나는 국밥과 반찬이 있
었다.

"신랑은 성문이 열리자마자 한양으로 떠났어요. 각시는 동이 트면
깨워달라더라고."

신랑? 나는 어리둥절해하다 겨우 정신을 차리고 문 쪽을 쳐다보았
다. 집으로 가자마자 의녀복을 챙겨 출근할 시간밖에 남지 않았다.

"이것도 주라고 했어요."

주모는 쟁반을 내려놓고 무언가를 가지러 문가로 날쌔게 움직였
다. 들고 온 것은 내가 늘 의녀복을 싸서 다니는 봇짐이었다. 집에 들
를 필요가 없어졌다. 어진이 이걸 어떻게 가져왔지?

봇짐을 열자 안에 쪽지가 있었다.

너희 집 하인에게 옷을 챙겨달라 부탁했어. 네가 아람 의녀

사건으로 포도청 수사를 돕고 있다고 했지. 걱정하실지 모르니, 네 어머니께는 아무 말 말라고 하니 그러겠다 했어.

피곤해서 눈 밑의 살갗이 축 처지는 느낌이었다. 집에 들를 필요가 없어 천천히 식사를 할 수 있게 되었다. 소고기를 진하고 뽀얗게 우린 설렁탕이었다. 뜨끈한 국물이 맛있어 보였다. 어진이 미리 주문한 것이었다.

나는 숟가락을 입으로 가져가다 멈칫했다. 어렴풋한 기억이 떠올랐기 때문이다.

동이 트기 전이라 방 안이 아직 어둑할 때, 어진이 흘러내린 내 머리카락에 손을 뻗더니 잠시 만지다 내 귀 뒤에 꽂아주었다. 그러고는…… 사라졌다.

기억이 맞는 걸까? 아니면 꿈일까?

11

꿈이었나?

어진이 떠오를 때마다 나는 머리를 휘저었다. 지금 내가 풀어야 할 수수께끼는 어진이 아니었다.

이 사실을 계속 떠올리며 궁으로 향했다. 궁에 들어와서는 주변의 굳은 얼굴들을 주시하며 단서를 찾았다. 약간의 죄책감, 혹은 차가운 무관심. 나는 우리 안에 살인자가 있다고 확신했다. 피해자들이 세자가 저지른 범죄의 목격자였기 때문이다. 첫 번째 목격자인 안비가 살해당한 날 밤 세자도 궁 밖을 돌아다니고 있었다는 사실은 단순히 우연일 수 없었다.

전부 사전에 계획되었다.

범인은 세자가 그날 밤 몰래 빠져나갈 것을 알았다. 사방에 퍼져 있는 첩자들의 정보를 받는 궁궐 내부 인물이 아니면 누가 그런 비밀을 알 수 있겠는가.

"여기 있으니 숨을 쉬기가 힘들어."

지은이 속삭이며 꼬리에 꼬리를 물고 이어지는 내 생각을 방해했다. 나는 지은을 쳐다보았다. 내 친구는 평소보다 더 피곤하고 심란해 보이는 얼굴로, 나와 함께 내의원을 향해 걸어가고 있었다.

"다른 사람 눈도 오래 못 마주치겠어."

나는 지은의 손을 가볍게 쥐었다.

"범인은 우리와 근무일이 다른 의녀 둘을 노렸어. 오늘은 이곳에 없을지도 모른다는 얘기야."

확신할 수는 없었지만 가능성은 충분했다.

지은은 여전히 눈을 내리깔고 두려운 듯 땅만 쳐다보았다.

"우리 중 하나가 다음 차례일 것 같아서 너무 무서워."

"지은아…… 그런 생각하지 말……."

"우리는……."

지은이 주위를 살폈다.

"날조된 증인이잖아. 살인 사건이 있던 그날 밤 세자 저하가 궁에 계셨던 것처럼 행동한……. 왠지 모르겠지만, 자꾸 이런 생각이 들어. 우리 등에 과녁이 붙은 것 같다는."

"우리는 별일 없을 거야. 네 사촌도 똑같이 말할걸."

내 말은 진심이었다.

지은과 나는 의녀들이 의녀복을 입는 커다란 방으로 들어가 천천히 옷을 갈아입으며 사람들을 관찰했다. 모두 서로를 의심하는 눈치였다. 작게 속삭이는 추측들이 이어졌다.

"이런 소문이 있어. 아람 의녀는 궁에 있는 사람의 첩자여서 죽었대."

다른 의녀가 고개를 저으며 말했다.

"자의로 첩자가 되는 사람이 어디 있다고. 우리 다 언젠가는 그런 강요를 받을 거야."

다른 의녀들도 동의했다.

"아람 의녀가 뭘 했는지는 모르지만, 무슨 잘못이 있겠어? 권력자의 꼭두각시일……."

"그렇다면 너희는 주인이 절벽에서 뛰어내리라면 그렇게 할 거니?"

익숙하고 날카로운 목소리가 들렸다. 인영 의녀였다.

"못 그러겠지. 제 목숨을 지켜야 하니까. 하지만 다른 사람을 해쳐야 자기가 살 수 있다면, 두 번 생각도 않고 그렇게 할 테지."

인영이 혀를 차며 말을 이었다.

"너희 모두 의녀라는 소임에 걸맞은 사람인지 다시 생각해야겠다. 꼭두각시 주제에 어떻게 스스로를 생명의 수호자라 칭할 수 있지?"

자리를 뜨는 인영의 모습을 지켜보니, 몸이 좋지 않은 듯했다. 손으로 배를 누르고 있었고, 이따금 멈춰 서서 벽에 어깨를 기댔다. 하기야, 여인들을 노리는 살인자가 돌아다니고 있으니 궁 안 사람들 속이 편할 리 없지.

나는 더 많은 사람들을 조사하고 싶어 밖으로 나왔다. 특히 궁금한 사람이 있었다.

지나가는 관원을 불러 세우고 물었다.

"실례합니다. 군 의원님이 오늘은 오셨습니까?"

그는 조금 멈칫하더니 대답했다.

"약초밭 쪽으로 가는 모습을 본 것 같소. 드디어 돌아왔더군."

나는 고맙다고 하고 서둘러 발걸음을 옮겼다. 어진과 내가 가장 의심하는 용의자를 빨리 보고 싶었다. 고개를 숙여 작은 쪽문을 지난 후, 완만한 경사의 넓은 들판에 자리한 약초밭으로 들어갔다. 주위를 살피던 내 눈이 좁은 흙길을 걸어오는 사람에게 닿았다. 그는 나를 보지 못하고 먼 곳만을 뚫어져라 응시했다. 진흙 얼룩이 남은 이마에 피묻은 상처가 있었다. 옷의 무릎 부분과 손바닥도 진흙투성이였다. 어젯밤 비가 와서 땅이 아직 축축했다. 넘어진 것일까? 아무리 그래도 어쩌다 저런 이상한 상처가 생겼지?

나는 군 의원과의 거리를 좁혔다. 진실로 어제의 검객이라면 나를 보고 어떻게 반응할까? 어진이 범인을 공격했던 팔을 건드리면 고통으로 움찔할까?

"의원님."

내가 군 의원을 불렀다.

그가 뒤를 돌아보았다.

"무슨 일이시오?"

목을 혹사한 듯 쉰 소리가 들렸다. 오랜 시간 소리를 지르거나 흐느껴 운 사람의 목소리였다. 얼굴에도 마음의 고통이 그대로 드러나 있었다. 퉁퉁 붓고 충혈된 눈, 빨갛게 변한 볼.

나는 내 이마를 가리키며 말했다.

"이마에서 피가 납니다, 의원님."

"무슨 상관이오? 신경 끄시오."

군 의원이 거칠게 이마를 닦았다. 나를 보고도 불안해하는 기색은 없었다. 정말로 그 검객이라면 연기 실력도 출중하다는 뜻이다.

"신경 끄라고 말했소."

나는 머릿속에서 뒤엉키는 질문들에 발이 묶여 자리를 떠나지 못했다.

"정수 의녀는 제 스승입니다. 혜민서에서 사람들을 죽인 범인으로 지목된 분 말입니다."

나는 군 의원이 땅에서 원예 도구를 집어 드는 모습을 지켜보았다. 예리한 칼날이 햇빛에 반짝였다. 그가 쥐고 있으니 치명적인 무기로 보였다.

"스승의 결백을 증명하려 하는데, 의원님께서 도와주시지 않을까 하여 왔습니다."

"내가 도와줄 것이라 생각하는 이유가 뭐요?"

"피해자 중 한 명에 대한 소문을 들었습니다. 안비 나인이…… 의원님과 비밀리에 혼인을 했다고요."

군 의원이 얼굴을 찌푸렸고, 눈에는 두려움이 번뜩였다. 의혹을 부정하겠지. 황급히 빠져나갈 구멍을 찾을 테지. 하지만 내 예상과 달리 군 의원은 양쪽 눈썹을 추켜세우며 속삭였다.

"그 정보로 나를 협박할 생각이라면 통하지 않을 것이오."

"그것이 아니……."

"궁에서는 다들 서로를 협박하려 하지."

막다른 골목이었다. 나는 머릿속을 샅샅이 뒤지며 궁리하다가, 아버지 집 문지기에게 통했던 전략을 기억해냈다. 두려움에는 굳게 닫힌 입을 열게 하는 힘이 있었다.

"고문을 받고 자백하는 것보다야 자유롭게 진실을 말하는 편이 낫지 않습니까?"

"무슨 뜻이오? 고문이라니?"

군 의원이 날카롭게 물었다.

"못 들으셨습니까?"

나는 군 의원과 눈을 맞췄다.

"포도청에서 의원님을 찾고 있습니다."

특히 서 종사관 나리께서요, 라는 말은 굳이 덧붙이지 않았다.

군 의원의 눈에 공포가 고였다. 잠깐은 그 안에 빠져 죽을 것처럼 보였다. 하지만 곧 고개를 젓고는 차가운 조소를 내뱉었다.

"무슨 상관이겠소? 어떤 일을 당한다 해도 관심 없소. 그 사람이 나도 데려갔으면 좋았을 것을."

그는 감정에 북받쳐 거칠어진 목소리로 말했다. 분노일까. 아니면 비탄…… 회한일까. 그는 칼날에 비치는 자신을 바라보다가 속삭였다.

"기꺼이 목숨을 맞바꿨을 텐데."

그를 보고 있으니 안비가 왜 사랑에 빠졌는지 상상할 수 있었다. 사랑이 이토록 깊었다면, 이 청년과 함께 있을 때 안비는 다른 모든 것을 잊었을 것이다. 궁녀의 외로운 삶, 궁궐의 수천 가지 법도, 영원히 바뀌지 않을 미래까지 전부 다. 궁녀는 왕의 여인으로 평생을 전하만 바라보고 살아야 했다. 일방적인 의무임을 알면서도.

"진심으로 사랑했군요."

내가 작은 소리로 말했다.

"당연하지."

그가 거칠게 말하며 내게 시선을 던졌다. 이제는 자신의 말을 간절히 전하고 싶은 사람처럼 나를 쳐다보고 있었다.

"그래서 내가……,"

그는 선뜻 말을 잇지 못했다.

"그래서 함께 도망치자는 편지를 준 것이오. 아침 일찍 성으로 가서 기다렸소. 그 사람은 통금이 해제되기 직전에 궁에서 나올 것이니 성문에서 기다리라 했소."

"하지만 그때는 궁궐 문이 열릴 시간이 아닌데요. 그분은 어떻게 궁에서 나왔을까요?"

"궁녀들과, 멋대로 행동하는 왕족만 아는 비밀 통로가 몇 군데 있소."

군 의원은 또 한 차례 괴로운 한숨을 내쉬었다.

"하지만 오지 않더군. 생각이 바뀌었나 보다 했지. 아니면 잡혔거나. 하지만 나중에 알고 보니…… 죽었다는 거요."

죽었다. 그 말이 차가운 바람처럼 날아들었다. 살해당했다.

"사망 전날 다퉜다고 들었습니다."

군 의원이 분노에 찬 소리를 냈다.

"문 소원 때문이오. 그날 밤 세자가 궁을 떠날 수 있다는 정보를 입수하고 안비에게 미행을 강요했으니까. 안비는 시키는 대로 할 계획이었지만, 내가 그러지 말라 설득했소. 그에 대한 벌로 문 소원이 우리 관계를 폭로할 것을 알았지. 그래서 안비에게 같이 도망치자고 한 거요. 그 악독한 여자에게서 벗어나자고."

군 의원의 우울한 기분은 절대로 우연이 아니라는 느낌이 들었다. 살인 공격이 두 건이나 새로 터진 바로 다음 날, 그가 완전히 무너진 것처럼 보이는 이유가 뭐지?

"왜 지금 이런 얘기를 하시는 겁니까?"

내가 조심스럽게 물었다.

"왜냐하면······."

군 의원의 손이 머리의 상처 쪽으로 움직였다. 둔기로 맞은 듯했다. 아니면 누군가 그의 머리를 잡고 단단한 곳에 내리쳤거나. 아니면 스스로 그런 상처를 냈나.

"왜냐하면 이런 생각이 들기 때문이오. 어쩌면······ 어쩌면 내가 그 사람의 죽음을 막을 수 있지 않았을까."

"어떻게요?"

"애초에 만나지 않았으면 됐겠지."

군 의원은 절망에 빠져 혼잣말처럼 중얼거렸다.

"가슴이 후회로 가득해 견딜 수가 없소. 그 사람에 대한 기억에서 벗어나려 해보았소. 가족이라면 내 정신을 붙잡아주지 않을까 해서 고향에도 가보았지만······."

군 의원을 둘러싼 공기가 서서히 변했다. 겨울밤에 들어선 것처럼 공기가 싸늘해지며, 그의 뺨에서 핏기가 사라졌다.

"하지만 사람들이 뭐라고 하든 내 양심의 목소리가 가장 크게 들린 다오. 내가 안비를 죽음으로 몰아넣었다고. 내 잘못이라고."

"무슨 뜻인가요?"

내가 재촉했다. 어디선가 들리는 발소리에 가슴이 불안감으로 두

근거렸다. 뒤를 힐끗 보니 반짝이는 초록색 옷을 입은 내관이 다가오고 있었다. 내관의 시선이 내게 박혀 떨어지지 않았다. 이제 시간이 없었다. 지금 군 의원의 비밀을 끌어내지 못하면 끝이었다.

나는 군 의원에게 한 걸음 더 다가갔다. 그제야 그가 나를 올려다보았다.

"왜 의원님께서 죽음의 원인이었다고 생각하십니까?"

"살해당한 내의녀가 내 어머니……."

"압니다. 경희 의녀에게서 전부 들었습니다."

나를 보던 군 의원의 시선이 다가오는 내관에게로 향했다. 짙은 눈이 어둡게 흔들렸다.

"그렇다면 한번 생각해보시오. 내 어머니가 살해당하는 것을 목격한 세 사람 중 하나와 내가 사랑에 빠진 것이, 과연 우연일까."

내 머리가 빠르게 회전했다. 이런 생각은 한 번도 해본 적이 없지만, 확실히 우연이라기엔 신기한 인연이었다. 의도적으로 안비에게 접근했다는 뜻일까? 안비의 신뢰를 얻어 그가 숨기는 비밀을 캐내려고 접근했을까? 어머니의 죽음을 목격했고, 시신 매장을 도왔을지도 모른다는 진실을 밝히기 위해?

"현 의녀."

내관의 가느다란 목소리가 들렸다. 나는 뒤로 돌아선 후에야 누구인지 알아보았다. 임 내관이었다. 혜민서 사건이 일어난 날 밤 세자를 연기했던 노인.

"저하께서 부르신다."

아주 잠깐, 지금은 못 간다며 평계를 늘어놓고 싶은 마음이 들었다.

어떻게든 이 약초밭에 남아 군 의원에게 질문을 계속하고 싶었다. 하지만 조심성이 나를 붙들어주었다. 나는 어떤 일이 있어도 세자 저하를 거역할 수 없었다.

내관에게 고개 숙여 인사를 하는 사이, 새로운 생각이 수면 위로 천천히 떠올랐다. 혹시, 어쩌면 모든 질문의 답을 아는 사람은 세자가 아닐까?

※

임 내관은 고개를 숙이고 통 넓은 소매에 두 손을 넣은 채 말없이 나보다 세 발 앞서 걸었다. 하지만 걸음을 늦추더니 멈춰 섰고, 뒤따르던 나도 걸음을 멈췄다. 핏빛 옷을 입은 관료 세 명이 의아한 모습을 하고 있었다. 문 앞에 모여 문틈을 엿보는 중이었다. 동궁을 염탐하고 있었다.

"지난 밤 무엇을 했는지 소상히 이르거라."

문 뒤편 안뜰에서 강하고 위엄 있는 목소리가 들렸다. 전하였다.

"밤에 궁 안에서 산책을 했다고? 어느 보초가 지키는 문을 지나쳤느냐? 동궁으로 돌아온 건 몇 시냐?"

긴 침묵이 이어졌고, 한기가 내 몸을 쓸고 지나갔다. 왕은 아들을 심문하고 있었다. 어제 사건의 범인으로 세자를 의심하고 있었다.

"왜 아무 말도 하지 않는 것이냐?"

나는 겁먹은 아이 같은 눈을 하고 얼어붙어 있을 세자를, 미래의 왕을 상상했다. 긴장으로 가득한 정적을 깨뜨리고 세자의 목소리가 들렸다. 너무 낮은 목소리라 잘 들리지도 않았지만.

"어떤 말을 하든, 어떤 행동을 하든 전부 소자의 탓이겠지요."

공기 중에 가시 같은 분노가 퍼졌다.

"소자는 왕이 되고 싶지 않습니다. 어떻게 해도 부족할 테니까요."

그는 깊고 떨리는 목소리로 간곡하게 말을 이었다.

"저는 단지 전하의 아들이 되고 싶……."

"한심하긴. 허구한 날 버릇없는 강아지 새끼처럼 조르는 꼴이라니. 그러니 누가 너와 제대로 된 대화를 할 수 있겠느냐."

가슴을 후벼 파는 왕의 말들이 쓸쓸한 저승전의 벽을 때리며 메아리쳤다. 염탐하던 관료들이 허둥대는 사이 문이 활짝 열렸다. 쏟아져 나오는 왕과 수행원 무리를 향해, 나와 임 내관은 머리 숙여 절을 했다.

"다음에 다시 오겠습니다."

우리 둘만 남았을 때 내가 조심스럽게 말했다.

"저하께서 부르셨다. 따라오너라."

임 내관은 침착한 목소리로 내 사기를 꺾었다.

나는 두 손을 모으고, 마지못해 내관을 따라 문을 지났다. 안뜰은 비어 있었다. 세자는 저승전 안에 있는 방으로 들어가버린 듯했다. 저승전(儲承殿)은 '왕위를 이을(承) 세자(儲)의 집(殿)'이라는 뜻이었지만, 사후 세계인 저승과 발음이 같았다. 내세의 메아리가 담겨 있는 듯한 사방의 어둠 속에서, 파멸의 기운이 내 영혼을 압박했다.

"허락 없이 먼저 말을 하면 안 된다."

침소로 향하며 내관이 속삭였다.

"고개를 들지 말고, 저하의 눈을 쳐다봐서도 안 된다."

어쩐지 그가 이 말을 수천 번 반복했다는 느낌이 들었다.

"그리고 네 목숨을 중히 여긴다면, 어떠한 경우라도 저하를 노하게 할 말은 절대 하지 말거라."

궁녀들이 창살문을 스르르 당겨 열었다. 나는 조심스럽게 안쪽의 넓은 방에 들어섰다. 높은 창문의 격자 사이로 들어온 햇살이 바닥에 네모 무늬를 만들었다. 방 안은 옷과 책으로 가득했다. 나는 쌓여 있는 물건들에 시선을 고정한 채 가만히 기다리다, 방의 구석까지 퍼진 어둠과도 같은 세자의 존재감을 느꼈다. 순간 맥박이 빠르게 뛰기 시작했다.

이것이 살인자의 기운인가? 세자는 정말로 효옥 의녀의 머리를 벴을까? 이후로도 칼을 휘두른 적이 있을까?

"단둘이 이야기하겠다, 임 내관."

저음이 울려 퍼졌다.

내관이 물러나고 문이 닫히자, 나는 세자가 다시 말을 꺼내기를 기다렸다. 하지만 아무 소리도 들리지 않았다. 눈을 내리깐 채로 슬쩍 앞을 보았다. 세자는 나를 등지고 서 있었다. 가까이서 보니 키와 몸집이 더욱 컸다. 언뜻 봐도 무예에 출중하다는 소문이 사실임을 알 수 있었다. 거의 검은색에 가까운 남색 비단 곤룡포는, 거대한 바위 위를 흐르는 물처럼 매끄러워 보였다. 넓은 어깨가 그의 힘을, 한 번의 공격으로 여러 명을 죽일 수 있는 능력을 증명했다.

"말해보거라."

세자가 목소리를 더 낮게 깔았다.

"너는 첩자이냐?"

근육이 오그라들고 머리는 빠르게 돌아갔다. 왜 나를 첩자라고 생각하는지 이해할 수 없었다. 그러다 이틀 전 세자빈 처소에서 편전까지 그를 쫓아갔던 기억이 떠올랐다.

"아닙니다, 저하."

"제 입으로 인정하는 첩자는 보지 못했다."

천천히 몸을 돌린 세자가 내게 다가왔다. 커다란 그림자가 내 위로 드리웠고, 어느새 나는 그의 옷자락 끝을 응시하고 있었다.

"사실이라면 죽어야지."

등에 차가운 땀이 흘렀다.

"저는 첩자가 아닙니다, 저하. 저는……."

나는 두려움으로 바짝 마른 입술을 핥았다.

"저는 저하의 결백을 증명하는 증인입니다."

"증인?"

나는 황급히 말을 쏟아냈다.

"혜민서 사건이 일어난 날 밤, 내의원에서 저를 포함한 몇 명이 세자빈 마마의 부름을 받아 저하를 치료하였사옵니다. 그리고 그날 밤 저하께서는 침소에 몸져누워 계셨다고 모두에게 단단히 일렀습니다."

"아, 그날 밤."

깨달은 듯 세자의 목소리가 밝아졌다.

나는 가만히, 아주 가만히 서 있었다. 나를 주시하는 눈빛을 인식하자 온몸이 따끔거렸다. 나는 관찰당하고 있었다. 복잡한 문양 속에 비밀이 숨어 있는 벽걸이 장식처럼.

"너는 누가 범인이라고 의심하느냐? 다른 이들처럼 나라고 생각하느냐?"

"저하, 제가 어찌 그런 일을 궁금해하겠습니까."

나는 몸을 최대한 작게 만들었다. 몸집을 한없이 작게 만들면, 호랑이의 발에 잡힌 쥐처럼 벗어날 수 있지 않을까.

"그럴 주제도 되지 않습니다."

세자의 옷을 장식하는 은색 용이 반짝였다. 세자가 냉정하게 말했다.

"이름이 백현이라고 하던데. 정수 의녀의 제자이자 신 대감의 서녀라지."

나는 침을 꿀꺽 삼켰다. 하마터면 더듬거릴 뻔했다.

"그러하옵니다, 저하."

"나를 염탐할 이유가 더욱 확실하겠군."

속이 뒤틀려 나는 두 손을 더 꽉 움켜쥐었다. 어쩐지 그의 시선에 꿰뚫린 느낌이었다. 세자는 내 아버지를 알았다. 아버지를 자신의 정적이라 생각할 수도 있었다. 하지만 두 사람은 우연히 범죄 현장 근처에서 마주쳐 서로의 결백을 증명하게 되었다. 문지기 권씨의 말에 따르면, 범인으로 추정되는 사람은 아버지와 부딪혔다. 문득 궁금해졌다. 세자도 범인을 봤을까?

호기심이 커지자 감각이 예리해지고 두려움이 내 몸에서 빠져나갔다. 나는 잠시 질문의 조각을 맞춰보았다. 세자가 내게 말을 해줄 가능성은 전무했다. 하지만 상대가 죽은 여동생이라면?

저하의 눈을 쳐다봐서는 안 된다.

하지만 나는 최대한 용기를 그러모아 고개를 들고 밤하늘처럼 새까만 눈을 바라보았다. 사람들이 내 얼굴을 보고 하는 말이 사실이기를 바랐다. 내가 세자의 죽은 여동생과 쌍둥이처럼 닮았다는 말이.

제일 아끼던 여동생이라 했다.

내 얼굴을 보자마자, 세자의 눈이 커졌다. 눈에 놀란 빛이 번쩍였고, 뒤이어 극심한 고통이 드러났다. 내 얼굴이 이런 효과를 불러오다니, 겁이 나서 얼른 눈을 내리깔았다.

"멀리서 잠깐 본 적이 있다만…… 정말 많이 닮았구나."

세자는 힘겹게 평정을 되찾고 있는 듯 숨 가쁜 목소리로 말했다.

나는 어떻게 반응해야 할지 몰라 몇 번 심호흡을 했다. 최소한 좀 전의 의심은 거둔 것 같았다.

"다시 나를 보라."

내가 무슨 짓을 한 거지?

그러나 나는 명령에 복종했다. 시선을 들자 밤이 보였다. 황홀한 어둠을 마주한 순간, 그를 둘러싼 죽음의 이야기들은 전부 내 기억에서 사라지고 오직 고통스러운 눈밖에 보이지 않았다. 절대 꾸며낼 수 없는 고통의 눈빛이었다. 나는 그것을 죽어가는 이들과 떠나보내는 이들의 눈에서 수도 없이 보았다.

"망자는 죽음의 세계에 오래 머물지 않는다. 늘 우리 곁에 존재한다고 하지. 너도 그렇게 믿느냐?"

"믿습니다, 저하."

그를 위해, 또 나를 위해 대답했다.

"저희 곁에 가까이 남아 있다고 믿습니다. 혼령이 산 자의 몸에 함께 깃들어 있다는 말도 믿습니다.”

“그렇다면 내 동생이 가까이 있는 것인가? 그 아이가 하는 말을 들어보았느냐?”

세자가 거친 목소리로 물었다.

그 절박한 목소리에 마음이 흔들렸다. 세자의 눈은 내 얼굴을 훑었다. 저런 눈으로 주술 책을 탐독했을까. 텅 빈 궁에서 찾을 수 없는 위안을 찾고 있었으리라.

“예.”

나는 거짓말을 하기 시작했다.

“그분의 목소리를 들었사옵니다, 저하. 저번에도 그분의 목소리를 듣고 저하를 따라간 것이었습니다. 절대 염탐할 의도는 없었습니다, 저하.”

더는 내 얼굴을 쳐다볼 수 없다는 듯, 세자가 갑자기 내 옆에서 사라졌다. 그가 비단 스치는 소리를 내며 탁자 앞에 앉자, 옷자락이 새까만 무덤처럼 주위에 봉긋 솟았다. 그는 탁자에 팔꿈치를 대고 움직이지 않았다. 그러다 머리에 두른 비단 띠를 손으로 만졌다. 머리카락 한 올도 빠뜨리지 않고 완벽하게 튼 상투 덕분에 얼굴이 훤히 다 보였다. 그의 얼굴에는 수심이 가득했다.

“나가봐도 좋다. 허나…… 뭐 필요한 것이 있느냐?”

세자는 내 옷깃이 보일 정도로만 시선을 들었다.

“원하는 장신구나 의복이 있으면 말해보거라.”

나는 아랫입술을 꽉 깨물었다. 이렇게나 동생을 애지중지하는 모습이 안쓰러웠다. 괴물도 피를 흘리기는 하는 모양이었다. 살인자에게도 따뜻한 마음이 있었다. 그런 마음을 소수에게만 주겠지만.

"무슨 생각을 하고 있나 본데, 말해보래도."

나는 망설이다 한참 만에 말할 용기를 찾았다.

"제 스승인 정수 의녀가…… 살인자로 억울하게 몰려 옥살이를 하고 있습니다."

잠시 정적이 흘렀다.

"네 청이 무엇이냐?"

나는 조심스럽게 말했다.

"저하, 혹시라도 살인에 관한 정보를 알고 계신다면 그게 무엇이든, 포도청에서 진범을 찾는 데 도움이 될 것입니다. 평생 저하의 은혜에 감사하며 살겠습니다."

나는 숨을 참고 상대가 내 요청을 곱씹는 동안 가만히 기다렸다.

"살인이 일어난 날……."

한참 만에 세자가 입을 떼 안도했던 마음이, 금세 사라져버렸다. 곧 이어 이렇게 말했기 때문이다.

"네 아비가 술과 향수 냄새를 풍기며 일찍부터 나와 있었지. 동이 트기 한 시간 전이었나. 그자가 거리를 돌아다니는 나를 보았어."

나는 어깨에 힘이 들어간 채 서 있었다. 아버지 집 문지기에게서 들은 말과 일치했다.

"살인이 일어난 직후, 웬 사람이 달려 나와 우리와 충돌했다. 너무 어두워서 그를 자세히 보지는 못했지만, 서두르다 무언가를 떨어뜨렸어. 피 묻은 것을……."

세자의 시선이 왼쪽에 있는 자개 수납장으로 움직였다.

"갖고 싶으냐?"

"예…… 예, 저하."

내가 간신히 말했다.

"그리하면 우리 청을 교환하자꾸나. 지금껏 누구를 믿어야 할지 몰라 이런 청을 아무에게도 하지 않았어. 하지만 이제는 슬슬 애가 타는구나."

세자가 한 손으로 얼굴을 쓸어내리자, 갑자기 수많은 악몽으로 인해 천 년 동안 잠을 자지 못한 사람의 얼굴이 나왔다.

"어쩌면 너는 내게 약을 구해줄 수 있을 것도 같다. 내 답답한 마음을 풀어줄 약 말이다."

나는 더 설명해주기를 기다리며 잠자코 있었다.

"분노가 나를 사로잡으면 억누를 수가 없다. 그래서 밤에도 잠을 자지 못하고, 그 어둠 속에 너무 오래 갇혀 있었어. 사소한 일로도 분노에 휩싸이게 되지."

세자가 이를 악물었다. 생각만 해도 괴로운 것 같았다.

"지치는구나. 이 분노는 나를 놓아주지 않으려 해. 잠시 잠깐도."

"제가 약을 구하겠습니다. 약조를 드리겠습니다."

내가 속삭였다.

"그 후에는 궁에서 네 위치를 잘 생각하도록 하라. 나라면 그럴 것이야."

세자는 그를 압도하는 무게에 짓눌려 움직이지 않았다.

"네 목숨을 아낀다면, 내 조언을 귀담아듣고 이제 그만 나가보거라."

뒤늦게 나는 전하께서 정성왕후 추도식 참석자 명단에서 세자를 제외시켰음을 알게 되었다. 중요한 사람들은 모두 왕의 행렬에 합류해 궁에서 묘소로 이동할 것이었다.

세자는 그 수치스러운 소식에 충격을 받아 식음을 전폐한 상태였다.

세자에게 분노를 완화하는 약이 그 어느 때보다 필요할 터였다. 빨리 서고로 가서 그런 약의 조제법을 알아내고 싶었지만, 나는 맡은 일이 있었고 내 곁에는 난신 의원도 있었다. 그의 눈에 띄지 않고 몰래 빠져나가기란 불가능했다.

이런 생각에 정신이 흐트러진 바람에, 약초 한 묶음을 자르다가 손에 날카로운 통증을 느꼈다.

"아야."

나는 손가락을 내려다보았다. 다친 엄지에서 흐르는 피가 손바닥을 거쳐 도마로 떨어지고 있었다. 그 붉은 피를 보니 다시 살인 사건들이 떠올랐다.

나는 당혹감을 느끼며 수건을 찾아 몸을 틀다가, 그만 귀한 약재가 담긴 항아리로 쓰러지고 말았다. 주변 사람들이 숨을 헉 들이마시며 얼빠진 눈으로 나를 쳐다봤지만, 내 눈에 그들의 얼굴은 흐릿하게만 보였다. 내 평생 이렇게 멍청한 실수를, 그것도 두 가지나 동시에 저지른 건 처음이었다.

그때 손 하나가 나타나 나를 돌려세웠다.

"이런 실수는 좌천감이야."

인영 의녀가 말했다. 그러면서 난신 의원 쪽을 살폈다. 그는 내가 일으킨 소란에서 멀어져 다른 곳으로 가고 있었다.

인영이 한숨을 쉬고는 내 손에서 무언가를 빼앗았다. 칼이었다. 내가 아직도 그걸 들고 있었나? 인영은 칼을 치우고는, 손수건을 길게 잘라 내 엄지에 둘렀다.

"뭐가 문제야?"

"잠깐 다른 생각을 했어요."

내가 속삭였다. 심장이 빠르게 뛰고 있었다. 난신 의원은 이제 보이지 않았고, 주변의 다른 의녀들도 내게 관심을 두지 않았다. 인영을 피하는 것일 수도 있지만.

"평소에는 이러지 않는데."

"알아."

인영 의녀는 고개를 절레절레 저으며 출혈을 막으려고 내 손가락을 또 한 번 단단히 묶었다.

"왜 이렇게 안절부절못하는지 짐작이 가지만……."

"무슨 말씀이세요?"

인영 의녀는 얼굴이 어두워지며 생각에 잠긴 듯했다. 그러더니 나를 데리고 내의원 뒤편 어둑한 장소로 자리를 옮겼다.

"아까 약초밭에서 네가 동궁 내관과 같이 나가는 걸 봤어. 무슨 일이야?"

인영이 나와 눈을 맞췄다.

나는 그 시선이 불편해서 자세를 바꿨다.

"그냥 질문할 게 있으셨대요."

"무슨 질문?"

"그게……."

내가 말을 멈추고 물었다.

"왜 궁금해하시는지 여쭤봐도 될까요, 의녀님?"

우리를 감싼 어둠처럼 싸늘한 침묵이 내려앉았다.

"꼭 해야 할 말이 있어."

인영이 굳은 목소리로 말했다.

"더 일찍 했어야 하는데. 현 의녀는 궁에 들어온 지 아직 한 달도 안 되어 모르겠지만, 궁 안에는 숨겨진 비밀들이……."

인영이 갑자기 움찔하고는 조심스럽게 자기 배에 손을 올렸다. 내가 걱정스럽게 쳐다보자 이를 악물고 말했다.

"요새 일어나는 일들 때문에 잠이 안 와서 술을 좀 많이 마셨거든. 그러다 보니 복통이……."

인영이 또 말을 잇지 못했다. 속이 메스꺼운 듯 뺨과 입술의 핏기가 사라졌다. 건강에 문제가 있어 보였다. 그것도 심각하게. 인영이 입을 일자로 꾹 다물자 겁이 덜컥 났다. 그는 당장이라도 토할 것만 같았다.

내가 증상을 더 자세히 관찰하기도 전에, 인영 의녀가 심호흡을 하고 말을 이었다. 힘이 넘치는 목소리가 나를 집중시켰다.

"지금은 위험한 시대야, 현 의녀. 살아남고 싶다면 세자 저하 곁을 피해야 해."

두려운 마음에 내 관심이 눈앞의 문제로 돌아왔다.

"뭔가 아시는 건가요, 의녀님?"

갈등하는 듯 눈빛이 흔들렸다. 말할 것인가 말 것인가, 인영의 마음은 갈팡질팡하는 듯했다. 그러다 마침내 이렇게 말했다.

"현 의녀는 좋은 사람이야. 내가 현 의녀를 믿고 비밀을 말하면…… 내 목숨처럼 지켜줘야 해."

"약속할게요."

이 말은 진심이었다.

인영 의녀가 머뭇거리며 말을 꺼냈다.

"수개월 전…… 세자 저하의 침소에서 저주받은 장신구가 발견되었어."

내 입이 벌어졌다. 사실이라면 어마어마한 범죄였다. 무속 신앙은 금지되었고, 왕족을 저주하는 주술을 사용한 사람은 사형에 처해졌다.

"대체 누가 그런 짓을 했죠?"

"문 소원이지."

인영의 대답을 듣자 내 피부의 솜털이 쭈뼛 솟았다.

"영빈 마마와 세자빈께서는 그 장신구의 출처를 알아내고 문 소원을 불렀어. 그분들은 모든 걸 폭로할 생각이셨어. 내 귀로 직접 들었어. 그래서 문 소원이 궁에서 쫓겨나겠구나 했는데, 그이가 두 분을 협박하더군. 전하께 진정 추악한 비밀을 폭로하겠다고 말이야."

인영이 말을 멈추고 미간을 찌푸리며 인상을 썼다.

"세자 저하가 전하를 암살하려는 계획을 폭로하겠다고."

그 말이 얼음 조각처럼 내 가슴을 찔렀다. 한편으로는 내가 잘못 들었다고 믿고 싶었다.

"세자 저하가 비밀리에 군사 무기를 모으고 있다고 했어. 증거도 가지고 있다고 했고."

인영 의녀는 주위를 살피더니, 얼굴을 더욱 찌푸리며 진지한 눈으로 나를 다시 쳐다보았다.

"그러니 세자 저하와는 거리를 둬야 해, 현 의녀. 저하와 엮인 사람들은 한 명도 빠짐없이 같이 저승길에 오를 거야."

휴식 시간에 내의원 서고로 향하며 궁궐의 돌담을 바라보다가, 문득 이런 질문이 떠올랐다. 이 궁궐 안에 얼마나 많은 비밀이 있는 걸까? 이 담장이 허물어지면 깊은 공포가 피의 강이 되어 흘러 나갈까?

"약 찾는 거 도와줄게. 그런데 누구 약이야?"

나와 함께 서고 계단을 오르며 지은이 물었다.

"그건……."

감히 세자에게 줄 약이라고 말할 수는 없었다. 지은은 모를수록 더 안전했다. 반면 나는 약을 반드시 만들어야 했고, 그 결심으로 인해 괴로움을 느꼈다. 인영 의녀에게서 들은 이야기도 내 결심을 돌리지 못했다.

내가 어떻게 답할지 정하기도 전에 지은이 말했다.

"어머니?"

"응."

나는 얼른 말을 이었다.

"어머니 마음에 항상 아버지에 대한 분노가 가득하거든. 그걸 가라앉혀줄 약을 찾고 싶어."

우리는 고요한 서고로 들어갔다. 사방의 커다란 창문들을 통해 들어온 빛이 서가 사이사이에 퍼졌다. 나는 몇 권을 집어 들고 지은과 함께 제일 뒤에 있는 책상에 앉았다. 집중력을 발휘해 한 권, 한 권 읽어나가는 동안 내 어깨는 책임감으로 무거웠다. 살인 무기를 대가로 받으려면 정확한 약을 바쳐야 했다.

지은이 팔꿈치로 나를 쿡 찔러 퍼뜩 상념에서 벗어났다.

"내 사촌 말이야, 어젯밤 집에 안 왔더라. 혹시 이유 알아?"

지은이 나를 눈여겨보며 속삭였다.

처음에는 무슨 뜻인지 몰랐다. 그러다 서서히, 동이 트기 전 주막의 작은 방에서 어진과 나의 시선이 얽혔던 순간이 떠올랐다. 나도 모르게 내 뺨이 달아오르자, 지은의 눈이 휘둥그레졌다.

"아니야."

내가 몸서리치며 말했다. 지은의 상상을 깨뜨려야 했다.

"네가 생각하는 그런……."

"같이 밤을 보냈어?"

지은은 얼굴이 새빨개져 제대로 말도 하지 못했다. 눈에서는 놀라움과 기쁨이 뒤섞인 감정이 춤을 추었다.

"이게 무슨 일이야? 너 사랑에 빠진 거야? 오라버니도 너를 사랑해? 세상에, 전부 얘기해줘!"

"지은아, 네가 생각하는 그런 거 아니야. 믿어줘."

이런 대화를 나누기엔 가슴이 너무 무거웠다. 오늘 겪은 일들로 머리가 지끈거리고 있었다.

"나는 약을 찾는 데 집중해야……."

"약은 내 전문이잖아. 내가 찾아줄게. 그러면 전부 얘기해준다고 약속하기다."

"나는……."

지은이 책 더미를 자기 쪽으로 끌어당기더니, 빠르고 능숙한 손길로 한 권씩 휙휙 넘겼다. 그러고는 말했다.

"온담탕, 이게 네가 쓸 약이야."

이렇게 답을 빨리 찾아내다니, 기분이 우울한데도 친구에 대한 존경심이 샘솟았다.

"진짜 빨리 찾았다……."

나는 지은이 가리킨 문장을 읽고 깜짝 놀랐다. 완벽한 조제법이었기 때문이다. 나는 그 재료들을 단번에 외웠고, 내일 약을 달여 세자에게 몰래 가져다주기로 결심했다. 지금은 너무 늦어…….

"그래서? 전부 얘기해줘!"

지은은 신이 나 있었다.

나는 고개를 저으며 입을 뗐다.

"그냥 수사에 관해 의논하고 있었어. 그러다 잠이 들었고, 일어나서 각자 갈 길을 갔을 뿐이야. 다른 건 없어."

"그럴 수는 없어."

"아니, 있어, 지은아. 이 세상 모든 신분 낮은 여자가 춘향인 것도 아니고, 모든 젊은 도령이 이몽룡인 것도 아니야. 인생은 연애소설과 달라."

나는 지은의 시선을 피하며 자리에서 일어났다. 서둘러 책들을 집어 들고 원래 있던 서가에 하나씩 꽂았다. 그러는 동안에도 지은은 나를 쳐다보고 있었다. 내 뺨이 더 빨갛게 달아오르자, 더 환해진 지은의 미소를 느낄 수 있었다.

"현아아아."

지은이 놀리듯 말하며 내 옆으로 왔다.

"오늘 밤 또 정인 만나러 가니?"

"내 정인 아니고, 만나지도 않……."

문득 기억이 떠올라 말을 멈췄다. 그러고 보니 오늘 밤 어진을 다시 만날 예정이었다. 살인 사건이 터진 후로 거의 매일 그를 보았다. 그렇게 나는 우리 만남의 박자에, 그라는 존재의 가락에 익숙해져가고 있었다.

수사가 끝나면 어떻게 될까? 돌아보면 사라지고 없을까?

가슴에 공허함이 내려앉았다. 왜 이런 느낌이 드는지 이해할 수 없었다.

"나는 네 친구야."

지은이 나를 유심히 보며 다정하게 말했다. 장난스러운 눈빛은 이제 없었다.

"가장 깊은 비밀도 나를 믿고 들려줬잖아. 내게는 뭐든 고백해도 돼."

나는 상관없다고 스스로에게 말하며, 어떤 통증을 떨쳐내듯 고개를 흔들었다. 그럼에도 무의식적으로 올라간 내 손은 내 머리카락에 닿아, 그의 손길에 대한 기억을 더듬었다. 그냥 꿈이었는지도 모르지만.

"내 머리카락을 만졌어."

내가 고백했다. 이런 말을 하고 있다니, 민망해서 맥박이 요란하게 뛰었다. 하지만 이런 불확실한 상황, 진실을 몰라 애가 타는 이런 느낌은 질색이었다.

"그게 무슨 뜻일까? 아니면 그저 내 상상이었던 걸까?"

"너는 어느 쪽이었으면 좋겠어?"

지은이 부드럽게 물었다.

속이 뒤틀리는 것을 느끼며 나는 손깍지를 끼고 시선을 바닥으로 떨어뜨렸다. 하지만 도저히 스스로에게 집중할 수가 없었다. 내 방어막은 패배의 한숨처럼 떨어져 나갔고, 나는 귀가 뜨거워지는 진실을 인정하지 않을 수 없었다.

나는 사랑하고 싶었고, 사랑받고 싶었다.

존재감을 드러내고 싶었다.

이해와 인정을 받고 싶었다.

어진과 있다 보면, 내 머릿속에 초대받지 않은 환상이 슬그머니 들어왔다. 지은이 수집하는 연애소설 주인공처럼, 누군가 나를 소중히 여긴다면 어떤 느낌일까 꿈꾸게 되었다.

하지만 나 같은 천민 계집이 어진에게 소중한 존재가 될 수 있다고 믿을 만큼, 나는 순진하지 않았다. 내 아버지 신 대감의 삶에 어머니가 차지하는 비중, 그에게 나는 그 이상이 될 수 없을 것이다. 그리고 그 이상을 원할 만큼 나는 절박하지도, 어리석지도 않았다.

내게는 어진의 우정, 그것으로 충분했다.

충분해야 한다.

12

나는 보신각 앞에서 타종을 기다렸다. 보신각은 돌판 위에 위풍당당하게 서 있는, 측면이 뚫려 있는 이층짜리 누각이었다. 횃불이 드리우는 그림자 속에서 머리를 뒤로 젖힌 채, 경비병이 매끄러운 동작으로 거대한 종을 치는 모습을 지켜봤다. 우렁찬 종소리가 내 뼛속까지 울려 퍼졌다. 이제 성문이 닫힐 것이다. 해시 반각(밤 10시). 통행금지가 시작되었다.

다시 어진을 마주할 시간이었다.

약속 장소로 가는 길, 한양 거리는 어둡고 고요했다. 내 머리는 지은과 인영의 이야기를 재생하며 정신없이 돌아갔다. 그러다 사고가 정지되었다. 누군가 나를 따라오는 것 같아 뒤통수가 따끔거렸다.

슬그머니 뒤를 보자, 게슴츠레한 눈으로 나를 주시하는 순라꾼 두 명이 있었다. 횃불이 그들의 얼굴을 환히 밝히고 있었다.

저들은 순찰을 돌고 있을 뿐이야. 나는 스스로를 타일렀다.

그래도 일단 골목으로 방향을 꺾고 그 좁은 미로를 빠르게 지났다. 처마에 매달린 등불들이 저녁 바람에 흔들리며, 내가 큰길로 다시 빠져나올 때까지 내 앞을 밝혀주었다.

불안감은 포도청 앞에 도착하자 가라앉았다. 쇠 화로에서 타오르는 불이 주변을 밝히고 있었고 근처에 어진이 있을 테니까. 포도청 담장을 따라 소리 없이 움직이자 다시 어둠이 찾아왔다. 그림자가 너무 짙어 내 형체마저 사라진 느낌이었다. 나는 더러운 돌담에 손을 대고 움직이며, 하인용 쪽문의 문틀을 찾고 있었다. 갑자기 손끝에 비단 옷감이 느껴져 나는 얼어붙었다.

"백현이야?"

익숙한 저음이 들렸다.

눈이 어둠에 적응되자 키가 큰 사람의 윤곽이 보였다. 내 손이 그의 가슴에 단근질이라도 한 양, 그는 꼼짝 않고 내 앞에 서 있었다. 나는 재빨리 몸을 뒤로 빼며 말했다.

"그 이름으로 부르지 말아요."

어진이 눈썹을 치켜세웠다.

"네 본명이잖아."

"그 이름 좋아하지 않아요. 제가 입을 다모복은 가져오셨어요, 나리?"

어진은 나를 보는지, 아니면 더 먼 곳을 보는지 조금 더 꼼짝 않고 있다가 말했다.

"안에 있어. 따라와."

어진이 벽을 따라 걷자 그의 발밑에서 흙이 부스러지는 소리가 들렸다. 서둘러 따라가던 나는 그가 갑자기 멈춰 서자 그의 등에 부딪힐 뻔했다. 쪽문에 도착한 것이다. 어진이 문을 여니, 하인들이 쓰는 마당 같은 공간이 드러났다.

나는 어진을 올려다보았다. 그의 찌푸린 미간을 보자, 아까 내 가슴을 두근거리게 했던 바보 같은 감정들이 사라졌다.

"왜 그러세요?"

두려움에 속이 뒤틀리는 것을 느끼며 물었다.

"정수 의녀 일이야. 이따가 말해줄게."

내 걱정이 치솟기 전에 어진은 나를 창고로 데려갔다.

"안에 다모복 있을 거야."

그는 내가 옷을 갈아입을 수 있도록 문을 닫아주었다. 횃불이 안을 비출 틈은 남긴 채.

나는 빠르게 머리의 가리마를 벗고 땋은 머리도 풀었다. 다모들이 머리를 어떻게 묶더라. 다친 엄지 때문에 쉽지 않았지만, 등 뒤로 머리를 땋고 끝을 댕기로 묶었다. 벗은 의녀복은 개어서 옆에 두었다. 그러는 내내 문틈으로 오늘 알게 된 사실들을 어진에게 전했다.

"두 가지 중요한 정보를 입수했어요. 우선 세자 저하께서 살인이 일어난 날 밤에 제 아버지와 마주쳤다고, 그것이 본인의 결백을 증명한다고 확인해주셨어요. 그리고 범인이 떨어뜨리고 간 살인 무기를 보관하고 있다는 듯한 말도 하셨고요."

"세자 저하께서 그걸 다 네게 말했다고?"

어쩐지 불안하다는 목소리였다.

"제가 세자 저하가 아끼던 죽은 여동생과 닮았대요. 그래서 쉽게 마음을 여신 거죠."

어진은 말이 없었다. 그의 긴장된 어깨가 문틈으로 얼핏 보였다. 내 말을 듣고 기뻐할 줄 알았는데, 한바탕 잔소리를 하겠다는 예감이 들었다. 세자와 엮이지 말라고 또 경고하려나. 나는 다음 소식으로 넘어갔다.

"인영 의녀도 꽤 흥미로운 말을 했어요."

나는 창고에서 나가려고 돌아서다가 멈칫했다. 차마 신분패와 침통은 두고 갈 수 없었다. 그래서 그것들을 주머니에 슬쩍 넣었다.

"문 소원이 세자의 어머니이신 영빈 마마와 세자빈 마마를 협박했다고 하더라고요. 자기가 폭로를 하겠다고, 그러니까 세자 저하께서……."

나는 문으로 다가가 거기 기댔다. 그 말을 꺼내려니 피부의 솜털이 쭈뼛 서는 느낌이었다.

"전하를 암살할 계획을요."

어진은 여전히 말이 없었다. 그러다 무거운 목소리로 중얼거렸다.

"그런 소문을 나도 들은 적이 있어. 애초에 문 소원이 퍼뜨렸을 수도 있겠네."

나는 창고에서 나오며 말을 이었다.

"저하를 짓밟으려고 정말 작정을……."

그때 이쪽으로 다가오는 남자와 여자의 목소리가 들렸다. 하인과 다모일까.

"빨리 가야 해."

어진이 속삭였다.

우리는 빠른 걸음으로 안뜰을 가로질렀다. 건물들 벽으로 우리의 기다란 그림자가 빠르게 움직였다. 감옥으로 안내할 줄 알았는데, 내가 향하는 곳은 부엌이었다.

"안에 약초들이 있어. 소독약 만들 수 있어? 정수 의녀에게 도움이 필요해."

어진의 말에 내 맥박이 미친 듯이 뛰었다.

"무슨 일이에요?"

"내가 없는 동안 송 대장이 또 공개 재판을 열어 고문으로 자백을 받으려 했어. 정수 의녀는 아무 말도 안 했고."

나는 밀려드는 공포를 밀어냈다. 지금은 그럴 시간이 없었다. 어진을 따라 부엌으로 들어가 부뚜막으로 직행했다.

"어두워서 작업이 될까 모르겠어요."

나는 쭈그리고 앉아 연기가 나는 구멍을 들여다보았다.

"아궁이에 불을 붙여야 해요."

"내가 할게."

어진이 값비싼 옷을 더러운 바닥에 퍼뜨리며 내 옆에 쭈그려 앉았다. 그러고는 근처에서 부채를 집어 들고 불을 지피기 시작했다. 부엌이 은은한 빛으로 밝아졌다.

그러는 동안 나는 어진이 내게 할 말이 남았음을 깨달았다.

"뭐예요? 다른 문제도 있잖아요."

내게 털어놓을 거라고 확신하지 못했는데, 어진이 중얼거리기 시작했다.

"경희 의녀가 죽었어. 혜민서 의녀들 말로는, 둔기로 머리를 맞았던

244

게 사인이래. 그냥 잠이 들었다가…… 깨어나지 못했어."

이 소식은 내 가슴을 강하고 무겁게 짓눌렀지만, 아주 놀라운 소식은 아니었다. 몸속에 치명상을 입었음에도 겉으로는 괜찮아 보이는 환자들이 있었기 때문이다.

궁에서 일하는 여인이 한 명 더 사망했다.

나는 얼른 작은 서랍들이 빼곡한 수납장으로 향했다. 서랍마다 면 보자기 안에 말린 약초가 들어 있었다. 다모들은 시험에 탈락했어도, 의녀는 의녀였다. 약재가 잘 정리되어 있는 모습이 그리 놀랍지 않았다. 겉에 백급이라고 적혀 있는 보자기를 꺼내 냄새를 맡아보았다. 말린 난초 뿌리가 맞았다. 나는 그릇에 백급을 넣고 막자를 찾았다. 빻은 백급을 상처에 뿌려야 한다. 그러면 출혈이 그치면서 염증이 덜해져 상처가 더 빨리 아문다.

"묻고 싶었던 게 있어."

어진의 조용한 목소리가 내 집중을 흐트러뜨렸다. 그가 다가오자 신발이 땅을 긁는 소리가 들렸고, 나는 그의 시선을 느낄 수 있었다. 이렇게 가까이서 관찰을 당하고 있으니 벌거벗은 것 같았다.

"정수 의녀를 왜 그렇게 소중하게 생각하는 거야?"

나는 마당이 안전한지 확인하려고 부엌 밖을 내다보았다. 텅 빈 어둠 속에는 중얼거리는 소리도, 발을 끄는 소리도 들리지 않았다.

"그분이 아니었다면 저는 의녀가 되지 못했을 거예요."

"다른 의녀들도 가르침을 받았잖아. 그런데 목숨 걸고 나서는 사람은 너 말고 없어."

"그냥 제가 고집이 센가 보죠."

나무 막자로 뿌리를 찧으며 말을 이었다.

"임무를 완수하는 것도 좋아하고요."

"다른 이유도 있을 거 아냐."

내가 얼굴을 찌푸리고 그를 올려다보았다.

"그게 왜 알고 싶어요?"

어진은 어깨를 으쓱하며 말했다.

"궁금해서."

"어머니가 저를 기방 앞에 버리고 간 적이 있어요."

아무에게나 쉽게 고백할 수 있는 이야기는 아니었지만, 갑자기 내 수치스러운 과거를 드러내야겠다는 생각이 들었다. 모래사장에서 빛나는 조약돌을 발견한 것처럼 반짝이는 저 눈빛을 꺼뜨리기 위해서라도.

"행수는 저를 받아주지 않았죠."

말이 나온 김에 덧붙였다.

"제가 너무 독하다고 했어요. 성질이 고약하다고. 얌전하고 기품 있고 사려 깊은 아이로 자라지 않았다고요."

어진은 한결같은 눈으로 나를 지켜보았다.

나는 어색하게 헛기침을 하고는 이야기를 계속했다.

"어머니는 문 밖에서 기다리라고 했어요. 들여보내줄 때까지 빌라고 하더군요. 하지만 행수는 문을 열어주지 않았고, 어머니도 나를 데리러 오지 않았어요. 밤이 되어서도요. 그때 정수 의녀님이 동사할 뻔한 저를 발견한 거예요. 일평생 저를 진정으로 아껴준 사람은 그분뿐이에요."

어진의 얼굴에 동정심이 나타나기를 기다렸다. 하지만 그는 뒷짐을 지고 고개를 갸웃했다. 이해할 수 없다는 듯 미간을 찡그린 채.

"네가 밖에서 떨고 있다고, 정수 의녀에게 누가 알려줬대?"

나는 눈을 깜박였다.

"누가……라니요? 지나가던 행인이었겠죠."

"안 물어봤어?"

"아니요……."

"정수 의녀가 설명한 적 없어?"

"아니, 그분은……."

나는 잠시 멈췄다 다시 입을 열었다.

"언젠가 물어봤는데, 이해할 수 없는 말을 했어요."

지금까지는 그 말의 의미를 구태여 고민하지 않았다. 사랑하는 법을 몰라서 그래. 그렇다고 사랑하지 않는다는 말은 아니란다.

우리 사이에 침묵이 내려앉았다. 나는 갑자기 나타나 내 머리를 혼란스럽게 휘젓는 생각을 밀어냈다. 지금은 정수 의녀가 한 말이나 그 의미를 생각하고 싶지 않았다.

"이제 다 됐을 거예요."

나는 백급이 담긴 그릇을 쟁반에 올렸다. 이걸 들고 가면 정말로 다모처럼 보이리라.

"준비됐어요."

"계속 고개 숙이고 있어. 아무에게도 얼굴 보이지 마."

※

지나가던 군관들이 어진에게 인사를 하려고 멈춰 설 때마다 나는 고개를 숙여 얼굴을 가렸다. 하지만 아무도 나를 눈여겨보지 않는 듯했다. 천민 중에서도 천민인 다모로 분장했으니까. 옥사(獄舍) 앞에 도착했을 때도 마찬가지였다. 어진의 명령에 우리를 들여보낸 보초는 내게 질문 하나 하지 않았다.

옥사 안으로 들어선 순간, 살 썩는 냄새와 피 냄새가 코를 찔렀다. 긴 복도에 늘어선 나무 창살로 만든 감방마다 신음하는 죄수들이 가득했고, 횃불이 깜박일 때마다 수척한 얼굴들이 흔들리며 나타났다 사라졌다.

"용의자 정수는 저쪽에 있습니다."

보초가 말했다.

옥사 깊숙이 우리를 안내하는 보초의 허리춤에서 열쇠가 짤랑거렸다. 그가 내 쪽을 힐끔 쳐다보며 말했다.

"그…… 상태가 안 좋습니다."

나는 쟁반 가장자리를 꽉 움켜쥐었다. 정수 의녀는 대체 무슨 이유로 이 끔찍한 곳에 머물러 있는 것인가? 결백하다면, 송 대장에게 자신이 사건 발생 시간에 현장에 없었음을 밝히는 증언만 하면 되는데. 처음에 한 증언, 그러니까 자정에 혜민서에 왔고 살인이 일어난 시간엔 자고 있었다는 말 외에 다른 증언을 말이다.

보초가 걸음을 멈췄다.

"도착했습니다."

열쇠가 더 크게 짤랑거리더니 감방의 나무 문이 삐걱 열렸다. 감히

248

고개를 들지는 않았다. 아직은 아니었다.

"가서 치료하시오."

어진이 내 쪽을 향해 차갑고 쌀쌀한 목소리로 말했다. 우리가 다른 상황에서 알게 되었더라면, 그는 당연히 내게 방금 전과 같은 말투를 썼을 것이다. 어진은 보초를 돌아보며 말했다.

"잠시 단둘이 대화하겠네."

"예."

보초가 고개를 숙였다.

나는 꼼짝도 하지 않고 쟁반만 내려다보고 있었다. 복도를 지나 중앙 문을 나가는 보초의 발소리가 점점 작아졌고, 그러는 내내 짤랑거리는 열쇠 소리가 들렸다. 나는 긴장 섞인 숨을 내쉬고 고개를 들려 했지만, 도무지 턱이 들리지 않았다. 지금까지는 수사와 내 감정을 분리하기가 어렵지 않았다. 무엇이 옳고 그른지에 따라 움직였을 뿐이다. 그리고 어쨌거나 내 스승은 포도청 안에 있었다. 내 눈에 보이지 않아, 대체로 내 생각에서도 빠져 있었다.

하지만 지금 스승은 내 앞에 있었다. 이제 보게 될 모습이 두려웠다.

"나는 근처에서 망보면서 기다릴게. 스승님 치료해드려."

어진의 부드러운 목소리가 들렸다.

마침내 시선을 들었다. 나무 창살에 둘러싸인 공간이 보였고, 작은 창문 아래에서 형체 하나가 흔들렸다. 정수 의녀는 내가 기억하는 것보다 너무 작고 마른 모습이었다. 가까이 다가가니 심장이 욱신거렸다. 몸에는 뼈밖에 남지 않았고, 얼굴에는 넓은 광대뼈가 단검처럼 튀어나와 있었다. 다정하고 당당했던 눈빛은 어디 가고 눈에는 두려움만 가득했다. 송 대장은 한 사람을 망가뜨렸다.

"의녀님. 저예요, 현이. 백현."

얼마쯤 지나서야 정수 의녀의 눈이 내게 초점을 맞췄다.

"현이야?"

그 목소리가 잠들어 있던 내 기억을 깨웠다. 나는 여덟 살로 돌아가 반쯤 얼어붙은 몸으로 기방 앞에서 기다리고 있었다. 정수 의녀가 내 앞에 쪼그려 앉았다. 엄마 어디 가셨어? 그 말에 나는 고개를 저었다. 그럼 아버지는 어디 계셔? 나는 고개를 떨어뜨렸다. 내 뺨에서 눈물이 흐르고 있었다. 그러자 정수 의녀는 생전 처음 느껴보는 다정한 손길로 내 얼굴을 감쌌다. 이제는 혼자가 아니야. 약속해. 그러면서 내 머리와 어깨에 쌓인 눈을 털어주었다. 정수 의녀는 두툼한 면 담요로 나를 감싸고, 혜민서까지 나를 업어서 데려갔다. 숨을 고른다고 한 차례 쉬지도 않고.

지금 내 나이였다. 열여덟 살.

나는 정수 의녀 앞에 무릎을 꿇고 쟁반을 내려놓았다.

"저 왔어요……."

피에 젖은 치마가 눈에 들어왔다. 지혈이 되지 않은 상처를 누르고 있었는지, 손도 피에 젖어 있었다.

"몇 번이나 맞으신 거예요?"

평정을 유지하려고 애쓰느라 목소리가 뒤틀렸다.

"세다가 잊었어."

정수 의녀가 대답했다.

"봐도 돼요?"

정수 의녀가 뻣뻣하게 고개를 끄덕이자, 나는 피에 들러붙은 그의 치마를 들어 올렸다. 곤장이 속옷을 누더기로 찢어놓았다. 염증이 일어난 다리는 피 범벅이었다. 피부가 얼마나 찢어졌는지 하얀 뼈가 드러났고, 부러진 뼈는 살 위로 튀어나와 있었다. 나는 이 모습을 보고 충격 받지 말아야 했다. 포도청 심문을 받다 이렇게 다리가 부러져 온 환자들을 그간 몇 명이나 치료했는데. 하지만, 나는 울렁거리는 속을 가라앉히려 눈을 감아야 했다.

"왜 여기 있어?"

정수 의녀가 물었다.

"의녀님 치료하려고요."

나는 고개를 들어 덧붙였다.

"그리고, 진실을 여쭤보려고요."

정수 의녀는 한참 동안 말이 없었다. 혹시 나를 돌려보내려는 걸까 겁이 났지만, 그는 천천히, 조그맣게 고개를 끄덕였다.

"너는 이해해주렴. 다른 사람들은 뭐라고 하든 신경 안 써."

"우선 소독부터……."

정수 의녀가 내 손목을 붙들며 말했다.

"시간이 없어."

"제발요, 의녀님."

지금은 수사에 관해 생각할 수 없었다. 이렇게 피와 뼈가 보이는 상황에서는. 나는 정수 의녀의 이마를 만졌다. 걱정했던 대로 불덩이였다.

"시간 있어요. 이대로 두면 못 사실……."

"현아, 너만은 진실을 알아야 해."

그것은 애원이었다.

진실. 어진과 내가 며칠 동안 뒤쫓던 단어였다. 하지만 진실이 코앞까지 온 지금, 그 대가를 받아들일 준비가 되었는지 자신이 없었다.

"나는 살인이 일어났을 때 혜민서에 없었어. 그 전에도. 하지만 내 결백을 증명해줄 이는…… 나는 절대로 그 사람을 포도청에 공개할 수 없어. 너무 가혹한 짓이야. 그 사람은 백정이고, 보호할 아이들이 일곱이나 있어."

단단한 쇠공이 내 가슴을 세차게 때렸다. 믿을 수가 없었다. 나는 화가 나서 정수 의녀의 처참한 다리를 가리켰다.

"그래서 가혹한 고문을 혼자 견디는 거예요? 밑바닥 인생을 위해 목숨을 걸어요? 자신을 생각하세요, 의녀님. 제발요."

감방 밖 어딘가에서 분노로 쿵쿵대는 발소리가 들리더니, 누군가의 목소리가 울려 퍼졌다.

"그것들 어디 있어?"

내 몸이 굳었다. 하늘에서 우르릉거리는 천둥소리만큼이나 송 대장의 목소리를 단번에 알아들을 수 있었다.

"아무리 많은 사람을 구해도 죽은 이들이 나를 따라다녀, 현아."

정수 의녀가 손바닥이 위로 오게 내 손을 뒤집었다. 그가 피 묻은 손가락으로 내 손금을 따라 그리는 동안, 떨림이 그대로 전해졌다.

"송 대장님의 아내와 아이를 죽게 한 일로, 나는 평생 나를 용서하지 못할 거야. 얼마든지 막을 수 있었던 일인데, 내 자만심이 너무 커서 도움을 구하지 않았어."

정수 의녀는 한참 나와 눈을 맞추며 내 손목을 잡았다. 가슴이 찢어질 것 같았다.

"내가 늘 하던 말을 기억하렴. 우리는 다른 사람의 목숨을 귀하게 여겨야 해. 그중에서도 가장 귀한 것은, 가장 약한 이들의 목숨이란다. 현아, 우리는 그걸 지켜야 해."

정수 의녀가 내 손을 놓았다.

"이제 가. 내 걱정은 하지 말고."

"하지만……."

나는 정수 의녀를 위해 가져온 그릇에 손을 뻗었다.

정수 의녀는 재빨리 자신의 다리 쪽으로 쟁반을 끌어당겨 그것을 치마로 덮었다.

"내가 알아서 치료할게. 너 지금 나가야 해."

"다시 뵈러 올게요. 아무 일도 일어나지 않게 제가……."

"나는 구해줄 필요 없어."

정수 의녀가 마지막으로 한 번 더 나와 눈을 마주쳤다. 마치 작별 인사를 하듯이.

"나는 결심했고, 그래서 내가 죽는다 해도 후회하지 않아. 몸조심하도록 해, 현아."

"제발요……."

그 순간 어진이 감방으로 뛰어 들어와 내 팔을 잡고 나를 일으켜 세웠다. 몸과 정신이 분리된 느낌이었다. 내 정신은 아직도 스승 앞에 무릎을 꿇고 있었지만, 내 몸은 끝이 보이지 않는 어둡고 좁은 옥사 복도를 따라 어진과 함께 달리는 중이었다.

출입구가 아닌 문을 통해 밖으로 나오자, 상쾌한 공기가 내 얼굴을 때렸다. 우리가 마당을 가로지르고 부엌을 지나 창고로 달려 들어가자마자, 어딘가에서 송 대장의 목소리가 터져 나왔다.

"멍청한 것들! 침입한 의녀는 어디 있단 말이냐?"

그 말의 메아리처럼 개가 날카롭게 짖었다.

송 대장은 나를 찾고 있었다. 멍이 들 것처럼 심장이 세차게 뛰었다. 내가 문틈을 엿보는 사이 어진은 내 뒤에 붙어 있었다. 그는 나를 보호하듯 내 어깨를 단단히 붙잡았다.

"뭐라고 적었어? 정수 의녀, 네 손바닥에 뭐라고 적던데?"

나는 손을 뒤집어 내려다보았다. 붉은색의 한글 두 자가 피부에 새겨진 듯 반짝였다. 영달.

"영달…… 이 이름 알아."

어진이 속삭였다.

"그래요?"

"살인 사건이 일어난 날 밤, 남의 집에 침입한 강도야. 포도청에서 유명해. 처음 잡혔을 때는 얼굴에 낙인이 찍혔고, 두 번째 때는 코가 잘렸어. 한동안 조용하더니, 며칠 전 양반 집 창고에서 쌀 두 가마니를 훔쳤더라고. 이번에는 사형 선고를 받을 거라 들었어."

"그 사람 지금 어디 있어요?"

내가 쉰 목소리로 말했다.

"도망쳤지만, 부상을 입었을 거야……. 여기서 기다려. 보고서 찾아서 금방 올게."

그러고는 어진은 사라졌다. 나는 재빨리 의녀복으로 갈아입고, 신분패와 침통도 잊지 않고 앞치마 주머니에 넣었다. 손바닥에 붉은색으로 쓰여 있는 이름을 다시 보았다. 영달. 어진의 말에 따르면 잡범이라는 얘기다. 기근에서 살아남기 위해 강도로 변한 수천 명 중 하나다. 목구멍이 포도청이라는 표현이 자주 쓰이는 이유가 있었다. 가난한 이들은 먹고살기 위해 범죄자가 되어야 했다.

나는 문틈으로 횃불 빛이 들어오는 어두운 창고 안을 서성였다. 이제 이해가 된다. 정수 의녀가 왜 자신의 결백을 증명할 사람의 이름을 자백하지 않았는지. 그 사람과 그의 일곱 자녀의 죽음보다, 자신의 죽음을 선택한 것이다.

바깥에서 나는 땅 밟는 소리가 내 생각의 흐름을 끊었다. 어진이 돌아왔구나. 내가 창고를 가로지르자 내 무게에 바닥이 삐걱거렸다. 문에 손을 뻗은 순간, 겨울의 싸늘한 한기가 닥쳤다. 문틈 사이로 횃불이 타올랐고, 개 한 마리가 창고 바로 앞에서 걸음을 늦추었다.

제발 가. 제발. 나는 숨을 참으며 그 사냥개를 눈빛으로 쫓아낼 수 있기를 바랐다. 하지만 녀석은 허공에 코를 들고 내 쪽으로 냄새를 킁킁 맡았다. 괜히 문 가까이 왔다는 생각이 들었다. 구석에 숨어 있어야 하는데.

개가 한 번 짖었다.

군관들이 몰려들자 내 심장이 쿵쾅거리는 소리가 들렸다. 한 걸음 물러났지만 다리에 힘이 풀렸고, 내가 막 땅으로 쓰러진 순간 문이 활짝 열렸다.

내 시선이 박힌 곳에는 송 대장과 포졸 두 명, 그리고 다모 슬비가 있었다.

"내가 찾는 쥐새끼가 너냐?"

혐오감으로 입술을 일그러뜨린 포도대장이 슬비에게 말했다.

"저년의 신분패를 가져오너라."

슬비는 민망함에 새하얗게 질린 얼굴로 쭈뼛쭈뼛 다가와, 두 손을 내밀었다.

"주세요, 의녀님."

나는 움직일 수가 없었다. 손이 얼어붙었다.

"제발요."

슬비가 미안하다는 목소리로 다시 부탁했다.

나는 흥분해서 기절할 것 같은 기분으로, 손을 떨며 주머니에서 두 가지 물건을 꺼냈다. 내 신분패와 침통을. 당황한 채 신분패를 건네는데, 침통이 쨍그랑 소리를 내며 땅으로 떨어졌다. 송 대장의 얼음 같은 시선이 침통에 꽂혔고, 다시 나를 올려다봤을 때는 그가 내 심장에 칼끝을 댄 것만 같았다.

"백현, 천한 것이."

그가 내 신분패를 내 발밑에 던졌다.

"신 대감의 서녀렷다. 내가 늘 하는 말이 있지. 서출들이 이 나라를 잿더미로 만들 거라고. 걸핏하면 반항이나 하고 말을 고분고분 듣는 법이 없지. 더 시끄럽게 하지 말고 당장 꺼지거라."

나를 보내준다고? 당장 그의 눈앞에서 사라지고 싶었지만 꾹 참았다. 허리 굽혀 송 대장에게 인사를 하고 신분패를 집어 든 후, 창고에서 나와 어둠 속에 여전히 서 있는 그를 지났다. 나는 귀를 세우고 그가 옆에 선 부하에게 중얼거리는 말을 들었다.

"신 대감께 가서 그 댁 서녀가 포도청에 침입했다고 알려드려라."

숨이 턱 막히며 걸음이 느려졌다. 나는 몸을 돌려 송 대장을 마주 보고 속삭였다.

"부탁드립니다. 아버지께는 알리지 말아주십시오."

송 대장이 팔짱을 꼈다.

"왜? 갑자기 네 행동이 후회되느냐?"

긴 정적이 이어졌다. 내 얼굴에 떠오른 공포를 본 것일까. 송 대장이 눈을 반짝였다.

"그렇다면 거래를 하자. 내가 젊은 종사관의 사직을 탄원할 계획인데, 세자 저하를 겨냥해 은밀히 진행하고 있는 수사에 관해 네가 아는 대로 증언해준다면 용서해주지."

나는 신분패를 움켜쥐었다. 손톱이 반달 모양으로 손바닥을 파고들었다. 어진을 배신하기에는 지난 일주일 동안 너무 많은 것을 보고 느꼈다. 나는 흔들림 없는 목소리로 말했다.

"무슨 말씀을 하시는지 모르겠습니다, 영감마님."

"종사관 놈처럼 고집이 세구나."

송 대장이 슬비에게 손짓했다.

"옥으로 데리고 가라. 서 종사관이 알아내지 못하게 하고."

그러더니 내게 말했다.

"네 아버지가 너를 데리러 오지 않는다면 정수 의녀에게 남은 열흘 동안 너를 붙잡아둘 작정이다. 안 그래도 처리할 일이 많아서 말이야."

열흘이라고……? 귓가에 고동치는 맥박 소리를 들으며 나는 그를 빤히 쳐다보았다.

무슨 뜻이냐는 내 눈빛에 그는 입술을 길게 늘어뜨리며 잔인한 미소를 지었다.

"법전에 나와 있지. 고문을 행했으면 열흘 내에 평결을 내려야 한다고. 나는 정수 의녀를 다중 살인죄로 처벌할 생각이다."

처음에는 무슨 뜻인지 몰랐다. 겨우 말뜻을 이해했을 때는 얼음 덩어리를 삼킨 것만 같았다. 내가 정수 의녀의 처형을 막을 날은 열흘밖에 남지 않았다.

그중 하루가 벌써 지나가버렸다.

13

눈을 질끈 감았다가 다시 떠보아도 감방 문은 사라지지 않았다. 감방 열쇠는 어둑한 옥사 복도를 걸어가는 포졸의 허리춤에서 짤랑거렸다.

화는 나지 않았다. 내 마음은 침착했다. 하지만 이제 어떻게 해야할지 알 수 없었다.

내 양쪽 감방에서 처음 보는 사람들이 속삭이고 있었다.

"의녀 아니야? 의녀가 감옥에서 뭘 하는 거래?"

안에 흐르는 정적 때문에 목소리가 더 크게 들렸다. 듣지 않으려 노력했지만 불가능했다.

"누구를 독살했나?"

"내 눈에는 살인자로 보이지 않는데."

"살인자가 언제 살인자로 보이던?"

나는 바닥에 앉아 세운 무릎을 끌어안았다. 불안한 심장박동 소리를 들으며 무거운 질문을 떠올렸다. 아버지가 오실까?

얼마나 오래 앉아 있었는지 시간 감각조차 사라졌을 즈음 슬비가 까치발을 하고 감옥으로 들어왔다. 나는 뻣뻣하게 일어났다. 익숙한 얼굴을 보자 따스한 안도감이 밀려들었다.

"서 종사관님께서 의녀님을 찾고 계셔요."

슬비가 창살 사이로 속삭였다.

"저는 의녀님이 객주로 떠났다고 전하라는 지시를 받았어요. 종사 관님은 믿으시는 것 같았고요. 성을 나가지 못할 때 의녀들이 머무는 곳이잖아요."

슬비는 망설이다 말을 이었다.

"거짓말을 하고 싶지 않았지만, 대장님 하인이 저를 감시하고 있었 어요. 지금이라도 종사관님께 의녀님이 어디 계시는지 알려드리라면 그렇게 할게요."

슬비가 어진에게 알린다면 송 대장도 그 사실을 알아낼 것이다. 슬 비는 이미 나 때문에 고생을 충분히 한 아이였다.

"아니야. 혼자 있고 싶어……."

나는 팔짱을 끼고 감방 안을 서성였다. 잠재울 수 없는 암류가 온 몸을 따갑게 쓸고 지나갔다. 그러다 아직도 기다리는 슬비를 보고 걸 음을 멈췄다. 슬비는 내가 할 말이 남았다고 생각하는 것 같았다.

실제로도 그랬다.

나는 빠르게 속삭였다.

"작년에 너도 혜민서에 있었지? 혹시 민지라는 수련생 알아?"

"살인 현장에서 탈출한 아이요? 알죠. 사실 종사관님이 민지 찾는 일을 돕고 있어요."

내 맥박이 뛰었다.

"그래?"

"이곳에 사는 친척들에게 질문하는 일을 맡았어요. 한양 밖에 사는 가족과 지인 명단도 점점 늘어나고 있어요. 종사관님은 민지가 한양 밖으로 도망쳤을 거라고 생각하시거든요."

슬비가 잠시 멈췄다 말을 이었다.

"사건이 일어난 후 민지 아버지가 일주일 내내 집을 비웠답니다. 종사관님은 민지 아버지가 민지를 숨겼다고 생각하세요. 가족들은 민지가 발각될까 봐 겁에 질려 있어요. 정수 의녀님처럼 옥에 갇혀 고문을 당할 거라 여기거든요. 그래서 종사관님은 가족들의 신뢰를 얻으려고 노력 중이세요."

민지를 찾는 데 얼마나 걸릴지 누가 알겠는가. 정수 의녀에게는 아흐레밖에 남지 않았다.

"날 위해 해줘야 할 일이 있어."

슬비가 고개를 끄덕였다.

"말씀만 하세요."

"옥선 의녀를 찾아가줘. 가서 정수 의녀의 결백을 증명할 사람을 이제는 찾지 않아도 된다고 해."

영달과 일곱 자녀를 그만 찾으라는 스승의 소원을 들어줘야 했다.

"그 대신 민지 아버지에 대해 사람들에게 물어봐달라고 전해줘. 사건이 일어난 주에 어디로 갔는지. 서 종사관님은 믿지 못해서 말을 안 했겠지만, 지인들에게는 어디로 간다고 흘렸을 거야."

"당장 갈게요. 어디 사시는지 알아요."

슬비가 결연한 눈으로 말했다.

"고마워."

슬비가 떠난 후 나는 침묵 속에서 통금의 끝을 알리는 대종 소리를 기다렸다. 틀림없이 아버지가 나를 데리러 올 것이라 생각했다.

시간이 흐르자 마당의 차가운 습기가 내가 있는 감방까지 퍼졌다. 발가락이 얼어붙었다. 걸음을 디딜 때마다 다리에 통증이 솟았다. 간간이 멈춰 서서 목을 쭉 빼고 복도 끝 쪽 감방을 바라보았다. 정수 의녀의 모습을 자세히 보고 싶어서. 하지만 정수 의녀는 여전히 눈에 보이지 않는 구석에 웅크리고 있었다. 열병을 앓고 있으리라.

대종이 울린 후에도 나는 기다리고 있었다. 귀를 기울이고 있었다.

아무도 나를 찾아오지 않았다.

짤랑거리는 열쇠 소리에 퍼뜩 깨어났다. 새벽이 지나 잠이 든 모양이었다. 바깥의 빛을 보니 한낮은 된 것 같았다. 눈을 비비고 앞을 보다가 눈을 깜박였다. 내 온몸이 굳어버렸다.

보초가 감방 문을 여는 사이, 아버지는 밖에서 뒷짐을 지고 나를 내려다보고 있었다.

나는 허둥지둥 일어나 숨도 제대로 못 쉬며 고개 숙여 절을 했다. 밤새 거짓말을 연습했었다. 아버지의 분노와 실망을 막아줄 거짓말을. 하지만 지금은 두려움으로 머리가 텅 비었다.

"한밤중에 다급한 전갈을 받았다."

아버지는 목소리를 낮춰 말했다.

"포도청에 왔더니, 네가 얼마나 참견을 해댔는지 송 대장이 설명하더구나. 간밤에 포도청에 침입했다며?"

나를 지켜보는 눈은 이렇게 말하는 듯했다. 이제 변호해보거라. 감히 그럴 수 있다면.

"오해가 있었나 봅니다. 정수 의녀를 치료하고자 포도청에 몰래 들어왔을 뿐입니다. 그 이상도……."

"그러니까, 너는 참견만 잘하는 것이 아니라 거짓말도 잘하는구나."

빠르게 뛰는 맥박을 느끼며 나는 바닥으로 시선을 떨어뜨렸다.

"송 대장이, 네가 혜민서 사건 현장에도 몰래 들어갔다더구나. 생각 없이 시신들을 만졌으니 증거를 훼손했겠군. 한강 근처에서도 검시를 생각 없이 방해했다고 들었다. 송 대장은 네가 서 종사관과 궁궐 내의 비밀을 공유한다고 믿고 있어."

"죄송합니다. 다시는 참견하지 않겠……."

"돕는 대가로 서 종사관이 무언가를 약속했느냐? 아니면 그저 네가 사내에게 빠져 이용을 당하는 것이냐?"

아둔한 척하는 연기를 포기하고, 나는 내리깐 눈으로 그를 쏘아보았다.

"그런 것 아닙니다. 이용하다니요. 저희는 친구입니다."

"친구?"

아버지가 코웃음을 쳤다.

"남자와 여자는 친구가 될 수 없다. 우정이란 동등한 관계에서 존재하는 것이야. 너는 천민 아니냐. 다 끝나고 네게 줄 수 있는 가장 큰 상이라고 해봐야 자기 첩이 되라는 거겠지. 그런 가문의 사내는 너 따위 계집을 배필로 삼지 않는다."

나는 이를 악물었다.

"저는 누구의 첩이 될 생각이 없습니다, 대감마님."

아버지가 못 믿겠다는 듯 고개를 저었다.

"어찌 됐든 너는 포도대장 앞에서 내 망신을 시켰다. 게다가 의도적으로 내 말을 거역했어."

그러고는 조용해졌다. 섬뜩한 침묵 속에서 나를 무겁게 누르는 경멸을 느낄 수 있었다.

"관여하지 말라고 내가 지시하지 않았더냐?"

내 기가 꺾였다. 이제는 땅속으로 꺼지고만 싶었다.

"맞습니다."

아버지가 한숨을 쉬고 다시 고개를 저었다.

"의녀가 된다고 들었을 땐 참 기특하다고 생각했다. 하지만 지금 보니 내가 너를 오인했구나. 너는 한양에 널린 다른 사생아들과 똑같아. 말썽을 일으키고 규칙을 위반하는 게 말이다."

실망감이 내 살을 파고들었다. 나는 손마디가 뜨거워질 때까지 치마를 움켜쥐고 꼼짝하지 않았다.

"나는 송 대장의 말을 무시할 수 없다. 나보다 품계는 낮지만, 얼마나 화가 났는지 이런 말을 했어. 형조판서가 자기 가정의 질서도 제대로 세우지 못하면서 어찌 도성의 질서를 바로잡을 수 있겠느냐고."

아버지가 손을 뻗어 나무 창살을 손가락으로 두드렸다. 톡톡 칠 때마다 나를 찌르는 듯했다. 그는 내게 내릴 벌을 궁리하며 남은 시간을 세고 있었다.

"네 부적절한 행동에 관해 궁에 보고했다. 네 강등을 요청했어."

나는 얼어붙은 입술을 겨우 열어 질문했다.

"강등이라고요?"

"내의녀 직함을 박탈할 것이다. 무엇보다 내의녀는 궁에 소속된 여인이다. 비밀을 지켜야 할진대 너는 정보를 유출하고 다녔을 것 아니냐."

"하지만 저는……."

할 말을 찾지 못하는 동안 공포가 혈관을 타고 퍼졌다. 느리고 꾸준하게, 차갑고 고통스럽게.

"저는 그 자리를 위해 인생의 바, 반을 노력……."

"삼강오륜."

아버지가 무뚝뚝하게 말했다.

"하늘은 저마다 각각의 지위에 맞는 역할을 내려주었다. 군주는 군주처럼 행동하고, 하인은 하인처럼, 아비는 아비처럼, 아들은 아들처럼 행동해야 하지. 그리고 너, 딸은 딸처럼 행동해야 하고."

심장이 얼음으로 변하고 있었다. 나는 혜민서에 들어가 하루에 세 시간도 자지 않고 매일 코피를 흘리며 밤늦게까지 공부했다. 그가 말하는 딸이 되기 위해서였다. 자랑스러운 딸이 되기 위해서.

"헌데 너는 이 조화를 깨뜨렸다."

아버지 얼굴의 주름살이 굳어졌다.

"너는 이제 그 대가를 치러야……."

"내 아버지라면서 단 한 번도 아버지처럼 행동하지 않으시는군요."

내 목소리가 갈라지고 떨렸다. 하지만 일단 뱉은 말을 막을 수는 없었다. 기가 막힐 만큼 부당한 말들에 차마 입을 다물고 있을 수 없었다.

"그런데 저는 왜 당신의 딸처럼 행동해야 하죠?"

분노로 말이 막힌 아버지의 얼굴이 잿빛으로 변했다. 지금껏 한 번도 보지 못한 분노였다. 검은 공간에 햇빛과 인간의 온기가 사라지고 겨울의 추위만 남은 기분이었다.

"그런 건방은 누가 가르쳤느냐?"

아버지는 싸늘하게 속삭였다. 그는 분지르고 싶은 내 뼈의 숫자를 세고 있는 것만 같았다. 하지만 그가 다음과 같은 말을 뱉을 정도로 잔혹한 사람일 줄은 예상하지 못했다.

"이번 보름이 지나면 내 집에서 나가거라. 너, 네 동생, 네 어미까지…… 우리 다시는 보지 말자."

따귀를 맞은 듯 눈에 눈물이 고였다.

"하지만 저희 집이……."

"네가 가진 게 뭐 있다고."

아버지는 지독히도 잔인하게 쏘아붙였다.

"네가 사는 집은 내 재산이다."

그는 한동안 험악한 표정을 풀지 않더니, 심호흡을 하고 비단옷을 손으로 쓸어 엄숙하고 침착한 형조판서의 모습을 되찾았다.

"네가 용서를 빈다면 또 모르지. 네 어미의 목숨을 걸고 다시는 참견하지 않겠다고 맹세한다면, 집 문제만큼은 다시 생각해보겠다."

그 말들이 내 뼈에서 살점을 뜯어냈다. 이것이 아버지라는 사람이 할 말인가. 나는 한 걸음 더 다가갔다. 무릎의 힘이 풀렸지만, 쓰러지기 직전에 몸을 가눴다. 빌어. 머릿속 목소리가 속삭였다. 어머니의 목소리였다. 부탁이다. 우리를 버리지 말라고 해.

내 뺨을 타고 눈물이 흘렀다. 내가 감방 문에 손을 뻗어 문을 더 열자 아버지의 눈빛이 어두워졌다. 나는 간신히 입을 열었다.

"죄송합니다. 하지만 아직 수사가 끝나지 않았습니다."

내가 비틀거리며 복도를 지나 포도청을 나오는 동안, 아버지는 충격에 빠져 따라오지 못했다.

나는 빈 들판 주변을 돌아다니다 저녁 무렵에야 집으로 돌아갈 용기를 찾았다. 하늘은 보라색이었고 땅에는 검은 어둠이 깔렸다. 그 사이에서 몰락하는 태양의 빛줄기가 주황색으로 빛났다. 어둠의 영역이 넓어지자 내 세상이 무너진 느낌이 들었다. 나는 아무것도 없는 텅 빈 어둠으로 빠져들고 있었다.

툇마루로 이어지는 계단을 비틀비틀 오르는데 내 머릿속 목소리가 중얼거렸다. 어머니께 말해야 해. 전부 말씀드려야 해.

어머니 방 쪽으로 가 미닫이문을 여니, 방 안은 비어 있었다. 이 시간에는 주로 남동생을 재운다는 사실이 떠올랐다. 나는 어둑한 옆방에서 잠들어 있는 두 사람을 발견했다. 동생은 어머니 팔을 베고 누워 있었다.

어머니가 뒤척이더니 잠에서 깼다. 어머니는 이불을 들썩이며 팔 꿈치로 몸을 세우더니, 내 쪽을 바라보았다. 그 얼굴이 너무도 피곤해 보였다.

"무슨 일이야?"

어머니가 속삭였다.

말해야 해.

"오늘 힘들어서요."

나는 침을 삼켰다. 내가 한 짓을 알면 어머니는 뭐라고 할까? 화를 낼까? 아버지와 같은 말을 들려줄까? 우리 다시는 만나지 말자.

나는 딱딱 부딪치는 치아를 악물었다가 말했다.

"저…… 여기서 자도 돼요?"

어머니는 하품을 참았다. 피곤해서 무슨 엉뚱한 소리인지 생각할 겨를도 없는 듯했다.

"구석에 이불 더 있어."

나는 이불을 들고 절뚝이며 어머니와 남동생, 내 유일한 가족에게 다가갔다. 요에 몸을 눕히고 가만히 어머니의 등만 바라보았다. 어린 시절에는 어머니 옆에서 잠드는 것이 꿈이었다. 어머니 품에서 보호 를 받고 싶었다. 하지만 두려워서 그래도 되냐고 물어보지도 못했다. 어머니가 나를 좋아하지 않는다는 확신이 너무 컸다.

진실을 알게 되면 내가 더 싫어지겠지.

나는 눈을 감고 점점 더 강해지는 가슴의 통증을 억눌렀다. 어머니 는 절대 나를 용서하지 않을 것이다. 나를 버리고 떠날 것이다. 10년 전에 그랬던 것처럼.

✻

아침이 밝았을 때 내 방으로 돌아와 이불에 파묻히고 싶었지만, 목금이 새로 빤 의녀복을 들고 들어왔다. 목금은 오늘이 출근하는 날이라고 생각했다. 사실이 그랬다. 나는 궁궐 문을 통과하지 못하겠지만.

목금이 고개를 저으며 말했다.

"꼭 귀신 본 사람 같네. 어디 아프세요?"

그러면서 황동 거울을 건넸다. 거울 속의 나를 바라보니, 어제의 일들이 망령처럼 내 위에 늘어져 있었다. 나는 한순간 모든 것을 잃었다. 아버지 앞에 넙죽 엎드렸어야 하나? 얼마가 걸리든 용서해달라고 빌었어야 하나? 피가 날 때까지 이마를 땅에 대고 절을 했어야 하나? 무릎이 갈리고 손바닥이 벗겨질 때까지?

나는 무심결에 이마에 난 상상의 멍을 문질렀다.

"여기서 갈아입으실 거예요? 아니면 궁에서?"

목금이 물었다.

"여기서 갈아입을 거예요."

나는 이렇게 중얼거린 다음 잠시 멈추었다.

내 머릿속 깊은 곳에 한 가지 생각이 숨어 있었다. 나는 다시 거울을 들고 내 얼굴을, 내 이마를 빤히 쳐다보았다. 그러고는 내 안에서 깨어나는 불편한 감각의 의미를 이해하려 했다.

"잠시만요, 아가씨. 옷이 조금 찢어졌어요."

목금이 바느질 도구를 찾는다고 쏜살같이 방을 나갔다.

나는 방에 가만히 서서 황동 거울에 서서히 떠오르는 기억을 지켜보았다. 몸에 묻은 진흙, 그리고 이마의 아물지 않은 상처. 생각의 아귀가 딱 들어맞자 내 입에서 헉 숨을 들이켜는 소리가 나왔다.

전날 군 의원의 이마에 있던 이상한 상처…… 그리고 더러워진 손과 무릎은, 한 남자가 진흙 바닥에 엎드렸던 흔적이었다. 지독한 슬픔 혹은 주체할 수 없는 분노의 감정이, 그의 머리를 땅바닥에 박게 만들었다. 아니면 누가 그의 머리를 눌렀나?

목금이 황급히 방으로 들어와 의녀복이 준비됐다며 소란을 피우는 모습은 배경으로 흐릿해졌다. 내 머리에는 하나의 질문만 아우성쳤다. 군 의원은 대체 누구에게 절을 했던 걸까?

14

나는 궁 안으로 들어섰다. 반쯤은 쫓겨나리라 예상했는데, 다들 바쁜지 내게 관심을 보이지 않았다.

한 무리의 의녀들이 세자에 관해 이야기하고 있었다. 전하께서 마음을 바꿔 정성왕후 묘소로 가는 추도 행렬에 세자도 합류시켰다고 했다.

"저하께서는 언제 돌아오실까요, 의원님?"

세자에게 만들어주기로 약속한 약을 떠올리며 난신 의원에게 물었다. 약을 만들려면 아주 은밀하게 행동해야 했다. 공식적인 기록을 남기지 않고 왕족에게 약을 투여하는 행위는 금지였다. 감옥 사건만 아니었어도 진작 만들 수 있었을 텐데.

난신 의원이 한참 대답이 없자 내 사고가 정지되었다.

"의원님?"

난신 의원이 이마를 찌푸렸다.

"이곳은 출입 금지다, 현 의녀. 이제는 안 돼."

"무슨 말씀이신지 잘 모르겠습니다, 의원님."

두려움이 가슴을 무겁게 짓눌렀지만, 일단 말해보았다.

"신 대감께서……."

난신 의원의 속삭이는 목소리에는 걱정이 묻어 있었다.

"네 해고를 요구하셨다. 워낙 궁 안에 인맥이 두터운 분이니."

그러면서 손을 내밀었다.

"미안하지만 의녀 신분패를 돌려달라고 해야겠구나. 현 의녀는 이제부터 내의원 소속이 아니야."

가슴에 슬픔이 차올랐다. 뒤이어 공포가 솟구쳤다. 살인 무기는 아직 궁궐 담장 안에 있었다.

"혹시 지은 의녀를 마저 도와도 되겠습니까? 제가 오늘 약 제조를 돕겠다고 했거든요."

나는 거짓말을 했다.

갈등하는 듯 얼굴을 찌푸린 난신 의원이, 안쓰럽다는 눈으로 나를 보았다.

"좋다. 대신 신분패는 반납하고."

나는 눈을 빠르게 깜박이며 앞치마 주머니에서 신분패를 꺼내 건넸다. 내 유일한 꿈을 넘겨주는 기분이었다. 나는 이제 아무것도 아니었다. 내게는 무엇도 없었다. 해결할 살인 사건을 빼면.

"무슨 일인지는 모르지만, 현 의녀가 떠나게 되어 유감이야."

난신 의원의 말은 가시처럼 나를 찔렀다. 일주일 전만 같았어도 구석에 쪼그려 혼자 울었을 것이다. 하지만 나는 눈앞에 닥친 임무에 모든 생각을 집결시켰다. 지금은 세자를 위한 약을 만들고, 그가 돌아오기를 기다려야 했다.

암기한 조제법에 따라 작은 화로에 물을 한 냄비 끓이고, 그 안에 여기저기서 구한 재료를 넣었다. 대충 썬 백복령은 꼭 썩은 나무토막처럼 보였다. 말린 지실(익지 않은 탱자나무 열매 - 옮긴이)과 그 밖의 말린 약재도 한 줌씩 던저 넣었다.

지은은 내 고통을 보자마자 알아차릴 터였다. 나는 지은을 피해 내 의원의 구석진 곳에 쭈그려 앉아, 작은 냄비 위로 등을 구부리고 아래의 불씨에 부채질을 했다. 약재들이 푹 끓으려면 딱 적당한 열기가 필요했다.

이따금 의녀 무리가 지나가다 걸음을 멈추고 나를 힐끔거리며 숙덕였다. 내 해고 소식이 퍼진 것이 분명했다. 나는 고개를 더 푹 숙였다. 나는 아무것도 아닌 존재였다. 다른 사람들 눈에 띄고 싶지 않았다.

검은 구름이 우르릉 소리를 내며 몰려들었다. 마당의 그림자가 길어졌다. 비가 오려나 싶어 고개를 드는 순간, 비가 한 방울 눈으로 떨어졌다. 나는 움찔하며 빗방울을 닦아냈다.

시간이 얼마 남지 않았다.

얼른 뚜껑을 열어 냄비 안을 들여다보고는 속삭였다.

"감사합니다."

작은 사발 하나를 채울 수 있는 양까지 졸아들어 있었다. 이 정도면 충분했다.

나는 앞치마로 손을 감싸고 연기를 뿜어내는 검은 냄비를 집어 든 후 구멍 뚫린 하늘 아래에서 몸을 피했다. 근처 전각으로 질주하자마자 폭우가 쏟아지기 시작했다.

안뜰 저편에서 일렬로 걸어가던 의녀들이 이런 날씨에도 걸음을 멈추고 키가 큰 남자에게 고개 숙여 인사했다. 종사관의 전립과 절대 헷갈릴 수 없는 옆얼굴을 보고 내 걸음도 느려졌다. 날카로운 떨림이 온몸을 관통했다.

비가 점점 더 거세져 나는 재빨리 건물 그늘 속으로 몸을 피했다. 툇마루를 지나 높은 지붕을 떠받치는 커다란 기둥 뒤에 숨었다. 심장이 얼마나 크게 쿵쾅대는지 귓가에 메아리가 울려 퍼졌다. 나는 냄비를 내려놓고 이마의 땀과 빗방울을 닦았다. 손이 후들후들 떨렸다.

"나를 왜 피해?"

뒤를 홱 돌아본 나는 어진의 얼굴과 마주했다. 당황하여 긴장한 얼굴이었다.

"어젯밤 어디로 사라졌던 거야?"

나는 두 손을 뒤로 모으고 깍지를 꼈다.

"객주요. 의녀들은 그곳에서 하룻밤을 보내기도 합니다."

나는 내 앞에 서 있는 남자를 빼고 아무 곳이나 둘러보았다. 내의원 뒤편에는 우리 둘뿐이었다. 우리는 초록색 처마에서 떨어지는 빗줄기 뒤에 고립되어 있었다.

나는 침을 꿀꺽 삼키고 최대한 아무렇지 않게 말했다.

"여기서 무얼 하시는 겁니까, 나리?"

어진은 피곤하고 초췌한 얼굴로 눈을 내리깔고 가만히 서 있었다.

"다 내 잘못이야. 내가 무모했어."

어진이 내 손을 잡아 손가락을 펼치고 손바닥에 물건 하나를 올렸다. 내 은색 침통이었다.

"이걸 발견하고 슬비에게 물었지."

어진의 목소리는 거칠었다.

"무슨 일이 있었는지 들었어. 다른 죄수들도 네 아버지와 한 대화 내용을 들려줬고. 나 때문에 궁에서 쫓겨났다며."

어진은 아직도 내 손을 잡고 있었다. 나는 얼른 손을 빼냈다.

"나리 잘못이 아닙니다. 제가 포도청에 몰래 들여보내달라고 부탁……."

"내가 모든 걸 제자리로 돌려놓을 거야."

그의 목소리가 굳은 결심으로 딱딱해졌다.

"노론에 보고할 문서를 준비했어."

두려움이 나를 감쌌다.

"보고라면……."

"우리가 확실한 단서를 찾지는 못했지만…… 지금까지 발견한 단서를 전부 보여주려고 해. 대가로 송 대장의 탄핵과 네 복직을 요청할 거야."

나는 천천히 고개를 저었다. 궁궐 정치에 엮인 사람치고 오래 사는 사람을 보지 못했다.

"아직이에요, 나리. 아직은 노론에 모든 것을 알리면 안 됩니다."

나는 아직도 뜨거운 냄비를 집어 들었다.

"찾아야 할 단서가 하나 더 있어요. 이 수사를 위해, 나리의 보고서를 위해 제가 할 수 있는 일이 하나 남았습니다. 세자 저하는 무언가를 알고 있고, 제게 그걸 알아낼 방법이 있어요."

어진이 미간을 찌푸렸다.

"어떻게⋯⋯."

"다음에 자세히 말씀드릴게요, 나리. 하지만 그때까지는 아무것도 하지 않겠다고 약속하셔야 합니다."

나는 허리를 굽혀 인사했다. 어진이 싫다고 하기 전에 빨리 이 자리를 뜨고 싶었다.

"그럼 저는 이만."

"현아, 기다려."

어진이 손을 뻗었지만, 내가 돌아보자 다시 손을 내렸다.

"다 끝나면⋯⋯."

그가 나를 뚫어져라 쳐다보았다. 언제나처럼 탐색하는 시선이었다. 나라는 사람의 표면 아래를 들여다보고 있는 것처럼. 실제로 가치 있는 무언가를 봤다는 것처럼.

"나랑 같이 연등 축제 가자."

가슴이 뜨거워져 나는 눈을 깜박였다. 지금껏 우리는 범죄 현장을 함께 찾아갔다. 아니면 우리의 본부인 주막에서 만나 시체와 단서에 관해 이야기했다. 그 외의 장소를 함께 가다니. 이 사건 바깥에서도 우리의 관계가 이어지리라는 생각은 차마 할 수 없었다. 우리를 이어주는 죽음이라는 끈 없이, 한 남자와 여자로 평범하게 만나는 우리를 상상할 수 없었다. 그때도 과연 나와 친구로 지내기를 원할까? 상상이 되지 않았다.

"하지만⋯⋯ 왜 저예요?"

나는 숨죽여 물었다.

어진이 가까이 다가와 속삭였다.

"너와 같이 있으면 좋으니까."

나는 냄비를 더 꽉 쥐었다. 냄비는 키 큰 어진과 나 사이에 놓인 유일한 장애물이었다. 어진은 망설이더니 손가락 하나로 내 뺨을 쓸었다. 숨이 막혔다. 그에게서 시선을 뗄 수가 없었다. 순간 내가 있는 장소도 잊어버렸다. 어진이 고개를 숙이고 내 뺨에 입을 맞췄다.

그러고는 순식간에 사라졌다. 내게서 재빨리 물러났다. 입맞춤이 정말 현실이었나 의심스러울 정도였다.

"미안해."

어진이 떨리는 목소리로 말했다.

"내가 생각이 짧았어. 다시는 그런 일 없을 거야."

심장이 쿵쾅거리고, 배 속에 멍이 퍼지는 느낌이었다. 머릿속에서 메아리치는 아버지의 말들이, 이제 현실을 일깨워주며 나를 날카롭게 찔렀다. 나는 결코 누군가의 평생의 사랑이 되지 못할 것이다. 언제나 은밀한 입맞춤, 찰나의…… 실수로 남겠지.

"제게 용감하다 하셨지요? 그러니 용감해지겠습니다, 나리."

나는 스스로 놀랄 만큼 침착하게 말했다.

"나리 눈에는 제가 그저 천한 계집으로 보일지 모르겠지만, 저는 당신의 노리개가 될 마음이 없습니다."

"현아."

어진이 나를 불렀지만, 나는 이미 돌아선 후였다. 그는 당장에 마루를 가로질러 내 손목을 붙잡았다.

"제발…… 오해야. 노리개라니? 내가 너를 그 정도로밖에 안 본다고 생각해?"

나는 눈을 내리깔고, 눈부시게 파란 그의 비단옷을 빤히 쳐다봤다. 저 녀석도 나와 다르지 않다. 바로 옆에 서 있는 것처럼 아버지의 목소리가 들렸다. 지금은 너를 좋아할지 몰라도, 시간이 지나면 다른 여자가 생길 거야. 너보다 더 가치 있는 여자가.

"저는 다른 데 정신 팔 여유가 없습니다. 지금은 안 돼요. 이……,"

나는 침을 삼키고 말을 이었다.

"이 진실을 찾는다고, 저는 너무 많은 것을 잃었습니다. 죄송합니다, 나리. 하지만 나리께 생각을 빼앗길 수 없고, 나리도 저 때문에 집중이 흐트러지시면 안 됩니다."

멀리서 누군가 헛기침을 했다.

황급히 잡힌 손목을 빼고 뒤를 돌아보니, 세자빈과 비에 흠뻑 젖은 궁녀가 안뜰에 서 있었다. 궁녀는 세자빈이 비를 맞지 않도록 손잡이가 긴 지우산을 들고 있었다. 언제 왔지? 어디까지 봤을까?

이런 질문들로 내 마음이 조급해져, 어진과 그의 표정에서 신경을 끌 수 있었다.

"가봐야겠습니다."

이 말을 남기고 나는 자리를 떴다.

나와 가까워지자마자 세자빈이 속삭였다.

"임 내관 말로는 저하를 위한 약을 제조하는 일을 맡았다던데, 가지고 있느냐?"

비밀 임무였지만, 세자빈은 화가 난 사람처럼 보이지는 않았다.

"예."

내가 냄비를 들어 올리며 말했다.

"온담탕이옵니다."

"따라오너라. 저하를 맞이할 준비를 해야 해. 심기가 매우 불편하실
게다."

"허나 마마, 저하께서는 추도 행렬에⋯⋯."

"지금 돌아오고 계시다."

나를 보는 세자빈의 눈에 두려움이 가득했다.

"폭우가 내리기 시작하자, 전하께서는 그것이 저하의 탓이라 하셨
다. 하늘이 저하가 온 것을 못마땅하게 여겨 불만을 드러냈다고. 그래
서 저하는⋯⋯ 혼자 돌아가라는 명령을 받으셨다."

15

녹색으로 칠해진 정교한 처마 아래 툇마루에서, 세자빈은 세자가 돌아오기를 기다리고 있었다. 일렬로 서서 몸을 떠는 궁녀들도 함께였다.

나는 조금 전 재빨리 준비한 쟁반을 들고, 빈 복도를 지나 세자의 침소에서도 가장 안쪽 방으로 들어왔다. 쟁반에는 사발과 약 주전자가 놓여 있었다. 이곳까지 세자빈과 함께 우산을 쓰고 온 덕분에, 비에 젖은 상태는 아니었다. 세자빈이 명령했었다. 저하께서 돌아오시면 온담탕을 드리도록 해라. 우리는 세자 저하의 화를 가라앉힐 수만 있다면 무엇이든 해야 하느니라. 안 그러면 또다시 피바람이 불 것이야.

또다시.

서서히 깨달음이 찾아왔다. 세자빈은 세자의 폭력성을, 그가 효옥 의녀의 목을 벤 일을 이미 알고 있었다. 살해당한 세 명의 여자들과 마찬가지로. 그들은 모두 자신의 목숨을 지키기 위해 눈을 감은 무언의 목격자였다.

낮은 탁자에 무릎이 부딪히며 퍼뜩 정신이 들었다. 나는 무릎을 꿇고 쟁반을 내려놓은 후, 사발에 약을 찰랑찰랑할 때까지 부었다. 준비를 마치고 다시 일어나 주위를 둘러보며 서 있을 곳을 찾았다.

나는 높은 창살문이 쭉 늘어선 곳을 향해 걸어갔다. 창호지를 통과해 들어온 회색빛이 넓은 바닥에 번졌다. 바닥은 여전히 책과 옷가지로 어지러웠다. 세자가 분노를 참지 못하고 그것들을 내던진 듯했다. 내 시선은 옅은 어둠 속에서 반짝이는 자개 수납장으로 향했다.

주위를 둘러보았다. 이 방에 나 말고는 아무도 없었다. 완벽한 침묵에 둘러싸여 나는 말도 안 되는 발상을 떠올렸다. 내 시선이 수납장에 다시 닿았다. 살인이 일어난 날 밤 발견했다는 피 묻은 무언가에 대해 이야기할 때, 세자는 저 수납장을 힐끗했었다.

저 안에 분명 살인 무기가 있었다.

내 머릿속에서 속삭임이 들렸다.

궁에서 보내는 마지막 날이야. 마지막 증거를 밝혀낼, 마지막 날이라고.

나는 쟁반을 더 꽉 쥐고 가만히 서 있었다. 심장이 팔딱팔딱 뛰었다.

네 꿈을, 네 미래를 잃었어. 네 인생을 잃었잖아. 그래서 얻은 게 뭐야? 주위를 떠도는 그 목소리를 들으니, 피부가 따끔거렸다. 그걸 다 포기했으면 사건이라도 해결해야지.

나는 머뭇거리며 한 걸음 다가가 다시 주위를 둘러보았다. 아무 소리도 들리지 않자, 걸음걸이가 더 대범해졌다. 나는 쟁반을 내려놓고 수납장의 서랍들을 열었다. 하나, 또 하나. 손은 점점 더 빠르게 움직였다. 보석들, 금비녀, 비단 머리띠…….

그러다 멈칫했다. 같은 크기인데 깊이가 유독 얕은 서랍이 있었다. 서랍 안을 더듬어보는데, 손가락이 작은 틈으로 쑥 들어가며 가짜 바닥이 위로 올라왔다.

조심스럽게 바닥을 들어 올리니, 자루 부분까지 적갈색 얼룩이 말라붙은 단검이…….

아니다. 단검이 아니다. 이 사실을 깨닫자 숨이 턱 막혔다.

피침이었다. 피부를 절개할 때 쓰는 길쭉하고 가느다란 의료 기구.

전에 이걸 사용하는 모습을 본 적이 있었다. 주로 고름을 쨀 때 쓰였다. 날이 길어 단검과 비슷하게 생겼지만, 일반적인 피침이라면 끝만 뾰족해야 했다. 하지만 이 피침은 전체적으로 날카로웠다. 연마 도구로 뾰족하게 간 것이 분명했다.

피침을 집어 들고 이리저리 돌리며 살펴보았다. 이것이 안비의 가슴과 목을 찌른 무기인가?

뒤에서 문이 드르륵 열렸다.

심장이 세차게 뛰었다. 나는 돌아보지 않고 그림자가 내 몸짓을 가려주기를 바라며 피침을 원래 있던 자리에 내려놓았다. 그런 다음 가짜 바닥을 내리고 서랍을 조용히 닫았다. 돌아섰을 때, 너무 놀라 속이 메스꺼웠다. 눈앞에 세자가 있었다.

검은 모자의 챙에서 물이 뚝뚝 떨어졌고, 그늘진 얼굴 위로 머리카락이 흘러내렸다. 비에 흠뻑 젖은 비단옷의 은색 용 장식에는 진흙이 묻어 있었다.

"여기서 무엇을 하는 것이냐."

이 말은 질문이 아니었다.

"저는……."

입이 바싹 말라 혀에서 말들이 떨어지지 않았다. 나는 침을 꿀꺽 삼키고 다시 시도했다.

"약조드린 약을 가져왔습니다, 지하."

세자는 움직이지 않았고 아무 말도 없었다. 긴장감이 흐르는 정적 속에 얕은 호흡과 모자에서 뚝, 뚝, 뚝 떨어지는 물소리밖에 들리지 않았다.

"네가 마시거라."

세자가 부드럽게 말했다.

나는 손바닥에 손톱이 박히도록 손을 꽉 쥐고는, 최대한 예의를 갖춰 말했다.

"저하를 위해 지은 약이옵니다. 진정에 도움……."

"독을 탔지?"

내게 다가오는 세자의 젖은 신발이 철버덕거렸다.

"서랍을 닫는 것을 보았다."

"저…… 저는 열려 있기에 닫았습니다, 저하. 그뿐입니다."

얼음장 같은 손이 내 턱을 잡아 세게 쥐더니, 내 고개를 억지로 들게 만들었다.

"나를 보아라."

시키는 대로 하자 그의 핏발 선 눈이 보였다. 속에서 불이 활활 타오르는 것만 같았다.

"네 뒤에 노론이 있지?"

그가 가늘어진 목소리로 날카롭게 속삭였다.

"네가 내 동생과 닮았다는 것을 알고 놈들이 내게 보낸 거야. 내 비밀, 내 약점을 알아내려고."

내 눈이 휘둥그레졌다.

"아닙니다, 저하!"

"네 아비는 내 정적들과 연줄이 있지."

내 턱뼈를 부러뜨리려는 듯 세자의 손힘이 강해졌고, 내 가슴에서는 공포감이 얼음처럼 퍼져 나갔다.

"둘이 말했지? 사건이 일어난 밤에 내가 실은 궁을 나갔다고? 이제는 노론 대신들에게 이 무기가 내 것이라고 말하겠구나. 내가 그 여인들을 죽였다고."

"제발, 제가 설명을……."

턱이 높게 들려 있어 말을 하기가 힘들었다.

"이제야 알겠네."

그가 입술을 일그러뜨리며 비웃었다.

"그래서 아버지가 고관대작 수백 명 앞에서 나를 쫓아낸 거였어. 너 같은 첩자들이 내 아버지를 일생의 원수로 만든 것이다."

세자는 혐오스럽다는 듯 거친 소리를 내며 내 턱을 놓았다. 나는 비틀거리며 뒷걸음질 쳤다. 머리가 백지로 변해 예의를 차릴 수도 없었다. 내 머리에는 한 가지 생각밖에 들지 않았다. 도망쳐야 해.

유일한 탈출구는 방의 반대쪽에 있었다. 아직 닫히지 않아 사이로 복도가 보이는 미닫이문.

나는 재빨리 세자를 쳐다보았다. 그는 그림자를 망토처럼 두르고 자신의 침소 구석에 서 있었다. 그러다 몸의 반은 어둠에 잠긴 채, 나머지 반은 바깥에서 몰아치는 폭풍의 빛에 싸인 채 돌아섰을 때, 그의 손에는 길고 매끈한 활이 들려 있었다.

가슴이 철렁 내려앉았다.

"아, 아닙니다."

나는 말을 더듬었다.

"제발, 저하. 저는 첩자가 아니옵니다!"

그는 단번에 화살을 시위에 걸고 번쩍이는 촉을 내게로 겨냥했다.

"다른 것들도 그렇게 말했지. 내관 김한채, 의녀 효옥, 내 후궁들 모두가."

계속 뒷걸음질 치는 내 무릎이 휘청거렸다. 피해자가 더 있었어.

"아버지가 나를 죽일 것이다. 그리고 어차피 죽을 것이라면……."

세자가 능숙하게 활을 당겼다. 시위가 늘어나는 소리가 들렸다. 서서히, 서서히…….

"내 적들을 한 놈도 남김없이 데리고 가련다."

드디어 활을 쏘았다.

뺨을 베는 통증을 느끼며, 나는 팔을 머리 위로 들고 바닥으로 몸을 날렸다. 뒤에서 텅 하는 큰 소리가 메아리쳤다. 힐끗 돌아보니 화살이 벽에 박혀 있었다. 문까지는 몇 걸음 남지 않았다.

세자가 화살을 하나 더 거는 사이, 나는 일어나 문으로 달렸다. 하지만 아무리 빨리 달려도 소리는 멀어지지 않았다.

팽팽하게 당겨지는 활시위 소리는.

세자가 표적을 겨냥하는 동안 침묵이 흘렀다.

다시 바람을 가르는 소리가 방에서 넘어지듯 나오는 나를 쫓았다. 강력한 일격에 나는 땅으로 쓰러졌다. 화살이 왼쪽 어깨 바로 아래의 두꺼운 근육에 박혔지만, 나는 고통을 거의 느끼지 못했다. 멋대로 움직인 손이 화살대를 꺾었고, 다리도 저절로 계속 움직였다.

비와 찬바람을 맞으며 전각에서 비틀거리며 나오자, 세자빈과 일렬로 선 궁녀들이 보였다

"도와주세요."

내가 숨을 헐떡였다. 방향 감각이 사라져 어지러웠다. 내 머리는 지금 상황을 똑바로 이해하지 못했다.

"제발, 도와주세요."

궁녀들은 내가 마치 전염병 환자인 것처럼 뒷걸음질 쳤다. 그들은 나도 느껴야 마땅할 두려움에 사로잡힌 얼굴로 흐느끼고 있었다. 차가운 현실이 뼛속까지 스며들었고, 나는 과거로 돌아갔다. 나는 효옥 의녀가 되어 안비, 아람, 경희를 보고 있었다. 제발. 다가오는 세자를 보며 나와 효옥이 애원했다. 도와줘.

"가! 이러다 우리 다 죽겠어!"

궁녀 한 명이 외쳤다.

세자빈은 얼굴이 새하얗게 질려 속삭였다.

"나가거라. 도망쳐야 해, 현 의녀. 몸을 숨기고 들키지 말아야 한다!"

복도에서 울려 퍼지는 발소리를 듣고, 나는 절뚝이며 안뜰을 지나 전각을 둘러싼 돌담에 몸을 던졌다. 담을 따라 움직이다 작은 문으로

들어가자 더 작은 크기의 안뜰들, 복잡하게 배치된 전각들, 그리고 어두운 그림자들이 미로처럼 펼쳐져 있었다. 어디에 숨어야 들키지 않을까? 무언의 목격자로 가득한 궁궐에서 나는 누구의 도움을 받을 수 있을까?

따뜻한 손이 내 손목을 붙잡았다. 순간 밀려든 공포감은 익숙한 얼굴을 보자 스르르 빠져나갔다.

어진이었다.

그에게 느꼈던 일말의 원망은 사라지고 없었다. 어진이 마당과 건물 사이의 좁은 통로로 나를 끌고 가는 동안, 나는 비에 젖은 얼굴을 훔쳐보았다. 따뜻한 손이 나를 꽉 쥐고 있으니 몸의 떨림이 멎었다. 이제는 팔다리가 후들거리지 않아 다시 다리를 뻗으며 어진과 함께 달렸다.

"발자국을 남기면 안 돼."

어진이 말했다.

그러면서 자신의 진흙 묻은 신발을 숨겼다. 그러고 보니 나는 맨발이었다. 동궁 건물에 들어가기 전 나막신을 벗었기 때문이다. 나는 젖은 버선을 홱 벗어 덤불에 던진 후, 옷에서 빗물을 짜냈다. 우리는 긴 전각을 에워싼 툇마루를 서둘러 지났다. 잠겨 있지 않은 문이 보여 그 안으로 들어가 최대한 소리 없이 문을 닫았다. 그런 후 궁수의 그림자가 나타나길 기다리며 창살문만 쳐다보았다.

어진은 옆구리로 손을 뻗었지만, 검이 없다는 사실을 깨달았다. 아마도 입궁하기 전에 허리띠에서 검을 빼냈을 것이다.

"더 안전한 곳에 숨자."

주위를 둘러보던 내 눈에 커다란 병풍이 들어왔다. 그림으로 장식된 병풍은 방에서 제일 끝에 있는 벽에 펼쳐져 있었다. 나는 어진의 손을 잡아끌고 같이 병풍 뒤로 들어갔다. 코앞에는 병풍이, 등 뒤에는 벽이 바싹 붙어 있었다.

"아까 너무 안 좋게 헤어졌잖아."

어진이 지극히 작은 소리로 속삭였다.

"그래서 해명하려고 갔다가 소란스러운 소리를 들었어."

그가 나를 돌아보다 내 어깨에 시선을 고정했다.

"여기 맞은……."

내가 입술에 손가락을 올렸다.

"우리 침착해야 해요."

"침착?"

어진은 하얗게 질린 얼굴로 가쁜 숨을 내쉬었다.

"너, 피를 흘리고 있어."

"상황이 다급할수록 침착해야 해요."

나는 조용한 목소리로 정수 의녀의 가르침을 전했다.

바깥에서 삐걱 하고 마루 밟는 소리가 났다.

나는 어진의 손을 더 세게 쥐었다. 안 그래도 두려움으로 피가 차갑게 식었지만, 어진을 잃을지도 모른다고 생각하니 더 겁이 났다. 설령 검이 있었다 해도 세자에게 무기를 겨누는 행위는 사형감이었다. 우리는 갇혔고, 우리를 구해줄 수단은 전혀 없었다.

문이 천천히 열렸다.

축축하고 시원한 바람이 불었다.

나는 숨을 참았다. 어진도 숨을 참았다. 손바닥이 땀으로 축축해졌다.

영원과도 같은 긴 시간 동안 바람이 울부짖었다.

그러다 강한 힘과 함께 문이 탁 닫혔고, 무겁고 단호한 발소리가 멀어졌다. 가까이서 다른 문들도 열렸다 닫혔다 하는 소리가 들렸다. 잠시 후, 여인의 비명이 터져 나오더니 뿔뿔이 흩어지는 발소리가 퍼졌다. 먹이를 찾아 헤매는 호랑이를 피해 궁녀들이 달아나는 소리 같았다.

그러고는 끝이었다.

창호지 문에 빗방울이 툭툭 떨어지더니 비가 그쳤다. 방 안의 그림자들은 바닥에 칠한 듯 움직이지 않았다.

"상처 좀 봐."

어진이 마침내 말했다.

나는 그제야 내 상처를 의식했다. 어진 쪽으로 어깨를 돌리니, 누군가 뜨거운 숯으로 내 몸을 지진 듯 욱신거렸다. 화살은 어깨와 팔 사이 어딘가에 박힌 것 같았다. 얼굴 옆도 화끈거렸다. 손을 대자 축축한 피가 느껴졌다. 화살이 스치고 지나갔었지. 돌아온 기억에 내 몸이 떨렸다.

"사냥용 활은 아니야. 그건 확실해."

어진이 속삭였다.

점점 고통을 견디기 힘들어졌다. 나는 이를 악물고 물었다.

"어떻게 알아요?"

"화살이 그리 깊이 박히지 않았으니까. 화살촉 일부가 보여."

어진이 다정하게 내 손을 잡았다.

"나가서 의원을 찾아가야 해."

우리는 슬그머니 방을 나와 조용한 발걸음으로 움직였다. 혹시라
도 세자가 다가오는 소리가 들릴까 이따금 멈춰 서서 귀를 기울였다.
하지만 죽은 듯한 침묵만 사방을 지배했다. 동궁으로 가는 문 가까이
에 왔을 때, 나는 보고 말았다. 안뜰에 흩뿌려진 핏자국을. 선홍색 얼
룩이 내 시야를 채웠고, 아무리 눈을 깜박여도 그 흐릿한 붉은색은 사
라지지 않았다.

통화문을 지나 궁에서 겨우 탈출한 후에야, 나는 어진을 돌아보며
속삭였다.

"제가 죽었어야 해요."

"그렇지 않아."

어진은 긴장으로 딱딱해진 목소리로 그렇게 말하며, 말을 묶어놓
은 말뚝으로 나를 데려갔다.

"오늘 아무도 죽지 말았어야 해."

"하지만 누군가 죽었잖아요. 내일까지는 아무도 이 사실을 모를 거
고요."

"그게 궁궐의 삶이지. 내 아버지도 이렇게 경고하셨어."

어진이 뒤편의 작은 문을 돌아보며 말을 이었다.

"궁에 들어가면 둘 중 하나라고. 죽음을 맞이하거나, 죽음을 면하고
그 담장 안에서 또 다른 괴물이 된다고……. 가자."

어진은 나를 말에 태우고 내 뒤에 앉더니, 말을 몰기 시작했다.

"너는 한양 밖으로 나가야 해."

16

대종이 울리자 그 소리가 거리를 뒤흔들며 퍼져 나갔다. 성의 모든 대문들이 우레와 같은 소리를 내며 닫히는 사이, 우리는 가까스로 성문을 빠져나왔다. 말발굽이 땅을 쿵쿵 내리쳤고, 한양과 수호산은 검은 능선의 그림자로 사라졌다. 걸어서 반 시간 거리를, 우리는 몇 분 만에 주파했다. 곧 멀리서 반짝거리는 우리 집 불빛이 보였다.

"거의 다 왔어."

강풍 때문에 어진은 목소리를 높여야 했다.

"내가 곧바로 의원 불러올게."

나는 입술을 세게 깨물고 말의 휘날리는 갈기에 고개를 묻어 눈물을 감췄다. 고통을 인식하자 천 개의 칼날이 등을 찌르는 느낌이었다. 칼은 살을 후벼 파고 뼈와 뼈 사이를 썰고 있었다. 호흡을 할 때마다 얼음 조각을 삼키는 듯해 숨이 쉬어지지 않았다. 얕은 호흡밖에 할 수 없었고 머리가 빙글빙글 돌았다. 어진이 꽉 잡아주지 않았더라면 나는 안장에서 떨어졌을 것이다.

도착하자마자 말에서 내린 어진은, 내 상처를 건드리지 않으려 조심하며 나를 내려주었다. 공포의 순간에서 벗어났다 생각했지만, 어진의 부축을 받으며 빛이 새어 나오는 우리 집 창호지 문을 향해 비틀거리며 가는 동안 또 다른 악몽이 나를 덮쳤다. 전날의 기억, 감방 앞에 선 아버지의 말의 무게에 내 모든 꿈과 희망이 산산이 부서졌던 기억. 이곳은 내 집이 아니었다. 아버지의 재산이었다. 어머니…… 이제 어머니의 집도 아니었다.

호흡이 가빠지고 다리에서 힘이 빠졌다.

"할 말이 있어요."

상실감을 떨치고, 내 살을 파고드는 날카로운 화살촉의 고통을 애써 참으며, 나는 목이 멘 목소리로 말했다.

"증거를 찾았어요. 세자 저하의 침소에서……."

머리가 빙글빙글 돌아, 나는 휘청거렸다. 어진이 나를 붙잡으려 손에 힘을 꽉 주었다.

"정신 차려, 현아. 몇 걸음만 더 가면 돼."

어진이 간절하게 말했다.

그 몇 걸음 사이 뼈가 흐물흐물해지고, 청력이 사라지고, 어둠이 내 시야를 에워쌌다. 나는 그 반가운 어둠 속으로 빠져들었다.

❋

처음에는 멀리서 메아리만 들렸다.

"발포성 진통제 가루입니다."

남자의 음성은 물속에서 울려 퍼지는 듯했다.

"술에 녹이겠습니다. 통증이 줄어들 겁니다."

그림자가 움직이더니, 누군가 내 고개를 젖히고 입에 액체를 부었다. 나는 텅 빈 어둠을 다시 한 번 부유했다.

❀

눈을 뜨자 색색의 아지랑이가 서서히 선명해지며 낯익은 형체들이 보였다. 아침 햇살이 내 방을 비추었다. 목금과, 놀랍게도 지은이 벽에 기대 꾸벅꾸벅 졸고 있었다.

그러다 내 시선이 어진에게 닿았다.

어진은 쪼그려 앉아 소매를 걷어 올린 채, 이불 한쪽 끝을 대야 속 물에 담가 헹구고 있었다. 그러고는 물기를 짜더니, 다시 헹궜다. 그래도 천에 묻은 붉은 얼룩은 지워지지 않았다. 나는 햇빛에 드리워진 어진의 그림자에서 내 옆 쟁반으로 시선을 옮겼다. 쟁반에는 부러진 화살대에 달린 피 묻은 화살촉이 놓여 있었다. 내 몸에서 화살촉을 뽑을 때 이불에 피가 튄 모양이었다. 다시 쪼르르 물기 짜는 소리가 들렸다. 어진은 이마를 찌푸리며 다시 이불을 물에 담갔다. 참으로 황당한 광경이었다. 푸른 비단 옷을 입고 검은 전립을 쓴 남자가 쪼그리고 앉아 하인처럼 빨래를 하는 모습이라니.

혼자 힘으로 움직일 용기가 나지 않아, 나는 누운 채 헛기침을 했다.

"안에서 피가 마른 거예요. 못 지워요."

어진이 고개를 들었고, 안도감으로 얼굴이 밝아졌다.

"일어났구나. 몸은 어때?"

"아프네요."

나는 조심스럽게 화살촉을 집어 들고 손가락 사이에서 굴렸다. 궁에서 일어난 사고에 동요하지 않는 척 연기를 하고 있었다.

"그래도 감당 못 할 정도는 아니에요."

어진이 일어나 가까이 다가왔다. 나를 앉혀주고 옆으로 몸을 기울여 내 어깨를 살펴보았다.

"피가 붕대 위로 배어 나오기 시작하네. 그런데 의원이 붕대를 풀지 말라고 했어. 상처에 가한 압박이 풀어지면 안 된다고. 하인에게 이 위에 새로 한 겹 둘러달라고 할게."

어진이 방을 나가려고 돌아섰다.

"잠깐."

내가 그의 옷자락을 붙잡았다가 얼른 놓았다.

"어젯밤 무슨 일이 있었던 거예요? 집에 도착한 이후의 일은 아무것도 기억이 나지 않아요."

"사흘이 지났어."

나는 충격으로 눈을 깜박였다.

"사흘이라고요?"

"다친 데다 그 일로 충격까지 받아서인지, 너는 사흘 내내 잠만 잤어."

어진이 잠시 멈췄다 말을 이었다.

"그리고 너한테 통증을 완화하는 진통제도 투여했어. 네가 요청한 대로."

"그런 기억이 없는데. 아무것도 기억이 안 나요⋯⋯."

어진은 내게서 화살촉을 받아 조심스럽게 쟁반에 내려놓았다. 그러고는 눈에 보이지 않게 쟁반을 뒤편으로 치웠다. 기억하고 싶지 않은 것처럼.

"네가 의식을 잃고 나서 근처에 있는 의원을 겨우 불러왔어."

어진은 핏자국을 씻느라 살갗이 까진 자신의 손만 쳐다보고 있었다.

"그런데 영 믿음이 안 가더라고. 박힌 화살을 그냥 두라는 말까지 들었을 때는 더욱. 그랬다가 감염으로 사망한 사례를 많이 봤거든. 그래서 다음 날 한양에서 의원을 데려왔어. 화살 상처를 치료한 경험이 많은 의원이라 금세 화살촉을 뽑아냈어. 운이 좋았다더라. 화살이 뼈에 박히진 않았대."

어진은 한숨을 쉬고 우리 앞에 있는 병풍으로 시선을 돌렸다. 그러더니 이번에는 수채화를 감상하듯 그 병풍만 들여다봤다.

"상처는 자연히 아물 거야."

이제 보니 내 눈을 피하는 거였다. 지난 사흘 사이 내게 말하고 싶지 않은 다른 일이 일어난 것이 분명했다.

"무슨 일이에요?"

어진의 얼굴에 망설이는 기색이 스쳤다.

"너 쉽게 기다렸다가 얘기하고 싶었어. 하지만 시간이 얼마 남지 않은 것 같아."

"무슨 얘기요?"

"의식을 잃기 전, 네가 세자 저하의 방에서 증거를 찾았다고 했어."

그날의 기억이 머리에 밀려들었다. 번쩍이던 검은 활, 시위에 걸려 내 머리를 겨냥하던 화살. 나는 다시 떨리기 시작하는 손을 치마의 주름 속에 감췄다.

"며칠 전에 제가 한 말 기억해요? 자신의 결백을 증명할 증인이 제 아버지라고 저하가 말했다고 했잖아요."

어진은 아직도 나를 보지 않았다.

"계속해."

"도망치던 범인과 부딪혔다고 했어요. 그때 범인이 무기를 떨어뜨렸대요. 그 말을 하면서 어디를 보더라고요. 그래서 사흘 전 저하의 침소에 혼자 있었을 때, 제가…… 그 안에 뭐가 있는지 봤어요."

"저하는 너를 현장에서 잡았고."

어진의 얼굴이 돌처럼 딱딱해졌다.

"너 죽을 뻔했어."

"그럴 가치가 있는 일이었어요."

나는 방어적으로 말했다. 내가 무슨 잘못이라도 했다는 듯한 그의 말투가 마음에 들지 않았다. 수사를 도와달라 먼저 부탁한 사람이 누구인데.

주위에 긴장된 침묵이 흐르는 동안, 나는 어진을 빤히 쳐다보며 다음 질문을 기다렸다. 하지만 질문이 없자, 기다리다 못해 불쑥 말했다.

"궁금하지 않으세요, 나리? 제가 뭘 찾았는지?"

어진이 손으로 얼굴을 쓸었다.

"뭘 찾았는데?"

"피침요. 절개를 할 때 사용하는 의료 기구예요."

무거운 정적이 내려앉았다.

"피침? 왜 의료 기구를 썼지?"

"저도 궁금해요."

어진이 팔짱을 끼고 고개를 숙였다. 한참 그러고 있더니 중얼거렸다.

"생각할 수 있는 이유는 하나뿐이야. 익숙해서. 범인은 자신이 잘 다루고 손에 익숙한 도구를 선택했어."

가장 명백한 이름이 머리에 떠올랐다.

"군 의원. 우리 용의자 중에 의원은 그 사람뿐이에요."

군 의원의 동기는 명확해 보였다. 돌아가신 어머니의 원수를 갚는 것. 그래서 침묵한 목격자들을 죽이고, 세자에게 그 죄를 뒤집어씌우려는 것이다.

"목격자인 인영 의녀도 있네요."

인영 의녀의 동기는 딱히 떠오르지 않았다. 그럼에도 나는 안비가 살해된 현장에서 그를 본 것이 너무도 이상한 우연이라는 생각을 지울 수가 없었다.

"이제 어떡할까요?"

어진은 잠시 창밖을 내다보았다. 그러다 옆얼굴이 보일 정도로만 고개를 돌려 말했다.

"쉬어, 현아. 이제 어떡할지는 네가 회복되고 나면 그때 생각하고.

며칠은 아무 문제 없는 척 지내보자."

그러고는 자리에서 일어나 방을 가로지르는 어진을, 나는 당황한 눈으로 쳐다보았다.

"목금."

어진의 부름에 코를 골던 목금이 눈을 번쩍 떴다. 지은도 얼른 잠에서 깼다.

"아가씨한테 붕대 한 겹 더 둘러주게."

"깨어나셨어요?"

목금이 내 쪽을 보더니 안도감에 눈을 반짝였다.

"깨어났네!"

"감사합니다!"

지은이 깊은 한숨을 뱉었다.

두 여자가 서둘러 다가와 어미 닭처럼 나를 둘러싸고 호들갑을 떨었다. 어진은 밖으로 나가 부드럽게 문을 닫았다. 왜 저렇게 이상하게 굴지? 마지막 말은 또 왜 이렇게 거슬릴까? 아무 문제 없는 척 지내보자라니.

"마님과 제가 얼마나 걱정했는데요! 최악의 상황까지……."

나는 목금의 말을 잘랐다. 눈은 계속 문을 바라보는 채.

"내가 의식이 없던 사흘 동안 무슨 일 있었어요? 나 아팠던 거 말고 다른 일 말이에요."

"글쎄요……."

목금이 고개를 갸웃하고 이마를 찌푸렸다.

"저는 몰라요, 아가씨."

"오라버니가 중요한 증거를 발견했다는 말은 들었어."

지은이 끼어들었다.

"뭔지는 모르겠어. 잠깐 엿들은 거라. 네 어머니와 대화하더니 서둘러 가더라고."

어진의 말이 왜 거슬렸는지 이제 이해가 되었다. 그는 나보고 쉬면서 며칠 아무 문제 없는 척하라고 했다. 단 하루도 허비하지 못할 상황인데 말이다. 매일, 매 시간이 지날 때마다 정수 의녀의 목숨은 더욱 위태로웠다. 그 말의 의미는 하나뿐이었다.

어진은 나를 수사에서 제외한 것이다.

자기 혼자 할 생각인 것이다.

힘겹게 몸을 일으키며 내가 말했다.

"내 머리 땋아 올려줘요."

내 요청에 따라야 하나 머뭇거리는 목금을, 나는 날카롭게 응시했다. 목금은 불만스럽게 입을 꾹 다물고 내 머리를 만지기 시작했다.

"하지만 너 나가면 안 돼, 현아. 쉬어야지."

나와 목금을 초조하게 번갈아 보던 지은이 말했다.

나는 입을 다문 채 굳게 결심했다. 포도청에 가서 어진에게 답을 요구할 것이다. 보호해야 할 다친 새가 아니라, 목숨을 걸고 진실을 찾아 나선 의녀로서. 여기까지 얼마나 힘들게 왔는데 지금 와서 나를 배제하게 둘 수는 없었다. 그러기에는 너무 많은 것을 포기했다.

나는 검은색 비단 가리마를 머리에 고정시켰다. 가리마를 쓰는 것도 오늘이 마지막이겠지. 그때 방 밖에서 목금의 목소리가 들렸다. 고자질하러 몰래 빠져나간 모양이었다.

"마님! 아가씨가 옷을 입고 집에서 나가시려 합니다!"

나는 지은의 도움을 받아 의녀복인 남색 치마와 하늘색 저고리를 입었다. 움직일 때마다 살짝 상처가 자극되어 얼굴을 찌푸렸다. 옷을 다 입은 후에는, 얼굴의 상처를 분으로 가려 마무리했다. 뒤편에서 문이 열린 것은 그때였다. 나는 어머니가 나를 말릴 거라고 예상하고 경계를 세웠다.

어머니가 차분한 목소리로 말했다.

"사내들은 유희 상대가 필요해 나를 찾아온 것이 아니다."

지은이 자리를 비켜준다며 얼른 방에서 나가 문을 닫았다.

"대화 상대가 필요할 때 나를 찾아왔지. 네 아버지도 그랬어. 머릿속이 복잡할 때만 나를 찾아왔단다."

나는 당황스럽고, 조금은 걱정스러운 마음으로 뒤돌아보았다. 어머니는 검은 머리카락을 매끄럽게 말아 올려 뒷덜미에 완벽하게 고정시킨 모습으로 서 있었다. 머리에 꽂힌 은비녀가 반짝였다. 수려한 얼굴에는 언제나처럼 감정이 없었다. 팔에 도롱이를 걸치고, 짚으로 만든 삿갓을 들고 있었다.

"네 아버지 입을 열어보마. 옛 친구들 가운데 남인 쪽에 영향력 있는 이들이 있어. 세자 저하의 결백을 증명할 증거를 간절히 원할 게다. 저하께서 무너지면 자기들도 쓸려 나갈 테니."

혼란스러워져 나는 어머니의 치맛자락을 내려다보았다.

"우연히 들었다. 네가 종사관에게 하는 말을. 네 아버지가 세자 저하의 결백을 증명하는 증인이라며? 그런 진실이 묻혀서는 안 되지."

"그 말씀은…… 아버지를 배신하려고요?"

"아무도 진실을 말하지 않으면 어떻게 네 스승을 구하려고? 네 아버지가 시작해야지. 살인이 벌어진 시간에 누구와 있었는지 증언해야 해. 거기서부터 더 많은 진실이 드러나지 않겠니."

어머니의 말을 차분히 생각해보았다. 자백을 한다 해도 아버지만 처벌을 받고 끝나지, 정수 의녀가 풀려나지는 않을 것이다. 하지만 어머니 말마따나 옳은 길로 가는 첫 걸음이었다. 가장 어려운 걸음일 수도 있었다.

"아버지와 대화할 방법을 찾기가 쉽지 않을 거예요……."

나는 차마 어머니의 눈을 바라볼 수 없었다.

"제게 진노하셨어요. 저희 다 이 집에서 나가라고 하셨어요."

나는 어머니가 화를 내기를, 격한 분노를 터뜨리기를 기다렸다. 나를 없는 사람 취급하기를, 나와의 의절을 선언하기를 기다렸다. 하지만 예상했던 폭풍이 불지 않자 고개를 들었고, 흔들림 없는 한 쌍의 눈과 마주했다.

"이미 안다."

어머니의 말에 놀라서 등줄기에 전율이 흘렀고, 이어 안도감이 들었다.

"죄수들은 입이 가볍지. 포도청 하인들도. 도성은 소문이 빨리 퍼지는 곳이 아니더냐. 내 걱정은 하지 마라. 이 집을 떠날 용기쯤은 나도 낼 수 있다."

어머니가 말투를 누그러뜨리고 미간을 찌푸렸다.

"너도 나도 용기를 내야 한다, 백현아. 하지만 나보다는 네가 더 용감해져야 해. 정수 의녀를 구해야지."

내 귀를 믿을 수가 없었다. 이 사람은 내가 아는 어머니와 너무 달랐다.

"정수 의녀님이 어떻게 되든 어머니가 왜 신경을 쓰세요?"

한 달 전만 해도 감히 물을 수 없는 질문이었다. 하지만 그 한 달 사이에 많은 것이 달라졌다.

"어머니는 한겨울에 저를 기방 앞에 버리고 갔잖아요."

하지만 지금 그때의 기억을 돌이켜보니, 나는 기방 앞에 혼자 있지 않았다. 머릿속에 눈발이 펼쳐지고, 또 한 사람이 나타났다. 얼어붙은 가마에 앉은 그 사람은, 어둠 속에서 커다란 눈으로 나를 지켜보며 행수가 들여보내주기를 기도하고 있었다.

"그…… 그날 보고 있었던 거죠? 눈을 맞으며 눈밭에 서 있는 나를 보고 있었던 거예요. 내가 우는데도, 보고만 있었어요."

어머니의 얼굴에 놀란 기색은 없었다. 눈만 조금 붉어질 뿐이었다.

"내가 무슨 말을 하겠니……."

어머니의 목소리가 거칠어졌다.

"나는 너를 강하게 기르고 싶었어. 너 같은 신분의 여인이 겪어야 할 역경에 대비할 수 있도록. 하지만 나는 너를 망가뜨릴 뻔했고, 정수 의녀가 나타나지 않았더라면 결국 그렇게 되었겠지. 정수 의녀에게는 평생을 감사해도 모자라다. 언제나 나보다는 그 사람이 네게 더 좋은 엄마일 거야."

어머니가 다가와 우리 사이의 넓은 골을 메웠다. 한 발짝 거리에 서 있으니 갑자기 어머니가 작아 보였다. 여린 버드나무 잎처럼 너무도 연약해 보였다.

"담양군으로 갈 것이라면 얼굴을 감춰야 해. 그…… 궁에서 일어난 일로 누가 너를 감시하고 있을지도 모르니."

어머니가 원뿔 형태의 밀짚모자를 건네자 나는 슬픔에 잠겨 마지못해 가리마를 벗었다. 가리마는 내 왕관이었다. 나와 같은 신분의 여자가 얻을 수 있는 가장 높은 지위에 올랐다는 증거였다. 다시는 쓰지 못하리라. 손가락으로 비단을 어루만지자 가리마를 쓰며 느꼈던 자부심의 기억들이 가슴을 채웠다. 가리마 없는 삶, 의녀라는 이름을 빼앗긴 나를 생각하려니 두려웠다.

나는 침을 삼키고 가리마를 치운 후 그 삿갓을 썼다. 넓은 챙으로 눈물 젖은 눈을 가리던 중, 어머니의 말이 이제야 머리에 완전하게 입력되었다.

"담양? 왜 담양이라고 하셨어요?"

내가 쓰고 있는 삿갓의 챙을 만지려던 어머니의 손이 허공에서 멈췄다.

"종사관이 말하지 않던?"

"무슨 말이요?"

"네가 포도청 다모에게 조사를 부탁했다며? 나도 자세히는 모르겠다만, 사라진 수련생이 있는 곳을 찾았단다. 민지라는 아이가 담양 친척 집에 있대. 그래서 종사관이 그쪽으로 가고 있고."

아직 쟁반에 놓인 피 묻은 화살촉을 쳐다보니, 어깨가 다시 고통스럽게 아팠다. 그럼에도 나는 어진을 찾을 작정이었다. 지금 생각하니 나를 두고 떠난 것이 납득하지 못할 일은 아니었다. 담양까지는 말을 타고도 거의 이틀이 걸리니까.

어머니가 말을 이었다.

"지금 떠나면 한강 근처에서 따라잡을 수 있을 거야."

나야 원해서 떠난다지만, 어째서 어머니도 나와 같은 생각인지 이해할 수 없었다.

"왜 가라고 하시는 거예요?"

내가 주저하며 물었다.

"다른 어머니들 같으면 집에 있으라고 명령할 텐데요."

어머니가 내 어깨에 도롱이를 획 둘러주며 말했다.

"사흘 동안 너를 지켜봤어. 네가 어떻게 수사를 돕고 있었는지 종사관에게도 들었고. 네가 태어나기 전 꿨던 태몽이 떠오르더구나. 검은 용이 벽에 붙은 꿈을 꾸고, 나는 네가 사내아이일 것이라 확신했지. 그래서 네가 딸로 태어났을 때 당황했던 거야. 그래도 그 꿈을 바탕으로 네 이름을 지었지. 맏 백(伯)에, 어질 현(賢)이라고. 네 동생 이름도 같은 돌림자로 대현이라고 지었고."

묘한 느낌에 피부가 따끔거렸다. 목 잘린 의녀가 아들 군 의원에게 쓴 편지를 읽었을 때도 이런 기분이었다. 왜 그런지는 알 수 없지만.

"나는 이제 깨달았어. 너는 혼자서도 알아서 잘하는 아이고, 어깨에 상처가 있다 한들 굴하지 않을 것이란 걸."

어머니는 치마에 찬 주머니에서 원통 모양의 무언가를 꺼내 내 손에 쥐여주었다. 차가운 은의 감촉이 느껴지자, 나는 미약하게 따끔거리는 감각을 잊고 현실로 돌아왔다. 은에 정교하게 각인된 상징들을 내려다보았다.

"울산 병영(조선 시대 군사기지로, 이곳에서 생산된 무기와 담뱃대가 유명했다 – 옮긴이)에서 만든 장도란다. 네가 혼인하면 주려고 보관하고 있었어."

은장도는 아내의 의무를 충실히 지키는 여인을 상징했다.

"그렇군요."

무슨 말을 할지 몰라 내가 속삭였다.

"허나 지금 주는 것이 더 어울리겠다는 생각이 들었다. 아버지는 아들이 성인이 되면 칼을 선물하지. 나라에 충성하고 신하로서 본분을 다하라고."

어머니가 말을 끊고 떨리는 숨을 내쉬었다.

"너는 이제 성인이고, 앞으로 중대한 결정들을 내려야 할 거야. 나는 네가 올바른 결정을 내릴 것이라 믿는다."

뚜껑을 열고 칼집을 벗기자 내 손에서 단검이 반짝였다. 은색 자루를 쥔 손이 떨렸다. 나는 지금까지 한 번도 무기를 만져본 적이 없었다.

"다시 보자, 현아."

어머니가 다정하게 말했다. 내 가슴에 그 말만 묵직하게 남기고 어머니는 떠났다. 나는 이 단검을 사용할 일이 없기를 기도하며 동시에 다짐했다. 이 칼로 아무도 해치지 않을 거야.

하지만 살인자도 처음에는 그렇게 생각하지 않았을까. 삶에서 가장 소중한 존재를 잃기 전까지는.

내게는 무엇이 가장 소중할까.

내가 다른 이를 해친다면 그것은 과연 무엇 때문일까?

17

한강변에서는 어진을 발견하지 못했지만, 강 반대편으로 건너가는 동안 모여 있는 배들과 어부들 옆을 지나는 푸른 비단을 언뜻 보았다. 어진이 뒷짐을 지고 서 있었다. 등에 네모난 짐을 진 상인의 말을 경청하는 자세였다. 상인은 부채로 이곳저곳을 가리키더니 산을 그리는 것처럼 허공에 곡선을 그렸다.

조금 가까이 다가가니 상인이 걸쭉한 남도 사투리로 묻는 말이 들렸다.

"참말로 다 기억하실 수 있겠습니까, 나리?"

어진은 목소리를 깔고 대답했다.

"한번 들으면 웬만해선 잊지 않는다네."

당연하지. 어진이 상인의 손에 엽전을 떨어뜨리는 모습을 보며 나는 생각했다. 어진은 아주 어린 나이에 과거에 급제했다. 그것은 굉장한 암기력과 이해력을 가졌다는 뜻이다. 대부분의 사람들은 과거에 급제하겠다는 야심을 이루지 못하고 시들어갔다. 다섯 살 때부터 공부를 시작해 서른 살이 되어서도 낙방하는 경우가 부지기수였다. 여든 살까지 시험을 치르는 사람도 있었다.

나는 시험에 붙고자 하는 절실한 야망을 이해한다. 익명에서 벗어나고자 하는 욕망이다.

앞으로 내가 절대로 벗어나지 못할 익명에서.

아버지가 내 심장에 뚫은 구멍이 욱신거렸다. 아버지는 내 꿈을, 내 인생을 앗아갔다.

억지로 슬픔을 누르고 신선한 공기를 깊이 빨아들인 후, 어진에게 시선을 집중했다. 그는 넓은 흙길을 지나 저기 멀리 있는 옅은 푸른색 안개 속으로 걸어 들어가는 것만 같았다. 나는 어진이 내 발소리를 못 듣게 몇 걸음 거리를 두고 뒤따랐다. 챙을 기울여 삿갓도 더 깊이 썼다.

한참이 지나자, 어진에게 들키지 않겠다는 확신이 들어 나는 경계심을 풀었다. 배에서 꼬르륵 소리가 났다. 떠나기 전 목금이 준비해준 여행용 봇짐을 슬쩍 열어보았다. 봇짐 안에는 엽전 꾸러미, 새 붕대, 말린 오징어가 들어 있었다. 나는 오징어 다리 하나를 꺼내 씹으며 주위를 둘러보았다.

세검정에서 그랬던 것처럼, 자연이 예로부터 전해 내려오는 약속을 속삭여주었다. 내가 의녀 직위를 잃었고 더 많은 것을 잃을 수도 있지만, 결국에는 다 괜찮아질 것이라고. 나무들이 속삭였다. 봐. 우리가 흔들리는 모습을. 우리가 노래하고 춤을 추는 모습을.

나는 눈이 촉촉해진 채 오징어 다리를 한 입 더 깨물었다.

307

한편으로는 나를 제외한 모든 사람들을 위한 약속일까 두려웠다.

코를 훌쩍이고, 소매로 눈물을 닦았다.

그때 내 발이 단단한 무언가에 걸렸다. 땅에서 튀어나온 돌이었다. 내 입에서 짧은 비명이 터져 나왔다. 곧바로 입을 막고, 넘어지지 않게 균형을 잡았다. 들었을까? 고개를 들었을 때, 내 시선이 소리를 듣고 돌아선 어진에게 꽂혔다. 너무 멀리 있어 표정이 보이지는 않았다. 어진이 가까이, 더 가까이 다가왔고, 사선 형태의 눈썹과 뾰족한 코가 시야에 들어왔다. 어두워진 얼굴이 험악했다. 어진이 허리에 찬 검에서 손을 내렸다.

"이게 무슨……."

어진은 할 말을 잊은 듯 나를 쳐다보기만 했다. 그러다 손으로 초췌한 얼굴을 쓸었다.

"네 어머니가 말해줬구나."

"실수로요."

어진이 내 뒤를 힐끗 보았다. 어둠이 깔린 한양도, 반짝이는 한강도 보이지 않을 터였다. 돌아가야 한다고 주장하기에는 너무 멀리 왔다.

하지만 어진은 내 옆을 지나치며 이렇게 말했다.

"가자. 집까지 데려다줄게."

나는 바닥에 발을 단단히 고정시키고 말했다.

"우리 두 시간이나 걸었어요. 집까지 데려다주는 데 두 시간, 이곳으로 돌아오는 데 또 두 시간이 걸릴 거예요. 아무 성과도 없이 하루가 다 저물겠죠."

그러고는 진지하게 덧붙였다.

"정수 의녀님 판결까지 나흘도 남지 않았어요. 담양에 도착하면 이틀밖에 안 남을 거고요. 돌아와 송 대장을 설득할 시간이 없어요. 여유 부릴 때가 아니에요."

어진은 움직이지 않았다. 나를 등지고 우리를 한강으로 이끌어줄 방향만 보고 있었다. 긴장으로 딱딱해진 어깨가 고집스러웠다.

"마을을 열 개도 넘게 지나야 해. 산과 강도 넘어야 하고. 가는 길에 네 상처만 악화될 거야."

"상관없어요. 저 의녀잖아요. 제 몸쯤은 알아서 처치할 수 있어요."

어진은 꿈쩍도 하지 않았다.

"제가 선택한 길이에요."

내가 목소리를 조금 더 높여 말했다.

"지금 제가 택할 수 있는 유일한 길이니, 꼭 가게 해주세요."

어진은 어깨의 긴장을 풀고 돌아서더니, 내 쪽은 보지도 않고 옆을 지나쳤다.

"참 짜증 난단 말이지."

"제 말이 옳아서 짜증이 나는 거지요, 나리?"

내가 예의 바른 말투로 물었다.

"그래. 네가 옳다, 현 의녀. 네가 언제나 옳아."

어진이 마지못해 반쯤 미소를 지었다.

우리는 조용히 걸었다. 나는 자꾸만 올라가는 입꼬리를 감추려 삿갓 챙을 눌러야 했다. 어진과 함께 있으면, 산이 더 높아지고 흔들리는 갈대밭이 우리를 에워싸 찰나의 순간일지라도 우리만의 작은 세계에 갇힌 듯했다. 그러면 우리가 처해 있는 심각한 상황도, 내 갈비뼈 아래 숨어 있는 슬픔도 얼마든지 잊을 수 있었다.

내가 침묵을 깨고 말했다.

"민지가 담양에 있다는 걸 슬비와 옥선이는 어떻게 알아냈대요?"

"이것도 네 어머니에게 들었겠지."

"자세히는 못 들었어요."

"민지 아버지가 어디로 여행을 갔었다는 사실을 옥선이 다른 의원을 통해 알게 됐대. 담양에 갔다 오다가 부상을 당했다나 봐. 혜민서 사건이 일어나고 얼마 안 되어 한양에서 담양으로 갔다는 게 이상해서 알아보니, 그곳에 먼 친척이 살더라고. 어제 그 사람을 찾아가 알아낸 사실을 말했더니, 얼굴이 하얗게 질려서 자기 딸을 수사에서 빼달라고 애원하더라. 정수 의녀처럼 체포되어 고문당하는 모습을 보고 싶지 않다고. 그걸 보고 내 의심이 맞았구나 싶었지."

따끔거리는 흥분이 내 온몸을 관통해 손가락 끝까지 퍼졌다. 나는 두 손을 꽉 움켜쥐었다.

"드디어 그날 밤의 진실을 알게 되겠네요. 혜민서 피해자들은 저항을 했으니, 범인이 가면이나 손수건으로 얼굴을 가렸다 해도 찢어졌을 거예요."

"나도 그러기를 바라. 민지가 범인의 얼굴을 봤기를."

"못 봤으면요?"

"그럼 범인이 말하는 걸 들었냐고 물어봐야지. 들었다면 남자인지 여자인지는 알 테니까. 그것도 아니면, 내가 처음부터 가졌던 의문의 답은 알 수 있겠지. 어떻게 수련생 민지가 살인 현장에서 탈출할 수 있었는지."

어진이 제기한 의문을 곱씹는데 보슬비가 내리기 시작했다. 바람을 타고 온 비가 햇살을 묻힌 채 떨어졌고, 머리 위로 검은 구름이 모여들었다. 우리는 폭풍의 경계선에 있었다. 산기슭을 뒤덮은 숲으로 들어가 수많은 사람이 걸었던 오솔길을 지나자 슬슬 걱정이 되기 시작했다. 우리와 담양 사이에 펼쳐진 길은 끝이 보이지 않는 것 같았다.

"폭풍이 오고 있어요, 나리. 마을을 찾으면 말을 빌려야겠어요. 안 그러면 가는 데 너무 오래 걸릴 거예요."

나는 봇짐을 풀어 엽전 꾸러미를 꺼냈다. 줄에 엮여 짤랑거리는 엽전들이 햇빛에 반짝거렸다.

"돈은 충분히 가져왔어요."

"돈은 필요 없어. 산 너머 마을에 포도청이 있어. 거기서 말을 빌리려고."

그러다 어진이 멈칫했다.

"말을 탈 줄은 알아?"

"알죠."

"말을 타고도 한참 가야 할 거야. 어깨 아프면 말해줄 거지?"

"그럴게요."

나는 거짓말을 했다.

"호신용으로 쓸 물건도 필요해. 이 지역을 돌아다니는 도적과 들짐승이 많거든."

"있어요. 단검. 어머니가 주신 거예요."

"그래? 어디 봐."

어진이 손을 내밀고 은장도를 받아 들었다. 칼을 뽑아 관찰하는 그의 얼굴은 놀란 기색이었다.

"병영에서 만든 거네. 거기서 나오는 장도가 품질이 제일 좋지. 어머니가 네게 관심이 없다고 했지만, 이걸 구하려고 굉장히 애쓰셨겠는데."

내가 한숨을 쉬었다.

"제 생각과 다른 부분도 있더라고요."

어머니의 말들이 떠올라 나는 잠시 말을 잇지 못했다.

"제 이름을 왜 이렇게 지었는지 들었어요."

"그래? 대체 왜 딸 이름을 백현이라고 지었는지 궁금한걸. '어진 맏형'이라는 뜻이잖아."

전과 같은 불편한 감각이 또 피부 아래에서 꿈틀대고 근육이 긴장했다. 내가 알아야 할 무언가가 있다는 느낌. 나는 관자놀이를 문지르며 중얼거렸다.

"어머니 꿈에서……."

비슷한 느낌을 받았던 때가 떠올랐다. 가슴이 터질 것처럼 답답하고 정신의 가장자리가 쪼개지는 느낌이었다. 환자의 병명을 추론하며 답이 잡힐 듯 말 듯할 때도 이랬다. 답답한 마음으로 다양한 증상의 의미를 따져보면 정신이 더욱 날카로워졌었다. 하지만 지금은 눈앞에 단서들이 있었다.

내 이름에 관한 어머니의 이야기.

우연찮게도 한 사람의 이름으로 시작하는 효옥 의녀의 편지.

이 나라에서 이름은 중요한 의미를 가졌다.

나는 아들을 낳고 싶었던 어머니가 악의로 내 이름을 그렇게 지었다고 생각했지만 아니었다. 태풍을 바탕으로 지은 것이었다. 그리고 내 이름의 끝 글자를 따서 남동생의 이름을 지었다. 현. 같은 글자는 우리가 같은 항렬이라는 뜻이었다.

"군 의원이 뭔가 신경 쓰여요. 군무영…… 모든 이름에는 뜻이 있는데."

내가 혼잣말하듯 말했다.

"어떤 한자를 쓰는지 봤어. 무인의 무(武), 영웅의 영(英)이야."

"꽃부리 영이라……."

나는 고개를 갸웃하고 얼굴을 찌푸렸다. 군 의원의 이마에 난 상처가 떠올랐다. 바닥에 엎드려 빌었던 것처럼 몸에 남아 있던 진흙 자국도.

"군 의원과 얘기해봤을 때 혹시……."

나는 말을 멈추고 생각의 조각들을 맞춰보았다.

"유독 관계가 좋지 않아 보이던 사람은 없었어요? 말하기 굉장히 고통스러워하는."

"문 소원이 있지."

"다른 사람은요? 가족은?"

"양친은 사망했어. 이부형제가 셋 있다고 했는데, 그들에 대해 물으니 말하기를 꺼리더라고. 따로 조사해봤지만 공식적인 기록에는 남아 있지 않았어. 부모가 재혼은 신고하지 못했을 테니까."

"의원 군무영…… 의녀 인영……."

나는 두 사람의 이름을 중얼거렸다. 피침을 들고 다닐 수 있을 법한 사람은 그 둘뿐이었다.

"피침 주인은 둘 중 하나가 분명해요. 하지만 지금까지 우리는 인영 의녀를 목격자로 생각하고……."

그때 조각이 들어맞았다. 가능성 있는 사실이 드러나자 순간 충격을 받은 내 머리가 몸에서 저절로 튀어나왔다. 머릿속이 고요해졌다. 보슬비를 맞으며 헐벗은 가지에서 쩍쩍대는 새의 울음마저 들리지 않았다. 생각이 몸으로 돌아왔을 때, 나는 다음 말을 기다리는 어진의 시선을 느꼈다.

"인영이라는 이름은 한자가 어떻게 돼요?"

"어질 인(仁)…… 꽃부리 영(英)."

"돌림자."

내가 속삭였다. 아직도 믿을 수 없어 머리가 붕 뜬 듯했다.

"보통 자식들 이름 첫 글자나 마지막 글자가 같잖아요. 우연일 수도 있지만, 용의자 두 명의 끝 자가 똑같아요. 군무영, 인영. 둘이 이부형제라면요?"

"무슨 뜻인지는 알겠는데……."

어진이 망설였다.

"네 말처럼 우연일 수 있어."

"우연이 겹쳐도 너무 많이 겹친다고 생각하지 않아요? 인영 의녀는 살인이 벌어진 날 밤 하필 혜민서 근처에 있었어요. 도롱이를 입고요. 핏자국과 긁힌 상처를 가리기 위해서였겠죠. 어디 숨어 있다가 헝클어진 머리를 빗었을 수도 있고요. 또 포도청을 그만두고 궁에 들어온 시기도 효옥 의녀가 참수당하고 얼마 지나지 않았을 때예요."

내 인생에 또 한 차례 비극이 닥쳤을 때, 이제는 다른 삶을 살아야겠다고 결심했어. 인영의 말이 떠올랐다. 우리 어머니가 돌아가셨는데, 내가 내의녀가 되는 것이 어머니 평생 소원이었거든.

내가 설명을 이었다.

"궁에 들어오기 전에는 포도청 다모였어요. 자기 입으로 살인 사건을 해결하느라 여념이 없어 일부러 입궁하지 않았다고 했고요. 거기서 뭘 배웠을지……. 잠깐, 여인이 검을 능숙하게 다루려면 얼마나 걸릴까요?"

"검술을 터득하는 데 최소 일곱 해는 걸릴 거야."

"아홉 해 있었댔어요. 포도대장에게 가르침을 받았고……."

깊은 침묵이 깔렸다.

"나는 인영 의녀를 아예 관심의 대상에 두지도 않았어. 목격자라고만 생각했지."

"물론 그냥 우연의 일치일 수 있어요."

내가 한발 물러났다. 내 목에 칼을 댄 사람이 인영이라고는 상상하기 어려웠기 때문이다.

"범행 시간에 다른 데 있었다는 증인들도 있고요."

어진이 어두워진 표정으로 말했다.

"올해가 몇 년인지도 기억 못 하는 술꾼 아버지 말이지. 노름방에서 죽치는 사람들하고. 돈을 주고 내게 거짓말하라 시켰을 수도 있어. 인영의 아버지는 이혼을 했으니 전에 효옥 의녀의 남편이었을 수도……."

어진이 손가락으로 눈을 꾹꾹 눌렀다. 답답한지 얼굴이 점점 굳어

315

가고 있었다.

"젠장, 그자들에게 질문을 더 했어야 하는데."

"나리 탓이 아니에요. 대장님의 지원 없이 혼자서 전체 수사를 감당해야 했잖아요. 그리고 인영 의녀는 포도청으로 달려간 첫 번째 목격자였어요."

내가 자신 없이 고개를 저었다.

"자기가 죄를 저질러놓고 신고하는 살인자가 있을까요?"

"그게 바로 인영 의녀의 계획이었는지도 모르지."

어진의 목소리는 갈수록 냉정해지고 있었다.

"우연일 수도 있어. 하지만 네 말대로 우연이 너무 겹쳐. 다섯 번째 피해자 아람 의녀는 이른 아침에 집으로 찾아온 손님을 위해 차를 준비했어. 살인자를 위해서 말이야. 군 의원을 사적인 공간에 들이는 건 이상한 일이지만, 인영 의녀라면⋯⋯."

"며칠 전까지는 군 의원이 살인자라고 생각했어요."

내가 말을 보탰다. 점점 더 많은 생각이 수면 위로 떠오르고 있었다.

"아람 의녀가 살해된 다음 날, 군 의원이 이상한 말을 했어요. 안비가 죽은 건 자기 탓이라면서, 자기가 대신 죽기를 원했다고 했어요. 무슨 뜻이냐고 물었더니, 이상한 우연이라고 생각하지 않느냐고 했어요. 자기가 어머니의 죽음을 목격한 세 명 중 하나와 사랑에 빠진 게."

어진의 이마에 깊은 주름이 파였다. 머리가 얼마나 빠르게 돌아가는지 보일 지경이었다.

"그리고 몸에 세 가지 흔적이 있었어요. 이마에 피가 묻어 있었

316

고, 손과 무릎은 진흙으로 더러웠어요. 누군가에게 무릎을 꿇고 빌었던……."

"네 이론대로라면, 인영 의녀는 어머니가 어떻게 실종됐는지 알아보려고 궁에 들어갔을지도 모르겠다. 마지막으로 본 사람들에 대한 소문이 있었을지도 모르지."

"이것도 가능해요."

커져가는 흥분감에 숨을 가쁘게 쉬며 내가 덧붙였다.

"인영 의녀가 문 소원을 모시는 동안, 문 소원과 안비가 자기 어머니에 대해 뭔가 알고 있다는 사실을 알아낸 거예요. 그래서 안비에게 접근하라고 남동생을 부추긴 거죠."

"그러다 그는 사랑에 빠진 거고."

어진이 나와 장단을 맞췄다.

"하지만 정보를 물어 오라는 인영 의녀의 지시는 따랐어. 그리고 마침내 그 정보를 얻은 날, 혜민서에서 학살이 벌어진 거야. 인영 의녀는 곧바로 안비가 발설한 다른 두 명도 추적했어. 경희와 아람을."

"그리고 다음 날 아침, 군 의원은 엎드려 빈 거예요……. 자기 누나에게 그만하라고 애원하면서!"

"생각이 바뀌었어. 일단 말을 구하면 광주로 갈 거야."

어진의 말에 나는 눈을 깜박였다.

"광주에 뭐가 있는데요?"

"인영 의녀가 일했던 포도청. 한참 우회하게 되겠지만 그곳으로 가야 할 것 같아. 그간 세자와 군 의원에게 집중하느라 인영 의녀의 과거는 알아보지도 않았어."

"여인이 그토록 잔인한 행동을 할 수 있다고 우리 둘 다 생각을 못한 거예요. 그 어머니도 태몽으로 용꿈을 꿨을지도 모르죠."

18

하늘 위로 검은 구름이 낮게 깔렸다. 우리는 말을 타고 광주성으로 향해 포도청에 도착했다. 색이 바랜 붉은색 기둥이 탑 형태의 이층 지붕을 받치고 있는 대문이 보였다. 바로 비가 퍼붓기 시작했다. 나는 커져가는 기대감으로 인해 다친 어깨의 아픔도 못 느끼고 있었다.

"다모 인영을 아냐고요?"

포도청 입구를 지키는 포졸이 어진의 질문을 되풀이했다.

"예, 예전에 그런 이름의 다모가 있었지요. 한 해 전인가 내의녀로 승진을 했습니다."

"대장님 안에 계시면……."

어진이 마패를 꺼냈다.

"한양부 포도청 종사관이 뵙기를 청한다고 전하게."

포졸은 당장 명령을 따랐다. 하인과 돌아온 그는 중앙에 있는 전각의 처마 아래로 우리를 안내했다. 기둥이 우뚝 솟아 검은 기와지붕과 연결된 긴 건물이었다.

안으로 들어가니 성긴 수염을 길게 기른 중년의 채 대장이 우리를 맞이했다. 두 남자는 의례적인 인사를 주고받고 방석에 앉았다. 나는 그들 뒤편 미닫이문 근처에 있었는데, 어진이 뒤를 돌아보더니 자기 옆에 앉으라 손짓했다. 너무도 자연스러워 보이는 그 행동에 채 대장은 놀란 눈치였다. 숱 많은 눈썹이 꿈틀거리며 궁금하다는 듯 내 쪽을 휙 쳐다보았다. 하지만 잠시뿐이었다.

"그래, 자네가 서 종사관이군."

채 대장이 부드러운 저음으로 말했다.

"자네에 대한 이야기는 들었네. 열여덟 나이에 전하께서 직책을 하사하신 젊은 영재라고. 어인 일로 이곳까지 먼 길을 오셨나?"

"인영이라는 여인에 대해 여쭈러 왔습니다. 이곳에 아홉 해 동안 다모로 있다 내의녀가 되었지요."

채 대장이 근심에 찬 한숨을 길게 내쉬었다.

"내 의심이 맞았구먼."

무슨 뜻인지 묻기도 전에 그가 말했다.

"인영은 열네 살에 포도청에 들어왔네. 아주 영특한 아이라 내 눈과 귀가 되도록 훈련시키겠다 마음먹었지. 내 수족이 되도록 말이야."

"그 훈련에 검술도 포함되었습니까?"

"그 아이가 부탁했어. 마을에 연쇄 살인 사건이 벌어졌을 때 검을 다루는 법을 가르쳐달라더군. 진실되고 예의 바른 아이라고 여겼기에 부하 한 명에게 검술을 가르치라 지시했네."

"왜 아홉 해나 있었던 포도청을 떠났을까요?"

"궁에서 일하는 의원인 남동생이 편지를 보내서……."

"남동생 이름은 무엇입니까?"

"모르네. 어린 나이에 의학 공부를 하러 한양으로 떠났다는 것 말고는 동생 이야기를 잘 하지 않아서. 사이가 좋은 것 같지 않았어. 동생이나 의붓아버지와의 관계가 썩 좋지 않은……."

그러다 표정이 밝아졌다.

"아! 의붓아버지! 본래 군관이었으나 어떤 일로 벌을 받아 노비가 된 자였네. 군씨, 이곳 사람들은 그렇게 불렀어. 아들이면 그 성을 쓰겠지."

군 의원이다. 나는 생각했다.

어진이 물었다.

"인영의 아버지가 의붓아버지라고요? 인영의 어머니가 재혼을 했다는 뜻입니까? 재혼은 금지일 텐데요."

"하층민들은 자기들이 하고 싶으면 하기도 하네. 그리고 내가 말했듯 인영의 가족은 교류가 별로 없었어. 어머니가 이혼한 후로 조용히 살아서, 그 남자와 정식으로 혼인을 했는지도 잘 모르겠네."

채 대장이 헛기침을 했다.

"방금 말했듯이 남동생이 편지를 보냈네. 어머니가 마지막으로 궁에서 목격된 뒤로 실종되었다고 적혀 있었네. 나는 인영의 어머니가 내의녀가 된 것도 몰랐어. 오랫동안 이 지역 의원에서 일했거든."

나는 손의 떨림을 멈추려고 치마를 움켜쥐었다.

"내가 그러지 말라 했지만, 인영은 어머니의 실종을 자신의 사건처럼 받아들였네. 수사관이라도 된 듯했지. 거의 매일 남동생에게 편지를 썼네. 질문을 하고, 궁녀의 신뢰를 얻으라 재촉하고……."

"궁녀라고 하셨습니까?"

"그러하네. 어머니와 마지막으로 함께 목격된 궁녀라고 하던가. 한 동안 그러다 동생이 더 이상 답장을 하지 않더군. 그때부터 인영은 시간이 남을 때마다 의학서를 탐독하기 시작했네. 밤늦게까지 그러는 날도 많았네. 지역 의원에 가서 정기적으로 시험을 봤는데, 그때마다 성적이 쑥쑥 올랐지. 바로 그 의원의 부름을 받아 그곳에서 몇 달 있다가, 내의녀로 선발되어 궁에 들어가게 된 걸세. 그 소식을 듣고 나도 무척 놀랐네."

"실례지만 하나 여쭙겠습니다."

내가 속삭이자 채 대장이 내 쪽을 쳐다보았다. 나를 어떻게 대해야 할지 모르겠다는 표정이었지만, 일단 고개를 끄덕였다.

"인영 의녀가 진실되고 예의 바른 여인이라고 하셨지요. 어머니의 실종 이후 달라진 점은 없었는지요? 이상한 행동을 하지는 않았습니까?"

채 대장이 나를 관찰하다 어진을 쳐다보았다.

"이 여인은 누구요, 서 종사관?"

"내의녀입니다. 이번 수사에 핵심적인 역할을 하고 있지요."

"그래…… 그렇지 않다면 어떻게 궁궐 담장 안에서 일어나는 일들을 알겠는가."

채 대장이 속삭였다. 분명 무언가를 알고 있었다. 그가 입을 다물고 이마를 찌푸리자 내 등이 긴장으로 굳었다.

"인영은 부당한 면을 보이는 사건들에 마음을 빼앗기게 되었네. 집

착을 했지. 무서울 정도로. 그러던 어느 날, 거짓 증언을 한 여성 목격자를 체포해 오는 일을 맡겼네. 내가 그 목격자를 발견했을 때는…… 이루 말할 수 없이 처참한 상태였네. 얼굴을 알아보기 힘들 정도로 구타를 당했더군. 너무 심하게 맞아 결국 깨어나지 못했네. 나는 그 일을 눈감아주었지. 지금 생각하면 내 실수가 아니었나 싶어."

"송구하지만 한 말씀 드리겠습니다."

어진이 천천히 말을 꺼냈다. 나는 어진을 초조하게 바라보았다.

"지나친 자비는 부족한 것만 못할 때가 있습니다."

나는 채 대장의 호령이 떨어지기를 기다렸다. 송 대장이라면 그럴 것이기에. 하지만 채 대장은 어진의 말을 받아들이며 후회 섞인 한숨을 내쉬었다. 지방의 관료들은 성품이 덜 잔혹한지도 모르겠다.

어진이 말을 이었다.

"혜민서 살인 사건에 대해 들어보셨겠지요, 영감."

"들었네. 자네도 그래서 이곳에 온 거겠지."

채 대장이 수염을 쓸어내리며 다시 내게로 시선을 돌렸다. 그는 목소리를 낮추고 말했다.

"나를 찾아와 이런 질문을 할 사람이 없을 거라 생각했네……. 일개 다모가 그런 잔혹한 폭력을 저지를 수 있다고 누가 믿겠는가?"

"영감께서는 인영 의녀가 살인에 가담했을 수 있다고 믿으십니까?"

어진이 물었다.

"그래. 그때는 단순히 감이었지만, 자세한 내용을 돌이켜본 지금은 인영이 배후에 있다고 믿네."

채 대장이 일어나 서랍에서 무언가를 꺼내 왔다. 내심 칼을 꺼낼까 두려웠다. 자신의 실수를 들켰다고 우리를 죽이지 않을까? 하지만 그가 꺼낸 것은 칼이 아니라 인장이 찍힌 나뭇조각이었다. 용의자를 체포할 권한이 있는 군관에게 주어지는 통부였다.

"그간 혜민서 사건을 관심 있게 지켜보았고, 그 일로 얼마나 큰 혼란이 야기되었는지 보았네. 백성들이 세자 저하를 의심하게 만들었지. 돌아가면 내 인장을 송 대장께 보이고, 광주 포도대장의 증언을 받았다고 말씀드리게. 의녀 인영을 체포해 심문해야 한다고."

✳

빗줄기가 약해졌을 즈음, 하늘은 물 빠진 남색이 되었다. 성 밖으로 나와 근처에서 주막을 찾기를 바랐지만 가도 가도 진흙탕이 된 논밭만 나왔고, 뻗어나가는 숲도 끝이 보이지 않는 듯했다. 숲은 구부러진 나무들과 우뚝 솟은 초록의 대나무 줄기들로 가득했다. 마침내 우리는 어둠 속에서 샛노란 눈처럼 촛불을 밝힌 창호지 문 두 개를 발견했다.

"다행이다."

내 입에서 절로 말이 나왔다.

"친절한 노부부가 살고 있기를 바라자고. 간을 빼 먹는 구미호가 아니라."

어진은 기분이 좋아진 것 같았다. 결국 우리는 수사의 끝에 다가가고 있었으니까. 하지만 나는 전혀 후련하지 않았다. 이제 어진이 체포하려는 용의자는 내가 아는 의녀였기 때문이다. 같이 대화를 하고 일을 한 사이였다.

그렇지만 애써 명랑하게 말했다.

"나리를 위해서라도 그러기를 바라야죠. 구미호는 여자보다 남자의 간을 좋아한다잖아요."

작은 마당과 부엌이 딸린 초가집 근처에 이르러 우리는 말을 묶고 다가갔다. 어진이 대문을 주먹으로 두드리는 동안 나는 초조하게 뒤에 서 있었다. 모르는 사람 집에 와서 방과 식사를 부탁한 적은 한 번도 없었다. 하지만 어진은 여러 번 경험이 있는 듯했다. 암행어사 아버지와 함께 농부로 변장하고 다닐 때 그랬을까.

문이 열리자 젊은 여인의 경계하는 얼굴이 드러났다. 흰 저고리와 연노랑 치마, 그리고 땋아 올린 머리에는 비녀가 꽂혀 있었다. 기혼이라는 표시였다. 어진이 여동생과 함께 집으로 돌아가는 길인데 하룻밤 묵을 수 있느냐고 물었을 때도 여자의 표정은 달라지지 않았다.

"남는 방이 하나 있습니다. 거기서 주무시지요."

여자는 떨떠름하게 말하며 우리를 들여보내주었다.

좁은 마루에는 짚으로 만든 바구니가 쌓여 있고, 낮은 탁자 위에는 마늘 한 무더기와 식칼이 놓여 있었다. 여자는 앞장서서 마루를 가로지르더니 작은 방의 문을 열었다.

"저기 이불이 있습니다. 남은 초는 없어요. 물은 가져다드리겠지만 먹을 것은 없습니다. 제가 먹을 것도 부족해서요."

배가 고파 죽을 지경이었지만, 내 봇짐에 있는 간식으로 만족해야 했다.

"과부 같아. 남편이 집에 없거나."

우리만 남자 어진이 조용히 말했다. 우리는 주인이 가져다준 대야의 물로 몸을 씻었다.

손과 손톱을 깨끗이 씻고 이마의 땀도 닦은 후, 나는 저고리 아래로 손을 넣어 어깨를 만져보았다. 붕대가 딱딱했다. 또 한 겹 둘러야 하는데 어진 앞에서 저고리를 벗고 싶지는 않았다. 나는 난감해서 어진을 멋쩍게 쳐다보았다.

어진은 얼른 눈을 피했다.

"아주머니 불러서 도와달라고 할게. 나는 나가 있으면 돼."

어진이 방을 나갔다. 잠시 후 들어온 주인은 내 피를 보고 놀라 숨을 들이마셨다. 하지만 따로 질문을 하지는 않았다.

"오누이 사이 아니죠?"

낡은 붕대 위에 깨끗한 붕대를 한 겹 두르며 주인이 말했다.

"아가씨 안 볼 때 저분이 쳐다보는 눈빛만 봐도 알아요."

무슨 뜻인지 정확히 알 수는 없었지만, 나는 다시 어진과 단둘이 남았을 때도 그 말을 쉽게 잊을 수 없었다.

어진의 이부자리와 최대한 먼 곳에 내 요를 펼쳤다. 아주 멀지는 않았다. 방이 워낙 작았으니까. 나는 무릎을 끌어안은 자세로 이불에 앉았고, 어진은 양팔을 베고 길게 누워 눈을 감았다. 허리에 검과 밧줄이 묶여 있었다. 잘 때도 몸에서 떼지 않으려는 모양이었다.

"쉬어야지. 동이 트자마자 갈 길이 멀어."

어진이 중얼거렸다.

"지금도 담양에 갈 계획이에요? 핵심 증인을 데려가게?"

"민지를 찾는 일은 다른 군관들에게 시킬 거야. 이제 어디 있는지 알았으니. 인영 의녀가 도망칠 틈을 주고 싶지 않아."

우리는 말을 하지 않고 움직이지도 않으며 숲의 소리를 들었다. 나뭇잎이 스치는 소리. 부엉이가 우는 소리. 숲 위로 날개를 퍼덕이며 날아가는 소리.

사방이 조용해지자 내 생각은 다가올 앞날로 향했다. 며칠 있으면 사건이 종결될 것이다. 평범한 삶으로 돌아간다고 생각하니 두려워졌다. 그 삶에는 새로운 수수께끼가 기다리고 있었다. 어머니의 본모습은 무엇일까? 진심으로 나를 사랑할까? 그리고 아버지의 분노가 휩쓸고 가 난장판이 된 내 삶을 어떻게 해야 할까?

어진은 이런 내 삶의 어디에 들어갈까?

생각하니 우울해졌다. 하지만 나는 손가락으로 눈꺼풀을 꾹 눌러 눈 안에서 떠다니는, 마치 밤하늘의 등불 같은 빛의 반점들을 보았다.

"연등 축제 말이에요."

나는 눈에서 손을 떼고 손바닥으로 두 뺨을 감싸며 말했다.

"같이 가자고 하셨죠?"

그는 계속 눈을 감은 채 대꾸했다.

"나보고 시간 빼앗지 말라며."

뺨이 화끈 달아오르고 손가락이 찌릿했다.

"진심이 아니었어요. 아버지 일 때문에 화가 났었어요."

"그러니까 나를 좋아하기는 하는구나."

"당연하죠."

내가 나직이 말했다.

어진이 눈을 뜨더니, 무슨 생각을 하는지 궁금해질 만큼 한참 동안 어둑한 천장을 올려다보았다. 어진도 수사가 종결된 후 내가 자신의 삶 어디에 들어갈지 생각하고 있을까? 아니면 나를 거절할 방법을 생각하고 있을까…….

"너를 만나기 전까지는 늘 내가 혼자라고 느꼈어."

어진이 머뭇거리더니 고개를 살짝 돌렸다. 어두운 빛 속에서 진지하게 반짝이는 그의 눈을 보자 숨이 턱 막혔다.

"너도 나와 같은 느낌인지 궁금해."

두려웠다. 하지만 알고 싶었다.

"어떤…… 어떤 느낌인데요?"

어진은 다시 천장을 보며 빛과 어둠이 만들어내는 문양을 관찰했다. 생각의 조각들을 맞추고 있을지도 몰랐다.

"우리가 같이 있으면…… 꼭 우리가 강인 것 같아. 내 생각이 네 생각으로 흐르고, 네 생각은 내 생각으로 흐르는 게. 또 우리가 대화를 하지 않을 때는……."

어진의 입꼬리에 희미한 미소가 걸렸다.

"네가 있는지 깜박할 때가 있어."

"그것 참 기분 좋은 칭찬이네요, 나리."

내가 건조하게 말했다.

"최고의 칭찬이야. 나는 사람들과 오래 어울리는 걸 좋아하지 않아. 하지만 너와 있으면…… 다른 사람처럼 행동해야 한다는 느낌이 안 들어."

내가 어진을 보고 눈을 깜박였다. 그러고 보니 나도 같은 느낌을 받았다. 어진과 있을 때면 세검정에서와 비슷한 감정을 느꼈다. 우리 둘만 존재하는 세계로 탈출한 것 같은 느낌. 그 세계에는 규칙도, 조건도 없었다.

"나도 같은 느낌을……."

바깥에서 짧은 외침이 들렸다. 고음의 외마디 비명 같았다. 어진은 이미 검을 들고 벌떡 일어난 상태였다.

"짐승일까요?"

내가 물었다.

"그런 것 같아. 금방 돌아올게. 여기서 기다려."

"나도 같이……."

"아니야."

나는 어진이 떠날세라 자리에서 일어나 그의 손을 잡았다. 손이 차가웠다. 어진도 나처럼 뭔가 심상치 않다는 것을 예감했다.

어진이 내 손을 부드럽게 쥐며 말했다.

"금방 올게. 약속해."

정말로 진심인 듯 말했다. 두려움이 혈관에서 고동쳤지만, 나는 고개를 끄덕이며 말했다.

"당연히 그러셔야죠."

어진이 방을 나가자 심장이 고통스럽게 뛰었다. 바깥에서 나뭇가지를 밟는 그의 발소리가 들렸다. 어느 순간 그는 나와 가장 가까운 창문 근처를 지나 멀리로 향하는 듯했다. 창문으로 달려가 살짝 열어 보니, 어진은 흐린 하늘 빛에 녹회색으로 보이는 높은 대나무 숲으로 가고 있었다. 그는 잠깐 걸음을 멈추고 대나무에 작은 막대를 기대어 놓았다. 그러고는 사라졌다. 어둠 속으로 빨려 들어가버렸다.

나는 기다렸다. 서성였다. 손톱을 물어뜯었다. 다시 창문을 내다보고 또 방을 서성였다. 우리 주변을 정찰하는 어진의 걸음을 상상하려 해보았다. 이제쯤 돌아와야 한다는 생각이 들 때마다 정적이 지배했다. 숲에서 나무가 흔들리는 소리밖에 들리지 않았다.

한 시간쯤 – 실제로는 몇 분에 불과했을지도 모르지만 – 흘렀을까. 바깥에서 문이 스르르 열렸다 닫히는 소리가 들렸다. 어진이 돌아왔다는 안도감에 나는 서둘러 밖으로 나갔다.

하지만 안도감은 오래가지 못했다. 마루에 젊은 여자만 앉아 있었기 때문이다. 내게서 등을 돌린 주인은 아까와 다른 옷으로 갈아입은 상태였다. 흰 저고리가 어깨에 꽉 꼈다. 남색 치맛자락이 주변에 퍼져 있었고, 검은 머리카락은 촛불에 반짝였다.

칼도 반짝였다.

식칼이 바닥에 있었다. 여자는 떨고 있었고, 쓰고 시큼한 냄새가 내 코를 찔렀다. 무언가 썩는 냄새…… 아니면 구토 냄새인가? 그때 여주인의 저고리 옆에 묻은 빨간 얼룩이 눈에 들어왔다.

"아주머니?"

내가 한 걸음 더 다가가며 다시 속삭였다.

"아주머니?"

"세자가 살인자야."

소름 끼치는 목소리였다. 아까 그 여자라기엔 너무도 익숙한 목소리였다. 내 피가 얼어붙었다.

"그런데도 너는 여기 있구나. 나를 잡으려고. 방해꾼들에게는 인내심을 발휘할 수 없지."

"어떻게 우리를 찾은 거죠?"

나는 이렇게 말하며, 천천히 칼집으로 손을 뻗어 단검을 뽑아 치마 속에 숨겼다.

"목격자. 목격자는 항상 있어. 너와 푸른 옷의 종사관을 본 사람도 있지."

자리에서 일어난 인영이 돌아서자, 앞이 찢어지고 피에 젖은 옷이 드러났다. 깨닫고 보니 인영의 피가 아니었다. 발밑에 고인 피나 옷 앞자락에서 뚝뚝 떨어지는 피가 없었다.

"민지를 찾으려고 너희 둘을 미행했어. 너희에게 말을 하기 전에 없애버리려고. 그런데 채 대장님을 찾아가서 그분이 나를 배신하게 만들더군."

"여기까지 우리를 따라와서…… 이 집 주인을 죽인 거예요?"

다시 공포가 엄습했다. 어진이 돌아오지 않았어. 무릎이 휘청이고 목소리가 날카로워졌다.

"서 종사관 나리는? 그분에게 무슨 짓을 했어요?"

"네 친구는 죽었다."

귀에서 째지는 소리가 폭발했다. 그 소리는 점점 더 커졌고 종국에 는 아무 소리도 들리지 않았다.

당장 이 집에서 뛰어나가고 싶은 마음에 무릎이 앞으로 꺾였다. 하지만 무쇠와 같이 강한 손이 내 팔을 움켜쥐었다. 다친 어깨에서 날카로운 통증이 폭발했다. 이를 꽉 악물고 뒤를 돌아보자 내 등을 내리꽂으려 날아오는 칼이 보였다.

내게는 한 가지 생각뿐이었다.

어진에게 가야 해.

손이 저절로 움직였다. 내 손에 들린 단검이 나를 움켜쥔 손을 긋고 우리 두 사람의 살을 통과해 미끄러졌다. 그렇게 나는 자유를 찾았다.

비틀거리며 초가집에서 나오자 차가운 공기가 얼굴을 때렸다. 몇 걸음 더 가다가 무언가에 걸려 넘어질 뻔한 순간 입에서 흐느낌이 터져 나왔다. 과부의 피투성이 시체였다. 나는 억지로 발을 내디뎠다. 흐릿한 어둠이 내 시야를 덮었지만, 어진이 마지막으로 보인 장소에 도착하자 모든 것이 선명하게 보였다. 대나무 줄기에 작은 막대가 기대어 있었다. 길을 가리키는 표식이었다.

뒤를 돌아보니 피 묻은 손에 검을 움켜쥔 인영이 나를 쫓아오고 있었다.

나는 표식을 지나 숲으로 들어갔다. 석양이 남기는 마지막 한 조각 빛 속에서 저녁 하늘은 점점 더 옅은 푸른빛을 띠었다. 공포가 서리처럼 내 피부를 타고 올라와 몸을 마비시킬 듯 위협했다. 하지만 나는 심호흡을 하고 혜민서에서 배운 가르침을 떠올리려 했다.

정수 의녀는 귀에 못이 박히도록 말했었다. 상황이 다급할수록 침착해져야 한다.

또 한 번 심호흡을 하고 주변을 살펴보았다. 무작정 달려 나가는 것은 의미가 없었다. 다음 표식을 찾아야 했다. 몇 분간 주위를 샅샅이 훑은 끝에 나뭇가지를 하나 더 발견했다. 이번에는 더 긴 막대를 발견했다. 바위에 어색하게 기대어져 있었다. 그쪽으로 달리다 멈추기를 반복하다가 오르막길 옆에서 또 하나의 표식을 발견했다. 이후로는 표식이 없었다.

"어진아."

나는 길 끝에 이르러 외쳤다. 용기를 내어 앞에 있는 숲을 향해 목소리를 조금 더 높였다.

"어진아!"

내 침착함은 부서져버렸다. 서둘러 오르막길을 오르는데 경사가 점점 더 높아졌다. 나뭇가지들이 내 얼굴을 긁고, 팔을 찌르고, 치마를 잡아당겼다. 나는 별안간 멈추고 가파른 길을 내려다보았다. 내 발밑에서 흙이 부스러졌고, 어둠이 더욱 깊어져 아래는 거의 보이지 않았다. 가파른 경사면에서 나무들은 대각선으로 기울어져 있었다. 아래에서 바람이 내 얼굴로 불어왔고, 더 아래에서는 대나무 숲이 부스스 흔들렸다. 나는 후들거리는 무릎으로 뒷걸음질을 치다 돌에 걸려 엉덩방아를 찧었다. 손바닥이 젖은 땅에 닿았다. 물기를 닦으려고 손을 들어 올렸다가 그대로 얼어붙었다. 내 손이 빨갛게 물들어 있었기 때문이다.

"아니야."

나는 이렇게 속삭이며 앞에 있는 땅을 살펴보았다. 피 묻은 잎사귀와 잔가지가 벼랑 가장자리까지 이어져 있었다. 나는 벌떡 일어났다. 서둘러 아래로 내려갈까 생각했지만, 그 순간 숲이 더 어두워져 일단 멈추었다. 숲의 바닥을 따라 뻗은 그림자가 오래된 나무들을 타고 올라와 모든 것을 집어삼키고 있었다. 한 걸음만 잘못 디뎌도, 나는 절벽으로 추락하고 말 것이다.

나는 치맛자락을 들고 아래로 뛰어 내려갔다. 폐가 터질 것만 같았다. 낮은 숲에 이르자 방향을 틀어 다시 절벽 쪽으로 돌아갔다. 그리하여 이제 아득한 높이의 절벽 밑에 서 있게 되었다.

꼭대기에 깃털이 달린 전립이 내 발밑에 있었다. 턱 끈의 호박색 구슬들에 피가 묻어 있었다.

심장이 조이는 느낌을 받으며 키가 큰 대나무들을 밀치고 나아갔다. 가지마다 달려 있는 길고 반짝거리는 나뭇잎들이 너무 빽빽해 내가 어디로 가는지도 볼 수 없었다. 어진을 지나쳤을지도 모른다는 생각에 두려워졌다. 그때 가지 사이가 벌어지며 졸졸 흐르는 개울가에 무릎을 꿇은 사람의 형체가 나타났다. 그는 허리를 굽힌 채 몸을 격렬하게 떨고 있었다.

"어진아!"

나는 앞으로 달려 나가 그의 앞에 쪼그려 앉았다. 내 시선이 상처와 멍으로 얼룩덜룩해진 얼굴에 내려앉았다. 두려움 가득한 눈이 나를 응시했다. 어진의 오른팔은 팔꿈치에서 부러져 옆으로 축 늘어져 있었고, 왼손은 옆구리를 부여잡고 있었다. 그의 옷은 손목을 타고 흐르는 피에 흠뻑 젖어 있었다.

"현아, 피가 멎지를 않아."

어진이 힘겹게 호흡하며 말했다.

나는 이마의 차가운 땀을 닦고는 말했다.

"어디 봐요."

최대한 침착하려고 노력하며, 나는 차디찬 개울과 멀찍이 떨어진 곳에 어진을 눕혔다. 하지만 옷의 앞부분을 훑는 내 손가락 끝에서는 공포가 팔딱거렸다. 칼에 깊게 베인 곳을 찾으려 재빨리 옷고름을 풀었다. 왼쪽 아랫배에서 갈비뼈 쪽으로 자상이 벌어져 있었다. 인영이 기습 공격을 하고 절벽 아래로 밀어버린 것이 분명했다.

"우리를 어떻게 찾았을까요?"

나는 치마를 길게 쭉 찢어 그 천 조각을 어진의 몸에 감고 최대한 압박하여 묶었다. 과다 출혈로 죽게 놔둘 수는 없었다. 그리고 계속 말을 걸었다. 그래야 어진이 의식을 잃지 않고, 내 정신도 최악의 상상으로 치닫지 않을 테니까. 뼈가 부러졌으면 어쩌지. 장기가 손상되었으면, 감염이 심해지면…….

"오래전부터 우리를 지켜보고 있었던 게 분명해요."

어진은 내 말을 듣지 않았다. 광택 없는 눈으로 나를 바라볼 뿐이었다. 턱 근육이 움찔거렸고, 오한이 심해지자 천으로 감싼 상처를 움켜쥐었다. 피부가 끈적거리고 너무 차가웠다. 어떻게 해야 하죠? 혜민서 스승님들에게, 누구든 나보다 더 많이 아는 사람에게 기댈 수 있다면 얼마나 좋을까. 나는 어진의 이름을 하염없이 속삭일 뿐이었다. 내 무릎에 머리를 누이고 고통으로 웅크린 모습을 지켜볼 뿐이었다.

이다음에 어떻게 해야 할지 모르겠어요. 제발 말씀해주세요. 제가 뭘 해야 하나요?

그때 숲의 나무들이 벌어졌다.

다가오는 사람의 발밑에서 나뭇잎이 바스락거렸다.

"종사관에게 안내해줘서 고마워."

여자 목소리가 들렸다.

검은 든 인영 의녀가 어둠에서 나와 창백한 푸른색 빛의 줄기 속으로 들어섰다. 궁에 있을 때와 너무도 다른 모습이었다. 건드리면 뼈가 부러질 것처럼 약해 보였다.

"과다 출혈로 죽기를 바랐는데."

인영 의녀가 구미호처럼 으르렁거렸다. 눈빛은 칼날처럼 번득였다.

"이제는 끝장을 내야겠군. 둘이 같이 수사하기를 원했지? 그러면 둘이 같이 보내줄게."

19

나는 여전히 무릎을 꿇은 자세로 한 팔로 어진을 감싸고, 다른 팔로 단검을 휘둘렀다. 그깟 무기로 어진을 보호할 수 있다는 것처럼. 내 무릎을 벤 어진의 머리는 움직이지도 흔들리지도 않았다. 나는 두려워서 차마 내려다볼 수가 없었다.

"이 사람은 내버려둬요."

내 간곡한 외침이 텅 빈 숲에 울려 퍼졌다.

"제발, 그냥 가요!"

"너희 둘 다 내버려뒀을 거야. 광주성 포도청으로 기어 들어가지만 않았다면 말이야. 이제 진실을 알겠군. 그래서 채 대장님을 찾아간 거겠지."

인영 의녀가 천천히 다가왔다.

"나를 막지 말았어야지. 내 동생도 나를 막지 않았어. 죽었다는 의미로 자기 부인 가락지를 건네기까지 했는데도 말이야. 그 애는 알았어. 복수가 내 정당한 권리라는 걸 알았다고. 사람은 자기 부모를 죽인 살인자와 같은 하늘 아래 살 수 없어."

전에 어진도 공자의《예기》에 나오는 이 말을 인용한 적이 있었다.

"하지만 우리는 의녀잖아요."

내가 맞받아쳤다. 북받치는 감정에 목소리가 거칠어졌다.

"손사막의 말은 기억 안 나요? 우리가 읽는《동의보감》첫 장에 있는 말이요. '인간은 우주에 있는 모든 생명 중 가장 귀하다.' 어떻게…… 어떻게 그 사람들을 다 죽일 수가 있어요?"

채 대장의 말을 듣고 인영을 강력하게 의심하게 됐지만, 얼굴을 직접 마주하니 또 느낌이 달랐다. 인영은 내가 절대 의심하지 않았을 여인이었다. 첩자로 가득한 궁에서 그나마 믿을 수 있다고 느낀 유일한 사람이었다.

"이해가 안 돼요. 어떻게 그래요? 안비, 아람, 경희…… 그들은 그냥 목격자였어요. 의녀님 어머니를 구할 수 없었다고요. 설령 막으려 했어도 다 같이 죽임을 당했을…….."

"네가 나보다 나은 사람이라고 생각해?"

인영이 냉랭한 목소리로 속삭였다.

"너는 무엇이 옳고 그른지 알고, 나는 모른다고? 우리는 자신이 사람을 죽이지 못한다고 믿지. 일이 일어나기 전까지는 말이야. 어머니 가……,"

목구멍에 고통스러운 돌이 박힌 듯 인영이 숨 막힌 소리를 냈다.

"어머니가, 우리를 낳아주고 이 세상에서 가장 다정한 손으로 길러 준 어머니가 목이 잘려 돌아가시는 일이 일어나기 전까지는 말이야.

잔인한 여자 셋이 내 어머니 시신을 성 밖으로 끌고 가, 궁의 흔적이 남지 않도록 알몸으로 만들어 북악산 어딘가에 버렸어. 그곳에서 잊힌 채로 들짐승들에게 뜯어 먹히라고."

내 가슴에 차가운 얼음이 폭발했다. 경희 의녀는 이런 말 없었는데. 머릿속에서 밤이 무덤처럼 입을 쩍 벌렸다. 머리 없는 시체를 끌고 산 속 깊숙이 들어가 그것을 으슥한 빈터에 놔두는 세 여인의 윤곽이 보였다.

"그런 일이 있고 나서야, 그제야 네가 나보다 나은 사람인지 알 수 있단다."

인영이 떨리는 목소리로 이렇게 말하며 한 걸음 더 다가왔다. 이제 그는 우리 사이에 있는 개울에서 불과 몇 걸음 떨어진 곳에 있었다.

"경희 의녀가 그 부분은 얘기하지 않았나 보네. 안비도 내 동생에게 그 일에 대해선 전혀 말하지 않았지. 내가 어느 날 궁 밖으로 꾀어내기 전까지는 누구에게도 그 일은 함구했지. 나는 피침으로 협박했어. 그냥 겁만 주려고. 하지만 모든 진실을 털어놓더군. 나는…… 나는 그 두려움을 알려주고 싶었어. 우리 어머니가 느꼈을 그 감정을 느끼게 하고 싶었어."

"하지만 수련 의녀들과 스승님은요? 그들은 죽을죄를 저지르지 않았어요."

"나를 방해했으니까. 안비가 혜민서로 뛰어 들어갔을 때 선생이 나와서 내 얼굴을 봤어. 죽여야 했지. 애들이 그 장면을 보고 비명을 지르기 시작했어. 입을 막아야지 어째? 하지만 다 죽였을 때 죄책감을 느끼지 않은 건 아니야. 내가 한 짓의 공포가 뼈를 뚫는 느낌이었어.

세자를 더 증오하게 되었지. 자기가 한 짓에 아무 후회도 못 느끼는 그 인간을."

"그래서 괘서를 붙인 거군요……."

내가 시간을 벌기 위해 천천히 말했다.

"사람들이 세자를 의심하게 하고, 어머니의 시체를 숨긴 목격자 두 명을 더 죽여……."

가슴에 공포가 퍼지며 목구멍이 막혔다. 어진의 따뜻한 피가 내 치마에 스며들었기 때문이다. 지금 당장 데리고 나가지 않으면 어진은 죽는다. 나는 도망갈 곳을 찾으려고 필사적으로 주위를 둘러보았다. 하지만 어디를 봐도, 모든 탈출구는 결국 죽음으로 끝날 거라는 상상밖에 할 수 없었다. 아무리 튼튼하게 만들었다 해도 내가 든 단검은 9년이나 검술을 익힌 여자 앞에서 쓸모가 없었다.

"어머니를 찾을 수가 없었어."

인영이 거칠게 말했다. 이제는 너무 가까웠다. 그의 치맛자락이 개울에 스쳤다.

"그래서 장례도 치러드릴 수 없었어. 이게 우리가 사는 인생이야, 현 의녀. 어차피 살 가치가 없어."

나는 어진을 끌어안고 우리 위에 드리운 인영의 그림자에서 벗어나려 했다. 하지만 어진의 무거운 몸을 끌고 도망치기는 불가능했다. 그를 품에 더 꽉 안고 고개를 숙일 수밖에 없었다. 내 갈비뼈 아래 안전하게 감쌀 수 있기를, 내게 무슨 일이 닥치든 내 뼈와 심장으로 보호할 수 있기를 바랐다.

지켜봐준다고 약속했는데. 뜨거운 눈물이 차올라 눈을 질끈 감았다.

그런데 어떻게 해야 할지 모르겠어.

그때 바람이 불었다. 또 그 냄새가 났다. 아까 그 과부 집에서 맡았던 쓰고 시큼한 냄새. 무슨 냄새인지 서서히 깨달으며 나는 고개를 슬며시 들었다. 분명 구토 냄새였다.

"빠르게 해치워주지. 우리 모두를 위해."

섬뜩한 금속성 소리를 내며 인영의 칼집에서 칼이 뽑히자, 칼날이 달빛에 반짝였다.

"끝이 얼마 남지 않았어."

인영이 가까이 서 있으니 냄새가 계속 내게로 퍼졌다. 내 머리가 빠르게 회전했다. 의학서를 펼칠 때마다, 병든 환자 앞에 무릎을 꿇고 익숙한 추론 놀이를 할 때마다 그랬듯이.

내 시선이 인영의 큰 키를 훑었다. 핏기가 빠진 듯 얼굴이 파랗게 질려 보였지만, 옅어지는 석양 빛을 받아서인지도 모른다. 내 상상일까? 아니면 정말로 뺨이 살짝 부풀어 있는 건가? 나는 검을 더 꽉 쥐는 인영을 관찰했다. 내 시선이 피 묻은 손을 따라 소매로 올라갔다. 그곳에는 손톱으로 긁힌 자국이 있었다. 목덜미와 옆얼굴에는 반점들이 흩어져 있었다. 인영은 늘 분을 두껍게 바르고 있었다. 혜민서 사건 다음 날부터 그 반점들을 감추고 있었으리라.

"인간의 끈질김에 놀랄 때가 있어."

인영이 내 목덜미에서 불끈거리는 맥박에 칼날을 겨누었다. 나는 차가운 쇠의 감촉에 몸을 떨면서도 내 머리에 재촉했다. 지금까지 배운 내용들을 빨리, 더 빨리 훑으라고.

"웬만해서 즉사하지 않지. 하지만 현 의녀, 가만히 있으면 고통을 느끼지도 못할 거야. 약속해. 눈 깜박할 사이에 끝날 거야."

반점. 흙길에 떨어진 빗방울과 비슷한 형태.

내 머릿속 손가락이 책의 한 부분을 가리켰다.

나는 천천히 목을 빼고 인영을 올려다보았다. 내가 틀렸을 수도 있다. 아마 틀렸을 것이다. 하지만 반점은 틀림없이 그곳에 있었다. 모든 신호와 증상을 되짚던 나는 진실을 깨달았다.

"잠깐……. 본인에게 무슨 문제가 있다는 거 알죠?"

칼자루를 쥔 손에 힘이 들어갔고, 얼굴에 쓴 가면에 미세한 금이 생겼다.

"우리 둘 다 죽음의 신호를 알아차리도록 훈련받은 의녀예요."

나는 용기 내어 목과 칼날 사이에 손을 넣었다. 인영은 꿈쩍도 하지 않았다.

"독을 먹었죠?"

"죽인다."

인영이 독하게 쏘아붙였다. 각도를 튼 검은 내 목과 손가락을 함께 잘라버리겠다 위협하고 있었다.

"한마디만 더 하면 죽일 거야."

"누구예요? 누가 독을 먹인 거예요?"

기나긴 침묵이 이어졌다. 울퉁불퉁한 땅을 다 뒤덮을 만큼 짙은 침묵이 깔렸다. 석양의 마지막 빛이 사라지고 암흑이 숲을 집어삼켜 앞이 희미하게만 보였다. 달빛을 받은 나무 몸통들. 인영의 일그러진 얼굴. 아직도 위로 들려 내리칠 준비를 하고 있는 칼.

"거짓말이었어."

인영의 목소리가 갈라지더니 떨리는 웃음소리가 흘러나왔다.

"내 동생은 나를 막으려고 했어. 내가 일을 저지를 때마다 그만하라고 애원했어. 하지만 가족이라 차마 나를 신고할 수는 없었지. 그래서 내게 독을 먹인 거야."

인영의 말이 나를 벴다. 인영의 살인자는 동생인 군 의원이었다. 무언의 목격자였던 안비를 너무도 애틋하게 사랑했던 것이다.

내가 조용히 말했다.

"살 날이 며칠밖에 남지 않았어요. 그것도 운이 좋을 때 얘기예요. 지금 어머니의 원한을 풀어줄 수 있는 단 두 사람을 죽이는 데 인생의 마지막 며칠을 낭비하고 있어요. 결국은 무고한 의녀가 세자의 희생양으로 처벌받을 뿐이에요. 나보다는 강할지 모르지만, 의녀님에게 세자를 무너뜨릴 힘은 없어요. 그 상태로는 안 돼요. 분노가 충분하지 않아요."

나는 인영의 이글이글 타오르는 눈을 바라보며 기다렸다. 그러다 덧붙였다.

"하지만…… 불꽃을 일으킬 수는 있겠죠. 사랑하는 가족을 잃은 사람은 의녀님만이 아니에요. 서 종사관의 아버지도 세자에게 죽임을 당했어요."

칼이 흔들렸다.

"그의 아버지가?"

나는 딱딱 부딪치는 이를 악물고 최대한 단호한 목소리를 냈다.

"서 종사관의 아버지는 암행어사였어요. 임무를 받고 평안도로 갔죠. 세자가 의녀님…… 어머니의 머리를 들고 간 곳으로요. 세자는 거

343

기서 서 종사관의 아버지와 마을 주민도 죽었어요. 서 종사관이 그랬
어요. 전하께서 듣지 않으려 하신다면, 노론에게 세자의 모든 악행을
전할 거라고요. 어머니 원수를 갚고 싶다면, 살아서 증언을 해야 해
요."

나는 숨을 참았다. 팔과 다리의 격렬한 떨림을 막으려 몸에 힘을
주었다. 어진의 얼굴 아래로 손을 움직여 목덜미에 손가락을 대고 맥
박을 찾았다. 겨우 뛰고 있었다. 떠나는 이의 속삭임처럼 희미했다.
뜨거운 고통이 내 가슴을 지졌다.

"결심을 해요!"

나는 두려움을 잊고 외쳤다. 내 목소리에서 분노가 끓었다.

"죽어서 어머니를 후회 없이 뵙고 싶으면, 서 종사관을 살려줘야
해요. 안 그러면 우리 다 죽게 될 거고, 세자는 계속 살인을 하겠죠.
언젠가 왕이 될 거고요. 아무도 건드리지 못하는 존재가."

쇠가 바위에 쩽그랑 부딪혔다. 인영이 검을 떨어뜨린 것이다. 그의
손이 옆으로 축 늘어졌다.

"다 죽으면 고통이 줄어들 거라 생각했어……. 나를 사랑한 사람은
어머니뿐이었어. 내가 태어난 순간부터 언제나 내게 사랑한다고 말씀
하셨어. 자꾸만 이런 생각을 해. 이 세상에서 어머니처럼 나를 사랑해
주는 사람은 없다고."

나는 그 말을 듣고 있지 않았다. 어진의 허리에서 재빨리 밧줄을
풀었다. 포도청에서 범인을 체포할 때 사용하는 밧줄이었다.

"손목 주세요."

내가 말했다. 불안감에 입 밖으로 숨이 터져 나왔다. 1초가 지날 때

마다 인영은 마음을 바꿀 수 있었다.

"복수를 원하면 자수하셔야 해요."

"할 거야. 하지만 청이 있어."

"뭔데요?"

뭐든 할게요.

인영의 그림자가 움직이고 종이 구겨지는 소리가 귓가에 닿았다.

"예전에 어머니께 받은 편지야. 궁에 들어간 후로 늘 가지고 다녔지. 나와 같이 묻어주겠니?"

"그럴게요."

우리 위에 뜬 달은 밝지 않았다. 깨진 해골이 하늘에 걸려 있는 듯했지만 접힌 종이의 윤곽을 비추기에는 충분했다. 나는 편지를 받아 들고, 조심스럽게 어진을 옆으로 밀어낸 후 인영의 손목을 꽉 묶었다. 그러고는 검을 주워 들고 근처의 나무로 인영을 끌고 가 그곳에 묶어 두었다.

"내가 살지 못한다면 말이야."

나를 바라보는 인영의 목소리는 차분했다.

"내 동생이 대신 증언할 거야. 누나가 허락했다고 전해."

나는 검을 숨기고 어진에게 달려가 그를 품에 안았다. 문득 수사를 시작할 때부터 어진이 궁금해하던 것이 떠올랐다. 나는 뒤를 돌아보며 물었다.

"민지는 왜 아직 살아 있는 거예요? 어떻게 죽지 않고 탈출한 거죠?"

무거운 정적이 흐른 후, 인영이 답했다.

"'엄마'라고 외쳤거든. 내가 죽으려고 했을 때, 그 말을 했어. 엄마."

나는 어진에게 이 말을 꼭 들려주기로 맹세했다. 하지만 그 전에 어진을 살려야 했다.

조심스럽게 어진의 몸을 뒤집어 어깨 아래 팔을 밀어 넣고, 이를 악물고 무릎을 꿇는 자세로 일으켜 세웠다. 그런 다음 내 등에 어진을 기대게 하자 희미한 심장박동이 내 등을 톡톡 두드렸다. 나는 허리를 굽히고 축 늘어진 어진을 들쳐 업었다. 몸을 일으키자 다친 어깨가 통증으로 타들어가고 다리뼈가 쪼개질 것만 같았다.

한 걸음 내디딜 때마다 쓰러질까 두려웠지만, 우리에게 박혀 떠나지 않는 인영의 시선이 느껴졌다.

인영에게서 최대한 멀리 벗어나고 싶었다.

어진의 팔이 내 양쪽에 걸려 있어, 내가 절뚝일 때마다 피 묻은 손이 흔들렸다. 상투에서 풀린 그의 머리카락이 내 옆얼굴과 목덜미를 스쳤다. 그가 미동조차 없어 두려웠다. 그 두려움이 지친 내 정신을 꿰뚫어 나는 고통스럽게 비틀거리며 조금씩 앞으로 나아갔다. 아까 걸었던 오르막길을 다급하게 올려다보았다. 그러고는 계속 걸어 길과 경사면이 만나는 지점에 도착했다. 그곳에 어진이 남긴 표식이 있었다.

그 표식이 가리키는 길을 따라가며 달빛이 비추는 땅을 눈으로 샅샅이 훑었다. 숲은 언제나 약재 창고와도 같았다. 봄이 일찍 온 해일수록 더 그랬다. 드디어 무성하게 자란 덤불이 내 눈에 들어왔다. 나는 멈춰 서서 거친 숨을 들이마시며 발로 덤불을 더듬었다. 땀이 눈에 들어갔고, 내 팔은 어진의 무게를 이기지 못해 후들거렸다. 달빛이 뱀딸기의 노란 꽃과 뾰족한 열매를 비추었다.

"현아."

처음에는 바람의 장난이라고 생각했다. 하지만 거칠고 걸걸한 목소리가 다시 들렸다.

"현아."

심장이 고통과 기쁨으로 날카롭게 뛰었다.

"나 그냥 여기 두고 가."

어진이 속삭였다.

"제가 누구인지 모르세요, 나리? 저 백현이에요."

나는 눈에 들어온 땀을 없애려 눈을 깜박였다. 남은 힘을 모두 그러모아 어진을 더 높이 들쳐 업고 계속 걸었다. 뱀딸기는 나중에 따러 오면 된다.

"일단 임무를 정하면 완수하기 전까지는 멈추지 않는다고요."

내 목소리가 흔들렸다. 어진을 잃는다고 생각하자 목소리가 갈라졌다.

"제발, 그냥 살아만 있어요. 나를 두고 떠나지 마요."

❋

7년이나 공부를 했으면 이런 순간에도 대비가 되었어야 한다.

하지만 나는 다른 사람의 목숨을 살린 적이 없었다. 보조를 했을 뿐, 혼자는 처음이었다. 내게 있는지도 몰랐던 힘까지 다 쥐어짜 어진을 빈 초가집 바닥에 눕히며 깨달았다. 의원을 찾을 시간이 없었다.

팔다리가 떨리기 시작했고, 나는 눈을 감고 혜민서를 떠올렸다. 정신없는 명령이 쏟아지면 의녀들은 사경을 헤매는 환자들을 두고 목 잘린 닭처럼 허둥지둥 돌아다녔다.

침착하고 흔들리지 않는 손으로. 정수 의녀는 내게 늘 일깨웠다. 또한 침착하고 흔들리지 않는 정신으로.

정수 의녀의 말들을 떠올리자 마음이 진정되었다.

이불이란 이불은 다 찾아 어진의 차가운 몸을 겹겹이 싼 후, 달려나가 약재를 구해 왔다. 뱀딸기 덤불에서 딴 잎사귀와 노란 꽃을 두 개로 나눠 쌓았다. 생각을 정리하기 위해서였다.

찜질약. 그것부터 만들자.

나는 부엌에서 대접을 가져와 방금 딴 잎들을 빻아 부드럽고 축축한 덩어리로 만들었다. 그런 다음 지혈을 돕고 있는 내 치마 조각을 풀지 않은 채 그 덩어리를 어진의 상처에 발랐다. 그러고는 봇짐에서 깨끗한 붕대를 꺼내 조심스럽게 그의 가슴과 배에 둘렀다.

이제는 어색한 각도로 뼈가 튀어나온 오른팔 차례였다. 고통으로 일그러진 어진의 얼굴을 보기 괴로워 몸을 움츠리며 뼈를 제자리에 맞췄다. 그런 다음 남은 붕대에 찜질약을 듬뿍 바르고 팔에 둘러주었다. 그러는 내내 끔찍한 생각이 들었다. 오른팔을 다시 전처럼 쓰지 못할 수도 있다는.

약이 상처에 스며들 동안 다시 부엌으로 달려갔다. 아궁이에 불을 붙이고, 작은 검은색 냄비를 올려 물을 붓고 뱀딸기 꽃들을 넣었다. 한 김 끓은 그것을 대접에 붓고 어진의 입에 겨우 흘려보냈다. 이제 피가 더 빠르게 돌 터였다. 이 약이 신체의 자연스러운 치유 속도를 더 높여주기를 바랐다.

전부 끝났다. 모든 지식을 쏟아붓고 진이 빠져 후들거리는 몸으로 어진 앞에 주저앉았다. 작은 초가집에는 우리 둘뿐이었다. 그럼에도 인영 의녀의 기억이 내 위에 무겁게 매달려 있었다. 바로 뒤의 어두운 숲에 그가 앉아 있었다. 네 약속을 기억해. 이렇게 내게 외치는 소리가 들리는 것만 같았다.

너무 피곤해서 울 수도 없었다. 나를 기다리고 있을 모든 것들을 생각할 기운이 없었다. 이따가는, 말을 타고 포도청으로 가서 도움을 청하고 인영 의녀가 아직 탈출하지 않고 나무에 묶여 있기를 빌어야 할 것이다. 이따가는, 어진의 상처를 꿰매줄 유능한 의원을 찾아야 할 것이다. 이따가는, 한양에서 우리를 기다리고 있을 일들을 생각해야 할 것이다.

일단 지금은 인영에게서 받은 편지를 봇짐에 넣어두고, 어진 옆에 웅크리고 누워 세 손가락을 그의 맥박점에 두었다. 손목에서 가장 중요한 세 군데의 점인 촌, 관, 척에. 두려움에 차마 눈을 뜰 수 없어 눈을 감고 내 손끝을 통해 들었다. 세 개의 고동치는 실낱 같은 맥이 속삭이며 들려주는 하나의 이야기를.

우리는 나약한 존재다. 그럼에도 살아남고자 하는 의지가 확고하다.

우리에게는 은밀한 고통과 사랑에 대한 열망이 있다.

모든 삶에 존재하는 이야기였다. 나는 이 이야기가 내 손끝에서 약해지는 동안 그것의 소중함을 너무도 깊이, 고통스럽게 느꼈다. 내가 차가운 손목에 손가락을 올려야 했던 여섯 명의 피해자들의 맥과 마찬가지로, 이 맥도 희미해지고 또 희미해지고 있었다. 너무도 많은 사람이 죽었다. 다른 이의 분노에 휩쓸려 섬광처럼 생명이 꺼져버렸다.

나는 스스로에게 맹세했다. 그들을 언제나 기억해야 해, 현아. 절대 잊지 마.

눈을 더 꽉 감고 어진의 맥이 침묵하지 않기를 기도했다.

내가 기억해야 할 사람에 어진도 추가되지 않기를 기도했다.

그 후 이야기

세자의 범죄와 인영 의녀의 복수에 관한 소문은 자연히 궁에도 이르렀다. 광주에서 돌아온 지 일주일이 지난 시점이었다. 그로부터 이틀 전 인영 의녀는 자백하고 유죄 판결을 받았다. 그는 처형일을 앞두고 눈을 감았다.

인영 의녀는 죽고 어진은 아직 병석에 있었기에, 노론 대신들이 궁으로 소환한 증인은 나 하나였다. 나는 세자의 죄를 증언해야 했다. 전하 앞에서 무릎을 꿇고 어진을 도우며 알게 된 모든 사실을 상세히 털어놓는 동안, 나는 끝이 얼마 남지 않았다는 위험한 느낌을 받았다. 진실은 얼마든지 중상모략으로 왜곡될 수 있었고, 왕자를 모략하는 행위는 죽음을 의미했다. 하지만 전하께서는 감히 헤아릴 수도 없는 은혜를 베풀었다. 나를, 궁이 자신에게 감춘 진실을 밝힌 충직한 백성이라 하셨다.

그날 밤 한양에서 나오며 문득 궁금해졌다. 세자에게는 어떤 앞날이 기다리고 있을까? 인영 의녀와 어머니는 영원한 안식을 찾게 될까? 아니면 깊은 슬픔, 원한, 참을 수 없는 분노와도 같은 한을 풀지 못하고 혼령이 되어 이 나라를 영원히 떠돌아다니려나? 지금 내게 확실한 것은 한 가지였다. 인영 의녀와의 약속을 지키기 위해 최선을 다해야 한다는 것.

나는 인영 의녀가 묻힌 길가에 멈춰 섰다. 그날 부탁을 받은 이후 처음으로 구겨진 편지를 펼쳐보았다. 무덤에 묻기 전에 읽어보고 싶었다. 별빛에 종이를 비추자 익숙한 필체에 얼굴이 찌푸려졌다. 곧 그 이유를 깨달았다. 인영이 한양에 뿌린 괘서의 필체가 이 글씨를 모방한 것이었다.

인영아.

편지 잘 읽었다. 잘 있다니 기쁘구나. 내 딸이 잘 있어야 엄마
도 잘 있지.

사랑하는 내 딸, 최고급 면을 함께 보낸다. 꼼꼼하게 싸서
줄로 묶었어. 추석 중에 한번 들를게. 할 말이 많지만 오늘
은 이만 줄이마.

5월 25일, 엄마가.

내 입에서 얕은 숨이 터져 나왔다. 글자들이 쇠공처럼 내 가슴을 때렸다. 엄마가 딸에게 보내는 평범한 편지였다. 하지만 평범함은 빼앗겼을 때 비로소 소중한 보물이 되는 법이다. 인영의 어머니처럼 갈가리 찢기고 옷이 벗겨지고 산에서 썩게 버려졌을 때.

절대로 죽을 사람이 아니었다.

"두 분 다 다음 생에서는 더 행복해지세요."

내가 속삭이며 땅에 작은 구멍을 파고 편지를 넣었다. 흙을 다시 매끈하게 덮고 나서도 한동안은 가만히 서 있었다. 가슴이 무거워 움직일 수가 없었다.

내가 찾을 수 있는 유일한 위안은 모녀의 다음 생을 상상하는 것이었다. 인영은 눈을 뜨고 다시 어린아이가 되어 어머니 품에 안겨 있을 것이다. 어머니는 따뜻하게 웃는 얼굴로 아이를 어를 것이다. 그렇게 인생을 살아가고 함께 늙어갈 것이다. 그리고 그때는, 부디 그때만큼은 다른 길을 선택하기를.

궁으로 이어지지 않는 길을.

❀

어진도 나도 연등 축제에 가지 않았다. 어진은 요양을 떠났다. 걱정 많은 삼촌이 의원의 조언을 듣고 강원도 산골로 그를 데려갔다. 자연을 약으로 삼으면 치유에 도움이 되지 않을까 하는 기대에서 비롯된 결정이었다. 나로 말하자면, 일부러 축제를 피했다. 연등을 보면 어진이 없다는 사실만 더 실감 날 테니까.

어진이 내게 편지를 보내기는 했다. 편지에는 거의 읽을 수 없는 글자 네 개가 적혀 있었다. 기다려줘.

나는 답장하지 않았다. 딱히 쓸 말도 없었다. 대신 정수 의녀 집에서 매일 지은이 새로운 소식을 가져다주기를 기다렸다. 이제 나는 정수 의녀와 함께 산다. 아직 의녀님 걸음이 불편하기 때문에 집 안에서 돌아다니는 것을 돕고 있다. 우리 가족이 집을 잃은 후로, 정수 의녀는 내게 같이 살자고 제안했다. 아버지는 사건이 종결된 후에도 우리를 내쫓는다는 결정을 번복하지 않았다. 하지만 어머니는 아버지 없는 삶에 만족하는 것 같았다. 여관에서 일하는 사람으로 새 인생을 시작했다. 여관 주인이자 어머니의 오랜 친구인 송씨 부인도 어머니처럼 은퇴한 기생이었다.

"아직도 소식 없어? 종사관이 언제 돌아온다고 일러주지 않아?"

내가 찾아갔을 때 어머니가 물었다.

"아직요."

내가 대답했다.

우리는 여관 부엌 옆에 있는 뒷마당 평상에 앉아 있었다. 어머니는 바구니에 가득 든 채소를 깔끔하게 썰어 작은 산을 쌓더니, 다시 더 많은 채소를 썰었다. 툭, 툭, 툭. 아직 일에 익숙지 않아 칼질이 느리고 조심스러웠다. 집중하느라 눈썹을 찌푸린 얼굴은 밝고 생기로 가득했다. 산에서 불어오는 바람에 어머니의 머리카락이 흐트러졌다.

기분이 좋았다. 더 이상 자신이 만든 새장에 갇혀 있지 않은 어머니를 보고 있으니.

어머니는 편안해 보였고, 나를 대하는 태도도 편안해진 느낌이었다. 나를 봤다 하면 수선을 떨었다. 밥을 왜 아직도 안 먹었어? 그러고는 하루 세 끼를 꼬박꼬박 먹는 것이 얼마나 중요한지 오후 내내 지겹도록 말했다. 그러다 다음에 방문하면, 또 다른 걱정을 했다. 오늘의 주제는 어진이었다.

"종사관이 돌아오면 그때는 어떻게 할 거니?"

어머니가 나를 힐끗 보며 물었다.

"수사가 끝났잖아. 전과 같지는 않을 거야."

나는 종잇장처럼 얇은 마늘 껍질을 벗기며 어머니 말에는 신경 쓰지 않는 척했다. 어머니 질문에 짜증이 날 때면, 짜증 난다는 것 자체가 묘하게 기뻤다. 자랄 때 경험한 어색하고 딱딱한 침묵보다는 이 편이 나았다.

"나는 그냥……."

어머니가 한숨을 푹 내쉬었다.

"네가 상처 입거나 실망하는 모습을 보고 싶지 않아서 그래."

잠시 그 말을 생각해보았다.

"어떻게 되든 인생은 계속되잖아요?"

어머니의 인생처럼요.

"저는 괜찮을 거예요, 어머니. 요새는 생각도 별로 안 하는걸요."

어머니가 한쪽 눈썹을 세웠다.

"하지만 매일 지은이가 소식을 줄까 기다리잖아."

"그냥 궁금해서요……. 어떻게 지내는지."

내가 조금 울컥하며 말했다.

"어머니 말처럼 수사는 끝났어요. 벌써 몇 달 전에요. 아마 정리했을 거예요. 저도 정리했고요. 저는 괜찮아요."

"괜찮은 목소리가 아니야. 네가 편지를 쓰지 그러니? 지은이도 계속 그러라고……."

"안 써요."

진실은 내게 상처를 남겼다. 한때 용기를 내서 편지를 쓴 적도 있었다. 하지만 나를 잊었을까 두려워 편지를 찢고 말았다. 한편으로는 아직도 나를 좋아할까 두려웠다.

"남자 뒤꽁무니나 따라다니지는 않을 거예요."

어머니는 고개를 젓고 혀를 차더니, 하던 일을 계속하며 중얼거렸다.

"젊은 시절로 돌아가라 해도 싫다. 쓸데없는 갈등에 혼란스러운……"

"아줌마."

어린 하인이 어머니에게 달려와 뒤쪽을 슬그머니 가리켰다.

"울타리 근처에서 어떤 남자가 왔다 갔다 해요. 아줌마만 한참 쳐다보고 있어요."

나는 반짝이는 갈색 장독들과 싸리나무 울타리 너머를 쳐다보았다. 나무 옆에 서 있는 사람은 아버지였다. 어머니가 벌떡 일어나 다시는 저 얼굴을 보고 싶지 않다면서 사라졌다. 하지만 나는 떠나지 않았다. 내 평생을 괴롭힌 남자가 머뭇거리며 울타리를 둘러 뒷마당 문으로 들어오는 모습을 지켜보았다.

궁으로 부름을 받은 날, 나는 그동안 수사한 내용을 상세히 고했다. 아버지가 세자의 결백을 증명하는 증인이라는 진실까지 다. 왕은 그 사실을 숨긴 죄로 아버지의 관직을 박탈했다. 그로부터 몇 주 동안 아버지는 매일같이 궁궐 문으로 가서 전하께서 유배나 처형을 명하기를 기다려야 했다. 해가 뜨나 비가 오나 바람이 부나.

"현아."

아버지는 이제 내 앞에 섰다. 갓이 옆으로 비뚤어졌고 도포는 더러웠다. 평민과 다를 바 없는 모습이었다. 머뭇거리던 아버지가 평상에 앉았다. 우리 사이의 거리는 장정 세 명이 앉아도 될 만큼 멀었다.

"현아."

다시 나를 부르는 목소리가 조금은 떨렸다.

"진하께서 감사하게도 내 복직을 허해주셨다. 전부 네 덕분이라고 하셨어. 어떻게 했니?"

나는 마늘 껍질을 벗기다가 아버지를 힐끗 올려다보며 냉정한 말투로 말했다.

"진실을 말했다고, 전하께서 상을 내려주신다고 하셨습니다."

아버지의 미간에 주름이 잡혔고, 창백한 얼굴은 더 창백해졌다.

"그래서 아버지께 아량을 베풀어달라 부탁했어요."

"하지만 뭐든 청할 수 있었을 텐데."

아버지가 그렇게 말하며 나를 뜯어보았다. 내 말에 숨은 계략이 있나 알아보려 하는 걸까.

"네 직위를 돌려달라고 할 수도 있었는데, 어찌하여 내 복직을 요청했어?"

나는 아무 말 없이 그와 눈을 맞췄다. 그를 보면 내가 절대로 갖지 못할 사람이 떠올랐다. 자식을 사랑하는 아버지. 우리의 관계는 오래전에 깨졌고, 아버지에게 더 오래 매달려봤자 내게 증오만 남을 것이다. 그리고 증오는 나를 괴물로 만들 것이다.

내가 마침내 말했다.

"그날, 바로 그날을 끝으로 이제는 대감마님 딸로 살지 않기로 결심했기 때문입니다."

후회와 패배감이 아버지의 눈에 가득했다. 아버지는 갓을 똑바로 세우며 작은 소리로 속삭였다.

"네게 사과를 해야겠구나. 내가…… 내가 미안하다."

눈물이 고였다. 목구멍이 아파 말을 할 수 없었다. 사과는 너무 늦게 찾아왔다. 늦어도 너무 늦었다.

"현아……."

아버지가 괴로운 듯 다급하게 말하려다, 상황을 이해했는지 잠시 눈을 감고 속삭였다.

"현 의녀."

아버지는 침을 삼키고, 이제는 차분해진 눈으로 나를 바라보았다.

"치료가 필요할 때 너를 찾아와도 되겠니? 내 건강도 예전 같지 않아……."

나는 모든 감정을 억누르고 가볍게 고개를 끄덕였다. 딸과 아버지로서는 그와 이별을 선택했다. 하지만 의녀와 환자로서는 다시 만날 수도 있겠지.

우리는 한마디도 하지 않고 한참이나 같이 앉아 있었다. 고개를 들고 하늘을 보았다. 가슴의 통증이 가라앉았다. 더는 쑤시지 않았다.

이 정도면 충분했다. 충분할 것이다.

❀

10월은 빨간 단풍, 샛노란 은행과 함께 찬란하게 도착했다. 혜민서 사건이 일어나고 8개월이 지났다. 폭력이 남긴 피투성이 상처를 꿰매고 치료하기에 충분히 긴 시간이었다. 이제 분홍색이 된 상처는 만지면 조금 아플 뿐이었다.

군 의원은 궁녀와 혼인한 벌로 곤장을 맞고 겨우 목숨을 건졌다. 현재는 제주도로 귀양을 가 어느 약방에서 일하고 있었다. 문 소원은 전하의 총애를 잃었지만 궁에서 쫓겨나지는 않았다. 송 대장은 아직도 끈질기게 포도대장 자리를 지키며 약자들을 두려움에 떨게 했다. 전하께서 조만간 그를 교체하려 한다는 소문이 자자하지만 말이다. 정수 의녀는 다시 수련생들을 가르치게 되었고, 민지도 수련생으로 복귀했다. 지은은 내의녀를 그만두고 나와 혜민서에서 함께 일한다.

삶은 평소의 모습으로 돌아온 듯했다.

나는 시장 가판대들 사이를 걷다가, 머리 장식을 대보고 싶은 손님들을 위해 세워둔 황동 거울 앞에 멈춰 섰다. 고개를 숙이고 머리의 검은색 가리마를 똑바로 했다. 면 가리마는 더 이상 무겁게 느껴지지 않았다. 그냥 바람에 펄럭일 만큼 가볍고 기다란 검은 천이었다.

나는 사라질 운명인 꿈도 있다는 사실을 배웠다. 그 꿈을 떠나보낸다 해서 내 인생을 버린다는 의미는 아니었다. 내가 원한다고 상상했던 삶을 놓아버린 것뿐이었다. 처음에는 상실감으로 괴로웠지만 그마저 흐릿해졌고 천천히, 아주 천천히 새로운 꿈이 싹을 틔웠다. 살해당한 사람들의 재는 내 꿈을 더 고요하고, 덜 절실하게 만들어주었다. 하지만 이 꿈은 내 세상에 더 깊은 색조와 밝은 빛깔을 불어넣었다. 더 진한 향기를 풍기고 더 따스한 만족감을 퍼뜨렸다.

가판 앞을 떠나 계속 길을 걸으며, 나는 과외를 해달라 조르는 수련생들에게 가르칠 교재를 훑어보았다. 현재 아이들과 《대학》 강독을 마쳤다. 이제는 의학서로 넘어갈 차례였는데 그 내용은 제목만큼이나 어려웠다. 《인재직지맥》, 《동인침혈침구경》, 《가감십삼방》, 《태평혜민화제국방》, 그리고 《부인문산서》. 오늘은 그중 마지막 책을 가르칠 예정으로, 며칠 동안 혼자 예습을 했다. 정수 의녀의 말처럼 좋은 스승은 정성껏 정확히 가르쳐야 한다. 그래야 수련생들을 진정한 의녀로 만들 수 있다.

다음 장으로 넘기다 걸음을 멈추고, 교재에서 포도청 쪽으로 시선을 돌렸다. 몇 달 사이 몸에 밴 습관이었다. 포도청을 지날 때마다 그쪽을 쳐다보았지만, 이제 누군가를 찾지는 않았다. 그리고 역시나 습관처럼 교재로 시선을 내리던 나는 얼어붙었다. 상상한 것이겠지. 시야 가장자리에 얼핏 보였던 푸른 비단은 내 상상일 것이다.

다시 고개를 홱 들었다.

큰길 건너편에 낯익은 얼굴의 청년이 포졸들 사이에 서 있었다. 밝고 건강해 보였다. 피부는 숱 많은 눈썹과 보기 좋게 대조를 이루었다. 어진을 보자 깜박이는 기억들이 환하게 밀려들었다. 여관 벽 안에서 속삭였던 약속들. 긴 밤 동안 우리를 괴롭혔던 문제들과 질문들. 내가 거절했던 뺨의 입맞춤. 숲에서 그를 업고 나오는 동안 내 등에서 희미해지던 심장의 느낌.

차마 그 자리를 떠날 수가 없었다. 조랑말 수레를 끄는 농부, 검은 갓을 쓰고 도포를 휘날리는 양반, 장옷으로 얼굴을 가린 젊은 여인이 곁을 지나가도 내 눈에는 어진만 보였다. 대화 중에 쿡쿡 웃는 모습을 보자, 가슴이 욱신거리고 눈가가 촉촉해졌다. 한편으로는 내가 환영을 보고 있다고 확신했다. 내 쪽을 본 어진의 얼굴에서 미소가 사라지기 전까지는.

나는 곧바로 돌아서서 빠르게 출발했다. 손가락이 얼음처럼 차가웠다. 왜 이렇게 두려운지 알 수가 없었다.

"현아."

어진은 반대쪽 길에서 빠르게 걷는 나와 발을 맞췄다. 나를 쳐다보는 시선은 흔들리지 않았다. 어진이 내게 급히 다가오자, 산과 소나무의 향기도 그를 따라왔다. 어둑한 비탈길을 삼켰던 숲처럼, 어진의 시선이 나를 집어삼켰다.

"어디를 그렇게 서둘러 가?"

어진이 자신 없는 목소리로 물었다.

"혜민서로 가요. 요새 그곳에서 일하거든요."

목구멍이 말라 찢어질 것 같았다.

어진은 잠시 망설이다 말했다.

"내가 데려다줄게."

종로를 지나 교차로에서 오른쪽으로 꺾는 동안, 나를 힐끔거리는 시선을 느낄 수 있었다. 무슨 생각해요? 이렇게 묻고 싶었다. 우리 사이에 뭐가 달라진 거죠? 아니면 아무것도 달라지지 않았나요? 하지만 갑자기 수줍어져 이렇게만 말했다.

"팔은 어때요?"

"예전 같지 않아."

그러고 보니 허리에 검이 없었다. 늘 검을 차고 다녔는데.

"팔꿈치가 굳어서 오른손에 감각이 거의 없어."

어진이 나를 또 힐끔 쳐다보았다.

"편지를 여러 통 썼는데, 글씨가 알아볼 수 없을 만큼 엉망이어서 보내지 못했어. 그렇다고 하인에게 받아쓰게 하고 싶지도 않았고. 기다리게 해서 미안……."

맴도는 시선에서 어진이 진심으로 묻고 싶은 것을 읽을 수 있었다. 왜 답장하지 않았어?

나는 고개를 좌우로 젓고 대수롭지 않다는 듯 말했다.

"사과하지 않으셔도 돼요. 기력을 회복하는 데도 한참이 걸렸을 것 아니에요. 심하게 다쳤었잖아요."

어진의 턱 근육이 움찔했다. 그러더니 나처럼 대수롭지 않다는 말투로 말했다.

"그러게."

그는 오른팔을 쭉 뻗고 손을 내려다보며 중얼거렸다.

"뻣뻣한 게 점점 풀어지기를 바라고 있어. 안 그러면 전국에서 유일하게 검을 휘두를 수 없는 종사관이 될 거야."

"진실을 찾는 데 꼭 검이 필요한 건 아니죠."

"너처럼."

어진이 속삭였다.

내가 어진을 보며 눈을 깜박였다.

"나처럼?"

"그날 숲에서 말이야."

어진의 말이 불러온 기억에 내 몸이 굳었다.

"너는 인영 의녀에게 칼을 들지도 않았어. 내 눈앞에서 네가 살해당할까 봐 얼마나 두려웠는지 알아? 그런데 너는, 인영 의녀가 검을 내리게 설득했어."

혜민서 뒷문이 가까워지자 우리의 걸음이 느려졌다. 반년 전 처음 만난 날 어진이 나를 담장 너머로 넘겨주었던 곳 근처였다. 어진도 그 날을 생각하는 듯 기와 담장을 응시하고 있었다. 담장에 대롱대롱 매 달려 그에게 속삭였던 나를 떠올리는 듯이. 우리가 다시 만날 리 없잖 아.

어진이 다시 나를 보며 부드럽게 말했다.

"너를 처음 만났을 땐 몰랐던 것 같아. 네가 내게 얼마나 놀라운 사 람이 될지."

그 말뿐이었다. 어진은 계속 나를 보며 탐색하고 있었다. 기다리고 있었다. 순간 두려움이 내 가슴을 칼로 벴다. 어진이 떠나기를 원하는 건 아니었다. 하지만 내 옆에 남으면 어떻게 될지 두려웠다. 이 나라 는 나보다 나은, 내가 될 수도 없는 처녀들로 가득했다. 더 아름다운, 더 공손한, 더 매력적인 여자들. 아버지의 바람은 끝이 없었고, 어머 니는 아버지에게 늘 부족했다. 그것이 내게는 가장 큰 악몽이었다. 어 진이 내 옆에 남았다가 내 부족함을 발견하는 것.

"저는 가볼게요."

내 심장이 조개처럼 닫히고 있었다.

"나중에 볼 수 있을까?"

"어쩌면요."

어진의 표정이 흔들렸다.

"어쩌면?"

나는 초조한 마음에 아랫입술을 잘근거렸다. 내 앞에 펼쳐질 날들을 상상할 수 있었다. 어쩌면 다시 보자고 약속하고 작별 인사를 하겠지. 그러다 몇 주 동안 어진을 피하고, 몇 주는 몇 달이 될 것이다. 점점 더 거리를 두다 더 상처 받기 전에 우리의 연을 끊을 것이다. 우리는 각자의 길을 갈 것이다. 수년 후 길을 가다 우연히 어진을 보고 생각하겠지. 뭐가 그렇게 두려웠니, 현아?

그러게, 뭐가 그렇게 두려울까?

"우리가 처음 만난 날 이후로 정말 많은 일이 있었죠. 우리는 살인 사건과 궁궐의 음모를 함께 해결했어요. 불확실한 상황에 목숨을 걸고 용감하게 맞섰고요. 너무 많은 일이 있었고……."

내가 말을 흐렸다. 진실을 깨달았기 때문이다. 두려워하기에는 너무 많은 일이 있었다. 미래에 무엇이 기다리고 있든, 나는 어진이 나를 지켜봐줄 것이라 믿어야 했다. 나도 언제나 그를 지켜보고 싶은 마음인 것처럼.

내가 이마를 찌푸리고 있자 어진이 내 침묵의 의미를 오해한 모양이었다.

"알아. 너무 많은 일이 있었지. 하지만 나는 그대로야. 네가 기다린다고 생각했어. 나는……."

어진의 목소리가 갈라졌다. 그가 얼굴을 손으로 쓸었다. 그 잘생긴 얼굴이 이제는 너무도 익숙했다.

"아니야, 됐다. 이해해……."

어진이 굳은 얼굴로 내게 등을 돌리고 떠나려 했다.

"어진아."

내가 손을 뻗어 어진의 손목을 다정하게 붙잡았다. 내 손을 느낀 어진이 얼어붙었다.

"우리는 정말 많은 걸 함께 견뎠어. 그때도 나를 두고 가지 않았잖아. 이제 와서 나를 두고 가지 마."

어진의 맥박이 내 가슴에서 뛰는 심장보다 더 빠르게 내 손가락을 두드렸다. 어진이 나를 돌아보았다. 뺨이 붉게 달아올라 있었고, 한 번도 보지 못한 수줍은 눈빛이었다. 그가 속삭였다.

"안 그래. 무슨 일이 있어도 너를 두고 가지 않아."

어진이 내 손을 자신의 손으로 가져갔다. 그와 깍지를 끼며 나는 이런 생각을 했다. 사랑은 두려워할 대상이 아니라고. 나는 사랑을, 길목에 있는 모든 것을 태우는 들불이라 상상했었다. 하지만 사실은 새로운 날을 향해 걸어가는 것처럼, 평범하고도 특별한 무엇이었다.

어진이 나직이 말했다.

"세검정. 퇴근하고 거기서 기다려. 하고 싶은 말이 정말 많아."

나는 고개를 끄덕였다. 온갖 감정이 가슴을 꽉 채웠고, 어진이 말도 안 되게 가까운 거리까지 다가오자 심장이 터질 것만 같았다. 눈을 내리깔고 귀가 새빨개진 어진이 고개를 숙여 내 뺨에 부드럽게 입을 맞췄다.

"너뿐이야."

이 말은 나를 어루만지고 내 영혼을 휘감았다.

"평생 너밖에 없을 거야. 약속해, 현아."

나는 까치발을 하고 어진의 목을 감싸 안았다. 내가 잡고 있는 책이 그의 등에서 달랑거렸고, 나는 그의 입술을 찾았다. 처음에는 놀란 듯하던 어진도 내 입술에 대고 미소를 지었다. 무슨 생각을 하는지 읽을 수 있었다. 너는 언제나 나를 놀라게 해.

나도 미소를 지었다. 알아.

마침내 입술이 떨어졌을 때도, 우리의 시선은 떨어지지 않았다. 벌건 대낮에 예법을 어겼다는 사실에 반은 놀라고 반은 취해 있었다.

"이제는 정말 가야 해."

내가 속삭였다.

어진은 쉽사리 떠나지 못하고 내 머리카락 한 가닥을 귀 뒤로 넘겨주었다.

"그러게. 너를 찾는 사람들이 있는 것 같아."

우리는 혜민서 주변의 좁은 길을 쳐다보았다. 아픈 평민들이 혜민서 앞에 모여들어 대문이 열리기를 기다리고 있었다. 아무도 우리를 알아차리지 못했다니 참으로 놀라웠다.

나는 다시 어진을 보며 조금 더 그의 손을 쥐고 있다가, 뒷문을 통해 혜민서로 들어갔다.

의학서를 옆구리에 낀 나는 달아오른 얼굴로 중앙에 있는 건물로 향했다. 그곳에서 의원들과 의녀들이 일을 시작할 준비를 하고 있었다.

"늦었구나."

익숙한 목소리가 들렸다. 이제 의녀들의 책임자가 된 정수 의녀였다. 그는 넓은 마당과 대문을 굽어보는 툇마루를 향해 서둘러 돌계단을 올라오는 나를 유심히 관찰했다.

"평생 지각이라고는 모르더니."

"잠깐 한눈을 팔았어요, 의녀님."

나는 살짝 숨 찬 소리로 말하고는, 내 자리인 지은의 옆으로 갔다.

"그거 반가운 소식이로구나."

정수 의녀가 입술에 미소를 머금었다. 그러고는 지팡이에 자신의 체중을 실었다. 정수 의녀가 보호해준 백정이 직접 깎아 만든 것이었다.

"걱정했거든. 수련생 시절부터 모든 걸 다 최고로 잘하려고 지나치게 노력하는 것 같아서 말이야. 네가 늦어서 당황하는 모습을 보니 좋구나. 사람이 변한 것 같아."

"의녀님 안 계시는 동안 조금은 어른이 됐나 보죠."

내가 정수 의녀에게만 들리게 목소리를 낮춰 말했다. 스승의 미소가 더욱 환해졌고, 하인들이 대문의 빗장을 열자 아우성치는 환자들이 홍수처럼 쏟아졌다.

나는 두 손을 모으고 등을 똑바로 폈다. 아침의 태양과 함께 내 가슴도 부풀어 오르고 있었다.

"문이 열렸어요, 의녀님. 우리 하루도 시작입니다."

저자 해설

《붉은 궁》은 오래전부터 내 마음을 사로잡았던 실존 인물 장헌세자
(사도세자로도 알려져 있다.)의 삶과 죽음을 바탕으로 한 작품이다. 그를 소재
로 책을 쓸 용기를 어렵게 낸 나는 역사적 사실에서 너무 벗어나지 않으
려 했다. 장헌세자의 삶에 관해 최대한 많이 공부했고, 한국사 강의를 닥
치는 대로 들었다. 하지만 한국인 이민자이자 소설가로서 내 한계를 분명
히 알았기에, 사실만 그대로 이야기하는 책은 쓰지 않겠다는 목표를 세웠
다. 일례로 의녀 효옥 사건은, 문서에 최초로 기록된 장헌세자의 살인 행
위(1757년 내관 김한채를 죽이고 참수했다.)를 기반으로 만들어낸 허구의 사건이
다. 즉 이 책을 쓰는 동안 내 궁극적인 목표는, 이야기를 만들어내되 최대
한 역사에 충실하자는 것이었다.

더욱이 장헌세자는 몹시도 슬픈 역사를 간직한 인물이기 때문이다.

장헌세자의 이야기는 조선왕조(1392-1910) 역사에서 가장 큰 비극으로
남아 있다. 27세였던 그는 무더운 여름날 뒤주에 들어가라는 부왕의 지
시로 뒤주에 갇혔다. 그리고 8일 후 그 안에서 굶어 죽었다.

영조는 왕족을 해하는 것이 금지되었던 당시의 궁궐 법도를 피할 요량
으로 이런 처형 방식을 선택했다. 왕족을 해치는 이에게는 연좌제가 적용

되었고, 그랬다가는 자칫 (유일한 적통 후계자) 세손의 앞날이 위태로워질 수 있었다.

과연 비극의 원인은 무엇이었을까. 이 질문은 아직도 논란의 중심에 있다. 두 가지 주요 학설 중 더 오래된 첫 번째는, 세자가 심한 정신 질환을 앓았고 그 병이 악화되어 폭력성이 나타났다고 주장한다.

관련 문헌을 살펴보면 장헌세자는 실제로 정신병적 증상을 보였던 듯하다. 그러나 정신 질환은 민감하고도 복잡한 주제이기에, 세자의 삶에서 이 부분은 집중해서 다루지 않기로 했다. 이와 관련된 사건을 그리다 보면, 정신 건강 문제가 있는 사람들은 위험하다는 인상을 줄 수도 있기 때문이다. 나는 절대로 그렇게 생각하지 않고, 그런 생각을 용인하지도 않는다.

한편 최근 부상하는 이론은 그를 '사이코 살인자'가 아니라, 개혁 사상 때문에 당시의 집권 붕당인 노론과 충돌한 비극적인 천재로 그린다. 그래서 노론이 꾸민 궁궐 정치 음모에 당했다는 것이다.

그러나 장헌세자가 정말 정치 갈등의 피해자였다 해도, 그가 저지른 살인 행위를 부정하지는 못한다는 점은 알아두어야 한다. 세자가 살인자였다는 데는 학계에 이견이 없다. 《조선왕조실록》, 《승정원일기》 등 무수한 궁궐 문서는 물론이고, 그의 아내가 쓴 《한중록》에도 엄연한 사실로 기록되어 있기 때문이다. 그는 잔혹한 폭력을 휘둘러 살아생전 수백 명을 죽였다고 한다.

그의 처형을 둘러싼 진실이 무엇이든 장헌세자는 극도로 복잡하고 고통스러운 삶을 살았고, 왕위에 오르지 못한 채 1762년 사망했다. 많은 이들이 영조가 아들의 목숨보다 자신의 정치 생명을 선택했기에 이런 비극이 일어났다고 말한다. 아들을 떠나보낸 후 영조는 그에게 '깊이 생각하여 슬퍼하다'라는 뜻의 '사도(思悼)'라는 시호를 내렸다.

영조는 남은 재위 기간 동안 장헌세자의 이름을 어떤 식으로든 말하지 못하도록 엄격히 금지했다. 이 비극은 오랜 시간이 흐르고 왕좌에 앉은 정조가 "나는 장헌세자의 아들이다."라고 선언했을 때, 비로소 다시 공개적으로 언급되었다.

장헌세자의 파란만장한 일생에 관해 더 읽어보고 싶다면 《한중록》을 강력 추천한다.

감사의 말

이 책을 쓰며 얼마나 즐거웠는지 모른다. 이런 경험을 가능하게 해준 많은 사람들에게 깊은 감사를 전한다.

완벽한 편집자 에밀리 세틀은 언제나 빛나는 아이디어로 내게 영감을 선사했다. 예전부터 사도세자에 관한 이야기를 쓰고 싶었지만, 역사적 사건에 어떻게 접근해야 할지 감을 잡지 못하던 차에 에밀리가 '의녀×어사'라는 조합을 떠올려주었다. 그러니 어떻게 보면 이 책은 에밀리가 탄생시켰다고도 할 수 있다.

나를 위해 싸워주는 투사(겸 에이전트) 에이미 엘리자베스 비숍도 언제나 의지할 수 있어 고마운 사람이다. 에이미 같은 에이전트와 함께라면, 이제는 출판 과정도 두렵지 않다. 에이미의 지도와 격려 덕분에 지금 이 자리까지 올 수 있었다.

파이월&프렌즈Feiwel&Friends의 출판팀 여러분, 환상적인 홍보 담당자 브리트니 펄먼, 교열 담당자 애나 데부, 표지 일러스트레이터 성아 박, 책임 편집자 돈 라이언, 제작 편집자 캐시 비엘고시, 디자이너 리즈 드레스너, 편집장 셀레스트 캐스에게도 감사하다고 말하고 싶다.

이 책을 사전에 후원하고 읽어준 크리스틴 드와이어, 에린 김, 액시 오,

유니스 김, 크리스티나 리, 내 동생 샤론에게도 고맙다. 원고를 읽고 이 책을 내도 좋다고 자신감을 불어넣어주었으니까! 로맨스 여제 케스 코스탈레스는 멋진 아이디어들을 제안해주었고(덕분에 18장 마지막 줄을 썼다), 세라 라나는 내가 너무 많은 장면을 삭제하지 않게 말려주었다('같은 탁자 클리셰'는 세라에게 바친다).

내 책을 도서관에 소개하고, 서점에서 팔아주고, 온라인에 서평을 남겨준 모든 분들, 또 내 작품을 지지해준 독자 여러분에게도 무한한 감사를 보낸다. 여러분의 열정이 있기에 나는 좋아하는 일, 그러니까 소설로 한국 역사를 탐구하는 일을 계속할 수 있다. 오랜 친구 제니스와 필도 감사한 사람들이다. 첫 만남부터 내 꿈을 밀어준 친구들에게 고마운 마음은 평생 잊을 수 없을 것이다.

나를 믿어주고 응원을 아끼지 않는 엄마와 아빠, 항상 나를 지지하는 부모님의 존재는 내게 큰 힘이 된다. 시간을 쪼개서 글을 쓸 수 있도록 아기를 돌봐준 시부모님에게도 감사하다고 전하고 싶다. 두 분이 아니었다면 마감을 못 맞출까 봐 전전긍긍해야 했을 것이다.

남편 보스코에게는 특별히 더 감사하다. 남편은 믿고 브레인스토밍을 같이할 수 있는 파트너이며, 마감 기간처럼 내가 유독 예민해지는 때에도 언제나 다정하고 세심한 최고의 남편이다.

집필에 참고한 자료들에도 고마운 마음을 표현해야겠다. 특히 김자현Jahyun Kim Haboush이 번역한 《한중록The Memoirs of Lady Hyegyong》, 하은정Ha Eun Jeong과 앤더스 칼슨Anders Karlsson의 〈Law and the Body in Joseon Korean: Statecraft and the Negotiation of Ideology〉, 박영규의 《에로틱 조선: 우리가 몰랐던 조선인들의 성 이

야기》와 《조선 관청 기행》, 서울학연구소의 《한양의 탄생: 의정부에서 도
화서까지 관청으로 읽는 오백년 조선사》, 한희숙의 《의녀: 팔방미인 조선
여의사》, 그리고 설민석의 한국사 강의 덕에 이 책을 쓸 수 있었다.

　마지막으로 나의 주 구원의 예수님, 제 정신적 지주가 되어주셔서 감
사합니다.

궁에 들어가는 이의 앞에는 피로 얼룩진 길이 놓여 있다. 더욱이 구중궁궐 깊은 곳까지 이르렀다면 아무것도 보아서는 안 된다. 듣지도 말고 말하지도 말아야 한다. 역사에 기록조차 남지 않는 피해자가 되기 싫다면 눈을 감고, 귀를 막고, 입을 다물어야 한다. 그것이 생존의 비결이다. 물론 조심한다고 해서 피바람에 휘말리지 않는다는 보장은 없지만.

《붉은 궁》속의 궁궐도 그런 곳이다. 밤이 되어 성문이 닫히고 이제 아무도 궁 밖으로 나가지 못할 시각, 내의녀 현은 어의를 따라 세자의 거처인 동궁전으로 향한다. 그러나 앓아누웠다는 세자는 방 안에 없고, 현은 늙은 내관과 세자빈과 어의가 펼치는 그림자 연극의 배경이자 세자가 침소에 있었다는 사실을 증명하는 알리바이가 된다. 무언의 거짓말이 발각되었다가는 처벌을 면치 못하겠지만 궁에 들어간 이상 왕족의 지시를 따라야 하는 숙명을 어떻게 피할까. 본 것을 보지 않은 척, 보지 않은 것을 본 척하면 그만이었다.

하지만 그날 밤 혜민서에서 살인 사건이 일어나고 가족과도 같은 스승이 용의자로 체포되었을 때, 또 네 명을 살해한 범인이 세자라고 고발하는 벽보가 저잣거리에 붙었을 때 현은 잔인한 고민에 빠진다. 이대로 가만히 있으면 부모에게 버림받은 현을 의녀의 길로 이끌어준 스승을 구하지는 못한다. 내의녀의 신분과 궁에서의 삶을 지키면서 진실을 알아내는 방법은 없을까?

궁 안에서 누군가는 반드시 피를 흘린다 해도 현이 그리는 미래는 오직 그곳에 존재했다. 첩의 딸로 태어나 아버지의 성을 받지 못하고 아버지를 대감마님이라 불러야 하는 이 소녀는 아버지의 인정을 받는 것이 삶의 유일한 목표였다. 그 때문에 천민 여성에게 허락된 가장 높은 신분인 의녀가 되었고, 그것으로도 모자라 왕족을 치료하는 내의녀가 되었다. 그래도 부족하다면 왕의 신임을 받는 대장금 같은 인물이 되자 결심했다. 내의녀의 비단 가리마를 왕관처럼 쓰며 아버지와 양반 사회의 기준에 걸맞은 사람이 되고자 했다.

하지만 현은 사건의 진실을 추적하고 밝히는 과정에서 삶에 대한 진실도 깨닫는다. 아버지의 인정 따위는 중요하지 않다는 것. 궁 안에 있든, 궁 밖에 있든 자신의 가치는 달라지지 않는다는 것. 비록 평생의 꿈이었던 내의녀 자리를 잃고 비단 가리마를 벗어야 했지만, 이후의 삶도 결코 무의미하지 않다는 사실을 알게 되었다. 또한 정수 의녀와 어진처럼 현을 진정으로 아끼고 사랑하는 사람들에게는 그녀의 존재 자체로 충분하다는 사실을.

《붉은 궁》은 실제 조선 시대 역사에 가상의 살인 미스터리를 접목하고 있는 한국계 캐나다 작가 허주은의 세 번째 장편소설이다. 한국 역사를 공부하던 중 사도세자의 비극적인 이야기를 접하고 매료된 작가는 세자가 어쩌다 뒤주에서 그토록 비참한 최후를 맞았을지 상상력을 발휘했다. 그리고 사도세자를 주인공으로 내세우는 대신 외부인의 시선으로 관찰하는 방식을 택했다.

이 책을 읽는 우리는 현의 눈을 통해 사도세자의 고통과 광기를 목격하고 아버지 영조와의 뒤틀린 부자 관계를 엿본다. 자신의 기대에 미치지 못한다는 이유로 아들을 냉대하고 모욕하는 아버지와, 아버지의 분노를 한몸에 받다 점점 미쳐가는 아들의 갈등은 생생하고 선명하다. 사도세자가 그렇게 될 수밖에 없었던 사정을 보여주지만, 실제 역사에 충실하자는 원칙에 따라 그에게 면죄부를 주지는 않는다. 이유가 어쨌든 사도세자는 광기에 휩싸여 죄 없는 사람들을 죽이며 궁을 피로 물들인 장본인이기 때문이다.

역사와 문학을 전공한 저자는 한국 역사 중에서도 조선 시대에 강한 끌림을 느꼈지만 시중에 조선 시대를 다룬 영문 소설이 얼마 없다는 사실을 알고 이 시대를 배경으로 한 살인 미스터리 소설을 직접 쓰기로 했다. 2020년《뼈의 침묵The Silence of Bones》을 시작으로《사라진 소녀들의 숲》,《붉은 궁》을 연이어 발표해 한국 문화에 관심이 있는 독자들뿐 아니라 미스터리·스릴러 장르 독자들까지 팬층을 넓혀가고 있다. 그리고 2023년에 이 작품《붉은 궁》으로 에드거상 최우수 청소년 미스터리 부문을 수상하는 영예를 안았다.

《사라진 소녀들의 숲》에 이어《붉은 궁》까지 번역을 맡게 되어 번역자로서도 영광이었다. 서양의 독자들에게 한국 역사도 서양 역사만큼 아름답고 복잡하고 흥미진진하다는 것을 알려주고 싶었다는 허주은 작가는, 자신의 작품을 우리 역사에 바치는 러브레터라 표현한 바 있다. 그의 러브레터에 담긴 마음이 번역을 거쳐 국내 독자들에게도 잘 전해졌으면 하는 바람이다.

2023년 10월
유혜인